2018年浙江省教育厅项目"劳伦斯小说的空间书写研究"（Y201840272）的结题成果;2019年台州学院校培育基金"人类命运共同体视域下劳伦斯作品中的生态思想研究"的阶段性成果

劳伦斯小说的空间书写研究

李春风 著

浙江工商大学出版社
ZHEJIANG GONGSHANG UNIVERSITY PRESS

·杭州·

图书在版编目(CIP)数据

劳伦斯小说的空间书写研究 / 李春风著. —杭州：
浙江工商大学出版社,2021.3
ISBN 978-7-5178-4285-9

Ⅰ.①劳… Ⅱ.①李… Ⅲ.①劳伦斯(Lawrence,
David Herbert 1885-1930)—小说研究 Ⅳ.①I561.074

中国版本图书馆 CIP 数据核字(2021)第021312号

劳伦斯小说的空间书写研究
LAOLUNSI XIAOSHUO DE KONGJIAN SHUXIE YANJIU
李春风 著

责任编辑	王 英	
封面设计	王妤驰	
责任印制	包建辉	
出版发行	浙江工商大学出版社	
	（杭州市教工路198号 邮政编码310012）	
	（E-mail:zjgsupress@163.com）	
	（网址:http://www.zjgsupress.com）	
	电话:0571-89995993,89991806(传真)	
排 版	杭州朝曦图文设计有限公司	
印 刷	杭州高腾印务有限公司	
开 本	710mm×1000mm 1/16	
印 张	19.25	
字 数	270千	
版 印 次	2021年3月第1版 2021年3月第1次印刷	
书 号	ISBN 978-7-5178-4285-9	
定 价	58.00元	

序

　　李春风于2001年从河北师范大学外国语学院毕业,取得硕士学位,后回台州工作,认真教学,潜心读书,厚积薄发。2017年,她到上海外国语大学进修,继续攻读硕士学位期间所学,研究劳伦斯,精进科研水平,近几年来发表了10多篇有关劳伦斯的文章,主持了5项课题,成果颇丰,可喜可贺。

　　7月,李春风发来《劳伦斯小说的空间书写研究》书稿,约我作序。我多年不研究小说,很难为她作序。作为导师,便简单说几句吧。作为20世纪英国最伟大作家之一的劳伦斯,他那极其孤傲的性格以及常年游走在国外的生活使得他特立独行、风格自成,成为与当时主流文学格格不入的作家兼诗人。劳伦斯平生共创作长篇小说11部,中短篇小说集11部。其中长篇小说可分为两类:一类涉及男人和女人之间的关系,大胆触及"性"这个话题;另一类是劳伦斯"领袖梦"的体现,即一个男人必须居于支配地位。国外学者对于劳伦斯小说的评论主要集中在20世纪50年代以后,90年代以后进入极盛时期。学界的研究重心从一开始的艺术形式、女性主义、心理批评到后来的比较研究等。国内学者对劳伦斯及其小说的研究虽然起步于20世纪二三十年代,但是真正系统的研究是从20世纪80年代开始展开的,90年代最盛。国内的研究主要集中在伦理批评视角、性别视角、生态批评视角、比较文学视角以及现代性视角等方面。

　　学界在20世纪后期进入"空间转向"阶段,许多学者用此理论进行研究,研究成果令人耳目一新。其显著特征是,空间的社会属性和文化属性日益受到重视,文学作品中的空间成为再现社会语境、揭示深层次社会关系以及反映特定文化现象的手段。李春风的这部书稿对劳伦斯小说的空间问题进行了系统的研究，以空间视角为切入点，从地理空间、心理空间、社会空间三个维度整体阐释劳伦斯小说的艺术技巧与思想表达之间的关系，较好地实现了从单一的空间自然属性到深层次的社会和文化属性的转换，发掘了文本的丰富内涵，传递了劳伦斯的生态伦理思想，实现了对这位卓尔不群的"爱的牧师"的整体观照。

作家的自然观察、成长阅历决定了其作品具有什么样的地理性。综观劳伦斯的一生，他有一半的时间漂泊在不同的地方和国家。本书从森林和农场、矿区空间、城市及异域空间等进行了详细的阐释，分析了劳伦斯在其作品中对不同地理空间的刻画，表达了其对原始文化的向往、对和谐爱情的渴望、对死亡的思考、对宗教的内省以及对工业文明的抨击。地理空间不仅赋予其作品鲜明的地域特色，也对生活在其中的个体的心理空间造成了难以言说的影响。对性爱心理空间以及死亡心理空间的详细解读，展呈了人物内心的艰难伦理选择。而社会空间则是小说空间表征的重要组成部分。正如亨利·列斐伏尔所言："（社会）空间是一种（社会）产物。"劳伦斯小说中所富含的经济、宗教及阶级等方面的现象，再现了当时的社会语境，揭示了深层次的社会关系。

此书脉络清晰，叙述充分，以空间视角挖掘劳伦斯小说的各种意义，是一次有益的尝试，对广大读者来说是一个很好的导读。当然，另有许多解读劳伦斯作品的角度。我相信，每个视角都能帮助读者从各个侧面了解劳伦斯作品。

祝愿李春风在学业上越来越精进。

李正栓

于河北师范大学

2020 年 8 月 19 日

目录 Contents

第一章 绪论

英国的工业革命开启了人类发展的新篇章,使得英国经济取得了长足的发展,其经济结构发生了根本性的转变,即从农业型转向工业型,但是这并没有把英国变成人间天堂。工业革命前夕,英国的经济发展水平总体上并没有走在世界的前列,相反,其某些技术落后于其他一些国家。然而,短短几十年的工业革命给英国的经济地位带来了根本性的变化。到了19世纪中期,"典型的英国人已经变成了城市人,英国变成了一个城市国家,中世纪田园诗般的农业社会被一个发达的工业社会所取代"[①]。社会的极度繁荣也带来了一些负面影响,如贫富差距扩大:富人更富,变成了资本家,住在豪华的花园别墅里;穷人更穷,住在条件恶劣的贫民窟里。

随着工业革命的到来,田园诗般的生活结束了。原始森林被砍伐,美丽的田地随着工业机械的开进而被践踏;大量煤炭的燃烧,使得英国到处充斥着灰蒙蒙的烟雾,最终形成了笼罩在伦敦市上空的"伦敦雾",还造成了当时大量的人口死于肺炎和丹毒;英国乡村的宁静也被火车和机器马达的隆隆声给打破了。工业化的前进步伐破坏了托马斯·哈代的"牧歌式田园",英格兰彻头彻尾成了弥尔顿笔下的"失乐园"。喧嚣的社会变革使得人们的生活、乡村的自然风光都发生了天翻地覆的变化,古老的英格兰已经一去不复返了。

[①] 王觉非.近代英国史[M].南京:南京大学出版社,1997:260.

第一节 劳伦斯生平及文学创作

劳伦斯于1885年9月11日出生,1930年3月2日辞世,其生活的时代正处于这样的历史环境中。劳伦斯在五个兄弟姐妹中排行老四,是三个男孩中最小的一个。劳伦斯的全名是大卫·赫伯特·劳伦斯(David Herbert Lawrence),人们总是喜欢称他为 D. H. 劳伦斯。劳伦斯出生在伊斯特伍德的一个贫困家庭,而伊斯特伍德是英国中部诺丁汉郡附近的一个矿业小镇。他的父亲亚瑟·约翰·劳伦斯(Arthur John Lawrence)是一个受教育程度低下、喜欢酗酒的矿工,母亲丽蒂娅·伯德肖尔(Lydia Beardsall)则来自中产阶级家庭,受过良好的教育。亚瑟每天早上都到矿井里去挖煤,直到傍晚才上来。即使他工作很努力,也很难挣到足够的钱来维持一家七口的生活。丽蒂娅是个很会理财的人,她自己在料理家务的间隙,也做些零活,挣些零花钱。

亚瑟和丽蒂娅刚结婚时过得很愉快,但他们在文化品位、价值观念上都存在着巨大的差距,而这种阶级不同造成的差距注定是无法弥合的。两人在经历了无数次的争吵和打闹后,再也没有心灵的沟通。在以后的日子里,丽蒂娅把希望寄托在她的孩子们身上。可以说,劳伦斯的家庭是不幸的,童年缺少父爱给他的生活和创作留下了不可磨灭的印记。

为了防止自己的孩子像他们的父亲一样成为"机械化"的矿工,丽蒂娅鼓励孩子们尽可能多地去上学,尤其是对自己的儿子们寄予厚望。丽蒂娅把她的大儿子乔治从未来矿工的命运中救了出来。二儿子威廉·恩斯特在鲍威尔寄宿学校表现很好,是一名优秀的运动员,得到学校奖学金并以优异的成绩毕业,后来在德比郡的一个煤矿厂找到了一份办公室的工作,没有像他的父亲那样去当矿工。工作不久,他在伊斯特伍德的一家工厂找到了一份薪水更好的工作,同时利用工作之外的时间练习打字,不断学习法语和德语。经过不懈的努力,威廉在伦敦一家造船厂找到了一份体面的工作。但他因丹毒和肺炎并发症而英年早逝,年仅23岁。这对于劳伦斯的全家来说是一个巨大的打击,母亲丽蒂娅更是伤心欲绝。此后,丽蒂娅开始把全部心思和爱都转移到当时16岁的劳伦斯身上。

刚出生的劳伦斯身体较弱,劳伦斯的传记作家布伦达·马多克斯(Brenda Maddox)推测:劳伦斯"患有先天性支气管炎",医生觉得他命不长,曾多次预测他的死亡时间。在威廉死亡的6个星期前,劳伦斯曾患急性肺炎,但他逃脱死亡的命运,幸存了下来。①然而从此以后,劳伦斯一生都被肺病所困扰,他很瘦弱,脸色苍白。就像他的哥哥威廉一样,劳伦斯在学校表现很好,还获得了诺丁汉中学的奖学金。事实上,少年劳伦斯之所以能够存活下来,主要原因是他母亲长期无微不至的照顾。但母亲丽蒂娅的爱是一种特殊的"母爱",一种"混合的爱"。母亲丽蒂娅无法从她的丈夫那里得到异性的爱,所以将自己的爱都倾注在小劳伦斯身上。这种特殊的"母爱"对劳伦斯的一生产生了巨大的影响。

假如认为文学(尤其是小说)在某种程度上是作家的自传,那么劳伦斯的小说就是最好的证明;如果你想真正了解劳伦斯的作品,你首先必须了解他的生活经验。劳伦斯将他生活的点点滴滴写进了他的作品中,但他的作品绝不是对自己生活的简单复制。劳伦斯多才多艺,即使是他最初的诋毁者也无法否认这一点。在45年的生命里,劳伦斯共创作了10部长篇小说、9部中短小说集、12部诗歌集、近千首诗歌、近10部(2个未完成)戏剧、5部评论集、3部游记、5000多封信件,以及一些绘画作品等。这是很多作家都无法企及的作品数量,且其作品几乎涵盖了所有文学体裁,这更让人难以置信。劳伦斯在世时,人们对他的评价褒贬不一,如果说劳伦斯生前乃至死后20年都是一个有争议的人物,那么20世纪末劳伦斯在文学史上的地位则终于被确立了。作为20世纪最有贡献的作家之一,劳伦斯在英国文学史乃至世界文学史上的地位都是举足轻重的。

---

① 布伦达·马多克斯.劳伦斯:有妇之夫[M].邹海仑,李佳家,蔡曙光,译.北京:中央编译出版社,1999:4—5.

　　劳伦斯之所以能取得这样的写作成就,除了自身的努力,还得到了两位杰出女性的帮助。如果没有她们,这位才华横溢的作家很可能会被埋没,至少不会有我们今天看到的成就。吉西·钱伯斯是劳伦斯的未婚妻,她非常欣赏劳伦斯的才华,并鼓励他进行文学创作。劳伦斯的成功与吉西的付出和支持密不可分。劳伦斯的妻子弗丽达·冯·里希特霍芬是他一生难忘的伴侣、良师益友,与弗丽达的结合使他的写作发生了巨大的变化。如果没有弗丽达的支持和帮助,劳伦斯很难成为一个伟大的作家。在这两位女性的支持下,劳伦斯将他在人生道路上的种种困难以文字描述出来。

　　劳伦斯作品的主要形式是小说。他继承了19世纪维多利亚时期的现实主义小说的传统风格,同时融入了现代主义的一些艺术手法。他的小说从两性关系主题出发,揭露了资本主义工业文明与人类之间的互相对抗,深刻揭示了当代人艰苦的生活状态,表达了对充满自然精神的理想社会的向往。他的作品不仅体现了对现实生活的关怀,而且展现出现实主义与现代主义的完美结合;作品的表现角度和主题都与众不同,这对20世纪西方文学的发展有很大影响。除了长篇小说外,劳伦斯的中短篇小说也非常多,且很有名,如《菊花的幽香》《太阳》《你抚摸了我》《骑马出走的女人》等。同时,劳伦斯也非常擅长自由体诗歌的创作,他创作了近千首诗,有诗集《瞧,我们过来了!》《鸟·兽·花》《三色紫罗兰续编》《最后的诗》等。按照劳伦斯的思想和作品的变化,可将其作品大致分为四个阶段[①]。

　　第一,早期创作阶段(1906—1913年):思想探索阶段。劳伦斯的写作始于描写自己的经历和最熟悉的社会环境,其有意识或无意识地将自己的生活写进作品,向读者呈现不和谐婚姻的痛苦。长篇小说《白孔雀》(1911)、《逾矩的罪人》(1912)、《儿子与情人》(1913)、《爱情诗集》(1913)和短篇小说《菊花的幽香》(1911)就是这一阶段的主要作品。《儿子与情人》使他在文坛崭露头角。劳伦斯在这一阶段的作品带有传统小说的形式,主要表现了他对自然人性的关注。

---

① 蒋家国.重建人类的伊甸园[M].长沙:湖南大学出版社,2003:10—14.

第二，成熟阶段（1914—1920年）：男女关系探索阶段。劳伦斯认为，在自然界中建立和谐的两性关系是解决社会问题和通向理想世界的前提。在这个阶段的作品当中，劳伦斯结合社会批判与心理分析，通过描写"血"与"理"的冲突，揭示了资本主义工业文明对人性的压抑与扭曲，对理想完美的两性关系模式进行了探索。短篇小说集《普鲁士军官》（1914），长篇小说《虹》（1915）、《恋爱中的女人》（1920）、《误入歧途的女人》（1920），散文集《意大利的曙光》（1916），诗集《阿摩斯》（1916）、《瞧，我们成功了》（1917）、《新诗集》（1918）以及《海湾》（1919），剧本《一触即发》（1920）等，是此阶段的主要成果。《虹》和《恋爱中的女人》这两部作品可以说是劳伦斯小说的巅峰之作。

第三，过渡阶段（1921—1926年）：领导力和原始宗教探索阶段。从1919年11月起，劳伦斯几乎长期在海外漂泊。在这个阶段，劳伦斯渐渐离开了自己熟悉的创作领域，试图在没有工业文明污染的原始状态中寻找出路，呼吁人们服从领导的命令。诗集《乌龟》（1921），论文《欧洲历史上的运动》（1921）、《精神分析与无意识》（1921）、《大海与撒丁岛》（1921）、《无意识幻想曲》（1922），中短篇小说集《英格兰，我的英格兰》（1922）、《烈马圣莫尔》（1925），长篇小说《阿伦的杖杆》（1922）、《袋鼠》（1923）、《羽蛇》（1926），中短篇小说集《小甲虫》（1923），诗集《鸟兽与花草》（1923），文论《美国经典文学研究》（1923），散文集《关于豪猪之死的断想》（1925），短篇小说集《太阳》（1926）以及剧本《大卫》（1926）等，都是这一时期的作品。

第四，回归阶段（1927—1930年）：回归两性关系探索阶段。其在第三阶段创作的作品反响远远不如第二阶段，他自己也意识到了领袖原则无法挽救世界，于是又回到了自己所熟悉的男女关系这一主题。经过时间的沉淀，劳伦斯对两性关系的和谐模式已经有了更加深刻的认识，不再是精神与肉体的和谐，而是像麦勒斯与康妮那种抛弃了精神上的和谐，着重于肉体的和谐。在这个阶段，《查泰莱夫人的情人》（1928）是其最重要的作品。除此之外，中篇小说《未婚少女与吉卜赛人》（1926）、《逃跑的公鸡》（1929），游记《墨西哥的早晨》（1927），短篇小说集《骑马出走的女人》（1928），诗集《三色紫罗兰》（1929）、《荨麻》（1930），短篇小说《干草堆中的爱情》（1930），散文《散文集锦》(1930),论文《〈查泰莱夫人的情人〉刍议》(1930)等,也是在这一阶段创作的。

在劳伦斯生活的时代,西方社会因为工业文明的入侵与发展而危机重重,风雨飘摇。他认为资本主义工业文明的主要问题是把人当成了机器,从而压制和扭曲了人的自然天性,使人类逐渐萎靡。因此,他从一个独特的视角出发,在创作中"疾呼"调整男女两性关系,力求找到一条回归自然人性的途径。他以独特的艺术才华,从两性关系的角度表达对工业文明的抨击。劳伦斯极具独创性,他以心理斗争为特征深刻揭示了两性关系。在他看来,自然界的一切都是纯洁而神圣的,性欲是万物产生和发展的原始动力,人类的灵魂只能依靠它。因此,他一直认为性是生活中重要的一部分。显然,劳伦斯的写作也有很大的局限性,"劳伦斯只从资产阶级人性论的角度表达了机械文明的残酷,却低估和忽视了资产阶级剥削和阶级压迫的种种罪恶。他把一切文明的成就都归罪于资本主义,在谴责资产阶级道德沦丧的同时,又否定了任何道德的必要性"①。同时,我们也应看到,劳伦斯这种通过调整和改善人际关系,尤其是男女关系就能解决所有社会问题的想法是比较幼稚的,这也决定了作为作家的他永远无法找到祛除社会弊病的正确方法和途径。

第二节　选题的理由及意义

20世纪后半叶,在文化地理学和文学研究等理论发展的基础上,空间研究理论逐渐发展起来,成为引人注目的一种文艺理论和文学批评方法。随之,出现了一系列空间研究理论家,如福柯、苏贾以及列斐伏尔等。他们在著作中表明:"空间本身既是一种产物(production),是由不同范围的社会进程与人类干预形成的;又是一种力量(force),反过来影响、指引和限定人类

---

① 侯维瑞.现代英国小说史[M].上海:外语教育出版社,1985:196.

在世界上的行为与方式的各种可能性。"①由此可知,当代西方空间理论聚焦于空间,不同于以往启蒙运动与笛卡尔式的空间概念,它既是社会发展的产物,也是能够指引人们行为的一种力量。而文学作品中的空间也不再仅仅是情节发展的场地和背景,而是拥有极其丰富的文化和历史意义的一个场域。诚如福柯所言:"眼前的时代似乎首先是一个空间的时代。"②西方当代空间理论的重要企图就是改变以往研究中以时间为主导的趋向,发掘不同于传统空间观念的空间属性。空间理论对空间的新阐释为研究文学作品提供了一个新的视角,让读者对文学中所展呈的空间的社会性和政治性有了一个更好的理解。

作为西方"空间批评"思想先驱之一,亨利·列斐伏尔通过联系空间与人的生存和主观感知、设想,突破传统的空间观念,认为空间是一种主观空间,与人的创造性息息相关,也可以说空间就是人的一种存在方式。其在1974年出版的《空间的生产》成为最重要的空间批评理论著作之一。1991年该书英文版的发行,更是推动了空间批评理论的发展。他在《空间的生产》中解释说:"我们关注的领域:第一,物理的,自然,宇宙;第二,精神的,包括逻辑抽象与形式抽象;第三,社会的。换言之,我们关心的是逻辑—认识论的空间、社会实践的空间、感觉现象所占有的空间,包括想象的产物,如规划与设计、象征、乌托邦等。"③列斐伏尔的这一观点有别于以往传统的具体有形的空间概念,他把社会的维度引入空间研究,这可以说是学术上的重大突破。他认为空间是实践者同社会环境之间的那种活生生的社会关系,是与人类生产以及生活实践联系非常紧密的一个实体。

借助对空间与社会生活关系的探讨,列斐伏尔将理论和实践中分离的

---

① 易舫,段成.压抑空间中的生存困境——从空间理论解读卡罗尔·欧茨《鬼父》[J].外国语文,2017(40):41—46.

② Fredric Jameson. Postmodernism, or, the Cultural Logic of Late Capitalism[M]. Durham: Duke University Press, 1999:16.

③ Henry Lefebvre. The Production of Space[M]. Donald Nicholson-Smith, trans. Oxford, Cambridge, Massachusetts: Blackwell,1991:11-12.

各个领域,即物理空间、心理空间和社会空间,联系了起来。列斐伏尔指出:
"社会空间纳入了所生产的事物,包含了它们在共存和同在中的相互关
系……它本身就是过去行为的结果,社会空间允许某些行为发生,暗示另外
一些行为,但同时也禁止其他一些行为。"①他认为空间是社会发展的一个不
容小觑的核心问题,而且消费主义赖以维持的主要手段就是对空间的征服
和重组。与传统思想中的空间观念不同,社会空间与历史的发展紧密相关,
它产生于历史的发展之中,并随着历史的演变而重新建构和转化,"对生产
的分析显示,今日的我们已经由空间中事物的生产转向空间本身的生产"②。
由此,他提出了"空间是一种(社会)产物"③的命题,以揭示空间的社会属性,
凸显空间的能动性:它既是社会的产物,同时也参与了社会生产。他认为:
"空间并不像人们一般所想象的那样是自然的、客观的、物质的,相反,空间
是被人生产出来的,是社会关系的产物。""空间是一种'社会、地域、政治和
文化'的多维存在。"④他还认为,空间是具有政治性和战略性的一个客体,历
史和自然等各种因素会对它产生深刻的影响,"空间具有政治性和意识形态
性。它实际上是充溢着各种意识形态的产物"⑤。爱德华·W.苏贾在《后现代
地理学》中也曾表达同样的观点:"以社会为基础的空间性是社会组织和生
产人造的空间……空间在其本身也许是原始赐予的,但空间的组织和意义
是社会变化、社会转型和社会经验的产物。"⑥可以说,苏贾的第三空间理论

① Henry Lefebvre. The Production of Space[M]. Donald Nicholson-Smith, trans. Oxford,
   Cambridge, Massachusetts: Blackwell,1991:73,85.
② 亨利·列斐伏尔.空间:社会产物与使用价值[M]//包亚明.现代性与空间的生产.上海:
   上海教育出版社,2003:47.
③ Henry Lefebvre. The Production of Space[M]. Donald Nicholson-Smith, trans. Oxford,
   Cambridge, Massachusetts: Blackwell,1991:26.
④ Henry Lefebvre. The Production of Space[M]. Donald Nicholson-Smith, trans. Oxford,
   Cambridge, Massachusetts: Blackwell,1991:124,40.
⑤ Henry Lefebvre. The Production of Space[M]. Donald Nicholson-Smith, trans. Oxford,
   Cambridge, Massachusetts: Blackwell,1991:30-60.
⑥ 爱德华·W.苏贾.后现代地理学——重申批评社会理论中的空间[M].王文斌,译.北
   京:商务出版社,2004:120—121.

是对列斐伏尔思想的直接延伸,他尝试对人类生活的历史性、社会性和空间性进行构建。总之,通过强调空间的社会意义,列斐伏尔为空间批评奠定了坚实的理论基础,也为空间的多维研究做了坚实的理论铺垫。

亨利·列斐伏尔还提出了空间的"三一论",即"由社会生产出来的任何空间都是由'空间实践'(spatial practices)、'空间表征'(representations of space)和'表征空间'(space of representation)组合而成的"①。"空间实践"指的就是空间的物理或自然属性,是现实世界中具体有形的空间,其根基在于感知世界的方式。"空间表征"指的是精神空间,它是"概念化的空间,是科学家、设计师、城市学家、各类政治技术专家、社会工程师们的空间,它是某种有着科学精神的艺术家——他们把现实存在与感知的内容设想为构想的空间"②,其根基在于想象与思考世界的方式,支配着空间知识的生产。"表征空间"虽然也是指实际生活的空间,但是它又与前两者不同,既不是自然的空间,也不是构想的空间,是"直接通过相关意象和象征物存在的空间……想象力试图改变并进入的空间"③。所以,当代语境下的空间已经不再像以前那样静止不变,而是一个全面开放并且充满了矛盾和对抗的场所。

除了列斐伏尔这位思想先驱以外,福柯等众多的社会理论家、历史学家、建筑师、人类学家、哲学家、文化和文学批评家都成了西方当代空间观念的创新者。空间已经慢慢地成为人们进行思考、批评等活动的一种重要的方法和途径。比如英国达勒姆大学地理系的迈克·克朗(Mike Crang)在1998年出版的《文化地理学》(Cultural Geography)一书中,就专门以"文学景观"为题讨论了文学中的空间含义。他认为文学对于地理学的意义"不在于作家就一个地点做任何描述,而在于文学本身的肌理显示社会如何为空间建

---

① Henry Lefebvre. The Production of Space[M]. Donald Nicholson-Smith, trans. Oxford, Cambridge, Massachusetts: Blackwell,1991:33-36.

② Henry Lefebvre. The Production of Space[M]. Donald Nicholson-Smith, trans. Oxford, Cambridge, Massachusetts: Blackwell,1991:38.

③ Henry Lefebvre. The Production of Space[M]. Donald Nicholson-Smith, trans. Oxford, Cambridge, Massachusetts: Blackwell,1991:38.

构"①。在他看来,文学作品中的地理景观并不是单纯的地理学知识,而是该时代背景下社会意识形态的反映,表明了"地理景观"的社会属性。总而言之,20世纪引发"空间转向"以来,"空间批评"开启了众多学科研究的新视域。它不仅有助于学者们对文学作品和艺术作品中的各种空间进行积极探索,还有助于学者们将研究视角从时间维度转变为空间维度,找到文学研究的新通道,最重要的是,它有助于学者们思考空间理论如何与当代社会文化理论(阶级、种族、社会性别、身份认同、身体政治、全球化)相结合②。

劳伦斯的小说中出现了相异、多重的空间,这些空间所具有的深刻思想内涵,暗合了引人注目的空间理论。劳伦斯经历了几次大的空间迁移,先是从伊斯特伍德到诺丁汉求学以及工作,然后是从诺丁汉到梦寐以求的伦敦工作,再就是从伦敦到欧洲其他城市以及欧洲之外的城市。这三次空间迁移对劳伦斯空间记忆的形成具有重要意义,使劳伦斯获得了多种不同的空间经验,这些不同时段的空间经验沉淀下来,形成一种并置存在,共同作用于劳伦斯的空间记忆。这三次空间迁移一方面使得劳伦斯的空间体验具有一种常人难及的丰富性和复杂性,另一方面使得劳伦斯产生了一种深深的漂泊感和流浪感。因此,在劳伦斯的小说中,读者首先能够看到的是一条直观清晰的地理线路,即从英国的伊斯特伍德出发,途经诺丁汉和伦敦,最后到达欧洲其他城市及欧洲之外的城市。地理景观也随之走出英国本土,呈现出异域他乡的特征。通过文本细读,读者又可以想象出一幅幅抽象的空间图谱,不但包含客观存在的如英国城市的壮大、乡村的退化、经济与文化的变迁等诸多社会现象,而且包含主观上的如人与自然、人与人、人与社会等多重冲突在内的复杂因素。这些在物理空间和抽象空间中的变化和冲突改变着人们对空间的文化想象。可以说,劳伦斯的小说为其展现自身所处时代的人性与社会提供了非常好的范本。

---

① 迈克·克朗.文化地理学[M].杨淑华,宋慧敏,译.南京:南京大学出版社,2005:39—40.
② Julian Wolfreys. Introducing Criticism at the 21st Century[M]. Edinburgh: Edinburgh University Press, 2002:196-197.

　　国外学界对劳伦斯小说的研究起步于20世纪20年代,到今天已有百年历史了。但从空间理论和空间批评的角度来研究劳伦斯的小说,则是近年来才开始的。西方理论界在20世纪中后期经历了引人注目的"空间转向","空间"问题逐渐受到人文社会科学的高度关注。由于空间的社会文化属性异常丰富,空间研究理论得以和诸多学科相结合,逐渐形成跨学科的空间研究热潮。在这种背景下,部分学者开始运用空间理论和空间批评的方法来研究劳伦斯的小说。雷蒙·威廉斯(Raymond Williams)在《乡村与城市》(1973)中虽然没有直接提出劳伦斯小说中的空间问题,但从文化的角度关注了劳伦斯笔下矿乡的空间意义。罗伯特·基利(Robert Kiely)的《超越自负:乔伊斯、伍尔芙以及劳伦斯的小说》(1980)认为《虹》的"主要结构、主题及修辞都具备空间性"。杰拉尔德·多尔蒂(Gerald Doherty)的《劳伦斯〈儿子与情人〉中的空间辩证法》(1990)则首次探讨了小说中人物与空间的关系。杰克·F. 斯图亚特(Jack F. Stewart)的《评劳伦斯的〈海与撒丁岛〉——隐喻和转喻,色彩和空间》(1995)以及杨雨·桑(Youngjoo Son)的《这里和现在:劳伦斯和伍尔夫的社会空间里的政治》(2006)也都注意到了劳伦斯作品中的地理空间以及社会空间方面的特征。这些论文虽然都或多或少阐述了劳伦斯作品中的空间,但是不难发现,这些关乎空间方面的研究大部分是20世纪90年代及以前的,而且数量不多、分散,不成系统,同时这些文章并没有把地理空间所蕴含的丰富多维的社会关系以及文化特征展现出来,因而没能把握住劳伦斯小说中地理空间所要表达的深刻含义。

　　随着20世纪后期空间批评理论的兴起,国内学界也零星出现了一些关注劳伦斯作品中空间因素的研究者。通过检索CNKI收录的2009年以来发表的有关劳伦斯作品的空间研究方面的论文,发现只有6篇,包括张雅娜的《空间理论关照下解读劳伦斯的〈美妇人〉》(2009),于娟、刘立辉的《劳伦斯短篇小说中的性别空间叙事探究》(2011),余岚岚、李琼茜、张楠的《劳伦斯长篇小说中矿区空间建构体现的生态思想》(2014),陈瑜明、杜志卿的《论劳伦斯意大利游记的地域空间书写》(2016),董瑜的硕士论文《失败的探寻——劳伦斯小说〈虹〉中的空间叙事研究》(2014)和张琼的博士论文《D. H. 劳伦斯长篇小说矿乡空间研究》(2014)。李碧芳的专著《劳伦斯与贾平凹比较研究——身体·性爱·空间》(2014)也探讨了其中的空间问题。张雅娜和于娟等的论文对劳伦斯短篇小说中的物质空间、精神空间以及性别空间进行了阐述,认为物质空间可以展示问题所在,精神空间可以对抗物质空间。董瑜的硕士论文和张琼的博士论文都对劳伦斯长篇小说中的矿区空间进行了分析和研究,认为矿区传递了作家的思维方式和创作理想。这些研究虽关注了劳伦斯作品中的空间价值,但都缺乏比较系统的研究,并且对地理空间、心理空间和社会空间这三者之间的联系缺乏重视,没有对作家通过巧妙的空间布局、景观展现、空间隐喻等方法在小说中构建的历史、宗教、身份、种族等多维社会文化要素进行说明。这为本课题的研究留下了充分的探索空间。

可以看到,国内外学界对劳伦斯的作品进行了一些空间方面的研究,开辟了一个新的研究视角,但还存在一些不足之处:一是研究数量较少,现有研究主要集中在劳伦斯作品的生态、性爱等方面,对其作品的空间研究数量过少,尤其是近几年,国内有关劳伦斯的研究更是少之又少;二是缺乏系统性、整体性研究,现有研究大多止步于对劳伦斯单部作品的空间阐释,尚未对劳伦斯多部作品里的空间进行整体研究;三是研究视角较为单一,现有研究大都聚焦于劳伦斯作品的矿乡空间,很少涉及其作品中的心理空间和社会空间,更没有把地理空间、心理空间和社会空间三个维度结合起来,对作品中深层次的社会关系或社会语境进行深度剖析。本书的研究意义在于:①对劳伦斯小说中的空间进行整体研究,形成研究劳伦斯小说空间书写的理论框架,改变国内劳伦斯空间研究相对滞后的现状;②辨析劳伦斯小说中的地理空间、心理空间以及社会空间,梳理其中反映出来的性爱观和生态观,这不仅有助于我们正确把握和深入了解劳伦斯的创作思想及其文化价值,而且能为考察当时英国社会的转型与演变提供一个文学视角;③展呈劳伦斯小说的叙事艺术,发掘其中蕴含的伦理价值,这不论对当前中国的外国文学研究,还是对人类命运共同体的建设,都具有一定的借鉴意义。

通过将劳伦斯小说中的地理空间、心理空间和社会空间三个维度有机结合,实现对劳伦斯小说的空间研究从空间的自然属性转向其社会属性和文化属性,分析劳伦斯在不同空间里对以"尊重生命"为核心的生态伦理思想的传递和表达,达到全面展呈劳伦斯小说的叙事艺术,透视潜藏在其作品深处的伦理图旨的目的。具体而言,本书主要由以下三个部分构成。

第一部分:地理空间。在文学创作过程中,作家的成长及其作品的产生,往往与其所处的自然山水环境存在必然的联系。对于劳伦斯来说,他的地理空间是由三部分组成的。①乡村空间——森林和农场。伊斯特伍德附近区域的乡村与自然,是劳伦斯所说的"我心中的故乡",是一片象征着"森林与往昔农业的古英格兰"乐土。本部分通过对纳塞梅雷湖畔和威利湖、威利农场、玛斯农场以及拉格比森林的分析,力图剖析劳伦斯凭借空间叙事潜藏在小说中的伦理情怀:在对美好乡村的描述中,小说人物以伦理视角审视工业文明,实现身心的自我完善。②工业的缩影——矿区空间。劳伦斯早期的许多作品都是以他生活了近30年的伊斯特伍德为背景的,矿区的空间在劳伦斯的作品中反复出现,成为其创作中不可或缺的基本元素。本部分对矿区"物质化的景"和"机械化的人"进行对比分析,旨在辨析劳伦斯潜藏其中的伦理忧思:繁荣的背后是小说人物在精神上的异化。③异域的空间——欧洲以及欧洲之外。从英国到欧洲其他国家以及欧洲之外的国家,如意大利和澳大利亚等,劳伦斯摆脱了其成长的地理空间的封闭性。本部分通过对作品《袋鼠》《亚伦的手杖》《羽蛇》《迷途的少女》的文本细读,着力辨析劳伦斯笔下的意大利、澳大利亚以及墨西哥的"原始性",刻绘其所追求的理想生活状态。

第二部分:心理空间。劳伦斯生活过的三个地理空间奠定了他整体的创作背景,并赋予其作品特有的地域特色。小说中的个体心理空间既是一种表征的空间,又是地理景观被赋予了个体特征的空间。劳伦斯采用了一系列的意象和象征等手法探索个体复杂、微妙的心理空间,展现出小说人物的性格。劳伦斯在小说中不仅对地理景观进行了详细的描写,同时以象征手法对小说中主要人物的心理进行了刻画。本部分通过对小说中的性爱空间、死亡空间以及欲望空间等的详细解读,重点考察劳伦斯投射在小说中的伦理思想,探究心理叙事再现小说人物在面对伦理困境时的艰难选择:在肉体与精神、生命与死亡之间,他们内心纠结复杂,飘忽不定,而一切就在一念之间。

第三部分:社会空间。社会空间是小说空间表征的重要组成部分。文学作品中空间的社会属性表现为社会语境的再现和深层次社会关系的揭示。一些特定历史语境下的社会信息必然会被作家有意或无意地镶嵌在文本中,成为小说主题阐释的重要手段。社会空间不仅指人们的活动场所,如城市空间、家庭空间等,而且指在这些空间中所呈现出来的女性印记和精神异化等。正如亨利·列斐伏尔所言:"(社会)空间是一种(社会)产物。"①本部分通过对劳伦斯小说的文本细读,从空间的社会属性出发,主要考察社会空间的产物,如小说中的经济现象、宗教展现等,同时也通过文本中新旧英国以及上下阶层住宅的描述探究潜藏在工业文明中的阶级冲突。

---

① Henry Lefebvre. The Production of Space [M]. Donald Nicholson-Smith trans. Oxford, Cambridge, Massachusetts: Blackwell, 1991:26

第二章 劳伦斯小说中的地理空间

劳伦斯的一生大部分都是在漂泊中度过的。为了寻找心中的理想之地,他到过世界各地,有喧嚣的城市,也有幽静的未被污染的乡村。在他的成长过程中,地理环境产生了很大的影响,不仅影响了他的人生经历,也影响了他的世界观、价值观以及思想艺术观,这所有的一切都在他创作的文学作品中展示出来了。正如劳伦斯的妻子弗丽达所写的:"他把他的所看、所得和所知都通过自身作品表现给了自己的同胞,他把生命的壮丽以及关于更多生活的期望都留给了我们……这是一份高尚且无法评估的礼物。"①因此,劳伦斯的长篇小说都打上了深深的地理烙印,有着深厚的地理基础。

劳伦斯的长篇小说中蕴含着丰富的空间因素,涉及诸多明确的地点和场所,如以海格斯农场及"心中的故乡"为原型的乡村空间,丑陋肮脏的矿区地理空间,以诺丁汉、伦敦、悉尼、墨西哥城等城市为代表的城市空间,等等。这些地点和场所既是劳伦斯童年、少年和成年时的现实生活所在地,也是劳伦斯为小说主人公虚构的活动场域。这些地理空间的描述不是简单地描摹自然景观,而是对丰富的人文地理景观内涵的形塑,同时对小说中个体的心理空间以及社会空间等复杂的立体化图谱进行了精心的构建和呈现。劳伦斯在他所建构的地理空间里,展示了众多的自然景观意象,这些意象或隐或显地对进一步解读人物起到了不可替代的作用。本部分主要从乡村空间、矿区空间以及城市和异域空间进行阐释。

---

① 劳伦斯.劳伦斯文集7:查特莱夫人的情人[M].毕冰宾,译.北京:人民文学出版社,2004:391.

第一节　乡村空间

英国是一个有着古老农业传统的国家,英国人对于乡村生活有着与生俱来的热爱。作为最先发生工业革命,曾经深受环境污染之害的国家,英国给劳伦斯的感受是刻骨铭心的,因此他更加喜爱故乡的那片乡村。他那些饱含美丽乡恋、乡愁的作品为他赢得了"了解英国乡村和英国土地之美的最后一位作家"的美誉。[①]

在青少年时期,劳伦斯对故乡的感情是矛盾的,既充满了悲悯又充满了厌恶。厌恶的是家乡的青山绿水被工业化(主要是煤矿业)糟蹋了,悲悯的是那些为养家糊口而下井的父老乡亲,他们因为生计而沦落为肮脏丑陋且没有思想的机械"工具"。只有远离矿区的乡村还保存着农业英国的秀美与纯真。"这片山乡往西十六英里开外是克里奇和麦特洛克,东部和东北部是曼斯菲尔德和舍伍林区。"他曾在《诺丁汉矿乡杂记》中写道:"在我眼中,它过去是、现在依然是美丽至极的山乡:一边是遍地红砂岩和橡树的诺丁汉,另一边是以冷峻的石灰石、桉树和石墙著称的达比郡。儿时和青年时代的故乡,仍然是森林密布、良田万顷的旧英格兰,没有汽车,矿井不过是偶然点缀其间,罗宾汉和他乐观的伙伴们离我们并不遥远。""他(父亲)在穿过科涅格雷旷野的时候常常会在长得很高的草地里顺手采蘑菇,偶尔间也会猎得一只野兔,到了晚上他就把兔子揣在他的矿工服的衬里,带回家来。"[②]劳伦斯所描述的乡村,是他的故乡,也是他的"初恋"和"精神之恋",是让他一生都难以忘怀的自然山水。劳伦斯在那片象征着"森林与往昔农业的古老英格兰"的乐土上度过了不少美好时光。1901年夏天,母亲第一次带中学毕业

[①] 福克斯.小说与人民[M].何家槐,译.北京:作家出版社,1957:105.
[②] 劳伦斯.劳伦斯文集9:散文随笔集[M].毕冰宾,译.北京:人民文学出版社,2014:179,181.

的劳伦斯去海格斯农场做客,后来劳伦斯又到那里休养。他在接下来的10年时间里经常踏访海格斯农场以及附近地区。海格斯农场及附近其他一些农场,如格瑞斯雷农场、菲利农场等,位于"我心中的故乡"的中心地带。劳伦斯和乡民们一起收获干草,干庄稼活。劳伦斯在海格斯农场劳作的情形也在《一份私人档案:劳伦斯与两个女人》中有记录:"劳伦斯常常一整天地和我父亲、兄弟在田里干活。这些田只有几英里见方,我们常常带上一篮子食物,在田里吃一整天。所以在田里干农活颇有些野餐风味。"[①]在海格斯农场,劳伦斯接触到了农民生活,还接触到了乡村、土地,自然也接触到了强大深厚的英格兰乡村文化传统。这些场景在《儿子与情人》中也有展示,我们可以从中感受到劳伦斯那时的快乐。这里的一草一木都与劳伦斯青少年时代的生活息息相关,这是他笔下的伊甸园,可以让他暂时忘却工业文明对他所居住的小镇的摧残破坏。1926年12月3日,当时在意大利的劳伦斯给朋友的信中是这样描述"心灵故乡"的:

> 如果你再到那边去,就去看看伊斯特伍德吧,我在那里出生,长到21岁。走到沃克街……在第3所房子前站住——从左边的克里奇看过去,安德伍德就在前边,海帕克森林和安奈斯列在右边:我从6岁到18岁都住在这所房子里,我比世界上任何人都更熟悉这里的风景。然后越过一片空地,来到伯瑞奇,对着栅栏门拐角处的房子,我从1岁到6岁住在那里。沿着恩景巷,往前跨过在莫格瑞恩煤矿的铁道口,一直走,就到了阿尔福瑞顿公路……向左转,朝着安德伍德,走到一处靠近水库的农场门房前。穿过这道门,向上走过车行道,到了下一道门。继续沿着车行道左边的人行道,穿过森林,就到了菲利磨坊(这是《白孔雀》中写到的那个农场)。你跨过一条小溪后向右,穿过菲利磨坊的大门,登上去安奈斯列的小

---

① 吉西·钱伯斯,弗丽达·劳伦斯.一份私人档案:劳伦斯与两个女人[M].叶兴国,张健,译.北京:知识出版社,1991:15.

路。或者最好还是向右转,上坡,在你下到小溪前,继续上坡,直到
一处崎岖不平已经废弃的牧场。在过去,它叫安奈斯列·克耐尔
斯……很长时间一直空着……那是我心中的故乡。①

　　劳伦斯的记忆就像摄影机的镜头,带着读者走过他曾生活过的故乡。
"劳伦斯的家乡地图也是一张劳伦斯的精神地图。"②劳伦斯对这块土地魂牵
梦绕,在这里他经历了美好的初恋和几段无疾而终的恋情。即使离开故乡
后,他依然将与故乡血肉相连的生活体验和对故乡切肤的"情仇"作为自己
丰沛的文学源泉,故乡以它特有的节奏锁定在他的心律中。这种乡恋伴随
他一生,也是他创作中经常出现的背景音乐,是他创作的底色。这种背景音
乐始终没有停止过。劳伦斯自己也曾经表示:"每一个大陆都有它自己伟大
的地之灵,每一个人都被极化在某个特定的地点——这就是家、故乡。"③劳
伦斯就被"极化"在其故乡伊斯特伍德,他的一生和创作也注定与之联系紧
密。国内研究劳伦斯的专家黑马先生曾说:"一个人一生都心藏着一幅风景
并在这风景上描绘人的生命故事……他从来没有走出自己的'初恋',一直
在小说创作中更新着这种恋情。"④世上有许多作家都有这种故乡之恋的情
结,都特别强调创作与故乡的密切关系,如莫言与山东高密东北乡,乔伊斯
与都柏林,马尔克斯与马孔多等,许多作家把自己的故乡当作感情创作的基
地。美国作家刘易斯也曾说:"一个人童年时的出生地与成长地对个人的影
响是如此的深远以至于超乎人的想象,为之更甚者是这种影响力在人记忆
中的持续性。我虽离开家乡已经有26年之久,也曾两三次回家乡长住一两
个月,数次回家乡做几个星期的短暂停留,但是家乡在我的记忆中是如此的

---

① Aldous Huxley. The Letters of D. H. Lawrence[M].London:William Heinemann,1934:
　　674.转引自刘洪涛.荒原与拯救[M].北京:中国社会科学出版社,2007:93.
② 基思·萨格.劳伦斯的生活[M].高力隆,王廷琦,译.济南:山东友谊出版社,1989:2.
③ D. H. Lawrence. Studies in Classic American Literature [M]. London: Cambridge
　　University Press,2003:17.
④ 黑马.文明荒原上爱的牧师——劳伦斯叙论集[M].北京:新星出版社,2013:15.

记忆深刻,恰如我昨日里才刚刚离开"。[1]所以故乡对作家的意义是非常重要的,因为故乡不仅作为一种地理空间而以实体的形态存在,它也以一种想象空间的方式深深地刻在人们的脑海中,活在人们的心中。可以说,古今中外,许多作家的创作都是源于故乡的。如鲁迅当年写《故乡》时与故乡告别时的心境,T. S. 艾略特与故乡复杂的情感关系,等等。

黑马先生也坦言:一个作家在故乡的成长超过了20年,他的想象力便会终生为故乡的背景所牢牢钳制。这也许是黑马作为作家与国内杰出的劳伦斯作品翻译家和研究者的切身感受。可以这么说,如果没有这个独特的故乡,劳伦斯能否成为一个天才作家还是一个问题,甚至能否成为一个作家也未可知。那么这一片美丽的乡村是如何在劳伦斯的笔下被叙写的呢?早在诺丁汉学习大学师范课程期间,劳伦斯就对一些大而无当的课有些排斥,甚至对一些大学老师的授课内容及方式有抵触,因而开始写作诗歌及短篇小说,其最早的作品中都有他童年时常去的那一片山林草地,尤其是海格斯农场,如早期诗作《致绣竹》《农场之恋》等都是对这片田野风光、湖畔山水、农场劳动的感受。

劳伦斯最为世人所知的长篇小说有《白孔雀》《儿子与情人》《虹》《恋爱中的女人》《查泰莱夫人的情人》。他认为能够保存农业英国的秀美与纯真的地方只有远离矿区的乡村,而海格斯农场在不同的作品中都会以不同的名称出现:《白孔雀》中的纳塞梅雷农场是海格斯农场的一个缩影,《儿子与情人》中的威利农场同样是海格斯农场的翻版,《虹》开篇中的玛斯农庄也是海格斯农场的再现。这个农场在他的笔下是那么的淳朴、荒凉,且弥漫着淡淡的阴郁。

一、农场和森林

1911年出版的《白孔雀》,创作的地理背景是劳伦斯的家乡伊斯特伍德

---

① Sinclair Lewis. The Man from Main Street: A Sinclair Lewis Reader [M]//Harry E. Maule, Melvile H. Cane. Selected Essays and Other Writings, 1904-1950. New York: Random House, 1953:251.

东北部的乡村,与小镇只有一水之隔。村里的海格斯农场就是他的初恋情人吉西·钱伯斯一家居住的地方,煤矿主巴勃家的乡村花园别墅、广阔无边的穆尔格林水库及葱翠的安斯里山林也都在那里。他把自己的许多亲身经历及观点渗进了小说,比如小说中人物活动的主要场所——纳塞梅雷,就是劳伦斯所说的"心中的故乡",也是他"心灵的乡村"所在的那片区域。乔治家的瑟坦莱磨坊就是以菲利磨坊为原型的。显然,书中人物也均以他的朋友及其家人为原型,具有一定程度的自传性质。在小说中,劳伦斯具体描写了这个区域的方位:

> 瑟坦莱磨坊位于狭长的纳塞梅雷山谷的北边。在它的北坡上,有适合耕种的田地和牧场。西坡上是草木茂盛的公地……从西北边开始,沿着山脚是黑乎乎的林地,一直连绵到东边和南边,直到纳塞梅雷的最南部,才猛地止住,树林团团围住了我们的房子。①

《白孔雀》中人物的主要活动场地是纳塞梅雷广阔的田野、农场、庄稼地、果园、池塘、花园、弯弯的溪水以及青翠的山林。在这块让人如痴如醉的土地上生活的人们和家禽家畜,以及那一年四季迤逦的自然风光,如同一幅幅美好画卷,更是宛如一曲田园牧歌,又时而流露出无言的、淡淡的忧伤和惆怅。小说一开始,一个充满生机的鱼塘就展现在读者的眼前:

> 我站在磨坊池塘边上,看着隐约可见的鱼儿在阴影中游动……这条山谷里充满了生机。眼下,整条山谷都沉浸在对往日的沉思之中。在远处的彼岸,茂密的树林阴翳而肃穆,无法与阳光嬉戏。芦苇密匝匝地伫立着,纹丝不动……细流独自潺潺地唱出

---

① 劳伦斯.白孔雀[M].敖莉,译.济南:山东文艺出版社,2010:58.

了生活的欢闹，而这欢闹使这山谷里充满了生机。①

这个生机勃勃的池塘，诉说着大地万物的生生不息，同时也隐晦地告诉读者这个乡村有着丰厚的历史记忆。紧接着作者就把人们带到了男主人公乔治家：

这幢大房子的石壁上长满了常春藤和金银花，曾一度守卫着门廊的硕大的紫丁香树，现在几乎把门都封住了。我们从前面的花园里穿过，走到农场的场院，沿着砖砌的小径走到了后门。②

一幅典型的乡村景象出现在读者的面前：房前屋后的花园、果园，小桥流水以及房子墙上爬满的常春藤和忍冬花都构成了静谧的乡村图。那小溪、那树林仿佛就在眼前：

我跑过那条闪着亮光的小溪，它在杂草丛生的塘底淌了出来。踏脚的石头在阳光下白晃晃的，溪水在它们中间懒洋洋地流过。两三只蝴蝶在蓝天的映衬下几乎难以辨认，它们在花丛中嬉戏，把我引向了山冈。③

这简直就是一幅令人神往的世外桃源的图景！从中透出的是盎然的诗意，让人不知不觉间陶醉于这田园美景。大地的芬芳、娇艳的花朵以及虫草树木的寂静所传递的那一份沁人心脾的美令人无限感怀。在劳伦斯的描绘中，我们可以看到他对大自然细腻敏锐的感受和独特的领悟力。在那田园风景画中，万物萌发，生机盎然，林木花草茂盛，一切都呈现出惬意、餍足的

---

① 劳伦斯.白孔雀[M].敖莉，译.济南：山东文艺出版社，2010：3.
② 劳伦斯.白孔雀[M].敖莉，译.济南：山东文艺出版社，2010：4.
③ 劳伦斯.白孔雀[M].敖莉，译.济南：山东文艺出版社，2010：8，12.

情状。那些花草树木、鸟兽鱼虫、山峦田野、峡谷湖泊,不仅极富诗情画意,而且洋溢着丰沛的生命力。《白孔雀》这部小说中,几乎每一章都有抒情式的风景描写,诗情画意般的自然景色展示了淳朴、自然、宁静的乡村生活。劳伦斯在《白孔雀》中从不吝啬笔墨去展现静谧优美的迷人景色,目的就是在尖锐的对比中展示工业文明对大自然的破坏。福克斯也曾经赞赏此书对繁花似锦的原野的描写,认为这些描写胜过许多页的诗歌。然而,正如福克斯所说,《白孔雀》更主要的是"展示了作家使读者透过田园牧歌式的外表感觉到戏剧冲突的危机的能力"①。

1913年发表的《儿子与情人》是一部带有自传性质的小说,以海格斯农场为主要背景,从小说对威利农场的描写可以看出这是作者对海格斯农场经历的回顾。《儿子与情人》的第六章和第七章详细描写了米莉安一家在威利农场的生活。威利农场纯净的天空、香气四溢的庄稼与保罗家里那种沉闷的气氛以及他家周围喧嚣的煤矿工业对比鲜明。威利农场那静谧的树林和种满庄稼的农田在作者的笔下展现出未受工业文明污染的乡村的景观文化和精神层面的意义。和保罗自己所生活的现实世界完全不同的是,那里简单的人际关系以及与自然和谐相处的怡然自得的状态。这种与自然最为原始的交流深深地打动了保罗。

保罗和母亲第一次去威利农场的路上,地理景观的不断变换强化了工业区与农场及其附近环境的对比。污染环境的烟雾弥漫在工业世界的天空,而未受侵染的绿色草地/土地上空却是欢快飞翔着的鸟儿。这些对比进一步揭示了工业文明对环境的破坏。到达威利农场需要穿过一片树林,"不一会儿就走进树林中一条宽阔的绿色幽径,一面是新栽的枞树和松树……到处都长着风信子"②。一到威利农场,首先映入他们眼帘的是一幅恬静的农家景象:"前面,在这片林子边上,有一片低矮的红色的农家建筑……苹果

---

① 福克斯.小说与人民[M].何家槐,译.北京:作家出版社,1957:52.
② 劳伦斯.劳伦斯文集3:儿子与情人[M].陈良廷,刘文澜,译.北京:人民文学出版社,2014:144.

花纷纷落在魔石上。树篱下有一个深深的池塘,上面有几棵橡树遮掩着,树荫下站着几头母牛。农场和房屋朝着树林的四面,有三面晒在阳光下。这儿非常宁静。"①这幅优美的乡村风景画给人一种无限的美感和质朴的风貌,散发出怡然自乐和宁静美好的气息。树林里的各种野花如风信子、勿忘我等更是增添了原始的乡间味道,让来自工业小镇的母子俩惊叹出神了。这是怎样美丽的一个地方啊!这样的风景在工业世界中是永远都不能看到的,它让人得到了感官的愉悦,更让人感到一种莫名的轻松。

威利农场的风景不仅像世外桃源一样,而且在那里生活的莱佛斯一家也跟"陶渊明"一般,远离喧闹的城市,自享其乐。"这家人事实上是跟世界隔绝的,不知怎么的,他们就像仅存的遗民。"②他们的质朴与热情好客很快感染了保罗,使得他与莱佛斯家的几个儿子成为无话不谈的好朋友。他们带着保罗喂鸡、锄地、拣大头菜、挤牛奶、切干草,使得矿工的儿子有机会近距离地接触传统英格兰的农耕文化,体会其无穷的魅力。工作之余,他们会惬意地躺在谷仓的干草堆上天南海北地聊天,诉说各自的新遭遇和新故事。莱佛斯太太甚至会陪着保罗去田野里走走,有时还掏掏鸟窝。这一切都让保罗深受鼓舞,并萌发了把这些美好的东西画出来的热情。除了和这家的男孩子们成为好朋友,保罗和这家的女孩米莉安也有说不完的话,他们经常在一起讨论宗教、绘画以及自然,还会一起荡秋千,一起摘樱桃。保罗一生中最美好的时光非威利农场的生活莫属,这种恬美、宁静的乡村田园生活深深地影响着他,感动着他。可以说,威利农场是保罗的精神家园。

> 他很爱这户人家,他很爱这个农场;这里对他来说是人家最可亲的地方。他的家反而没有那么可爱……只有到了那儿,他才感到精神振奋,其乐融融。他爱莱佛斯太太,她为人古雅脱俗。他爱

---

① 劳伦斯.劳伦斯文集3:儿子与情人[M].陈良廷,刘文澜,译.北京:人民文学出版社,2014:144.

② 劳伦斯.劳伦斯文集3:儿子与情人[M].陈良廷,刘文澜,译.北京:人民文学出版社,2014:175.

莱佛斯先生,他为人热情,充满朝气,煞是可爱。他爱埃德加,每次他去,埃德加都喝得烂醉。他还爱那些小伙子和孩子,还爱看门狗比尔——甚至还爱老母猪赛西和叫替浦的印度斗鸡。除了米莉安以外,这一切他也都舍不得。①

没有受到工业文明铁蹄所践踏的威利农场,所展现出的美好的自然风景犹如一幅幅让人惊叹不已的画卷。那里的人们生活简单,与自然浑然一体,相处和谐;这种让人忘怀的原始生机和活力更加衬托出工业社会中人与自然以及各种空间之间缺乏亲近感的事实,揭示了工业文明对自然以及对人类所造成的灾难和其罪恶的一面。

玛斯农庄是劳伦斯在《虹》中所描述的布朗温家族中第一代人所生活的地方,书中开头便描写了布朗温家族世世代代所生活的环境:

> 布朗温一家祖祖辈辈都住在玛斯农庄。这里的草甸子上,埃利沃斯河在桤木林中蜿蜒舒缓地流淌着……两英里外的山上耸立着教堂的塔楼,小镇的房屋倚山拾级而上……②

布朗温一家祖祖辈辈都居住在属于自己的沃腴富饶的土地上,同时周边又有一座新兴的城市,他们的生活比较舒适和美好,根本不知艰苦度日为何物。家里总在添丁,所以他们从来没有很富裕过,不过他们在玛斯的生活总是充实的。

> 春天,他们会感到生命活力的冲动……他们知道天地的交融……他们的相互关系就是这样的:抚摸着待垦土地的脉搏,精细

---

① 劳伦斯.劳伦斯文集3:儿子与情人[M].陈良廷,刘文澜,译.北京:人民文学出版社,
2014:266—267.
② 劳伦斯.劳伦斯文集4:虹[M].毕冰宾,石磊,译.北京:人民文学出版社,2014:1.

地把土地犁得又松又软，踩上去就会感到像有某种欲望在牵动你……他们捧起奶牛的乳房挤奶，鼓胀的奶头冲撞着人们的手掌，牛乳上血管的脉搏冲撞着人手的脉搏。

　　秋天，鹌鹑呼地飞起，鸟群浪花般地飞掠过休闲的土地，乌鸦出现在水雾弥漫的灰蒙蒙的天空……这些男人的肢体曾被牛群、土地、树木和天空占据，这会儿往火炉边上一坐，头脑都变迟钝了。过去生气勃勃的日子里所积累下的一切使血液都流得慢悠悠的。①

这段叙述动静结合，让人仿佛行走在英国乡村中，一幅幅生动鲜活的画面在眼前掠过。这样的描写在小说中比比皆是，自然风光的迤逦令人赏心悦目。这样的生活就是小说中的第一代人汤姆·布朗温从父辈那里传承下来的。在这样一个充满自然气息，未受工业文明侵入的英国乡村里面，人与自然相处融洽，相互影响，互为依存。这里的人们自给自足，对外面的世界没有什么好奇心，所以当煤矿、铁路、运河陆续出现时，他们才会感到特别惊异。但即使外面的世界正在如火如荼地进行着改变，玛斯农庄也依然维持着一种原始的生活方式。

1926年劳伦斯在意大利，9月中旬回了趟英国，到故乡伊斯特伍德走访，正好看到了工人罢工的场面。而故乡人的精神面貌让他颓丧和神伤。"现在这一次，我感到这里的乡村上笼罩着一种失败的阴影，人们心头笼罩着失望的阴影，这让我心情无法平静。"②劳伦斯生命中的最后一部小说《查泰莱夫人的情人》就是在此次还乡回意大利后着手创作的，所以有权威研究认为，这场大罢工的情景是劳伦斯创作这部小说的重要原因之一。《查泰莱夫人的情人》里的特瓦萧村，"黑乎乎的砖房散落在山坡上，房顶是黑石板铺就，尖尖的房檐黑得发亮，路上的泥里掺杂着煤灰，也黑乎乎，便道也黑乎乎、潮乎

---

① 劳伦斯.劳伦斯文集4:虹[M].毕冰宾,石磊,译.北京:人民文学出版社,2014:1—2.
② 劳伦斯.劳伦斯文集9:散文随笔集[M].毕冰宾,译.北京:人民文学出版社,2014:42.

乎"①。这地方的一切都是黑的,似乎已经让凄凉晦暗浸透了。自然美完全消失,彻底泯灭,生命的快乐在这儿不复存在,因为这时工业化对整个乡村造成了严重的破坏,空气中甚至弥漫着一股衰竭的味道,丑陋粗俗已然完全代替了旧英格兰乡村的美丽。而拉格比庄园和它周周的矿区是当时机械化资本主义社会的一个缩影。拉格比庄园历史悠久,是位于英格兰中部的一个毫无灵魂、丑陋无比的煤铁世界。其虽然外观漂亮但感觉阴沉,死气沉沉。"那个面容干枯、说话字正腔圆的老女人……那些没人居住的数不清的房间,那些中部地区循规蹈矩的事,那些过分整洁和死板的秩序……这地方好似一个井井有条的乱摊子。"②这段叙述间接地说明了拉格比府是一个毫无生气且与有生命的世界脱节了的住处。生活在其中的女主人康妮日子过得恍恍惚惚,逐渐变得焦躁不安,精神也渐渐地萎靡,一种空虚感时时弥漫在她的心头。"她朦胧地感到自己与世界失去了联系:与真实的、充满生命活力的世界失去了接触。"③它周围的矿区与之相比更是毫无生气可言,令人惨不忍睹。赫然高耸的建筑使之俨然成为一个"现代的奥林帕斯神国","四面都耸立着高大的锻冶金属的工厂和其他的工厂,使人觉得四周只有些墙壁。铁的声音在嚣响着,庞大的载货车在震动着地皮,号笛嘶叫着"④。只有那片树林作为自然生命的栖居地,还散发着欣欣向荣的气息,是工业文明喧嚣中未遭机械化破坏的一片净土。树林是查泰莱夫人唯一的安身处,是她的避难所,也只有在这里,才能诞生出真正的爱情。因此,这一片树林就成为劳伦斯《查泰莱夫人的情人》中乡村的最后一片景色和心中的圣地了。

小树林是小说中浓墨重彩的一笔。在小说中,劳伦斯用他那敏锐的笔

① 劳伦斯.劳伦斯文集7:查泰莱夫人的情人[M].毕冰宾,译.北京:人民文学出版社,
  2014:168.
② 劳伦斯.劳伦斯文集7:查泰莱夫人的情人[M].毕冰宾,译.北京:人民文学出版社,
  2014:14.
③ 劳伦斯.劳伦斯文集7:查泰莱夫人的情人[M].毕冰宾,译.北京:人民文学出版社,
  2014:18.
④ 劳伦斯.劳伦斯文集7:查泰莱夫人的情人[M].毕冰宾,译.北京:人民文学出版社,
  2014:141.

触把这片纯净的地域精美地描绘出来,由衷赞美并发自内心喜欢这个上帝创造的伊甸园,或者可以说是逃离工业文明侵袭的灵魂洗涤之地。这片林地拥有原始、洁净、神秘而自由的空气,充满着生的气息,与被工业污染、人性麻木的世界和肮脏的矿区相隔离,从而把新的能量补充到逃到此地寻求心灵栖息的、即将窒息的人们身上。在这里,康妮那在工业社会里漂泊不定的心,也找到了新的归宿。没有灵魂的肉体,就是行尸走肉:

> 树林里一片寂静……那些短梗的花朵在风中摇曳飘舞着,是那么生气勃勃……康妮背靠着一棵小松树坐了下来,那松树摇晃着,让她感到一种奇特的生命在冲撞着自己,富有弹性和力度,在向上挺着身子……或许这才是未被奸污的地方呢。未被奸污!可整个世界都被奸污了呢。①

劳伦斯在作品中赞美小树林的活力,它充满着纯粹的自然美,是人性的天堂。小树林的原始神秘与自然生机代表着这里将会使人回归本质、真情,可以让人焕发生命的激情。整天陪着克里福德写作的康妮的所有活生生的生命元气都被吸干了。康妮沐浴在静谧的林子里,感受着各种花香和色彩,干枯的生命开始复苏和回归,温暖和自由的感觉包围了她,一直束缚着她的那种空虚和焦躁已经离她远去。在林子里,康妮感觉脸色也红润起来,眼睛更加湛蓝。这段描写以树林的生机复苏与康妮内在的生命萌动相交感,预示着后来情节的发展。康妮内在的生命萌动在小雏鸡这个情节当中达到了高潮。

自从和看林人麦勒斯在林中相遇后,康妮就经常去他的小屋。麦勒斯养了五只母鸡,康妮每天都过来看那些母鸡以及后来母鸡孵出来的小鸡。这些鸡成为世界上能温暖她心田的唯一东西,也是世界上最可爱的小东西。"生命!生命!纯粹、充满活力、无所畏惧的新生命!新生命!那么娇小,可

---

① 劳伦斯.劳伦斯文集 7:查泰莱夫人的情人[M].毕冰宾,译.北京:人民文学出版社,
2014:101.

又那么无所畏惧!"①康妮被眼前这一幅洋溢着生命活力的美丽图画迷住了,同时来自自身母性的忧伤攫住了她的内心,这种强烈的痛苦让她难以忍受。

> 她接过那黄褐色的小东西,握在手中,那小雏鸡站在她手掌上……小鸡在康妮的手心里战栗着,让她感到小鸡在靠着微弱的生命力保持身体的平衡。
>
> "真可爱! 真勇敢!"她轻柔地说。
>
> 那蹲在一旁的猎场看守也颇有兴趣地看着她手中的小鸡。突然,他发现一滴泪滴在她手腕上……②

那只孵出的小鸡象征着生命,使情感上很受压抑的康妮被生命所感动。在如此静谧的树林里,因为小雏鸡生命力的感召,康妮以及看林人麦勒斯内心早已干涸的情感被唤醒,他们的心被这种颤动融化了。他们开始温柔地接触,有了第一次性关系,用美国学者朱利安·莫伊纳汉的话说:"她从此岸向彼岸迈出了一大步,从无生命世界过渡到了有生命的世界。"③小说中共描写了他们七次性交,每次的感受都不同,但是两性生命力的交融都发生在远离喧嚣的林子里,这使两人真正感受到了美妙而和谐的快乐。从此,康妮获得了新的生命,不再是那个枯萎了的、空虚无助的、被困在拉格比府的太太了。

劳伦斯的其他小说中,也经常有对树林的描写。树林作为大自然的标志,常常成为男女主人公逃避现实、寻求自我的地方。高大的树木如同一堵堵墙壁,所以树林给人的感觉是一个较为封闭的空间,可以营造出单独又如梦如幻的世界。例如《白孔雀》中,劳伦斯从来不吝啬笔墨去展现纳塞梅雷

---

① 劳伦斯.劳伦斯文集7:查泰莱夫人的情人[M].毕冰宾,译.北京:人民文学出版社,2014:125.

② 劳伦斯.劳伦斯文集7:查泰莱夫人的情人[M].毕冰宾,译.北京:人民文学出版社,2014:126.

③ 中国社会科学院外国文学研究所,外国文学研究资料丛书编辑委员会.劳伦斯评论集[G].蒋炳贤,编选.上海:上海文艺出版社,1995:197.

树林里面的迷人景色,并且总是将男女主人公的爱情场面安置在山水林木之间,让他们的喜怒哀乐与大自然的季节更替变化相互交融;《儿子与情人》中的保罗以及《恋爱中的女人》中的厄秀拉都在树林中与相爱的人休憩、相亲并完成性爱的洗礼。《恋爱中的女人》中有关树林最经典的一个情节是,当伯金被赫麦妮用青宝石砸打几近死亡时,惊慌失措的他不由自主地逃向远处的树林,跌跌撞撞地来到旷野中,看到被花朵装饰的灌木林时,突然感到满足与幸福,并渴求与它们全身心地相触。于是他脱光衣服躺在树丛中感触着花草与树枝给躯体带来的抚摸和刺痛,融化在花草树木带给他的美好、可爱的清凉气息中。这一时刻,自然界中的花、草、树木这些生命沁入他的血液,他们完全融在了一起。他在那一刻是自由的,除去了尘世的理智,并且希望自己像亚历山大·塞尔科克一样,独自一人在孤岛上与动物和树林为伴,把所有的烦恼与担心摒弃,自由又快活地沉浸于草木的世界。

　　劳伦斯大多数时间都是在乡村或与工业文明隔绝之地度过的,他穿梭于世界各地不停地寻找那未被工业文明浸染的自然生态原野。他如此热烈,由衷赞美那些充满原始气息、生机勃勃的生命,一部分源于对自己家乡的深情与眷恋。正因如此,劳伦斯把自己的那种爱倾注在自己的作品中:在小说《白孔雀》中,劳伦斯用散文诗般华丽的铺陈,浓墨重彩地刻画了"心中的故乡";《儿子与情人》中把以矿工家庭为核心的矿区生活与威利农场的生活进行了对比,突出了自然生态的可爱与可贵;《虹》中以家族三代人的经历为中心,叙述了第一代以农业为主的生活到第二代工业与农业交织的生活,写出了乡村被边缘化的情状;在《查泰莱夫人的情人》中,劳伦斯更是把以煤矿业为主的工业对乡村的戕害推到了极致,把乡村的丑陋、肮脏和毫无生机与树林的纯净美丽进行了对照。劳伦斯以其纤敏的审美心灵,透过这片山水观察世界,用温婉舒畅的笔调为读者呈现出一幅幅优美的旧英格兰乡村田园风光,激发读者对工业文明的重新审视。

二、乡村空间的植物意象

　　植物类自然意象主要包括庄稼意象和花草意象。中外许多抒情作家总是在植物类自然意象中寻求人的特性和品质。劳伦斯是位诗人、小说家,他对植物有着特殊的情感,在他笔下,有很多诗都以植物命名,如《一朵白花》《金鱼草》《河边的蔷薇》《壮丽的黄玫瑰》《枇杷与山梨》《无花果》《杏花》《安德莱克斯——石榴花》《花园里的树》《巴伐利亚的龙胆》等,中短篇小说用植物命名的有《菊花的馨香》《玫瑰园中的影子》《开满报春花的小路》等。在劳伦斯的长篇小说中,植物种类繁多,可谓草木缘情。《白孔雀》中的纳塞梅雷汇聚了众多的植物和动物,植物多达100多种,动物也提及30余种。这些对植物的描写既表达了作家对大自然的深情,又寄托了意蕴丰富的象征寓意;既传递着作家用自然生态世界对抗工业文明侵害的理念,又使作品充满浪漫色彩与灵动生机之美。

劳伦斯来自社会中下层,青少年时代有在农场玩耍和干农活的经历,所以他早期许多小说和诗作的背景都是海格斯农场的自然山水风光,他把自己在农场的经历作为素材写进小说。田里的庄稼自然而然成为他喜欢描述的对象,寄寓了他对乡村景象浓烈的喜爱之情。在《白孔雀》《儿子与情人》《虹》等作品中劳伦斯都描写了燕麦,可以发现作者赋予燕麦以人的秉性和自然的灵动美。刚割下来的燕麦比较新鲜,水分含量大而显得十分潮湿,如果立刻把燕麦捆扎并立成堆,那么燕麦的麦穗会往下垂,作者将它们拟人化,说"一绺绺的麦子沮丧地耷拉着脑袋,相互缠绕在一起",仿佛麦穗经历了无以言说的伤痛以至于悲伤到低头抽泣,沉浸在自己的哀伤里。

劳伦斯把农事活动理想化,在《白孔雀》的田间村舍以及春种秋收中,读者读出的是盎然的诗意。九月间收割燕麦,镰刀割麦时发出的沙沙声以及割草机割草的轧轧声从田间地头不断传来。收割了的麦子被捆好,立成麦禾堆,构成了一幅慵懒恬静的图景。

"燕麦捆都变轻了一些,它们自由地拥抱亲昵,相互间窃窃私语",这里的麦捆就如同两个相爱的恋人拥抱在一起,在相互舔舐着伤口。此外,劳伦斯在作品中还将燕麦比作人。在《白孔雀》中,对于把捆好的燕麦立起来的感觉,乔治是这样对西里尔描述的,"你知道吗,我在堆麦垛时,抱起一捆麦秆就像拥抱着一个姑娘。那是一种很突然的感受"①。这里,劳伦斯匠心独具地把立燕麦与搂姑娘联系在一起,令读者耳目一新。这种温馨的体会一定要有亲身的劳动生产经验才会产生。劳伦斯崇尚自然,他敬畏自然界的一草一木,他"是一个被能称为早期生态批评家的'作家',因为他对待原始自然持积极肯定的态度"②。在他看来,自然界的花草树木和人类一样都是有生命和感知的,所以大自然在劳伦斯的笔下是作为具有灵性的生命个体而独立存在的。在《白孔雀》中,劳伦斯倾注了自己对自然狂热的爱,通过对燕麦等植物细腻的描写,赋予了燕麦生命,自然生态的灵动美就在阅读过程中呈现在读者的眼前,带领他们进入一个意想不到的、充满灵性的生态世界。自然界中的万物均展现出不可替代的、无与伦比的美与尊严,这种美不是虚无的,更不是附属于人类而存在的,而是属于它们自己的,一种活生生的、无关乎人类的情感体验,真正达到一种"物我无碍,自由兴发"的原始状况。③

劳伦斯在他的作品中不仅通过燕麦刻画了自然的灵动之美,同时也显示了人与自然和谐相处的共生之美。在《白孔雀》中,田地里的农事活动彰显了乔治的躯体和力量之美。比如小说第一部第五章中描写乔治在陡峭的山腰上割燕麦的场面:

> 阳光并不怎么强烈,乔治早就扔掉了帽子,他的头发乱作一团,几乎是卷曲着,湿漉漉地粘在一块儿。他稳稳地站在那里,节奏优美地扭动着腰肢……露出脊背上的肌肉,就像一条小溪中的白色砂砾在阳光照耀下闪闪发亮。在这富有节奏的躯体内,还有

---

① 劳伦斯.白孔雀[M].敖莉,译.济南:山东文艺出版社,2010:67.

② David Mazel. A Century of Early Ecocriticism[M]. Athens, Georgia: The University of Georgia Press, 2001:11.

③ 庄文泉.文学地理学批评视野下的劳伦斯长篇小说研究[M].北京:中国社会科学出版社,2017:285.

一种更为诱人的东西。①

　　这段描写容易让人联想到凡·高的油画《麦田里的收割者》。丰收的秋天里,并不强烈的阳光与麦田呼应着,树林的绿以及湖水的蓝映衬着金黄的麦子。收割者乔治体格强健,浑身洋溢着旺盛的生命力,那结实有力的身体随着割麦子的节奏展现出来的力量美强烈地吸引着赖蒂,使她不由自主地称赞他"动作真优美"。赖蒂还说:"你古铜色的胳膊特别好看,看上去相当结实,我真想摸一摸。"②乔治的父亲很是为自己的儿子感到自豪,很肯定地以"是的"两字回复了洛茨理,并且进一步向外人夸耀自己的儿子,说他"有点喜欢割麦"。乔治喜欢割麦,是因为他热爱自然,崇尚自然,喜欢亲近自然,真正与大自然的本质一致。对他来说,在田里干活甚至就算站在田里面,都是一件开心的事情,能为他带来一种美好的感觉。在劳伦斯眼中,自然是无拘无束的,是人们短暂"摆脱社会束缚的避难所"③。自然给了乔治这样一个空间,让他尽情地吸收土地所给予的养分,保持自然人本性的根基。乔治割麦的过程,是力与美完美融合的过程,更是他与自然和谐共处的生动诠释。

　　《儿子与情人》当中的保罗也与麦子有着紧密的联系。在小说的第二章中,莫雷尔太太经常和牧师喝下午茶,莫雷尔自然不是很开心。矿上的生活比较辛苦,莫雷尔回家就会作威作福,惹得孩子们都不喜欢他。莫雷尔太太也觉得无法忍受这么粗俗的丈夫,就带着孩子离开了家。当她漫无目的地走到板球场时,看到"几捆麦子竖在一块休耕的地角上,就像活人似的。她想象麦子在点头哈腰,说不定她的儿子将来会成为一个正派人"④。此时的麦子并不是传统意义上的庄稼,这里也不仅仅作为主人公活动的背景而出

① 劳伦斯.白孔雀[M].敖莉,译.济南:山东文艺出版社,2010:48—49.
② 劳伦斯.白孔雀[M].敖莉,译.济南:山东文艺出版社,2010:49.
③ 马巧正.D. H. 劳伦斯的人文生态观解读[J].西安文理学院学报,2012(3):48.
④ 劳伦斯.劳伦斯文集3:儿子与情人[M].陈良廷,刘文澜,译.北京:人民文学出版社,
　2014:42.

现。这里的麦子被拟人化为一个个的人,成熟饱满的麦穗低下头就如同人一样在和别人点头鞠躬——它们仿佛在与莫雷尔太太和她的儿子点头鞠躬,麦子的出现渗透着莫雷尔太太的感情变化。她希望自己的儿子成为一个像约瑟夫一样的正派体面的人,这实则表现了莫雷尔太太对丈夫的失望之情——因为在她的眼中,莫雷尔并不是一个正派体面的人。他撒谎、粗俗,他不能成为她所希冀的那种男人。所以在麦子以及周围万物的美的映衬下,那种困扰她的琐碎的烦恼消失了,她获得了一种从未有过的宁静和力量,开始自省。是的,她不再爱丈夫,对丈夫已经没有感情了。于是一股对孩子的疼爱之情在她的心头涌起,她要把心中所深藏的爱与希冀放在儿子身上。劳伦斯并不是呆板地把自然当中的景物呈现出来,而是通过刻画人和自然之间的关系来描绘一幅人与自然和谐共处的美好画面。"劳伦斯对自然充满灵性的描写,彰显了灵动和谐的自然生态美,同时也传达出他独特的生命感悟。"①

在《虹》中,劳伦斯通过对安娜和威尔这一对热恋中的情侣于月夜在田野里搬麦捆的描写,表达他们之间微妙的心理较量:

> 他们一起干着,走过来又走过去。他们的脚步和身体是随着同一个节奏和旋律移动的。她弯下腰提起沉沉的麦捆,扭脸看看黑影里的他,径直穿过茬子地走了。她踌躇地把她的麦捆放下,随即便听到麦子哗哗作响的声音。是他走近了,她必须离开。②

这里的麦捆是两人情感的外化,通过"麦捆"这个激情的对应物来展示两人之间的微妙心理。他们的情感韵律通过各自的动作——"提麦秆"和"堆麦秆"的节奏传递出来。在这个过程中,威尔来了安娜又去了,威尔等着

① 庄文泉.文学地理学批评视野下的劳伦斯长篇小说研究[M].北京:中国社会科学出版社,2017:287.
② 劳伦斯.劳伦斯文集4:虹[M].毕冰宾,译.北京:人民文学出版社,2014:103—106.

安娜又退走,你问一句我答一句,这所有的一切不契合都暗示着两人关系有阻隔,暗示着两人之间心灵的较量和冲突。"他们之间的距离正预示着两人之间正在酝酿一场新的对抗与摩擦。"①同时,劳伦斯通过男女之间的动作暗示了安娜力争主导地位,不屈服于男性之下,要求独立的意识。

三、乡村空间的印象主义书写

印象主义是19世纪60年代在法国兴起的,莫奈《日出·印象》的公开展览宣告了印象主义的诞生。印象主义绘画聚焦光线和色彩,侧重表现光线下物体色彩的瞬间变化,捕捉转瞬即逝的印象,强调"视觉和反应的自发性和即时性"②,真正做到"艺术家看什么就表现什么,怎样感受就怎样表现"③。对印象派作家来说,"现实已经成为一个空间的视觉,被设想为光和颜色的感觉。空间不再是一种几何媒介,而是印象派艺术家可以用颜色渲染的一种光媒介。颜色也不渲染深度,而是气氛"④。劳伦斯的所有小说,尤其是《恋爱中的女人》都活跃于文字艺术与视觉艺术的想象空间之中,充斥着丰富的印象主义视觉元素。

劳伦斯酷爱艺术。他从少年起就开始临摹风景画,并在克罗伊顿教书期间经常观看伦敦的画展,加深了对艺术的兴趣。与同时代的画家朋友如厄尼斯特·科林斯、马克·戈特勒和朵罗茜·布莱特等人的长期交往与切磋,催生了劳伦斯的文字绘画艺术灵感。在欧洲居住的时候,劳伦斯在创作小说之余会进行绘画创作,也经常叫朋友给他寄一些画册。他创作了一些油画和水彩画(15幅油画、10幅水彩画),包括《薄伽丘故事》《蒲公英》等。这一切都成为劳伦斯进行小说创作的美学基础。

---

① 廖杰锋.审美现代性视野下的劳伦斯[M].北京:群言出版社,2006:225.

② Paul Smith. Impressionism: Beneath the Surface[M]. New York: A Times New Mirror Company, 1995:3.

③ 翟宗祝.蓝色画廊[M].南京:江苏美术出版社,1999:84.

④ Maria Elizabeth Konnegger. Literary Impressionism[M]. New Haven, Conn: College & University Press, 1973:30.

通过对劳伦斯小说的文本细读,我们发现其作品从事件到场景,从环境到人物都有印象主义的痕迹,光与色彩的和谐在小说中被运用得淋漓尽致。研究劳伦斯的专家黑马先生曾如是评价劳伦斯:"《虹》和《恋爱中的女人》两部小说在人物心理的穿透、场景的布局和移动,以及人物的衣着色彩与景物描绘上,都自觉地运用了印象派和表现主义的手法,做到了故事中有画,画中流动着故事和人物的思路。小说和绘画在此浑然一体。"①因此,本部分旨在探讨劳伦斯如何在小说的人物刻画、景物描写以及语言组织上通过"印象派"绘画技巧来展示视觉艺术形态。这种艺术手法带来的直接冲击力摄人心魄:从那风景画般的场景勾勒出人物内心的起伏和精神的震颤。这给读者呈现了色彩在语言文本中的力量以及文本中的视觉叙述所蕴藏的深层含义。

别林斯基曾经评价过果戈理的作品,称赞他"不是在写,而是在画,他的描绘呈现出现实世界的奇颜丽色"②。这句话也适用于劳伦斯。劳伦斯在小说《恋爱中的女人》的人物刻画上就采用了印象派的绘画技巧。劳伦斯用黑、白、黄、绿、蓝等明暗色彩,把不同人物的个性和命运巧妙地凸显出来。在《艺术与人生》一文中,劳伦斯曾说:"艺术是人感受到的情感通过线条、色彩、文字、声音、动作的外在显现。"③劳伦斯的作品里不少描写文字显见画家的功底。他的文字因着心灵的想象和能量而活力四射。劳伦斯有着印象主义画家对颜色敏锐且独特的领悟力,他的写作受到后印象派画家,特别是凡·高的影响,所以他有意识地把印象派的色彩运用到自己的作品中。在后印象派画家凡·高的绘画艺术中,黄、蓝、绿是他使用频率最高的颜色。而在《恋爱中的女人》中,主人公戈珍最爱的服饰颜色也是绿色、蓝色和浅黄色。

《恋爱中的女人》是以两对男女主人公——厄秀拉和伯金、戈珍和杰拉德——之间的爱情发展为主线的。其中对戈珍和杰拉德这两个人物的刻画

---

① 黑马.文明荒原上爱的牧师——劳伦斯叙论集[M].北京:新星出版社,2013:245.

② 别林斯基.别林斯基选集:第3卷[M].上海:上海译文出版社,1982:449.

③ 劳伦斯.劳伦斯文集10:绘画与画论集[M].毕冰宾,译.北京:人民文学出版社,2014:197.

很大程度上是通过色块的厚薄、色彩的不同而进行的,甚至可以将色块作为
人物的代号。在小说中,对于戈珍的衣着描述出现了八次。在第一章开头:
"她身着一件墨绿色绸上衣,领口和袖口上都镶着蓝色和绿色的亚麻布褶边
儿,长筒袜则是翠绿色的。"①在第八章"布莱德比"中,对于戈珍的描述是"绿
府绸上衣外罩一件深绿和绛紫色相间的宽条松软外套,草帽是嫩绿色中编
进了一道黑色和橘黄色的双色缎带,长袜是深绿色的,鞋子是黑的。"②在第
十八章,戈珍到杰拉德家里是这样的穿着:"她身着蓝衣和黄色毛长筒袜,有
点像那些蓝衣少年。"③在杰拉德家人丧期时,戈珍竟身穿鲜艳的衣服来了:
"她的脚踝处露出浅黄色的袜子,她的衣服是深蓝色的"④,"他感到她的衣着
是一种挑战——对整个世界的挑战"。在第二十八章"戈珍在庞巴多咖啡
馆":"她墨绿色与银灰相间的衣服很时髦,帽子是嫩绿色的,就像昆虫的壳,
但帽檐儿则是柔和的深绿色,镶着一圈银边,她的大衣是墨绿色的,闪闪发
光……"⑤在第二十九章"大陆"中,戈珍"下楼来时身穿鲜艳的绿绸袍子,上
面布满了金色的花纹,罩上绿色的坎肩"⑥。对于戈珍,劳伦斯并没有像传统
的小说那样直接描写其特征,而是从衣着进行刻画,虽然戈珍的面貌是模糊
的,但读者能确定其颜色轮廓。这种用印象主义手法对服饰的描绘让读者
对人物印象深刻。这种对人物形象的刻画,充分展现了劳伦斯对印象主义
绘画色彩带来的视觉张力的深刻认知,也让读者对人物形成了独特的认识。

其他人物的出场也是如此。伯金和杰拉德都是白色色块。伯金"苍白
的脸上露出些许病容","他两腮深陷,脸色苍白,几乎没有人样了";杰拉德
"皮肤白皙","从停船房里闪出一个白色的身影,疾速飞掠过旧浮码头。随
着一道白色的弧光在空中划过……钻出一个游泳者","白皙的腰闪着光"。

---

① 劳伦斯.劳伦斯文集5:恋爱中的女人[M].毕冰宾,译.北京:人民文学出版社,2014:2.
② 劳伦斯.劳伦斯文集5:恋爱中的女人[M].毕冰宾,译.北京:人民文学出版社,2014:89.
③ 劳伦斯.劳伦斯文集5:恋爱中的女人[M].毕冰宾,译.北京:人民文学出版社,2014:251.
④ 劳伦斯.劳伦斯文集5:恋爱中的女人[M].毕冰宾,译.北京:人民文学出版社,2014:254.
⑤ 劳伦斯.劳伦斯文集5:恋爱中的女人[M].毕冰宾,译.北京:人民文学出版社,2014:412.
⑥ 劳伦斯.劳伦斯文集5:恋爱中的女人[M].毕冰宾,译.北京:人民文学出版社,2014:422.

①小说中的人物,不管是傲娇时尚的艺术家,还是不可一世的冷漠贵族大小姐,劳伦斯都运用色彩成功地把他们塑造了出来。劳伦斯通过将文字幻化为更具直接冲击力的色彩视觉艺术,让读者不仅对不同人物的特点有了深刻的印象,而且对这些人物形象所蕴含的完整意义有了更深层次的了解。形状和色彩是印象派绘画最基本的表现手段。通过两者之间的糅合,画家的情感和精神世界可以更好地映射在图画中。劳伦斯在作品中同印象派画家一样对景物在空气与光作用下的视觉效果的处理手法,让读者在阅读中犹如置身于真实场景,像欣赏一幅幅绚丽多彩的风景画一般。

《白孔雀》中的纳塞梅雷也是以劳伦斯"心中的故乡"为原型的,他笔下的纳塞梅雷格外迷人。他不吝笔墨,细致描绘了这里的山水和不同季节的风光,赞美乡村风景。

> 当我们跨过流水潺潺的小溪时,火红的太阳正悬挂在西方的天边。夜的芬芳开始复苏,悄悄地占据了沉静的天空。黄昏的阳光给浓密的树冠披上了金色,给一串串的野花浆果多情地抹上了橘黄……只有几株粉红色的兰花默默地在路旁开着,愁苦地望着一片片紫红色的筋骨草。这些筋骨草的最后一茬花朵在青铜色的主茎顶端放着光彩,与此同时它们也依恋着太阳。②

在上述描写中,劳伦斯恰如一位画家,用火红、金色、橘黄色、粉红色、紫红色以及青铜色记录下阳光和植物的瞬间色彩。阳光的颜色从浓烈到柔和,展现出其在有遮挡和无遮挡的情况下所呈现出来的不同光影。花的颜色由浅到深,角度从上而下,景物的呈现非常有层次感。读者随着色彩的不断变换,仿佛从小溪走到树林里,动态的效果就这样悄然在静态的文字中展

---

① 劳伦斯.劳伦斯文集5:恋爱中的女人[M].毕冰宾,译.北京:人民文学出版社,2014:15,
　　89,17,43,193.
② 劳伦斯.白孔雀[M].敖莉,译.济南:山东文艺出版社,2010:23.

现出来。其实,劳伦斯有印象主义画家对颜色敏锐且独特的领悟力,他受到后印象派画家,特别是凡·高的影响,所以会有意识地把印象派的色彩运用到他自己的作品中。在后印象派画家凡·高的绘画艺术中,黄色、蓝色、绿色是他使用频率最高的颜色,在《恋爱中的女人》中,主人公戈珍最爱的服饰颜色也是绿色、蓝色和浅黄色。"劳伦斯所有虚构的作品都动用了大量的色彩象征,从白孔雀的白到《虹》中虹之和谐的光芒,从《恋爱中的女人》中戈珍色彩鲜艳的服装到《羽蛇》中堂·拉蒙的追随者们的羊毛毯上生动的仪典色彩,莫不如此。"①

《儿子与情人》中,劳伦斯同样使用了众多的色彩刻画傍晚的田野:"德比郡的群山都被火红的夕阳照映得闪闪发光……天空只留下一抹柔和的吊钟花一般的蓝色,西面天际却染成了红色……田野那边的山梨果从黑沉沉的叶丛中探出头来……在东方,落日反射出一片浮动的粉红色,和西面的绯色遥遥相对。"②明亮、鲜艳的颜色如火红、柔和的蓝色、粉红色、绯色等的运用与搭配,使傍晚的田野显得格外迷人,让人沉浸其中,从而暂时忘记工业文明对乡村景色的践踏所带来的痛苦。

同样,《恋爱中的女人》中,很多故事也发生在乡村和湖畔。这些山水氤氲其间,故事的紧张感被缓解了。"这儿有一块草坪,摆着几个花坛,小小的花园边上隔着一道铁栅栏。这儿的景色颇为宜人,从这里可以看到一条林荫公路沿着山下的湖泊蜿蜒而至。春光明媚,水波潋滟。湖对面的林子呈现出棕色,溶满了生机。一群漂亮的泽西种乳牛来到铁栅栏前,光滑的嘴和鼻子中喷着粗气,可能是盼望人们给面包吃吧。"③劳伦斯的这段景色描写很容易使人联想到印象派画家阿尔弗莱德·西斯莱风景画中的色彩。阿尔弗莱德·西斯莱和莫奈一样是纯正的印象派画家。他一生只画风景画。他喜

---

① 劳伦斯.劳伦斯文集10:绘画与画论集[M].毕冰宾,译.北京:人民文学出版社,2014:15—16.
② 劳伦斯.劳伦斯文集3:儿子与情人[M].陈良廷,刘文澜,译.北京:人民文学出版社,2014:42—43.
③ 劳伦斯.劳伦斯文集5:恋爱中的女人[M].毕冰宾,译.北京:人民文学出版社,2014:27.

欢对不同光线和气候下的法国北部的天空、河流、原野以及村庄等进行描摹。西斯莱所追求的光与色的瞬间印象在劳伦斯《恋爱中的女人》这部小说的文本中得到了充分体现。小说所描写的这片浓郁的色彩,呈现出的是乡间的自然风光和壮丽景色。如果对小说文本细加品味,就会发现,随着画面景物的不断远景化,它的色彩由绿色(草坪)到黑色(铁栅栏),再到灰色(公路)和白绿色(湖泊)及棕色(树林),然后再回到近景——一群漂亮的泽西种乳牛。在这幅动静结合的图画中,劳伦斯参考绘画语言中形状与色彩所构成的特殊效果,突出了静态的林荫路和水光潋滟的湖泊以及静谧的树林和喷着粗气的泽西种乳牛间的对比,从而赋予静态画面丰富的内涵,展示了在肖特兰兹像庄园一样的克里奇家,颇有点田园风味——美丽而宁静。但是劳伦斯所表达的美丽宁静只是暂时的,因为丑陋的煤矿谷地就在旁边,虽被林木葱茏的小山遮住了,却仍然挡不住煤矿里冒出的黑烟。

　　劳伦斯不但能够自如地把握色彩,还能够像印象派画家一样将色彩、光、空气糅合在一起。印象派画家绘画所追求的就是把"光"和"色彩"糅合在一起,因此他们认为应该走出画室,去广阔的田野描绘自然景物,把瞬间的印象迅速地呈现在画本上,带给人们新鲜生动的感觉。请看《恋爱中的女人》中第十四章"水上游园会"的一段描写:

　　　　天上金色的光芒退去了,明月升上来了,似乎微绽着笑靥。对岸黛色的林子隐入黑夜中。夜色中时而有几道光线流曳。湖面上远远地闪烁着几缕魔幻般的光芒,像苍白的珠光,淡绿、淡红、淡黄三色兼而有之……湖水在最后一缕天光照耀下呈现出奶白色,没有一丝阴影,只有从看不见的船上的灯笼里流泻出的孤独细弱的灯光。没有桨声,小船悄悄地从惨淡的光线下驶入丛林笼罩下的黑夜中去……①

① 劳伦斯.劳伦斯文集5:恋爱中的女人[M].毕冰宾,译.北京:人民文学出版社,2014:185.

　　这是伯金和厄秀拉在游园会时谈论死亡这个永恒的话题后,大家静静地在水边吸着烟的画面。对夕阳西下及月亮升上来这一景象的描摹,劳伦斯诉诸转瞬即逝、模糊不清的感觉印象,并成功地将这种瞬间感觉经验转化为人物的一种感情状态。一个个零散的片段构成一幅幅光影斑驳、凝重的画面,展示出劳伦斯在创作中对印象派绘画技巧的运用。这段描写就如同印象派画家莫奈的《日出·印象》,呈现出光与自然的结构及光线、色彩的变化,让人体悟到充沛的活力。《日出·印象》描绘的是日出时在晨雾笼罩中的港口景象,莫奈用美妙的光的变幻与运动展现了海水、天空、小船以及远处的建筑、吊车等迷人景色,以及光在宽阔的海面上反射与颤动的生动景象。而在《恋爱中的女人》中,文字描绘的是在日落月升时威利湖的景象,劳伦斯利用色彩和光对明暗关系进行解剖、分析。在由黛色、淡绿、淡红、淡黄、红色组成的色调中,一轮明月拖着湖水中一缕奶白色的波光,冉冉升起。湖水、天空、小船在不经意的笔调中,交相辉映,浑然一体。湖中的游船等在红扑扑的灯笼的映衬下朦胧隐现。劳伦斯像莫奈一样,大胆地用"零乱"的笔触来展示月色、灯光和黑夜交融的景象,展现出作画时瞬间的视觉感受和情绪。在这段描写里,音、光、影、形、色的运用,透射出深沉厚重、冰冷阴暗、荒凉悲怆的情感意绪,映衬出当时大家的心情以及周围神秘莫测的气氛——毕竟死亡是一个沉重的话题。毋庸置疑,这些描写强烈地刺激着读者的视觉和想象力。劳伦斯充分利用文字固有的丰富含义,挖掘读者的想象力,更容易让读者体会到文本所蕴含的意境。

　　除了众多印象派的环境描写外,《恋爱中的女人》中也出现了很多印象派的场景描写,最经典的就是第十九章"月光"里伯金以石击月的场景:

　　　　一阵响声过后,水面上亮起一道水光,月亮在水面上炸散开去,飞溅起雪白、可怕的火一样的光芒。这火一样的光芒像白色的鸟儿迅速飞掠过水面,喧嚣着,与黑色的浪头撞击着。远处闪光的浪头飞逝了,似乎喧闹着冲击堤岸寻找出路,然后黑色的浪头又压回来,直冲水面的中心涌来……月亮再一次聚起细弱的光线,恢复成坚实的月亮,凯旋般地在水面上漂荡着。①

在上面这段文字中,劳伦斯借用了印象派绘画中利用光影变化进行构图的技巧,通过语言的线性描述为读者呈现出一幅简洁疏朗、光影流转的人与月、黑与白搏斗的剪影。月亮和湖水你中有我,我中有你,彼此交织、渗透,视觉上的动感以及听觉上的乐感都在这一瞬间被营造出来了。在这里,月光、湖水都仿佛在欢歌、在跳舞,随着光的脚步回旋和激荡。投掷的石头使得水面呈现出波纹荡漾之态,水在这时已不再是普通的静态之水,而是拥有了自己的灵魂、色谱与形态,能够展现其本身强大的生命力及动态之美。这是由"声与色、光与影、人与物、动与静编织而成的一幅印象图"②,传达了作者难以用平白的语言表达的形而上的精神意象。这段描述很容易让人联想到凡·高的画作《星空》。在《星空》这幅画里,凡·高生动地描绘了充满运动和变化的星空。那旋涡状的星空就如同月亮在水中炸散开来的涟漪和光晕。

乍一看,劳伦斯在取景上有一种偶然性或随意性,其实恰恰相反。在他的小说中,每一个瞬间印象的背后都有其审慎的分析与放达的直觉,蕴含着深邃的寓意。从上文我们可以看到劳伦斯选择使用印象派画家偏爱的绿色、蓝色、黄色来勾勒自己笔下的人物戈珍,这样不仅使这个人物更加立体、生动,而且在一定程度上反映了作者和人物的情感与内心世界。通过分析在这个特定文本里的不同色彩,我们可以更好地解读文字背后的深刻内涵。戈珍所偏爱的绿色、蓝色和黄色,尤其是绿色,在某种程度上也起到了象征人物的作用,成了戈珍独特的颜色。绿色和蓝色是冷色调,代表理性。"这种颜色既可以是最有生机、最有生命活力的色彩,也可以是充满恐惧感和阴森感的色彩。绿色还有'嫉妒'(green with envy)的消极情感的表达。"③在小说

① 劳伦斯.劳伦斯文集5:恋爱中的女人[M].毕冰宾,译.北京:人民文学出版社,2014:262.
② 廖杰锋,曾兰兰.绘画美学风格的追求——论《恋爱中的女人》的叙事穿越[J].衡阳师范学院学报,2017(5):82.
③ 傅星寰.陀思妥耶夫斯基小说的视觉艺术形态[J].外国文学研究,2000(2):24.

中,劳伦斯用大片的绿色色块来描述戈珍,显示出作者的匠心独具。戈珍是一个具有两面性的人物:非常有生机活力,"有点顽皮,淘气,出言辛辣,真是个毫无瑕疵的本色人儿"①;同时,她又理性、冷酷,让人(特别是情人)感到恐惧。戈珍二十五岁,就读于伦敦一所艺术学校,同时也在工作,过的是"出入画室的生活"。因为她那泰然自若的神态和毫无掩饰的举止,当地人称她为"精明的女人"。"我宁可同一个我痛恨的人在一起,也不和那些墨守成规的普通女人一起"②——这显然是她最好的理性宣言。特别是在与杰拉德的两性关系中,她表现出非常理智和冷酷的一面。他们之间充满着战争,都想在意志上让对方屈服,最后以杰拉德的死亡结束。"为什么她把他甩在冰冷的寒风中,让死亡般的风吹过他的心,从而她能独自观赏那玫瑰色的雪峰?"③她的冷酷可见一斑。

蓝色除了冷静和理智的意思外,还有忠诚的含义。英国的婚礼风俗要求每个新娘的嫁妆为"something old, something new, something borrowed, something blue"(一些旧的,一些新的,一些借来的,一些蓝色的)——即忠诚。"在欧洲文化中,黄色象征着嫉妒、背叛、怀疑及肮脏和下流的意思。"④劳伦斯有意选取这样的色彩间接地对戈珍这个人物形象进行刻画:背叛、肮脏、下流。所以蓝色(忠诚)用在戈珍身上非常讽刺。在《恋爱中的女人》中,戈珍和杰拉德的爱情是一条叙事主线。戈珍对爱情的标准或者说择偶的标准在开篇和她的姐姐厄秀拉的谈话中就可看出:"我才不会上赶着去找他呢。不过嘛,要是真有那么一个人,相貌出众,收入颇丰,那……"⑤也就是说,她要找一个既有钱又模样英俊的男人。在劳拉的婚礼上,杰拉德的出现满足了戈珍对配偶的全部想象,她一下子就被他吸引了。戈珍内心非常激动、狂喜,想要再见到杰拉德的欲望啃噬着她。在随后与杰拉德的交往中,

① 劳伦斯.劳伦斯文集5:恋爱中的女人[M].毕冰宾,译.北京:人民文学出版社,2014:4.
② 劳伦斯.劳伦斯文集5:恋爱中的女人[M].毕冰宾,译.北京:人民文学出版社,2014:48.
③ 劳伦斯.劳伦斯文集5:恋爱中的女人[M].毕冰宾,译.北京:人民文学出版社,2014:478.
④ 傅星寰.陀思妥耶夫斯基小说的视觉艺术形态[J].外国文学研究,2000(2):25.
⑤ 劳伦斯.劳伦斯文集5:恋爱中的女人[M].毕冰宾,译.北京:人民文学出版社,2014:3.

他们之间进行了征服与被征服的意志较量。最后,戈珍移情于法国雕塑家洛克,"她同洛克奇怪地好上了,这真是一种可恶的背叛行径"①。三种颜色——绿、蓝、黄——把戈珍这个人物勾勒得惟妙惟肖,入木三分。

再来看看上文中伯金以石击月的场景。在这个场景之前,伯金生病并与厄秀拉有了冲突。痊愈之后,伯金不告诉任何人他去法国南部住了一段时间的事。在那期间他一直在思考与厄秀拉的关系,思考要不要与她按旧的方式相爱、结婚。对伯金来说,"旧的相爱方式似乎是一种可怕的束缚,是一种形式的强制征兵"②,他不愿意过这种生活。他一直以为女人是很可怕的,她们那种要控制人的傲娇态度让他发狂,"她们总要控制人,那种控制欲和自大感很强。她要占有,要控制,要占主导地位"③。所以伯金要发疯似的把石头一块又一块地投向那一轮闪着白光的月亮,他希望自己是独立的自我,他想看看他"是否可以把月亮赶出水面"④。伯金不断投石击碎湖水中荡漾着的月影的举动恰恰暗示了他对女性占有欲的畏惧和反抗,这是一种深埋的潜意识的行为。劳伦斯通过生动刻画伯金与月亮之间的心理搏斗,说明伯金忍受不了的是月亮所代表的女性那种咄咄逼人的气势。他想和女性保持那种"星际平衡"的关系,既保持独立的自我,也可以同时拥有男性的友情。但是月亮——女性的代表——却极其顽固,她想通过俯视进而全力控制男性代表伯金。这里的人和水中之月的争斗显然不是伯金单纯的情绪迸发,而是象征着男女之间精神的抗争。

印象主义在劳伦斯的小说创作中具有独特的表现方式。劳伦斯在创作中善于捕捉光的效果和变化来表现瞬间的感受。劳伦斯的印象主义手法在《恋爱中的女人》里面表现得淋漓尽致,这部作品处处都呈现出光色交辉的诗意画面,"丹青共奇文一色也"⑤。既是小说家又是画家的劳伦斯敏锐地捕

---

① 劳伦斯.劳伦斯文集5:恋爱中的女人[M].毕冰宾,译.北京:人民文学出版社,2014:479
② 劳伦斯.劳伦斯文集5:恋爱中的女人[M].毕冰宾,译.北京:人民文学出版社,2014:212.
③ 劳伦斯.劳伦斯文集5:恋爱中的女人[M].毕冰宾,译.北京:人民文学出版社,2014:213.
④ 劳伦斯.劳伦斯文集5:恋爱中的女人[M].毕冰宾,译.北京:人民文学出版社,2014:263.
⑤ 黑马.文明荒原上爱的牧师——劳伦斯叙论集[M].北京:新星出版社,2013:242.

捉到了生活中的细节和瞬间的感觉,并用画家独特的艺术视角和感悟力自如地将画板的幻彩挪移到小说的形式之中,通过色彩的对比以及色彩与光线、形状的构图创造出"活生生"的瞬间,使小说的场景看似平静却又充满张力。印象主义绘画技巧的运用使得小说《恋爱中的女人》充满了生命力,同时也凸现了小说的思想深度和美学意蕴。可以说,文学依仗绘画不但增强了文字的画面美感,还表现了画家的视觉感受,把人物的激情、欲望与抗争用一幅幅印象派绘画呈现在读者面前。

第二节　矿区空间

龙迪勇教授在《空间叙事学》一书中曾说:"对故乡这一特殊空间('存在空间')的追忆或重构,是作家进行创作的内在动力。因为由'存在空间'所构成的'原风景'不同,所以不同作家的创作特色也就不一样。在这种意义上,我们也可以说,作家们的'存在空间'或'原风景'构成了他们创作的'底色'或'无意识'。"[1]劳伦斯出身于一个煤矿工人的家庭,他非常熟悉矿工生活和矿工周围的环境,不管他走到哪里,矿区的一切永远在他心里挥之不去。这可以从他众多的小说以及戏剧当中反映出来。比如中短篇小说《菊香》(1909)、《牧师的女儿们》(1911)、《受伤的矿工》(1912)、《罢工补贴》(1912)、《轮到她当家》(1912),以及戏剧《矿工的周五夜晚》《孀居的霍尔罗伊德太太》《儿媳》,其中都展示了矿区的生活以及环境,那些生动的场景以及语言只有生活在其中的人才能写出来。在他最为著名的长篇小说《白孔雀》(1911)、《儿子与情人》(1913)、《虹》(1915)、《恋爱中的女人》(1920)、《查泰莱夫人的情人》(1926)、《误入歧途的女人》(1922)、《阿伦的杖杆》(1923)中,劳伦斯也是本能地以故乡和矿区作为小说的背景。从小生活在矿区,生活在充满矛盾的家庭里面,劳伦斯对资本主义工业化正慢慢摧毁自然环境,

---

① 龙迪勇.空间叙事学[M].北京:生活·读书·新知三联书店,2015:8.

扭曲人与人之间的关系,特别是两性关系的感触特别深刻。矿区作为鲜活的素材,激起了他创作的灵感和使命感,使得他真实记录了工业文明的煤矿工业从开始兴盛到衰败的历史发展过程,以及矿区工人从一开始的生机勃勃到最后的机械、丑陋和没有生气的状态。劳伦斯主要通过矿工之家的生活冲突和爱情来表现矿工及女人们的心理,探索建立人、自然和社会之间和谐关系的方式。他虽然从来没有正面描写过井下的劳动过程和场景,但小说中处处出现矿井,处处是污染环境的煤屑,而苦难和悲剧也常常出现在小说中的人物身上。

一、生态的异化

"劳伦斯成长于其所说的'一个怪异的古老的英格兰和新英格兰的混杂世界中':在农耕的乡村中存在着采矿的村舍"[1],也就是说,那时的人们生活在一个农场和矿区混杂交错的地方。运河、铁路、煤矿、新式工厂这些外来的侵犯一步步瓦解着原本宁静、安谧、充满田园气息的农场。"我们的生活处在一个奇特的交叉点上:介于工业时代和莎士比亚、弥尔顿、菲尔丁、艾略特的农业英国。"[2]可是工业的大军最终还是逐渐吞噬掉这残存的古老英格兰。

"我们这个时代根本是场悲剧,所以我们就不拿它当悲剧了。大灾大难已经发生,我们身陷废墟,开始在瓦砾中搭建自己的小窝儿,给自己一点小小的期盼。这可是一项艰苦的工作:没有坦途通向未来,但我们还是摸索着蹒跚前行,不管天塌下几重,我们还得活下去才是。"[3]这是劳伦斯在他最后一本小说《查泰莱夫人的情人》开篇处对所处时代的描摹:快速发展的机械文明给人们带来了无尽的灾难,并使人们处于一片片无望的"废墟之中"。

---

① Raymond Williams. The Country and The City [M]. London: Oxford University Press, 1973:264.

② 劳伦斯.劳伦斯文集9:散文随笔集[M].毕冰宾,译.北京:人民文学出版社,2014:181.

③ 劳伦斯.劳伦斯文集7:查泰莱夫人的情人[M].毕冰宾,译.北京:人民文学出版社, 2014:1.

滚滚浓烟、林立的井架取代了秀美的山谷,轰鸣的机械声、咆哮的汽笛声替换了宁静与和谐。现代工业疯狂地掠夺大地和自然,将人类抛入了一个山穷水尽、地狱般的世界。英国自工业化开始,对生态环境的破坏愈演愈烈。劳伦斯的《儿子与情人》《白孔雀》《虹》《恋爱中的女人》《查泰莱夫人的情人》这几部小说的创作背景都是以伊斯特伍德为原型的,描述了工业化的煤矿开采及其导致的生态环境失衡,展示了现代工业给人类制造的一幅幅上帝无言、鬼魅狰狞的荒唐与异化图景。现代工业的暴力无所不摧,它不仅亵渎了大自然之美,还践踏了大自然之景,整个英国也"随着灰色的,死尸一般灰色的峭壁渐渐耸立,覆盖着的白雪现出条条斑纹。英格兰就好像一具长长的棺木,正在慢慢沉没……它那么漫长,那么灰暗,那么死寂,带条纹的白雪好似它的裹尸布"①。可见机械文明对人类带来的伤害在劳伦斯的脑海里打上了深深的烙印。为此,作者在《查泰莱夫人的情人》中借康妮之口发出无可奈何的感叹:"这就是历史。一个英格兰消灭了另一个英格兰……工业的英格兰消灭了农业的英格兰。一种意义消灭了另一种意义。新英格兰消灭了旧英格兰。事态的继续并不是有机的,而是机械的。"②

原来的伊斯特伍德是个宁静安逸的小镇,比较适合人们居住,但是后来煤矿的开发,以及随之而来的隆隆的火车声和开采机器的嚎叫不仅彻底打破了小镇的安静,更是造成了严重的空气和环境污染,人们的生活状况越来越糟,劳伦斯也深受其害。他年纪轻轻就患上了肺病,在完成最后一部小说《查泰莱夫人的情人》的2年后,也就是在45岁的时候他就死于肺结核。作为一位生态思想家,劳伦斯在其第一部长篇小说《白孔雀》中就已经开始展示煤矿工业对生态以及传统英国乡村田园生活的破坏,向读者诉说工业对乡村风景日甚一日的侵扰。

生活在20世纪初的劳伦斯较之哈代更能深刻体会和感受工业文明对乡

---

① 劳伦斯.误入歧途的女人[M].李建,译.成都:四川文艺出版社,1989:413.
② 劳伦斯.劳伦斯文集7:查泰莱夫人的情人[M].毕冰宾,译.北京:人民文学出版社,
2014:193.

村的外在环境和内在精神的侵蚀和破坏。在劳伦斯的笔下,《白孔雀》里的纳塞梅雷谷地一开始是人间的伊甸园。那里的植物有100多种,动物也有30多种。后来,乔治一家人陆陆续续离开纳塞梅雷,随之让希利尔魂牵梦绕的农场田园生活彻底解体了,人与自然之间真正和谐的关系也就不复存在了。不仅如此,煤矿工业生产更是污染和破坏了这个伊甸园:"到处充斥着硫黄的味道,在阳光下缓缓地吐着红色的火舌,以及再结成灰烬的硬痂……城市上空笼罩着一片晦暗,有薄薄的一层污浊的天篷抵衬着蓝天。"①这样的描述数不胜数。比如在第一卷第五章"爱的争端"中,劳伦斯向读者展示了煤矿的丑陋:"我们看到了赛尔斯拜矿山的井架,还看到那些丑陋的村庄单调茫然、毫无掩饰地散落在山坡上。"②在"曲折的爱情之路"这一章中,劳伦斯描述了煤矿的煤灰污染:

> 走着走着,我们来到了那一排排背对矿山建造起来的简陋房屋。到处是一片漆黑,布满了灰尘。房子首尾相连,只有一条路从一个公园广场进来,毫无生气的野草上落满了斑斑点点的煤屑,对面是一排好似垃圾箱般肮脏的小棚屋。我们在一条满是灶屑、煤灰和煤渣的道路上走着。③

劳伦斯在创作《白孔雀》时还很年轻,那时的工业文明对乡村的破坏与摧残才刚刚开始,矿业机械化也才有雏形,所以对矿区的描写显得比较温情,没有后期小说中所展示的那种痛心疾首般的厌恶。正如英国著名文学评论家弗兰克·克默德指出的:"小说以悠闲的中产阶级为场景,几乎完全忽略了本地区的矿井和矿工生活的存在,鉴于作家年纪很轻而且抱负远大,这

---

① 劳伦斯.劳伦斯文集7:查泰莱夫人的情人[M].毕冰宾,译.北京:人民文学出版社,2014:245.

② 劳伦斯.白孔雀[M].敖莉,译.北京:人民文学出版社,2014:52.

③ 劳伦斯.白孔雀[M].敖莉,译.济南:山东文艺出版社,2010:183—184.

一点是完全可以理解的。"①

在小说《儿子与情人》中,在工业文明的冲击下,伊斯特伍德这个矿区的地理景观也在不断变换。在查理二世时代就开始经营的两三个小矿,位于一片赤杨树下。这些小矿因为规模小,矿里的煤都是靠驴绕着吊车打转拉到地面上来的,"两三个矿工和毛驴就像蚂蚁打洞似的往地底下挖,在麦田和草地当中弄出一座座奇形怪状的土堆和一小片一小片黑色的地面来"②。因为是小煤矿,所以需要的矿工不多,他们也就分散地居住在自己随便搭盖的茅屋里。同样,也是因为煤矿规模小,虽然采煤破坏了乡村那种一望无际的田园美感,但是总体来说环境并未受到严重污染,"这条从赤杨树下流过的小河还没怎么被这些小矿井弄污"③。然而,大约六十年前在这里成立的现代意义上的大型煤炭公司使得一切都改变了:溪谷间的六个矿井先后开工,而为了联连各个矿井,铁路很快就被修建了起来。"铁路从纳塔尔出来,顺树林环绕、地势很高的砂岩地下行,途经卡尔特教团荒芜的修道院,路过罗宾汉泉,到达斯宾尼园,再通往敏顿,一个坐落在一片麦田中的大矿……六个矿就像几枚黑钉子分布在乡间,由一条弯弯曲曲的细链——铁路线——连接起来。"④这段描写明白无误地向读者指出了铁路沿线的自然人文风光:首先是"顺树林环绕",毫无疑问铁路破坏了森林;再是修道院,一个安静的、苦修冥想的地方却整天被火车的轰鸣声所烦扰;罗宾汉泉、斯宾尼园也是森林区域,神秘的历史传说——罗宾汉的英雄传奇故事也孕育在这片迷人的自然风景之中。"一片麦田中的大矿"让人触目惊心!传统农业的象征——麦田中耸立着现代工业的象征——大矿,这种视觉上的冲击给人的警醒与暗示不言而喻。通过铁路沿线分布的矿井和沿途的自然人文风光

---

① 弗兰克·克默德.劳伦斯[M].胡缨,译.北京:生活·读书·新知三联书店,1986:8.

② 劳伦斯.劳伦斯文集3:儿子与情人[M].陈良廷,刘文澜,译.北京:人民文学出版社,2014:3.

③ 劳伦斯.劳伦斯文集3:儿子与情人[M].陈良廷,刘文澜,译.北京:人民文学出版社,2014:3.

④ 劳伦斯.劳伦斯文集3:儿子与情人[M].陈良廷,刘文澜,译.北京:人民文学出版社,2014:4.

的鲜明对比,劳伦斯的目的显然就是展示工业文明对人们赖以生存并有着田园风光的土地造成的破坏,"由铁路串接起来的六个矿井,就像印刻在自然界美丽皮肤上的一条丑陋的伤疤"①。

　　技术的进步使得煤炭的生产规模扩大了,这样矿工越来越多,显然需要建造更多的住房来安置他们。原先的工棚区被新的住房所替代,"盖了好几个居民区……洼地区包括六排矿工住宅,每三排为一行,恰如一张六点的骨牌那样,每排十二幢房子"②。这些房子中规中矩、整齐划一的排列透出一种僵硬、无生命的气息,不仅隐晦地表明了现代工业的机械化特征,而且暗示了居住在此的矿工们的思想和生活处于被禁锢的状态。从小说中可以得知,矿工们日常休息的房间、厨房对面都是垃圾坑。而平常孩子们玩耍、女人们聊天、男人们抽烟都是在两个垃圾坑当中的一条小巷里进行的。显而易见,这些住所就是为了物质利益而建立的,根本没有考虑到人性的多样性和丰富性。矿工的住所仅仅解决了睡觉的问题,感官上的享受与精神上的放松无从谈起。白天,矿工们像"地老鼠"一样窝在黑漆漆的地底下采煤,晚上回家也只能和垃圾坑为伍,工业文明下人类糟糕的生存境遇跃然纸上,劳伦斯对工业文明所带来的对大自然的侵蚀、破坏以及对人们精神生活的压制进行了有力的抨击。劳伦斯敏感的心灵因为这种破坏而受到了极大的刺激,以至于痛苦地呐喊出"人造的英格兰却丑得出奇"。

　　在小说《虹》中,工业化的发展速度几乎达到了高潮。于1915年发表的史诗般的长篇小说《虹》被很多学者认为体现了劳伦斯小说创作的最高成就。《虹》中布朗温家族三代人的不同情感经历与变迁,展现了这一历史时期工业文明入侵乡村,并把其网罗为城市的附属品的过程。小说中的布朗温家族世世代代生活在玛斯农庄,在属于他们自己的土地上,惬意地体验着天空和大地给他们带来的富饶,能时刻感受到自己的身体和土壤的脉搏在一

---

① 张琼. D. H. 劳伦斯长篇小说矿乡空间研究[D].武汉:华中师范大学,2014.
② 劳伦斯.劳伦斯文集3:儿子与情人[M].陈良廷,刘文澜,译.北京:人民文学出版社,2014:3.

起颤动,感受到春天生命的液汁在奔流。"对男人们来说,土地呼吸着……他们给母牛接生,从粮仓里搜出一只只老鼠,或者一拳头脆生生地砸断野兔子的脊梁骨,他们就心满意足了……他们与土地、天空、牲畜和青青的树木之间有那么深的交情;他们的日子过得既充实又沉重,全部身心被这些占据着,总是面对着热血沸腾的一切。"①

　　然而,这一切的美好随着工业革命的进行都烟消云散了。在小说《虹》中,劳伦斯借着手中的笔,再一次细腻地展现了工业文明对大自然触目惊心的侵占速度。在小说的第一章,作者就把中原铁路刺破美丽宁静乡村后对本地农民心灵的影响展示在读者面前:

　　　　大约在1840年,玛斯牧场上修起了一条运河,这条运河直通埃利沃斯谷地里新开的煤矿……就这样玛斯农场和伊开斯顿城被隔开了……大堤占了耕地,布朗温家因此得到一笔数目不小的补偿款。不久,运河另一边又开一座煤矿,随即中部铁路伸向谷地的伊开斯顿山脚下,外部世界终于打进来了。小镇发展得很快,布朗温一家人整天忙着生产供货,他们几乎成了商人,比以前富多了。

　　　　…………

　　　　但是从园子门前顺路朝右前方看,透过高架在空中的引水渠下黑魆魆的拱洞,可看到附近那座煤矿绵延开去。再远些,简陋的红砖房一片又一片,伏在山谷里。最远处则是城里那吐着黑烟的小山城。②

　　这里,呈现在读者面前的分明是一幅工业文明侵入农业文明的景象:矿区很不协调地在美丽的乡村田野上黑乎乎地存在着,以煤矿为核心的工业化产业对农业劳作方式的挤压和侵蚀,就是新兴工业文明冲击农业文明的

① 劳伦斯.劳伦斯文集4:虹[M].毕冰宾,石磊,译.北京:人民文学出版社,2014:2.
② 劳伦斯.劳伦斯文集4:虹[M].毕冰宾,石磊,译.北京:人民文学出版社,2014:6.

一个图景。象征着现代工业文明的火车就如同"入侵者""欢快地宣布着远方的世界不日即临",搅动了以玛斯农场为代表的传统农业生活的状态。埃利沃斯谷地里新建的运河大堤从玛斯农场的农舍边上穿过,就像是一座横跨大路的沉重的大桥。大堤开通后,很快,另一座煤矿就在运河的另一边被开发了,随着中部铁路伸向谷地的伊开斯顿山脚之下,外部世界的工业文明侵入了农庄。煤矿的开采促使了运河、铁路的开掘和开通,也让运河附近的镇子逐渐繁荣起来,这标志着新时代的开始。布朗温一家就是典型的受益于工业文明的代表,他们因为靠近镇子并向小镇居民提供生活用品而迅速发家致富。但是工业化的速度不仅给这块古老的土地罩上了阴影,同时也让世代居住于此的人们困惑和惊讶——卷扬机有节奏的轰鸣以及刺耳的火车汽笛无不在向人们宣告工业时代的到来。世代在这里劳作生活的人们对这种新的生产方式并不适应。传统农业时代那种田园牧歌般宁静安详的农村生活一去不复返,原先的生活模式、交际方式以及思维方式也随着工业文明的入侵而改变。布朗温家族的人也改变了思维模式,不再迷恋那种安逸的生活,不再局限于脚下的土地和乡村的小天地里,他们一个接一个走出乡村,拥向城市,"他们几乎成了商人,比以前富多了"。在《虹》中,劳伦斯更是借厄秀拉之口表达了对机器文明的批评与厌恶:

> 在脚下,她看到村庄和树林,有一列火车在勇往直前。这勇敢的小东西装载着世界上的重要物资穿过牧草地进入高原地带的峡谷口,车头飘出了白色的蒸汽,但是一直都那么小。那么小,它的勇气却推动着它从大地的这一头走到那一头,直到走遍天涯海角……火车盲目又讨厌地穿过了大地。①

这段描述的是厄秀拉坐在山头看见工业文明的代表——火车——穿过村庄和森林在飞奔向前。火车打破了宁静的原野,盛气凌人、不可一世地从

---

① 劳伦斯.劳伦斯文集4:虹[M].毕冰宾,石磊,译.北京:人民文学出版社,2014:461.

世界的一头穿到另一头,说明工业文明不断地毁损大地的生命,势不可当地踩躏一个又一个村庄,乡村的土地已经被"盲目又讨厌"的工业文明所侵占、盘剥,曾经的美丽已被这怪物所破坏。厄秀拉悲从中来并"号啕大哭"。于是她"脸对着高原趴着。高原那么强大,只顾与永恒的天空交媾。厄秀拉也希望能成为天空下一座结实平滑的土丘,胸脯和四肢朝着风儿、云彩和强烈的阳光裸露"①。面对被破坏的大自然,厄秀拉心头涌起了对丑陋的工业文明以及现存社会的厌恶之感,想化作"一座坚实平滑的山丘"逃离被工业文明戕害的环境,和自然风雨相互契合。火车象征了工业文明的"速度"。确切地说,火车/铁路的崛起成了大家普遍认知的"速度新概念"。在工业革命中,能够激起人们无穷想象的应该是铁路和火车,因为只有它们才能够如此形象和震撼地昭示新时代的力量和速度。

在劳伦斯看来,此时,不仅仅是环境被破坏了,就连乡村那种纯朴、乐天知命的自然精神和有机社群之间的和谐也遭到了破坏。在小说《虹》中,劳伦斯"揭示了一个历史事件,一个不同于以往时期——充满进步、现代化、工业的时代坚定不移地取代了那些由流转的四季调节着的古老的、具有宁静韵律的使布朗温家族前几代人完全满足的生活。在那些旧时光里,这个大家庭里没有任何一个人有需要、能力或者欲望去向前移动"②。然而,对玛斯农庄的物质侵入从运河修建之时就开始了。到汤姆这代人的时候,这种情形改变了不少。家里几个儿子中除了小儿子汤姆还喜欢到田里与泥土打交道,其他孩子都不愿意再过这种农耕的生活。二儿子艾尔弗雷德为了逃离农耕生活,努力适应刻板无趣的描绘花边图案的机械工作,性情大变,性格暴躁,中年后变成一个过分享乐的人;三儿子弗兰克小的时候整天泡在屠宰场,长大后开始经营屠宰业,可是渐渐地这工作不能让他开心。他开始酗酒,变得唠叨,对世界上的一切都充满嫉妒和不满。但是令他想不到的是他

---

① 劳伦斯.劳伦斯文集4:虹[M].毕冰宾,石磊,译.北京:人民文学出版社,2014:461.

② Stefania Michelucci.Space and Place in the Works of D.H.Lawrence.[M]. Jill Franks, trans. Jefferson, North Carolina & London: McFarland & Company, Inc.,2002:69.

自己的女儿嫁给了矿工。此时乡村里的人在观念上发生了很大变化。虽然艾尔弗雷德和弗兰克的工作都不是很如意,他们没有快乐,也没有满足感,甚至感到苦闷,但他们瞧不上农耕。他们看不起汤姆,认为他扎根于沼泽农庄从事农耕没出息,在诺丁汉做花边设计员的艾尔弗雷德因为能脱离农耕,反被家人看作上等人和英雄。由此可见,与土地的亲密接触不再被乡村的人看作高尚与自然的事情。①

工业发展对乡村自然环境的改变和破坏在《恋爱中的女人》中达到了一个疯狂的境地。在《恋爱中的女人》中,布朗温一家已经搬离了有着英格兰自然美景的沼泽农庄和玛斯农庄,居住在一片丑陋不堪的中部小煤镇。"这条街很宽,路旁有商店和住房,布局散乱,街面上也很脏……到处都混乱不堪,肮脏透顶,小气十足。"②镇上的一切都是黑色的:公共菜园是黑乎乎的,园子里残留下来的白菜也都沾满了煤灰。田野也是乌漆漆的,谷地里煤矿林立,谷地对面的山坡上是小麦田和树林,远远近近都染成了黑色,仿佛被罩上了一层黑纱。红砖砌成的住房被染黑了,连石板瓦顶也是黑色的。一切都透着黑色,"这真像地狱中的乡村"③。"姐妹俩穿过一片黑魆魆、肮脏不堪的田野。左边是散落着一座座煤矿的谷地,谷地对面的山坡上是小麦田和森林,远远的一片黢黑,就像罩着一层黑纱一样。白烟柱黑烟柱拔地而起,像在黑沉沉的天空上变魔术。"④布朗温家自汤姆后的第三代人戈珍和厄秀拉抱着畏惧厌恶的心态,受着苦刑般穿过了错综不整的沙砾长街,目睹了小镇的黑暗、粗鄙和肮脏,震惊于曾经优美无比的田园乡村景色变得如此破败不堪。这里对矿区的描写同他的绘画作品《逃回伊甸园》互为呼应。在那幅画中,劳伦斯也画了两根烟囱,表达了对现实生活中丑陋环境的控诉,以及想要逃回伊甸园的美好愿望。

在劳伦斯的最后一部小说《查泰莱夫人的情人》中,这种对环境的控诉

---

① 马军红.工业时代的城市与乡村[M].北京:华夏出版社,2013:157—158.
② 劳伦斯.劳伦斯文集5:恋爱中的女人[M].毕冰宾,译.北京:人民文学出版社,2014:5.
③ 劳伦斯.劳伦斯文集5:恋爱中的女人[M].毕冰宾,译.北京:人民文学出版社,2014:6.
④ 劳伦斯.劳伦斯文集5:恋爱中的女人[M].毕冰宾,译.北京:人民文学出版社,2014:6.

达到了顶峰。劳伦斯以英格兰中部小村镇拉格比作为小说背景,进一步描述了矿业开采对自然环境的破坏,抨击了工业文明所带来的恶劣后果。

> 拉格比府是一座狭长低矮的褐色石头建筑,始建于十八世纪中叶,以后不断扩大……可惜的是从这里看到的是附近特瓦萧煤矿烟囱里喷出的煤烟,远处雾气沼沼的山上是特瓦萧村杂乱无章的破房子……看上去丑陋无比:满村都是一排排寒酸肮脏的小砖房,青石板顶,棱角尖锐,模样既别扭又死气沉沉……当风吹过,房子里就充满了大地秽物燃烧后恶臭的硫黄味。即使没风的日子,空气中也弥漫着一种地下的气味:硫黄、铁、煤或者酸味物质。肮脏的尘埃就连圣诞蔷薇都不放过,黑色的粉末像末日天空降下的黑露般执着地粘在花草上。①

这让人感到震惊:曾经让人羡慕和向往的开阔的田园乡村居然和狄更斯笔下可怕、肮脏的焦煤城相差无几,已然被浓烟、蒸汽、纠缠交错的赤裸铁轨、四面屹立的铸造厂等工厂,以及那些整齐划一、黝黑的房子所形成的街道所取代。哈代笔下那种古老的英格兰农舍所剩无几,现在反而"变成了贴在这绝望乡村上的一块块砖屋大补丁"。"汽车艰难地爬上山坡,在特瓦萧那狭长肮脏的街区里穿过。黑乎乎的砖房散落在山坡上,房顶是黑石板铺就的,尖尖的房檐黑得发亮,路上的泥里掺杂着煤灰,也黑乎乎的,便道也黑乎乎、潮乎乎的。这地方看上去似乎一切都让凄凉晦暗浸透了。这情景将自然美彻底泯灭,把生命的快乐彻底消灭,连鸟兽都有的外表美的本能在这里都消失殆尽,人类直觉功能的死亡在这里真是触目惊心。"②黑色这个主色调一直笼罩着。乡村到处是一片晦暗,遍地冒着一柱一柱的烟雾,"像是为什么神

---

① 劳伦斯.劳伦斯文集7:查泰莱夫人的情人[M].毕冰宾,译.北京:人民文学出版社,2014:10.

② 劳伦斯.劳伦斯文集7:查泰莱夫人的情人[M].毕冰宾,译.北京:人民文学出版社,2014:168.

仙烧着香"。英格兰曾经的美丽景色全然被破坏了！农业社会时快活的英格兰，莎士比亚时代的英格兰早已被今日工业时代的英格兰取代了。劳伦斯借康妮之口发出感叹："英格兰，我的英格兰！可哪个才是我的英格兰呢？"①

　　除了通过色彩来展示矿区的异化环境，作家还通过一系列的声音来传达这一信息。在《儿子与情人》中，保罗和莫雷尔太太第一次去威利农场的路上，"敏顿矿井上空飘着缕缕蒸汽，传来阵阵沙哑的格格声"，"男人把货车推倒，垃圾从那大型矿坑的陡坡滚下去，发出哗啦啦的响声"②。《查泰莱夫人的情人》中，即使在煤矿主的拉格比府里，工业文明所带来的一系列令人头晕的嘈杂声也依然清晰：筛煤机的嘎嘎声、卷扬机的噗噗声、火车转轨以及矿车发出的各种声音。曾经欢快的乡村自然之声变成了各处机器的隆隆声，"钢铁铸件在发出巨大的轰鸣声，大货车隆隆驶过，汽笛声声鸣响"③。

　　《恋爱中的女人》第九章"煤灰"中，作家还通过一只阿拉伯种母马在铁道岔道口的反应来传达矿区上的声响已经变成障碍，此时读者不仅承受着视觉上的荼毒，还承受着听觉上的污染。"火车喷着汽'哧哧'地驶了过来，连母马都似乎被这陌生的声音伤害了似的……那没完没了的重复声既陌生又可怕，母马吓得浑身抖了起来……小机车咣咣当当地出现在路基上，撞击声很刺耳。母马像碰到热烙铁一样跳开去……火车车厢的接连处吱吱哑哑地响着……母马惊恐万状……母马重重地喘息着。"④

　　正如黑马先生所指出的："在《查泰莱夫人的情人》中对黑暗龌龊的矿区，劳伦斯发出的几乎是咬牙切齿的恨恨然之声，这声音几乎可以通过朗读

① 劳伦斯.劳伦斯文集7：查泰莱夫人的情人[M].毕冰宾，译.北京：人民文学出版社，2014：172.
② 劳伦斯.劳伦斯文集3：儿子与情人[M].陈良廷，刘文澜，译.北京：人民文学出版社，2014：142.
③ 劳伦斯.劳伦斯文集7：查泰莱夫人的情人[M].毕冰宾，译.北京：人民文学出版社，2014：171.
④ 劳伦斯.劳伦斯文集7：查泰莱夫人的情人[M].毕冰宾，译.北京：人民文学出版社，2014：116—117.

下面的段落感到是发自肺腑,当然我指的是英文原文,不仅是节奏,用词几乎都有咬牙切齿之音响效果,如连用几个 black,几个 utter 和几个 ugly,这样的几个短音节词或者辅音闭合发音,或是短促的元音,不断跳跃在字里行间,发自牙缝和舌间,听上去完全是掷地有声的咒符。"①

> 再下方则弥漫着从巨大的煤矿里冒出的黑烟和白蒸气……那雄伟的老城堡只是一座废墟了……俯视着下面潮湿的空气中弥漫的黑烟和白蒸气。
>
> 汽车又转了个弯,在黑乎乎又旧又小的矿工住宅间下行朝伍斯威特方向驶去……遍地冒着一柱一柱的烟雾,像是为什么神仙烧着香。谷地里的伍斯威特,通往谢菲尔德的铁路穿行其间,煤矿和钢铁厂高大的烟囱在吐着烟。②

对于人类对自然环境的破坏以及由此带来的恶果,劳伦斯十分痛恨,以至于他在散文《诺丁汉矿乡杂记》中痛心地说:"依我看,英国真正的悲剧在于其丑陋。乡村是那么可爱,而人造的英国却是那么丑陋不堪。"③在 19 世纪初及以前,英格兰人确实还可以说是一个严格意义上的农业民族。那个时候的人们所固守的是"传统的农业生产方式,在这种生产方式中,自然界与人类社会需求之间是平衡的,人类从大地索取后又会回馈自然。农业所操作到的地方,大地景观得以改善,人类对于自然的适应也逐渐精细化。诚然,农业方式里也存在着秩序,比如,耕犁犁过的农田、平整的果园和修剪整齐的果树、纵横有序的葡萄园、密集的蔬菜、谷类作物、花卉等,虽然这些都

① 黑马.我们一起读过的劳伦斯[M].北京:中国国际广播出版社,2015:46.
② 劳伦斯.劳伦斯文集 7:查泰莱夫人的情人[M].毕冰宾,译.北京:人民文学出版社,2014:170—171.
③ 劳伦斯.劳伦斯文集 9:散文随笔集[M].毕冰宾,译.北京:人民文学出版社,2014:183.

是经过人工驯化的产物,但它们有其目的性、秩序和美的形式"①。这一健康有机体与自然的和谐发展在哈代的威塞克斯乡村里我们也可以看到,可是在劳伦斯生活的时代,这一切都很遥远,因为自工业革命以来,人与自然之间发生了重大变化。贪婪的人类为了掠夺矿产资源,慢慢地在矿区附近建起"村庄";此后又由于资源开发的强度,不断地将"村庄"扩建成城镇。人类对自然环境的改变就是采矿业带来的一大恶果,这使得荒野变成乡村,然后变成围绕矿区发展的小村镇,最后变迁为城市。随着工业文明的空前繁荣,采矿业规模越来越大,它对旧的田园进行了彻底的摧毁,甚至连那种贵族的庄园也不放过,这些老府邸一个接一个地荒废了,以大工业的工厂宿舍代之。"煤矿曾经使这些府邸兴盛,现在则把它们消除,就像它们消除了那些村舍一样。""花园草坪上开了一座装饰性的煤矿。"②文明的进展正在大规模地破坏生态环境。城市正"蚕食"着原始土地,"那些庞大的、没有窗户的、立方体的住所僵尸般挺立在被毁弃了的田地上,像一群毒蛇猛兽蜂拥而至,它们确实是毒蛇猛兽,确实是毁灭性的"③。在《查泰莱夫人的情人》中,那种混杂的古英格兰和新英格兰世界也不允许存在,代表新英格兰的矿工之家取代了乔治时期的府邸豪宅,"西伯里庄园住宅起来了,那是新街道上一排排的红砖双户联体'别墅'。人们做梦都不会想到,十二个月前,这里曾经矗立着一座拉毛泥灰墙面的大府邸"④。这一切都是建立在竞争基础上的工业化所带来的必然结果。

就以劳伦斯的故乡伊斯特伍德为例。伊斯特伍德位于诺丁汉郡与德比郡交界处的英国中部铁路艾瑞沃什支线上,是一片森林密布,有万顷良田和绿林好汉罗宾汉的古老英格兰乐土。但在19世纪40年代宣布成立的B. W.

---

① 刘易斯·芒福德.城市文化[M].宋俊岭,李翔宁,周鸣浩,译.北京:中国建筑工业出版社,2009:174—175.
② 劳伦斯.劳伦斯文集7:查泰莱夫人的情人[M].毕冰宾,译.北京:人民文学出版社,2014:172—173.
③ 劳伦斯.意大利的黄昏[M].文朴,译.北京:中国文联出版公司,1997:218.
④ 劳伦斯.劳伦斯文集7:查泰莱夫人的情人[M].毕冰宾,译.北京:人民文学出版社,2014:175.

公司(巴伦和沃克公司)增加投资,引进新型采煤技术,挖掘新矿井,使得矿工急速增加,房子越盖越多,小镇开始成形,进而产生了伊斯特伍德这个村子。矿业开采初期,伊斯特伍德就如同《儿子与情人》开篇所描写的那样,有羊群、草地、小溪和山楂树等,矿工们一路上可以在长得很高的"草丛中采些蘑菇或捕一只怯懦的野兔,晚上下班时揣在工作服里带回家"①。那时,矿井不过是偶然点缀其间,因而矿区在作者的眼里只不过是发生在这一景色如画之地的一个偶然物件,甚至还觉得很美并习惯于这种"美"。"矿井也很美,你瞧它堆在一起,简直像活的——一个叫不出名的庞然大物。"②

　　1820年前后,劳伦斯的故乡伊斯特伍德装上了机器,矿井变成了大型的煤矿区,成为真正的工业化矿井了。田野里到处都是矿井和矿区,煤渣与井架使之看上去满目疮痍。"大部分老式矿工的一排排小房子都给拆了,代替它们的是诺丁汉街上沿街开的小店铺,单调无味。"③工业的推动者们在英国大地上修筑绵延数英里类似可怕的癣疥的红砖"住家"。哈代笔下的那种宁静和美丽的田间小路早已被践踏得失去了原先的样子,乡村里人越来越多,似乎已经人满为患。劳伦斯十分憎恶这种城乡交界的矿区小镇,他不是恨自己的故乡,而是恨伊斯特伍德所代表的丑陋的"人造英格兰"。劳伦斯在《还乡》中写道:"我既感到归乡的迫切,又感到十足的厌恶。""不管你走到哪里,都会感到人类的肮脏。"④在游记《意大利的黄昏》中,他描写了在徒步旅行中也见到了类似矗立着几个烟囱的工业小镇:"这就是人类世界骇人听闻的粗野,这就是先进的工业世界在自然世界上可怕的破坏性的粗暴行为。"⑤

　　综上所述,劳伦斯小说的背景大多是城乡交会处的煤矿区,当时英国工业蓬勃发展,煤矿业兴旺,井架林立,煤烟滚滚,山林、草地和农田遭到侵占,

---

① 劳伦斯.劳伦斯文集9:散文随笔集[M].毕冰宾,译.北京:人民文学出版社,2104:181.
② 劳伦斯.劳伦斯文集3:儿子与情人[M].陈良廷,刘文澜,译.北京:人民文学出版社,2104:142.
③ 劳伦斯.劳伦斯文集9:散文随笔集[M].毕冰宾,译.北京:人民文学出版社,2104:180.
④ 劳伦斯.劳伦斯文集9:散文随笔集[M].毕冰宾,译.北京:人民文学出版社,2104:33—34.
⑤ 劳伦斯.意大利的黄昏[M].文朴,译.北京:中国文联出版公司,1997:202.

很多人进入矿井挖煤，自然环境受到破坏。作者看到的是黑乎乎、乱糟糟的世界，山林处、田野里到处是烟雾飘荡，闻到的是空气中弥漫着的呛人的煤烟味、硫黄味，听到的是矿井里日夜挖煤运煤的机器发出的刺耳声音，这反映出工业文明对自然环境的侵害。在这个空间中的煤矿工人，他们作为一个群体，一个庞大的阶层，为了养家糊口，只能在恶劣的环境下辛苦地劳作，矿难事故经常发生，他们甚至要付出生命的代价。更不要说在这样的工作环境下，患肺结核的概率比其他环境下高得多，就连在这个地区生活的人也常受这种疾病的困扰，包括劳伦斯家人在内的许多人都患上了与煤烟有关的呼吸道疾病。而劳伦斯出生不到两周就患上支气管疾病，差点死去，以致终身患有肺病，因此他极力想逃离这样的环境。以煤矿业为代表的工业文明不仅污染了环境，更污染了人的心灵。

从1906年左右开始创作《白孔雀》，到1926年的最后一部长篇小说《查泰莱夫人的情人》问世，20年间，劳伦斯笔下的矿区空间发生了较大的变化，从偶然点缀其间到后来的星罗棋布，矿区空间无处不在，只是矿井的名称不同而已。劳伦斯的态度也从开始的同情和赞赏变为批判。正如黑马所说的："劳伦斯对资本异化下人的心灵扭曲堕落给予了最大的关注，劳伦斯将环境的败坏与人心灵的堕落有机地昭示出来。"[1]

二、人性的异化[2]

在劳伦斯生活的时代，英国从典型的农业国一跃成为世界上第一个完成工业化的国家，当时物质空前繁荣，经济实力大大增强，到1870年很多方面远超其他国家。"拥有了速度，就拥有了一切。"但是对速度的狂热追求导致了人类在物质世界以及精神世界的"机械化"，人类的一切都屈服于机器统治，失去了生命本能以及激情。在《旧衣新裁》一书中，卡莱尔抨击说："世

① 黑马.心灵的故乡——游走在劳伦斯生命的风景线上[M].北京:中国社会科学出版社,2002:172.
② 李春风,刘艳锋.杰拉德:权力意志的完美实践者[J].榆林学院学报,2020(5):69—73.

界成了一个巨大的、毫无生气的、深不可测的蒸汽机在那儿滚滚向前……世界之所以沦为机器,原因在于精神生活已被放逐。"①在劳伦斯的小说中,工业机械不仅如同锋利的刀剑一般斩断了人与自然之间相辅相成的纽带,还彻底摧毁了人与人之间纯真美好的关系。

《虹》中厄秀拉的舅舅小汤姆从小就受到老师偏爱,因为他既聪明又精明。他是布朗温家族的第二代——老布朗温的小儿子。他长大后就离开了出生地玛斯农场,闯荡于文明世界,很早就割断了与玛斯农场自然的亲近以及与土地的血脉联系,是劳伦斯小说中典型的异化了的"文明人"形象。经过多年在国外的努力,他在约克郡成了收入以及社会地位都很高的大煤矿公司的经理。从外表上看他潇洒、彬彬有礼,但是这么多年在煤矿的工作使得他内在的生命激情开始衰竭。他的生活已经支离破碎,灵魂毫无生气。"对什么事他都再也不管不顾,男人也好女人也好,上帝也好人类也好,他对什么都无动于衷了。他对肉体和灵魂都不在乎。"②他所做的只是使自己的生活保持完整,只是简单地活着,生活毫无目的,"只有一片茫然",他活着只是来"填补每一时刻",因为他的生命存在是为了服务机器,实际上他已经没有生命活力,而沦为一种机械的存在。他不再是一个在玛斯农场生活时有血有肉的男人,而是沦为工业文明生产出来的一个废物。他的世界早已变得机械,没有意义。

在他的矿区里,因为矿工们的工作很危险,所以他们的工资相对来说较高。煤矿里的条件相当恶劣,矿井很深很热,有的地方非常潮湿,所以矿工死于事故或肺病成为非常普遍的事情,大家都习以为常,以至于矿工的妻子也不再认为婚姻神圣无比。女子找丈夫不是为了爱情,而是为了找一个能赚钱来养活她们的人。假如她们的男人在采煤时不幸死了,那就再找一个,至于男人是怎样一个人并不重要。"是这一个男人还是另一个,根本没什么

---

① Thomas Carlyle. Sartor Resartus [M]. Oxford & New York: Oxford University Press, 1987:122.
② 劳伦斯.劳伦斯文集4:虹[M].毕冰宾,译.北京:人民文学出版社,2014:340.

关系。要紧的是矿井。"①这一切都让厄秀拉感到不可思议,这些所见所闻使她强烈地意识到矿工们的生命本能已经被矿井这个巨大的机械怪物所吞噬和奴役,而她的舅舅则是工业文明的代表——已经被机器剥夺了生命活力和本能。"他唯一的幸福时刻,他唯一感到完全身心自由的时刻,就是他为机器服务的时候。"②由此可见,汤姆是一个高度异化的、机械化了的"文明人"。显然,他十分明了机器对人性的毁灭力量,但是又不由自主地崇拜机器,就如同崇拜上帝一样,"他真正的情人是机器"③。他和英格小姐认识两天就订婚,一个学期之后就结婚了。他并不是爱她,只是认为她受过教育,适合并且也能做一个好伴侣,与他显然是一路人:"从她身上发现了与他自己心中隐隐的某种联系。他马上就知道他们是同路人。"④对于汤姆来说,婚姻或家庭的建立都算不得什么,只是感觉到了想要孩子的年龄,想要完成传宗接代的使命和任务。丈夫、父亲以及煤矿经理这三个角色就是能带动他往前的机器。汤姆和英格是机械化的、异化的人类,是散发着令厄秀拉恶心的臭气的腐尸,"是一个黏糊、呆滞、不活跃的肉体,使她联想起那些史前的大蜥蜴……同那生命和腐朽合二为一的沼泽地一样气味难闻,令人作呕"⑤。厄秀拉想摆脱他们俩,永远远离他们那种难以形容的腐烂味。

《恋爱中的女人》中,杰拉德⑥作为一个工业巨子的形象虽然非常引人注目,但本质上他也是一个高度异化的人。⑦杰拉德是"一位战士、探险家、工业拿破仑"。他参加过布尔战争,考察过亚马孙河,最主要的是他管着一座煤矿。"他皮肤白皙、漂亮,身体健壮,浑身蕴藏着未释放出来的巨大能量。"⑧他声称自己"活着就是为了工作,就是为了生产些什么,因为我是个有目的

① 劳伦斯.劳伦斯文集4:虹[M].毕冰宾,译.北京:人民文学出版社,2014:344.
② 劳伦斯.劳伦斯文集4:虹[M].毕冰宾,译.北京:人民文学出版社,2014:345.
③ 劳伦斯.劳伦斯文集4:虹[M].毕冰宾,译.北京:人民文学出版社,2014:345.
④ 劳伦斯.劳伦斯文集4:虹[M].毕冰宾,译.北京:人民文学出版社,2014:342.
⑤ 劳伦斯.劳伦斯文集4:虹[M].毕冰宾,译.北京:人民文学出版社,2014:346.
⑥ 劳伦斯.劳伦斯文集5:恋爱中的女人[M].毕冰宾,译.北京:人民文学出版社,2014:64.
⑦ 李春风,刘艳锋.杰拉德:权力意志的完美实践者[J].榆林学院学报,2020(5):19—23.
⑧ 劳伦斯.劳伦斯文集4:虹[M].毕冰宾,译.北京:人民文学出版社,2014:17.

的人"①。他非常强调物质对于人的意义,并告诫伯金"应该把物质的东西摆在首位"②。因为他认为人和牛是不同的,牛光吃草就能满足,而人需要物质的东西,比如连矿工也要尽力买上一架钢琴放在家里来显示自己在物质方面比别人高一层次。崇尚物质的杰拉德也喜欢鼓捣机器,他建了一座私人发电厂,并改进了一切他认为可以改进的东西,"他一下子就做了几代人的事……等到他把可能改进的都改进了,再也没有什么需要改进的时候,他就会立即死去"③。

杰拉德在父亲生病后就全面接管了煤矿企业。他的父亲是虔诚的基督教徒,想做一个仁慈、乐善好施的企业家,为这些矿工谋福利。他按照《圣经》里面要求的慈爱之心来办自己的企业。他管理的矿区实行的是工头承包制,一般都是由一些有经验的老工人指挥矿工干活。这样一来,企业里就有很多年纪大的经理和职工,这显然不利于企业的发展。杰拉德接管企业的时候正是企业出现危机,即准备关闭两口井的时候,因为矿井"老了,报废了,像老狮子一样不中用了"④。杰拉德一来就发现了问题的症结所在:矿区的体制、观念和设备都过于陈旧。这些矿井并不像父亲他们所认为的资源枯竭了,而是因为陈旧的采煤办法无法挖到地底下潜藏着的大量的煤。杰拉德决定打破旧的采煤方式,把躺在地底下的煤给挖出来。他认为"人的意志是决定因素"⑤。只要有强大的意志,那么土地就是人的奴隶,人就是土地的主宰。而他的意志显然就是要"物质世界为他的目的服务,征服是要点"⑥。尼采认为:"有机体吸取营养的本质就是它们作为权力意志去'占有''吞噬''征服'环境。"⑦这话显然也适用于人类。杰拉德接管煤矿的目的不

① 劳伦斯.劳伦斯文集4:虹[M].毕冰宾,译.北京:人民文学出版社,2014:54.
② 劳伦斯.劳伦斯文集4:虹[M].毕冰宾,译.北京:人民文学出版社,2014:54
③ 劳伦斯.劳伦斯文集5:恋爱中的女人[M].毕冰宾,译.北京:人民文学出版社,2014:64.
④ 劳伦斯.劳伦斯文集5:恋爱中的女人[M].毕冰宾,译.北京:人民文学出版社,2014:237.
⑤ 劳伦斯.劳伦斯文集4:虹[M].毕冰宾,译.北京:人民文学出版社,2014:237.
⑥ 劳伦斯.劳伦斯文集4:虹[M].毕冰宾,译.北京:人民文学出版社,2014:237.
⑦ 谢敏.尼采的权力意志[J].南京理工大学学报(社会科学版),2007(2):21.

是钱,他需要的是"在与自然条件的斗争中单纯地实现自己的意志"①。他的意志就是要想方设法从地底下挖出煤以获利。他的意志使得他不仅欣然面对各种挑战,而且还渴望挑战。"被强烈权力意志驱动的人,既不求外在的地位和权势,也不求稳定幸福的状态,而是追求生命的个性化创新和超越。"②杰拉德显然就是这样的人。

　　杰拉德不辞辛苦每天下井勘察,并经常请教专家。这样一来,他对自己家的矿区就非常了解,准备大刀阔斧地进行改革,并且很快就要有所突破了。他首先抛弃父亲那老套的用爱和自我牺牲来管理企业的观念,认为民主、平等是非常"愚蠢"的,对他来说重要的是"社会生产这架机器"③。他开始赋予大工业以秩序。他要将自己的意志和哲学付诸实践。他要用自己的力量与物质世界斗争,比如与土地和煤矿斗,使之服从于自己的意志。他认为人类就是在与无生命物质的对抗中才超越它们的,正如人类历史是通过征服来改写的一样。为了这个目的,他需要建立起一种组织原则,一种秩序,让它们和谐地运行。"能够完美地实现人类意志的途径就是建立起完整的、非人的机器。"④而这种秩序——机器原则——代表着人类的意志,他的意志;他就是"机器神"。

　　人与物质世界之间建立起纯粹的机制后,杰拉德开始"驯服它的工具:包括人和金属"⑤。他推翻他父亲留下来的所有做法,不讲一点旧情:打发了那些年纪大的经理和老职工。他认为他的企业并不是慈善医院,所以这些缺乏工作能力,就像是废物的老矿工就得让位于一些年轻能干的职工;老一套的工作方法已经不能适应企业的发展了。他在每个部门都配备一些有经验的矿业和电业方面的工程师,让"受过教育、有专长的人掌握一切"⑥。而

---

① 劳伦斯.劳伦斯文集5:恋爱中的女人[M].毕冰宾,译.北京:人民文学出版社,2014:238.
② 谭敏.一个尼采式英雄的悲剧——《干扰》的悲剧英雄形象分析[J].北京第二外国语学院学报,2016(3):114.
③ 劳伦斯.劳伦斯文集5:恋爱中的女人[M].毕冰宾,译.北京:人民文学出版社,2014:241.
④ 劳伦斯.劳伦斯文集5:恋爱中的女人[M].毕冰宾,译.北京:人民文学出版社,2014:243.
⑤ 劳伦斯.劳伦斯文集5:恋爱中的女人[M].毕冰宾,译.北京:人民文学出版社,2014:242.
⑥ 劳伦斯.劳伦斯文集5:恋爱中的女人[M].毕冰宾,译.北京:人民文学出版社,2014:245.

那些没有受过教育、没有专长的矿工就沦为纯粹的机器和工具。驯服了人之后,杰拉德开始在金属——机器方面推行改革。为了解决矿井照明及煤炭运输的难题,他首先建立起一座巨大的发电厂。这改变了以前靠烧煤获得电力的方法,节省了很多开支。有了电力做保障,杰拉德从美国进口了很多新机器和稀有设备,比如卷扬机和挖掘机等"大铁人"。企业越来越机械化,矿工们也越来越被机器化。虽然机器"正在毁灭他们",但是矿工们非常高兴能够归属于这伟大绝妙的机器。对杰拉德来说,矿工们只是工具而已,一点都不重要。同时,杰拉德还在矿区机关推行改革,对各种开支进行压缩。他认为只有这样才能保证改革顺利进行。他收取"寡妇煤"的成本费以及各种费用,如工具的打磨费、运煤的车费以及矿灯的保养费等。这样一来,每个星期企业都可以节省一百英镑。

杰拉德建立的体制非常完善,他完美地实现了他的权力意志,他成功了。他的企业出现了新的面貌,不仅转危为安,而且因为他的努力,企业的煤产量超过了以往任何时候。征服了物质世界——煤矿之后,杰拉德感到自己几乎没用了,因为这个体制运转得很完美。没有目标去忙碌的杰拉德内心非常空虚,他现在"很茫然,很迟钝,就像一台失去动力的机器一样"[①]。

在小说中,杰拉德对矿井的改革体现了他精神的异化,在对待动物方面也说明了他冷酷的"工业拿破仑"形象,他是一个异化了的"文明人"。在第九章"煤灰"中,劳伦斯生动地叙述了在铁道岔路口的一幕人马对抗的意志较量。杰拉德骑着一匹阿拉伯种的母马准备过铁道,但是由于刚好有机车通过,所以他只能在栅门口等候。首先,劳伦斯选择的是母马而非公马,这是有意为之。母马暗指女性。所以人马之间的较量其实就是男性和女性之间的争斗,为小说后面杰拉德和戈珍之间的较量做了铺垫。从一开始的描写"轻巧地驾驭着马,马在他的双腿间微微震颤着,令他感到心满意足"[②],就可以发现杰拉德很享受控制马所带来的愉悦感和满足感。马在他的意志下

---

① 劳伦斯.劳伦斯文集5:恋爱中的女人[M].毕冰宾,译.北京:人民文学出版社,2014:282.
② 劳伦斯.劳伦斯文集5:恋爱中的女人[M].毕冰宾,译.北京:人民文学出版社,2014:116.

"微微震颤",这种震颤在杰拉德看来就是一种绝对的顺从,所以他带着征服之态势而感到"心满意足",戈珍认为"杰拉德那副姿态着实有点诗情画意"。这种所谓的"诗情画意"恰恰与后面杰拉德残酷地控制马的行动形成了极具讽刺性的对比。当机车喷着气驶过来的时候,母马被那巨大的"哧哧"声所惊吓而往后退。可是杰拉德却硬把它拉回去,并让它头朝着那栅门站着。随着那没完没了的"哧哧"声越来越重,母马"吓得浑身抖了起来,像弹簧一样向后退着"①。可是杰拉德根本没有顾忌马对那刺耳、陌生的声音的恐慌,他"脸上掠过一丝微笑……又把马赶了回去","仍沉稳地骑在马上,又把马赶了回去","像磁铁一样陷在马背上,能让马自行转回去"②。从这里可以看出杰拉德的冷酷与控制欲,"自行转回去"更是表现了马在压力下无可奈何的顺从。尼采在《权力意志》中曾说:"力量(指权力意志)的本质在于向一切其他的力量实施强力。"③这里的杰拉德就是在用自己的权力意志向比他弱的母马实施强力来控制它。"那马疯一般地打着转,可是无法摆脱他的控制,也无法躲避那可怕的机车轰鸣声。"④

正如尼采所说:"一切现象从本质上而言都是压迫的意志与反抗的意志之间的斗争。"⑤母马与杰拉德之间进行了一次又一次的征服与被征服的斗争。母马"张开大嘴","前蹄腾起来","浑身抽动","前脚伸开向后退着","喘着粗气咆哮着","双目充满惊恐";而杰拉德却依然"开心地笑着","前倾着身子","用力夹着马腹","最后还是令母马驻足"。⑥从这里可以看出,母马在杰拉德那强力的意志下无法摆脱,难以忍受的机车噪音以及杰拉德的压力都给它带来了巨大的恐惧,它已经无力反抗,只能无助地在原地打转。最后,随着令人厌恶的机车一辆接一辆驶来并发出那忽高忽低的吱吱呀呀

---

① 劳伦斯.劳伦斯文集5:恋爱中的女人[M].毕冰宾,译.北京:人民文学出版社,2014:116.
② 劳伦斯.劳伦斯文集5:恋爱中的女人[M].毕冰宾,译.北京:人民文学出版社,2014:116.
③ 尼采.权力意志[M].贺骥,译.桂林:漓江出版社,2000:290.
④ 尼采.权力意志[M].贺骥,译.桂林:漓江出版社,2000:117.
⑤ 尼采.权力意志[M].贺骥,译.桂林:漓江出版社,2000:287.
⑥ 劳伦斯.劳伦斯文集5:恋爱中的女人[M].毕冰宾,译.北京:人民文学出版社,2014:117.

声,母马"惊恐万状",杰拉德夹着它的身子,把马刺残酷地扎到母马的腹部制服了它,杰拉德"自信地松了一口气,他的意志毫不动摇"①。在这场可怕的人马抗争中,杰拉德以其强大的权力意志控制了母马,令它屈服。他胜利了。

目睹杰拉德残暴地骑在马上并控制它的厄秀拉对此感到很不舒服,为他冷酷、蛮横地欺负和折磨一匹马而仇恨他。她觉得杰拉德完全可以骑回到大路上等机车过去,这样就可以避免那场虚惊,可以让马不那么害怕,更不用把马扎出血来。杰拉德却认为马必须学会立定,不能一有机车轰响就要躲开。"我必须使用它,要让它变得让人放心,它就得学会适应噪音"②,否则这马就失去了用途。他认为低级生命必须为人们所用,随心所欲地使用它实现它的天性更合乎情理。假如把人类的感情投射到动物身上,那我们人类就缺少辨别力、缺乏评判力。"如果你的意志不去支使它,它就要支使你。对此我毫无办法,我必须支使它。"③马屈从于人的力量或意志是"骨子里的柔顺",是"最高级的爱的冲动:屈服于更高级的生命"④。这完全符合尼采的权力意志说,"一切有生命者就是服从者"⑤。

除了和母马的意志对抗外,劳伦斯还在第十八章"兔子"里详细叙述了杰拉德控制宠物兔俾斯麦的情景。俾斯麦是杰拉德妹妹温妮弗莱德的兔子,是一只黑白两色的花兔子。兔子的名字叫俾斯麦,而俾斯麦是德国第一任宰相,有"铁血宰相"之称。给兔子起这个名字暗示了即使是"俾斯麦"也不可能战胜杰拉德,因为杰拉德有着极强的权力意志,他毫不屈服。黑白两色也极具象征意义。在劳伦斯的小说中,黑色和白色是他运用最多的颜色,尤其是黑色。黑色是煤的颜色,黑夜的颜色,象征着欲望与毁灭;白色失去了以往大家认为的纯洁象征,这里和羸弱、毁灭密切相关。作者无疑是想告

① 劳伦斯.劳伦斯文集5:恋爱中的女人[M].毕冰宾,译.北京:人民文学出版社,2014:114.
② 劳伦斯.劳伦斯文集5:恋爱中的女人[M].毕冰宾,译.北京:人民文学出版社,2014:146.
③ 劳伦斯.劳伦斯文集5:恋爱中的女人[M].毕冰宾,译.北京:人民文学出版社,2014:147.
④ 劳伦斯.劳伦斯文集5:恋爱中的女人[M].毕冰宾,译.北京:人民文学出版社,2014:148.
⑤ 尼采.查拉图斯特拉如是说[M].钱春绮,译.北京:生活·读书·新知三联书店,2007:128.

诉读者,不管兔子有多强悍,它首先是一只羸弱的兔子,而且充满毁灭性,不能小觑。确实,兔子非常可怕,具有毁灭性:"太强壮了""像个野兽""抓人抓得可厉害了"。①作者在短短的叙述中连续三次提到"太可怕了",五次提到"强壮"和"野兽",从中可以看出这只兔子虽小却也具有挑战性。戈珍和它的搏斗以戈珍的失败而告终,她"完全被征服了",手腕甚至被这只暴烈的动物给"抓破了"。

但是"强壮"的兔子怎能和杰拉德的"强壮"相比。杰拉德一把"揪住"它的耳朵,兔子"缩成一团"并"跳到空中",就像"一条龙在飞舞",非常有爆发力。②面对兔子的反抗,杰拉德突然感到"一股怒火烧遍全身","闪电般地用一只手鹰爪一样地抓住兔子的脖子",他要制服这只"野兽",兔子"发出一声面临死亡时可怕的尖叫"③。在这个控制与被控制的过程中,兔子凭着本能进行反抗并抓破了杰拉德的小臂——"它剧烈地扭动着全身,抽搐着撕扯杰拉德的手腕和袖子,四爪旋风般舞动着"④。杰拉德揪着兔子"旋了一圈",然后把它紧紧"夹在腋下"。就这样,兔子被杰拉德给控制了,它终于屈服、老实了。胜利了的杰拉德脸上露出了微笑,得意万分。

从杰拉德和母马及兔子的较量中可以清楚地了解到杰拉德追求强大意志的那种内在力量,他要让它们对他顺从、屈服。这体现出他是一个冷酷的现代工业的产物,一个异化了的机械人。

杰拉德是一个崇尚竞争精神的"工业拿破仑",认为竞争能够刺激生产,"为了给养,你就得跟别的家族争斗,跟别的民族斗"⑤。他的这种想法和尼采的权力意志论不谋而合。在他看来,做什么事情都需要为自己的利益和需求斗争,上面和母马及兔子之间的斗争就是很好的例子。在男女的关系上,他同样抱着这样的一种姿态。比如在庞巴多咖啡馆和咪咪第一次见面

① 劳伦斯.劳伦斯文集5:恋爱中的女人[M].毕冰宾,译.北京:人民文学出版社,2014:254.
② 劳伦斯.劳伦斯文集5:恋爱中的女人[M].毕冰宾,译.北京:人民文学出版社,2014:255.
③ 劳伦斯.劳伦斯文集5:恋爱中的女人[M].毕冰宾,译.北京:人民文学出版社,2014:256.
④ 劳伦斯.劳伦斯文集5:恋爱中的女人[M].毕冰宾,译.北京:人民文学出版社,2014:256.
⑤ 劳伦斯.劳伦斯文集5:恋爱中的女人[M].毕冰宾,译.北京:人民文学出版社,2014:24.

时就感到"自己对她有一种巨大的控制力",感到只要自己"释放电能,就能
彻底摧毁她"①。强烈的控制欲和征服欲已经成为杰拉德的本能。尼采把权
力意志分成四个部分:"追求事物的意志,追求财富的意志,追求工具的意
志,追求奴仆和成为主人的意志。这就是人基本的和终极的追求。"②这种权
力意志表现在男女关系上,就是追求奴仆和成为主人的意志,也就是说一方
尽力想让另一方成为自己的爱情奴隶。在和咪咪的关系上,杰拉德成功地
成为她的"主人",她则"像个奴隶似的看着他,被他迷住了"③。"他的意志对
她来说是唯一的意志,而她则是他意志的被动附庸。"④

　　戈珍在劳拉的婚礼上第一次看见杰拉德就喜欢上了他:他富有、傲慢且
拥有漂亮的外表。这显然符合戈珍的择偶标准,"相貌出众,又收入颇丰"⑤。
虽然她能感受到杰拉德的英俊外表下"蕴含着危险",就像一只"微笑着的幼
狼"⑥,并且她的心里好像一直有什么在"警告她防止同杰拉德建立最终的情
人关系"⑦,但是她天生就是个冒险家。杰拉德显然也被戈珍的美丽外表和
艺术家的气质所吸引,就连她的鲁莽和辛辣都让他热血沸腾,以至于想努力
成为符合她内心要求的男子汉,成为她所需要的那种"眼中人"的形象。目
睹杰拉德控制母马的戈珍觉得杰拉德太傲慢了,可是杰拉德却为这句话感
到骄傲,他认为她内心已经向他屈服了。杰拉德的控制欲以及那种想要让
别人顺从屈服他的意志已经渗透在骨子里了,甚至当杰拉德把身子向戈珍
靠近时,戈珍有一种强烈的恐惧感袭上心头。她感到杰拉德的意志控制了
她,让她"动弹不得",让她"迈不开脚步",而她则"很自卑地看着他,心里服
从了他"。杰拉德的精干和漂亮完全把戈珍给吸引住了,她觉得最快乐的事
情就是扮演一个依赖杰拉德的孩子气的女人。一开始,戈珍也像咪咪一样

① 劳伦斯.劳伦斯文集5:恋爱中的女人[M].毕冰宾,译.北京:人民文学出版社,2014:65.
② 谢敏.尼采的权力意志[J].南京理工大学学报(社会科学版),2007(2):21.
③ 劳伦斯.劳伦斯文集5:恋爱中的女人[M].毕冰宾,译.北京:人民文学出版社,2014:67.
④ 劳伦斯.劳伦斯文集5:恋爱中的女人[M].毕冰宾,译.北京:人民文学出版社,2014:82.
⑤ 劳伦斯.劳伦斯文集5:恋爱中的女人[M].毕冰宾,译.北京:人民文学出版社,2014:3.
⑥ 劳伦斯.劳伦斯文集5:恋爱中的女人[M].毕冰宾,译.北京:人民文学出版社,2014:10.
⑦ 劳伦斯.劳伦斯文集5:恋爱中的女人[M].毕冰宾,译.北京:人民文学出版社,2014:225.

被杰拉德成功地攫住了,成为他那男性魅力的奴隶,她很想谦卑地"伺候伺候他","像下人一样伺候他"①。但是戈珍的身上也有一种力量,像杰拉德一样,他们都是"进攻型的人",都有极强的权力意志,都有控制别人的欲望,这种欲望中充满着毁灭的力量,而这种毁灭力量也通过杰拉德的主导色——白色反映了出来,白色伴随着两个人,从相识、相知、相恋到最后杰拉德的死亡。

在杰拉德制服母马之后,他曾说:"女人就如同马:两种对立的意志在她身上起作用。一种意志驱使她彻底地去屈从,另一种意志让她挣脱羁绊,将骑马人投入地狱。"②而戈珍恰恰就是那匹"脱缰的马"。"水上游园会"这一章里,戈珍与公牛的对抗就很好地诠释了戈珍想控制别人尤其是杰拉德的欲望,意志的较量真正开始。"她突然高举起双臂,直向那群头上矗着长角的公牛扑过去……公牛们吓得喷着响鼻儿让开一条路来,抬起头,飞也似的消失在暮霭中。"③望着飞奔远去的牛群,戈珍脸上露出挑战般胜利的神情。后面戈珍的问话"你是不是以为我怕你和你的牛",暗示了她追赶牛群其实就是她和杰拉德之间的意志对抗。通过和牛的对抗,她实现了和杰拉德争斗的想法。

"权力意志就是一个生命求生长、求力量的本能。"④杰拉德在父亲死亡之后,内心非常空虚,充满恐惧,他要寻求支持。于是他摸黑来到戈珍的房间,他完美的身姿给她以致命的诱惑,让她不得不向他屈服。杰拉德在戈珍身上"得到了极大的发泄……从而使自己再次获得了完善"⑤。戈珍就如同阳光一样给予了杰拉德光和热,给予了他创造性的力量,使他重新充满了活力,使他重新成为一个有力、坚强和对生命充满渴望的男人。他好像又"沐

① 劳伦斯.劳伦斯文集5:恋爱中的女人[M].毕冰宾,译.北京:人民文学出版社,2014:359.
② 劳伦斯.劳伦斯文集5:恋爱中的女人[M].毕冰宾,译.北京:人民文学出版社,2014:148.
③ 劳伦斯.劳伦斯文集5:恋爱中的女人[M].毕冰宾,译.北京:人民文学出版社,2014:180.
④ 谭敏.一个尼采式英雄的悲剧——《干扰》的悲剧英雄形象分析[J].北京第二外国语学院学报,2016(3):113.
⑤ 劳伦斯.劳伦斯文集5:恋爱中的女人[M].毕冰宾,译.北京:人民文学出版社,2014:367.

浴在母腹中"而复活了。就这样,杰拉德不断地从戈珍那里汲取"养分",收取她的"生命之酒",而戈珍就像容器"收容着他痛苦的死亡"①。认识到杰拉德只是索取,认识到他"就像个嗷嗷待哺的婴儿需要乳房"之后的戈珍决定离开杰拉德。可是戈珍对杰拉德的生命起着至关重要的作用。戈珍离开,杰拉德就会失去生气,就不会感受到生命的喷发。固执的杰拉德说什么也不同意戈珍离开,"一种奇特、死一样的渴望驱使他去追随她"②。因为想要摆脱杰拉德,戈珍蔑视他、冷落他,尽管如此,杰拉德也不想离开她,但同时他暗暗决定要杀死戈珍。戈珍移情别恋,爱上了德国雕塑家洛克,这令杰拉德对他们恨之入骨。"洛克的身影、洛克的生命竟统治了戈珍"③,他被气疯了。杰拉德实在是不明白戈珍为什么喜欢洛克而要离开自己,在他看来,洛克既不英俊也不高贵,更谈不上有钱,他就像一只恶心的老鼠。而就是这样的人迷住了戈珍!既然不能永远占有她,那只能毁了她。在戈珍和洛克一起去滑雪的时候,杰拉德终于向戈珍伸出了魔爪,要把她掐死。但是最后,杰拉德自己失足跌落悬崖死了。

为了展示工业文明对人类身心的摧残,对人性的异化和扭曲,劳伦斯在《查泰莱夫人的情人》里刻画了一个半人半机械、有教养有知识的煤矿主克里福德。他也是一个典型的异化了的形象。克里福德是拉格比庄园的主人,在战争中受伤,导致下半身瘫痪。战争不仅仅摧残了他的肉体,更扭曲了他的灵魂。英国贵族的虚伪、傲慢和自私在他身上显露无遗,他也兼具工业资本家的冷酷无情、拜物教心理和机械性气质,他丧失了人类应有的激情和同情,生命的火焰已经熄灭。瘫痪导致克里福德性能力的丧失,也就意味着他生命力的彻底丧失。一开始康妮以克里福德的生活为生活,一门心思扑在他身上,照顾他,和他一起讨论要写的文章。但很快,康妮发现这种生活很是虚幻,与真实的、充满生命活力的世界失去了接触,与生活脱节,这种

① 劳伦斯.劳伦斯文集 5:恋爱中的女人[M].毕冰宾,译.北京:人民文学出版社,2014:367.
② 劳伦斯.劳伦斯文集 5:恋爱中的女人[M].毕冰宾,译.北京:人民文学出版社,2014:447.
③ 劳伦斯.劳伦斯文集 5:恋爱中的女人[M].毕冰宾,译.北京:人民文学出版社,2014:486.

生活"没有什么实质的东西,没有触动,没有接触",只是"没完没了地编织着文字的网"①。她觉得克里福德总是把每一件活生生的东西都变成空洞的字眼,他编的那些作品也是空洞无物的。作为丈夫,克里福德从来不关心妻子康妮所希冀的女人该有的那种欲望,对康妮生命力的枯萎熟视无睹,"他并不在乎她是个守活寡的女人还是个风流女人"②。在他看来,"性不过是心血来潮的事,或者说是次要的事:它是正在废退的人体器官笨拙地坚持进行的一个奇怪程序,真的是可有可无"③。他甚至觉得"足够的文明手段应该能消除很多身体的残疾,像做爱这等事,或许也就用不着了……如果能用试管培育婴儿的话"④。克里福德就是这样一个缺乏温暖,虚荣冷漠、毫无热情的人,他对康妮的照顾感到理所应当。要学会收敛是他的做人之道,热情——肉体的热情对他而言就是低下的情调。康妮大谈肉欲,他认为是罪恶的,甚至依然认为自己和妻子这种没有肉体接触的关系完全正常。他只需要康妮与他在精神上的契合,不需要肉体上的共鸣。他们的生活止于每天晚上听他读读小说,朗诵一些诗歌。"你和我结合了……咱们各自习惯了对方。习惯在我看来比偶尔的快感还要重要……生活在一起,两个人就融为一体了……这就是婚姻的秘密,而不是性,至少不是性的简单官能作用。"⑤虽然克里福德否定肉体,否定性行为,但他是传统的维护者。他认为拉格比林子是英国的心脏,就是古老的英格兰。他想要留住古老的英格兰,想要保存老英格兰的一部分。因此,他认为:"人可以反陈规陋习,但必须保持传统……

---

① 劳伦斯.劳伦斯文集7:查泰莱夫人的情人[M].毕冰宾,译.北京:人民文学出版社,
　2014:16.
② 劳伦斯.劳伦斯文集7:查泰莱夫人的情人[M].毕冰宾,译.北京:人民文学出版社,
　2014:16.
③ 劳伦斯.劳伦斯文集7:查泰莱夫人的情人[M].毕冰宾,译.北京:人民文学出版社,
　2014:9.
④ 劳伦斯.劳伦斯文集7:查泰莱夫人的情人[M].毕冰宾,译.北京:人民文学出版社,
　2014:79.
⑤ 劳伦斯.劳伦斯文集7:查泰莱夫人的情人[M].毕冰宾,译.北京:人民文学出版社,
　2014:46.

英格兰的传统！所以说得有个子嗣才行。一个人只是一条链子上的一环。"①
为了他所谓的传统,他认为他必须要有一个儿子来继承他的一切。他恬不
知耻地对康妮说:"如果你和另一个男人有了个孩子,那也几乎是件好事。
如果我们在拉格比把他养大,他就属于我们,属于这个地方了。我并不太在
意是不是当亲生父亲。如果我们养大这孩子,他就是我们的了。而且他会
传宗接代的。"②孩子在他眼中,只是一个"物件",如何得到这个"物件"是无
关紧要的。"我不在乎他的父亲是谁,只要他是个健康的人,智力不低于一般
水准。给我一个身体健康、智力正常的男人的孩子,我能把他培养成一个能
力十足的查泰莱家人。问题不是孩子的出身,而是他命中注定的位置怎
样。"③克里福德认为他自己的生活才是至关重要的,为了有香火延续,他竟
然大言不惭地让自己的妻子去和别人生一个孩子,还说安排妻子和别人的
这桩性事就如同安排人去看牙医一样方便,就像鸟儿的交尾一样随便。通
过以上描述,作者将这个人物的异化展示了出来。

克里福德还是一个残暴的资本家。在小说中,劳伦斯以无可辩驳的事
实揭露了克里福德作为一个煤矿主凶狠残忍的一面。他从父辈那里继承了
两处煤矿的所有权。他一开始对煤矿没有多大兴趣,所以他就靠写小说维
持生活。经过不懈的努力,通过不同的渠道,克里福德终于成功了。文学
方面的成功让他自己信心百倍,在新来的看护伯顿太太的影响下,克里福
德开始对矿井产生了新的兴趣。

属于他的两处矿井曾经有过黄金时代,但是现在正走向末日,沦落到要
关闭的状态。他到矿上去,坐矿车下巷道视察,听监工解释煤层问题,阅读
关于现代采煤技术的德文书籍,开始动脑子解救特瓦萧煤矿。克里福德严

---

① 劳伦斯.劳伦斯文集7:查泰莱夫人的情人[M].毕冰宾,译.北京:人民文学出版社,
   2014:45.
② 劳伦斯.劳伦斯文集7:查泰莱夫人的情人[M].毕冰宾,译.北京:人民文学出版社,
   2014:45.
③ 劳伦斯.劳伦斯文集7:查泰莱夫人的情人[M].毕冰宾,译.北京:人民文学出版社,
   2014:203.

格管理工人,苛刻地考察经理和工程师们,不把工人当人看,以至于特瓦萧村的人们都恨他。"按你对人这个词的理解,他们不是人。他们是你无法理解的动物,你永远也弄不懂他们……他们是尼禄井下和地上干活的奴隶。"①他采用新技术,将煤转换成电力,并且开始在矿井建发电厂卖电,还采用浓缩燃料来产生巨大热能,提高效率。投身煤炭事业时,他感到体内生命勃发,这种生命就来自自己家的矿井及生产的煤炭。在他看来,"煤矿上弥漫的陈腐空气对他来说比氧气还好闻,因为它让他感到一种权力"②。

在小说中,虽然克里福德认为自己了不起,看不起工人,但是他被劳伦斯描写成螃蟹或虾等甲壳类无脊椎动物,不是真正意义上的"人",甚至连"半男人"都不是,"变成了一个有着坚强、高效的外表但内心软弱的人,成了现代工业和金融界里一只奇特的螃蟹或龙虾,属于无脊椎的甲壳类动物,钢铁的外壳如同机器,内心却是稀烂的一摊"③。康妮的第一个情人麦克里斯说他是"那种半年轻的有点带女性的没有睾丸的人",就是说他是既丧失了最基本的生物本能,又丧失了人性的半死人。他的女看护伯顿太太成为他生活中的依靠,她给他刮脸、擦洗身子、煮咖啡、沏茶,陪他闲谈、玩牌、赌钱到深夜。最后,克里福德陷入对伯顿太太的婴儿般的依附状态。"他伸开双臂搂住她,像个孩子一样依偎着她……最终他彻底放任了自己。""他像个孩子那样神情茫然地躺着,又像个孩子那样露出好奇的表情来……返回童年,这样确实挺变态的。每到这时,他的手就伸到她怀里抚摸她的乳,激动万分地吻她的乳房,这是男人装孩子的变态激动。"④在《为〈查泰莱夫人的情人〉一辩》中,劳伦斯这样评价克里福德:"克里福德的瘫痪是一种象征,象征着

---

① 劳伦斯.劳伦斯文集7:查泰莱夫人的情人[M].毕冰宾,译.北京:人民文学出版社,2014:202.

② 劳伦斯.劳伦斯文集7:查泰莱夫人的情人[M].毕冰宾,译.北京:人民文学出版社,2014:118.

③ 劳伦斯.劳伦斯文集7:查泰莱夫人的情人[M].毕冰宾,译.北京:人民文学出版社,2014:120.

④ 劳伦斯.劳伦斯文集7:查泰莱夫人的情人[M].毕冰宾,译.北京:人民文学出版社,2014:324.

今日大多数他那种人和他那个阶级在情感和激情深处的瘫痪……他是个纯粹的个性之人，与他的同胞男女全然断了联系，只剩下习惯。他身上热情全无，壁炉凉了，心已非人心。他纯粹是我们文明的产物，但也是人类死亡的象征。他善良的时候也不失刻板，他根本不知热情与同情为何物。"①克里福德的形象，充分反映了工业资产阶级机械化对人性的异化。

工业化不仅造就了一大批资本家，他们唯利是图，崇尚机械，而且造就了一大批工人阶级，他们因为崇尚物质而失去了生命激情。在《儿子与情人》中，工业文明还处于开始阶段，那时的矿工充满生命激情，本能没有退化，可以说没有被完全机械化，尽管他们的生活一成不变，收工后跟工友一起待在小酒店喝喝酒聊聊天成为他们唯一的乐趣。那时的矿工们欢快和机敏，"矿工们喧哗着，活蹦乱跳着，那种洪亮的地狱之声是我儿时从其他男人那里从来没有听到过的……他们身上孕育着奇特的活力，野性而富有冲力。这一点从他们的声音里就能听出来……"②

劳伦斯因为从小就生活在矿区，对矿工们的生活以及精神状态都比较清楚，通过对他们生活细节的描述刻画出矿工们身上"奇特的活力"，那充满生命的热情和野性的活力，是一种直觉本能，是与生俱来的东西。现代文明的最大罪恶就是把人类本身所具有的那种活力销蚀掉，让人类成为机械人，死气沉沉，毫无生命美感。《儿子与情人》中的莫雷尔从小就没有接受什么教育，早早地去矿井下干活赚钱，经常喝醉酒，晚上会因为醉酒而把怀孕的妻子赶出门。他在这个家里像一个陌生人。尽管如此，这个不讨人喜欢且脾气暴躁的父亲偶尔也会展示他温情的一面，给孩子们带来母亲所不能给的别样快乐。"只有他干活的时候，高高兴兴干活的时候，他才又一次和自己的家人真正在一起。有时候，到了傍晚，他会补补鞋，修修锅或井下用的水壶。那时他往往需要几个下手，孩子们都乐于干这个。碰到他恢复本来面目，跟

---

① 劳伦斯.劳伦斯文集9:散文随笔集[M].毕冰宾，译.北京:人民文学出版社,2014:262.
② 劳伦斯.劳伦斯文集9:散文随笔集[M].毕冰宾，译.北京:人民文学出版社,2014:41.

大家一起干,真正动手干些事情的时候,他们才能和他打成一片。"①这字里行间都表现出父亲与孩子们在一起玩耍时的快乐。锻铁时,"看见他拿着一块火红的铁奔到洗碗间,嘴里一面叫着'闪开,——闪开!',真叫人高兴……孩子们就兴高采烈地看着那金属突然熔化开了……"不仅如此,孩子们在父亲脾气好的时候还会缠着他讲故事,他最喜欢讲塔菲的故事,他惟妙惟肖地讲着,大家非常爱听。孩子们最喜欢看他用麦秆做引信。

孩子们记忆中一些最美好的时刻是和父亲联系在一起的,当然是在莫雷尔心情好并融入家庭中成为亲密的一员时。和父亲在一起的片段充满了现实生活的气息,表现出具有创造性的生命力。这种本能的血肉相连的父子之情通过简单的场景而展露无遗,孩子们的快乐与父亲的快乐是简单的,也是自然的。但是随着工业文明的不断推进,大家慢慢地不再有欢笑、快乐和希望,他们的身体和思想都被机器控制,思维模式也因此变得机械化了。"……可是大战以后,1920年之后,矿工们沉默了。1920年前,他们身上孕育着奇特的活力,野性而富有冲力……在黑暗中,他们叫着,声音洪亮,富有魅力……场上回荡着扯着嗓门儿的巨大嚎叫声,那声音充满生命的热情和野性。可现在,矿工们在去看足球比赛的路上一个个都死气沉沉的,像幽灵。只是从田野里传来一声可怜巴巴的叫喊声。"②

劳伦斯把这种扭曲的状态概括为"他们的生命毫无美感,他们没有直觉"③,并在小说中通过对矿工僵硬的举止和外形的描述来凸显人的异化。比如在《迷失的少女》中,劳伦斯笔下的矿工们"从头到脚灰蒙蒙的,奇形惨状,肌肉痉挛,污垢之下的脸苍白无华,稀奇古怪。他们步履沉重、拖沓,举止僵硬,奇形怪状"④;在《查泰莱夫人的情人》中,矿工们"一个个蓬头垢面,

---

① 劳伦斯.劳伦斯文集3:儿子与情人[M].陈良廷,刘文澜,译.北京:人民文学出版社,
　2014:74.
② 劳伦斯.劳伦斯文集9:散文随笔集[M].毕冰宾,译.北京:人民文学出版社,2014:41.
③ 劳伦斯.劳伦斯文集7:查泰莱夫人的情人[M].毕冰宾,译.北京:人民文学出版社,
　2014:176.
④ 劳伦斯.误入歧途的女人[M].李建,译.成都:四川文艺出版社,1994:55.

没了人形,一肩高一肩低,穿着打了铁掌的沉重靴子踢踢踏踏地走着"①。这些都直观地展现了工业文明对人性的摧残。作为矿工之子,劳伦斯深刻感悟到一个人的本能如果被压抑了,那么他就失去了生命力,只是一具空的躯壳。劳伦斯甚至在《查泰莱夫人的情人》中用元素来比喻矿工:"他们是些元素,为煤——碳元素服务……人非人,而是些有精神的煤、铁和泥土。"②不难看出,劳伦斯非常看重本能直觉的独立性,坚信这是人最基本的存在形态,不应该屈服于理性意识。资本家所津津乐道的工业文明倒使具有生命特征的人变成了"工业化的乌合之众"。他们屈服于机械文明,他们认命了:"矿工们极乐意归属于这个伟大绝妙的机器,尽管这个机器正在毁灭他们……他们的心死了,可他们的灵魂得到了满足。"③

在劳伦斯的作品中,从工业家到矿工都没能够挣脱现代工业这部庞大机器的束缚,他们的一切包括行为、思想以及情感都受到机器的操纵和支配,成为可怜可悲的一群异化的"非人",一群"黑压压的蝗虫"④。在《袋鼠》一书中,劳伦斯借索默斯之口说道:"这个地球上的人都是碎片,即使孤立其中某块碎片,它仍然只是碎片而已……他只是一块碎片,只分享了一丁点集体的灵魂。自己的魂呢,没有,永远也不会有。仅仅是集体灵魂的一丁点,再也没有别的,从来不是他自己。"⑤

除了工业文明压抑了矿工们的本能使他们成为碎片人之外,劳伦斯还展开了一幅幅矿工沦为物质财富的附庸和奴隶的画面。在《查泰莱夫人的情人》中,特瓦萧居民的真实生活从伯顿太太的描述中可见一斑:"这里的生活看上去丑陋、混乱得吓人……他们把钱都花在自个儿身上,穿,抽烟,在矿

① 劳伦斯.劳伦斯文集7:查泰莱夫人的情人[M].毕冰宾,译.北京:人民文学出版社,2014:164.
② 劳伦斯.劳伦斯文集7:查泰莱夫人的情人[M].毕冰宾,译.北京:人民文学出版社,2014:176.
③ 劳伦斯.劳伦斯文集5:恋爱中的女人[M].毕冰宾,译.北京:人民文学出版社,2014:245.
④ 劳伦斯.羽蛇[M].彭志恒,杨茜,译.北京:中国文联出版社,1994:113.
⑤ 劳伦斯.劳伦斯文集6:袋鼠[M].毕冰宾,译.北京:人民文学出版社,2014:306.

工俱乐部喝酒,每礼拜上谢菲尔德城里玩两三次。"①伯顿太太的话让康妮清醒地认识到:"眼下只有一个阶级,那就是拜金阶级,男女都拜金,人们之间唯一的区别就是钱的多少和欲望的强弱。"②

工业文明的发展确实给人们带来了便利的生活和物质利益,但是人们感受生活温暖和快乐的能力却一去不复返了,身体的真正需求在对物质的追求以及感官的刺激中隐藏了起来。生产、挣钱、物质享受,这些是他们主要的生活方式和生活理想。物质的欲望自然弱化了精神的需求,随之生命的美感和直觉的激情也就荡然无存,他们成为"一台站着的机器,一台下班的机器"③。连他们的声音都像"加了油的机器在奇怪地轰鸣……音调也像机器声……"④

三、家庭的异化⑤

"家是一种理念,它展现了空间、场所和情感之间紧密的相互关系。"⑥可见家不仅仅是一所房子,更是家庭成员及他们之间的相互关系。"家庭空间作为一个'使用者'或'居住者'的空间是一种'实际的空间',即列斐伏尔所说的'表征空间'。"⑦这种空间在使用者的实际居住中,是人们日常生活、情感交流以及思想冲突交锋的重要空间,记录了不同人物的成长,同时也反映了当时社会的精神面貌。比如在奥斯汀的小说《傲慢与偏见》中,班内特夫妇同女儿们围坐在一起谈婚论嫁时眉飞色舞的景象,让读者们感受到了家

① 劳伦斯.劳伦斯文集7:查泰莱夫人的情人[M].毕冰宾,译.北京:人民文学出版社,2014:112—113.
② 劳伦斯.劳伦斯文集7:查泰莱夫人的情人[M].毕冰宾,译.北京:人民文学出版社,2014:114.
③ 劳伦斯.劳伦斯文集4:虹[M].毕冰宾,石磊,译.北京:人民文学出版社,2014:344.
④ 劳伦斯.劳伦斯文集5:恋爱中的女人[M].毕冰宾,译.北京:人民文学出版社,2014:121.
⑤ 李春风.论《儿子与情人》的壁炉意象[J].齐齐哈尔大学学报,2018(12):95.
⑥ Barrley Warf. Encyclopedia of Geography：Vol.3[M]. London：Sage Publications, 2006:1439.
⑦ 吴庆军.英国现代主义小说空间书写研究[M].天津:南开大学出版社,2016:175.

的温暖与和谐;《大卫·科波菲尔》以及《德伯家的苔丝》等作品中,家是一个温馨舒适的地方,具有自然的、强大的向心力。但是在劳伦斯的作品中,很难看到像狄更斯小说中一家人围坐在一起进餐时的欢笑场面,看到的只是各种疏离与冷漠,甚至是吵架。比如《儿子与情人》的男主人公保罗的家就在一片简陋、单调和整齐划一的矿工居民区里。保罗的家在作品中就是一处压抑甚至恐惧的住所。他的家一直处于冲突之中,读者看到的只有家人之间的战争。

1. 夫妻关系①

婚姻是社会的基础,正如黑格尔所说的,"婚姻是具有法的意义的伦理性的爱"②。家庭中最主要的伦理关系应该是夫妻关系。夫妻之间不仅在身体上而且在精神上都要和谐相处、彼此尊重、平等互爱。这样的家庭是稳固的、完美的。家庭和谐、稳固,人就会恢复纯洁、真诚、淳朴的本性。由这种精神状态下的人组成的社会就会是一个和谐、团结并有着自然人性道德观的社会,否则必然是没有生机、充满怨恨和道德沦丧的社会。

在《儿子与情人》中,莫雷尔夫妇之间的感情随着工业化的深入逐渐消失,最后冷却,他们变成了最熟悉的陌生人。莫雷尔太太出身于中产阶级,她23岁那年,在圣诞节舞会上遇见了瓦尔特·莫雷尔,一个10岁就下井挖煤,没有受过教育且粗俗的矿工。舞会上的莫雷尔风度翩翩,身材挺拔,体格健壮,"他生气勃勃,有声有色,动不动就说笑话,跟每个人都一见如故……性格和气,热诚待人"③。对于莫雷尔来说,当时莫雷尔太太说一口纯正的英语,长得娇小玲珑,衣着素雅宜人,"她的笑容真美,竟使他动了心,忘乎所以"④。中产阶级出身的莫雷尔太太当时并没有过多地考虑阶级的差

---

① 李春风.论《儿子与情人》的壁炉意象[J].齐齐哈尔大学学报,2018(12):94—97.
② 黑格尔.法哲学原理[M].范扬,张企泰,译.北京:商务印书馆,1982:177.
③ 劳伦斯.劳伦斯文集3:儿子与情人[M].陈良廷,刘文澜,译.北京:人民文学出版社,2014:12.
④ 劳伦斯.劳伦斯文集3:儿子与情人[M].陈良廷,刘文澜,译.北京:人民文学出版社,2014:14.

别,甚至还觉得这给了她崭新的生活,觉得"他似乎很高尚。他每天冒着生命危险,却还是一团高兴"①。婚后的六个月他们一直生活得很幸福,莫雷尔甚至还发誓戒酒,"戴上了禁酒会的蓝缎带"②。到第七个月,她发现房子家具的账单没有付清,中产阶级出身的莫雷尔太太对工人阶级贫困的生活开始有了真正的体会,她"高傲、正直的心灵里有些事情已经结成坚冰了"③。阶级不同导致受教育程度的差别,自然他们之间的价值观也是迥异的。莫雷尔太太具有小资情结,更希望有精神上的交流,希望与莫雷尔探讨各种思想,但总是以失望告终,因为莫雷尔听不懂。莫雷尔往往凭直觉做事,他的天性就是追求感官上的享受,喜欢和矿工们去酒馆喝喝酒,喜欢在舞蹈班里跳跳舞。这一切都和莫雷尔太太要他讲求道德和信奉宗教的想法是不一致的。他们开始日益疏远。像绵羊剪了毛一样剪光儿子威廉的头发成了他们冲突的导火线。从此,莫雷尔太太的眼里只有儿子,没有丈夫,而莫雷尔也逐渐不把她当一回事,索性天天出去喝酒。于是夫妻之间展开了一场你死我活的斗争。莫雷尔太太要求莫雷尔遵循她推崇的道德规范,想要他"一步登天","竭力要他超过自己力之所及",想让他成为她心目中的高尚的人。孩子越来越多,家里越来越拮据,矿里的工作越来越繁重,莫雷尔的脾气也越来越暴躁,夫妻之间的冲突也就越来越多。孩子们经常在半夜听见喝得醉醺醺地回家的父亲大叫大嚷,和母亲恶声恶气地争吵。"他们感到恐怖,在黑暗中毛骨悚然,如同眼看要出人命似的。他们提心吊胆;痛苦万分地躺着。"④他们的生活已经剑拔弩张,到了三天一小吵,五天一大吵的地步。原先的温情早已不在,彼此间剩下的只有争吵和仇恨,甚至两人单独在一起都

① 劳伦斯.劳伦斯文集3:儿子与情人[M].陈良廷,刘文澜,译.北京:人民文学出版社,2014:14.
② 劳伦斯.劳伦斯文集3:儿子与情人[M].陈良廷,刘文澜,译.北京:人民文学出版社,2014:15.
③ 劳伦斯.劳伦斯文集3:儿子与情人[M].陈良廷,刘文澜,译.北京:人民文学出版社,2014:17.
④ 劳伦斯.劳伦斯文集3:儿子与情人[M].陈良廷,刘文澜,译.北京:人民文学出版社,2014:70.

无法呼吸。"莫雷尔太太要不是为了孩子,早就不想过这种跟贫穷、丑恶和粗俗打交道的日子了。"①他们都想逃离对方。家不再是温暖的港湾,家对莫雷尔太太来说已经成为一个令她伤心绝望的地方,是一个梦想破灭的地方;而家对莫雷尔来说也仅仅是一个填饱肚子的饭店和回来寄宿的宾馆。莫雷尔太太把满腔的爱,把自己的心全放到孩子身上,"他慢慢地从她的世界里消失"。父母间长期打斗对孩子们也产生了很大的影响。孩子们一直站在母亲这边,他们受母亲的影响,觉得父亲粗俗、可恨。孩子们都恨父亲"这么混账地对待母亲。还有安妮也从来没有喜欢过他,总是躲着他"②。大家已经习惯把任何事情都告诉母亲,根本不想和父亲分享自己的欢乐。只要莫雷尔一进屋,孩子们就感到压抑,害怕,"他们都缩成一团";他一走,大家就会松一口气。"对于幸福的家庭来说,他好比一台运转平稳的机器的障碍。"③家人把他拒之门外,他是这个家里最不受欢迎的人,所以他宁愿出去和矿工们一起狂欢喝酒,也不愿待在家里,往往是一吃完饭就迫不及待地到外面去。"莫雷尔一个人胡乱弄了点吃的。吃喝时故意弄出好多响声。谁也不跟他说话。他一进门,家庭生活就不存在了,变成一片沉默。不过他再也不在乎这种疏远。他喝完茶就干脆站起来到外面去。"④对莫雷尔一家人来说,家庭空间不再是让人放松和感受爱意的地方,相反变成了让人感到压抑和恐惧的地方,家里冲突不断,斗争不断,家成为展现冷漠关系的场所,孩子们在这个空间里只感受到恐惧和痛苦。

保罗睡了一大觉醒来,常常听见楼下有砰砰声,他立刻就完全清醒了。

① 劳伦斯.劳伦斯文集3:儿子与情人[M].陈良廷,刘文澜,译.北京:人民文学出版社,2014:8.
② 劳伦斯.劳伦斯文集3:儿子与情人[M].陈良廷,刘文澜,译.北京:人民文学出版社,2014:61.
③ 劳伦斯.劳伦斯文集3:儿子与情人[M].陈良廷,刘文澜,译.北京:人民文学出版社,2014:73.
④ 劳伦斯.劳伦斯文集3:儿子与情人[M].陈良廷,刘文澜,译.北京:人民文学出版社,2014:49.

于是他听见喝得醉醺醺回家的父亲哇啦哇啦地大叫大嚷,母亲厉声回答,接着父亲用拳头把桌子捶得砰砰响,到后来男人的声音越扯越高,索性恶声恶气地吆喝起来……他们感到恐怖,在黑暗中毛骨悚然,如同眼看就要出人命似的。他们提心吊胆,痛苦万分地躺着。①

在《恋爱中的女人》中,克里奇夫妇的关系如同水火,充满了毁灭性。"他的妻子对他来说也跟没有存在一样。她确实像这种黑暗和他体内的病痛一样。"②这样的家庭根本就没有幸福和谐的可能。这对夫妻平时各居一房,很少见面,更别说是精神上的交流了。克里奇太太只是偶尔到克里奇先生的房间象征性地问一问他身体怎样。而克里奇先生的回答永远是"哦,我不觉得不如以前,亲爱的"③。冷冰冰的夫妻关系可见一斑。

克里奇太太是一个性子暴烈、倔强且没有耐心的人,是个"傲慢的贵夫人"。在小说中,劳伦斯把她描写成"笼中的苍鹰"和"毫不屈服的老狼"④。她漂亮而迷人,克里奇先生"一直爱她,爱得很深"。在他心目中,她身上"那炽烈的火焰是性之火,在他看来像一朵雪莲花一样。她是他极度渴求的美丽雪莲花"⑤。可是从一开始,这对夫妻之间就充满着矛盾和冲突。克里奇先生是个煤矿主,虔诚的基督教徒。他一直坚守《圣经》里的训诫要乐善好施、爱邻如宾,甚至爱邻胜过爱自己。"为了接近上帝,他必须先接近他的矿工们。"认为这些人是"他的上帝的化身"⑥。他喜欢给比自己身份低的人带来快乐,所以他始终把他们的利益挂在心上,他觉得自己有责任来帮助这些遇上麻烦的人,"活着就是为人们谋福利的"⑦。克里奇太太对丈夫的慈善行为很是看不惯,所

① 劳伦斯.劳伦斯文集3:儿子与情人[M].陈良廷,刘文澜,译.北京:人民文学出版社,2014:70.
② 劳伦斯.劳伦斯文集5:恋爱中的女人[M].毕冰宾,译.北京:人民文学出版社,2014:228.
③ 劳伦斯.劳伦斯文集5:恋爱中的女人[M].毕冰宾,译.北京:人民文学出版社,2014:228.
④ 劳伦斯.劳伦斯文集5:恋爱中的女人[M].毕冰宾,译.北京:人民文学出版社,2014:10.
⑤ 劳伦斯.劳伦斯文集5:恋爱中的女人[M].毕冰宾,译.北京:人民文学出版社,2014:232.
⑥ 劳伦斯.劳伦斯文集5:恋爱中的女人[M].毕冰宾,译.北京:人民文学出版社,2014:229.
⑦ 劳伦斯.劳伦斯文集5:恋爱中的女人[M].毕冰宾,译.北京:人民文学出版社,2014:238.

以一直和他作对。她不能忍受克里奇先生对所有人都表现出来的"那种温和、诚恳的谦卑劲儿"①。她放狗咬那些上门来揩油、诉苦的可恶的人,"像条母狼对待乞讨的人们"②。

在克里奇夫妇的斗争中,克里奇太太最后认命了。管家、仆人们、矿工们都站在克里奇先生一边,她受到了排斥,她如同被困在牢笼中一般,难以冲破周围的束缚。"他的力量显得过于强大,使她成了囚犯。"③她变成了他笼中的鹰,她感到异常孤独,她没有力量,也不想和他以及世界作对了。生了几个孩子之后,她对他"视而不见",充满仇恨:"那是一种阴郁、鹰一样的表情,她像一头争斗的困兽那样,眉毛下露出凶光,似乎她仇视所有的人。""她与丈夫之间的关系是一种无言、未知的关系,可深处隐藏着可怕的毁灭。"④尽管在这场意志的较量中,克里奇先生取得了胜利,为此耗尽了精力,但是他的精神不会垮。而克里奇太太正好相反,虽然精神上被打垮了,像只被困在笼中的鹰,但是她的心依然毫不屈服。

正是因为克里奇太太成为他笼中的鹰——阶下囚,克里奇先生"爱她爱得发疯",用"怜悯代替了仇恨",常常迁就她。在他看来,她对他的屈服就是一种贞洁的表现,直到他死,"她都是他的雪莲花"。当克里奇病了,要死的时候,他全部的思维和悟性都已经变得模糊了,他潜意识里感到他的妻子和病痛像是一股黑暗的势力在撕扯他,令他感到恐惧。"那恐怖是他的妻子,她会毁了他。那恐怖也是那要毁灭他的病痛,都是黑暗,两者是一回事。"⑤面对生病的丈夫,克里奇太太没有像普通的妻子那样嘘寒问暖,照顾他。她几乎不去看望克里奇先生。甚至还叫杰拉德出去做大事,不要待在家里照顾父亲,"让死人去埋葬死人吧,'不要把你自己也赔进去'"⑥。克里奇死后,她

① 劳伦斯.劳伦斯文集5:恋爱中的女人[M].毕冰宾,译.北京:人民文学出版社,2014:230.
② 劳伦斯.劳伦斯文集5:恋爱中的女人[M].毕冰宾,译.北京:人民文学出版社,2014:230.
③ 劳伦斯.劳伦斯文集5:恋爱中的女人[M].毕冰宾,译.北京:人民文学出版社,2014:229.
④ 劳伦斯.劳伦斯文集5:恋爱中的女人[M].毕冰宾,译.北京:人民文学出版社,2014:232.
⑤ 劳伦斯.劳伦斯文集5:恋爱中的女人[M].毕冰宾,译.北京:人民文学出版社,2014:228.
⑥ 劳伦斯.劳伦斯文集5:恋爱中的女人[M].毕冰宾,译.北京:人民文学出版社,2014:349.

哭着说:"为了他的死,你们责怪我吧。可你们谁也不懂。"①这里作者可能在隐晦地告诉读者,他们曾经热烈地相爱过,克里奇太太认为丈夫的死她要负一部分的责任。现在,人已死,一切都烟消云散了。就如同伯金所说的那样:"她不过是需要更多的东西,或是需要与普通生活不同的东西。得不到这些,她就变得不正常了。"②透过克里奇夫妻的困境与疏离,以及克里奇最终的死亡,劳伦斯向读者展示了煤矿主家庭伦理的混乱与荒芜,也在向世人表明他对工业文明的发展所带来的人性异化和伦理缺失的批判。

《查泰莱夫人的情人》中,克里福德同妻子康妮的关系也是扭曲和异化的。整部小说共十九章,主要的空间就是家庭空间和树林空间。家庭空间成为小说最重要的空间书写场所。自从克里福德瘫痪之后,"康妮和他两人相依相伴,但是像现代人那样相互保持距离"。他拒绝与人接触,但是又绝对地依赖康妮,需要她陪他左右,以证实他还活着。开始两年,康妮也尽自己所能帮助他,竭尽全力投入他的小说创作当中。"除此之外他们并没有什么实实在在的日子。"③康妮的房间在顶楼,克里福德的房间在一楼,夫妻双方的早餐在各自的房间进行,他们之间毫无交流。

> 早餐是在各自的卧室里用的,克里福德直到午餐时分才与大家见面,餐厅里气氛有点压抑。
> 康妮的起居室在四楼,是这座房子中部的最高层。克里福德的房间自然都在一层……她的房间是这座房子里唯一明快、有现代气息的,是拉格比府里唯一能表露她个性的地方。克里福德从来没来过这儿,康妮也很少请人上来。④

---

① 劳伦斯.劳伦斯文集5:恋爱中的女人[M].毕冰宾,译.北京:人民文学出版社,2014:357.
② 劳伦斯.劳伦斯文集5:恋爱中的女人[M].毕冰宾,译.北京:人民文学出版社,2014:222.
③ 劳伦斯.劳伦斯文集7:查泰莱夫人的情人[M].毕冰宾,译.北京:人民文学出版社,2014:14.
④ 劳伦斯.劳伦斯文集7:查泰莱夫人的情人[M].毕冰宾,译.北京:人民文学出版社,2014:23.

这种病态的夫妻关系与这座老旧的拉格比屋呼应,展现了家庭关系的疏离,"没有温暖的感情将这一切有机的凝聚起来,这房子就看似一条废弃的街道那么凄凉"①。

2. 父子关系②

父亲,母亲,我爱你们,是家的写照(family=father, mother, I love you)。可是在保罗的家里,情况却有些不一样。莫雷尔太太出身于中产阶级,她不想她的孩子以后走上父亲的路。她要让孩子接受教育,跻身中产阶级社会,"你妈让你十二岁就下井,我可不能凭这条叫我的孩子也跟你一样"③。而莫雷尔却希望孩子们早点下矿赚钱,因为不断出生的孩子使勉强维持生计的收入更显得微薄,"叫他跟我下井,一开头他就可以稳拿十先令一星期"④。父母间阶级的冲突、价值观的不同导致孩子们跟着母亲一起恨莫雷尔。两个孩子只要听见父亲穿着袜子的脚步声,就会停下所有在做的事情并保持安静;他一进屋,他们都缩成一团,谁也不跟他说话;他走了以后,大家才松一口气。"家里事样样都没他的份。什么事都没人告诉他,大家只会把白天发生的事一股脑儿都告诉母亲。往往是父亲一来,一切都停顿了。"⑤他也隐隐约约感受到自己的孩子们对他的那种轻蔑和憎恶,不禁大喊大叫说他"为他们拼死拼活,到头来人家却把他当作一条狗"⑥。家庭生活夺去了他作为男人的精神支柱。他变得粗俗无能、毫无理想,逃避着对家庭的责任和义

① 劳伦斯.劳伦斯文集7:查泰莱夫人的情人[M].毕冰宾,译.北京:人民文学出版社,
　　2014:14.
② 李春风.论《儿子与情人》的壁炉意象[J].齐齐哈尔大学学报,2018(12):94—97.
③ 劳伦斯.劳伦斯文集3:儿子与情人[M].陈良廷,刘文澜,译.北京:人民文学出版社,
　　2014:61.
④ 劳伦斯.劳伦斯文集3:儿子与情人[M].陈良廷,刘文澜,译.北京:人民文学出版社,
　　2014:61.
⑤ 劳伦斯.劳伦斯文集3:儿子与情人[M].陈良廷,刘文澜,译.北京:人民文学出版社,
　　2014:73.
⑥ 劳伦斯.劳伦斯文集3:儿子与情人[M].陈良廷,刘文澜,译.北京:人民文学出版社,
　　2014:132.

务。这一切都使孩子们大失所望,更加讨厌他。家里时刻都有冲突,时刻都有斗争。"实际上这场斗争如今几乎完全成了父子之间的斗争。"①

威廉和父亲的战争在一个星期一的傍晚爆发了,就在象征家庭心脏的壁炉前。保罗从少年禁酒团回家,看见母亲的一只眼睛又青又肿,而他的父亲则叉开两腿,站在炉前地毯上,低着头。他们虽然什么也没说,但是保罗"已经感觉到这场不知不觉发生的悲剧"②。威廉当时气得脸色发白,攥紧拳头,想和父亲大干一场。孩子们都希望他们打起来。但是最后莫雷尔太太呵斥并阻止了父子间的战争,孩子们却因此感到失望而"闷闷地上床去了"③。

保罗和父亲的最后冲突也发生在壁炉前。在第八章的结尾,保罗和母亲因为米莉安起了冲突,但是两人很快就和好了。这时酒后的莫雷尔跌跌撞撞地走进来并去厨房拿了一块猪肉馅饼。莫雷尔太太生气地说:"那可不是为你买的……我绝不会在你灌满一肚子黄汤以后再买猪肉馅饼给你糟蹋。"④听到这话,莫雷尔愤怒地盯着手里的面包片和夹肉,一下子将其扔进炉火里。就这样,父子两人气咻咻地要对打起来。保罗本来就对父亲积了一肚子的怨气,再加上当时因为米莉安的事情和母亲闹了一点不愉快,所以他"真渴望揍这一拳"⑤,希望通过打架完全释放长期以来对父亲的憎恨和不满,给父亲一个教训。母亲的晕倒阻止了这场打斗。

《儿子与情人》中父子之间血脉相亲的关系已经不复存在,亲父子似仇人般敌视着,他们的心一直都未曾为对方敞开。家庭本是家人相互交流思

---

① 劳伦斯.劳伦斯文集3:儿子与情人[M].陈良廷,刘文澜,译.北京:人民文学出版社,
2014:132.

② 劳伦斯.劳伦斯文集3:儿子与情人[M].陈良廷,刘文澜,译.北京:人民文学出版社,
2014:48.

③ 劳伦斯.劳伦斯文集3:儿子与情人[M].陈良廷,刘文澜,译.北京:人民文学出版社,
2014:69.

④ 劳伦斯.劳伦斯文集3:儿子与情人[M].陈良廷,刘文澜,译.北京:人民文学出版社,
2014:251.

⑤ 劳伦斯.劳伦斯文集3:儿子与情人[M].陈良廷,刘文澜,译.北京:人民文学出版社,
2014:252.

想和增进感情的重要场所,在《儿子与情人》中,家庭的这一功能已经消失。在温暖的壁炉前展示着的只有父子之间的矛盾与不和谐——冰冷的父子关系。即使是熊熊的炉火也温暖不了工业化进程下他们之间早已结成坚冰的心。

在《恋爱中的女人》中,杰拉德所生活的家庭里父母关系日趋紧张。出生在这样一个家庭里,杰拉德不可能得到真正的父母之爱,也不可能感受到家庭的和谐与温暖。杰拉德发出感慨:"有时我觉得活着就是一种诅咒。"①杰拉德是克里奇家的长子,是个"任性、霸道的孩子,刚半岁就能指使得保姆团团转。又踢又叫,像个魔鬼一样折腾"②。所以从小父亲就无法忍受他,"关起门来用鞭子抽他"③。父亲的鞭子给杰拉德造成了不可磨灭的阴影,以至于他长大了,还"对有些东西害怕——我怕被关起来幽禁在什么地方,或者被束缚起来。我怕被人捆住手脚"④。"这父子俩一直不对眼。"⑤杰拉德从小到大都害怕父亲,等他长大后,他看不起父亲,不赞同他管理企业的办法。同样,克里奇对这个长子也一直没有给过好脸色,不仅不喜欢他还一直不认可他。"他尽量淡忘杰拉德,随他去。"⑥

父亲对孩子性格的塑造起着至关重要的作用。父爱的缺失对孩子的成长极为不利。在小说中,父亲克里奇对杰拉德的冷漠、凶狠、权威和无视让

---

① 劳伦斯.劳伦斯文集5:恋爱中的女人[M].毕冰宾,译.北京:人民文学出版社,2014:223.
② 劳伦斯.劳伦斯文集3:儿子与情人[M].陈良廷,刘文澜,译.北京:人民文学出版社,2014:227.
③ 劳伦斯.劳伦斯文集3:儿子与情人[M].陈良廷,刘文澜,译.北京:人民文学出版社,2014:227.
④ 劳伦斯.劳伦斯文集3:儿子与情人[M].陈良廷,刘文澜,译.北京:人民文学出版社,2014:67.
⑤ 劳伦斯.劳伦斯文集3:儿子与情人[M].陈良廷,刘文澜,译.北京:人民文学出版社,2014:227.
⑥ 劳伦斯.劳伦斯文集3:儿子与情人[M].陈良廷,刘文澜,译.北京:人民文学出版社,2014:232.

杰拉德成长为一个没有安全感的人——"他的神态出奇的警觉"①，"杰拉德
时不时地抬起头四下张望，这是他的习惯……他似乎总在防着别人"②。在
家庭中得不到温暖的杰拉德和父亲也一直在斗争。在孩提时代杰拉德就非
常仇恨他自己的生活环境，"他同一切权威斗争，生活就是要求得到野性的
自由"③。他甚至从未仔细看过贝多弗和自己家的矿谷，从来不去注意倾听
矿区传来的卷扬机的喧嚣声，从来不理睬"工业大海中汹涌起伏的黑色煤
浪"④。他心中向往着那种原始的东西，狩猎的世界。为了逃离父亲的管制，
他选择去德国上大学，而不是像英国有钱人家的孩子一样在牛津上学。没
有父亲的权威"凝视"，杰拉德从"可怕"的日子中逃脱出来，他想认识世界、
了解世界的好奇心被激了起来。"他的头脑中形成了各式各样的社会学观念
和改革观念"⑤，他回到家乡帮助父亲协理矿务。当杰拉德向父亲证明了自
己的才能后，克里奇因为身体的原因只能放手让杰拉德去干，并且非常依赖
他。以前总是遭到父亲蔑视和敌视的杰拉德终于被父亲认可了。但是杰拉
德不认同父亲的乐善好施，"就这样，他一方面屈服于父亲，一方面与他的
慈善作对，陷入其中不能自拔。尽管他深深地仇视父亲，但心里不禁为父
亲感到怜惜、悲哀"⑥。

　　接管企业后的杰拉德完全把父亲踢出了局。从小父亲对他的动辄打骂
让长大后的杰拉德觉得权力是个好东西。有了权力，别人就得"按他的意志
行事"，就可以听他的指挥。在克里奇先生快要走到生命尽头的时候，父子
之间还在进行着意志的较量。看到杰拉德笔直地站在他的床边，克里奇感
到难以忍受儿子那浑身充满生机和熠熠闪光的蓝色眼睛，这无形中衬出了
他自己的虚弱。而杰拉德看到父亲那依然令人生畏的眼睛，却在盼望"他的

① 劳伦斯.劳伦斯文集3：儿子与情人[M].陈良廷，刘文澜，译.北京：人民文学出版社，
　2014：9.
② 劳伦斯.劳伦斯文集5：恋爱中的女人[M].毕冰宾，译.北京：人民文学出版社，2014：51.
③ 劳伦斯.劳伦斯文集5：恋爱中的女人[M].毕冰宾，译.北京：人民文学出版社，2014：235.
④ 劳伦斯.劳伦斯文集5：恋爱中的女人[M].毕冰宾，译.北京：人民文学出版社，2014：235.
⑤ 劳伦斯.劳伦斯文集5：恋爱中的女人[M].毕冰宾，译.北京：人民文学出版社，2014：236.
⑥ 劳伦斯.劳伦斯文集5：恋爱中的女人[M].毕冰宾，译.北京：人民文学出版社，2014：233.

父亲已经与世长辞"。父子之间"稍稍对视一下就把目光转开了"①。"在父亲面前,杰拉德感到难以呼吸……同样,父亲也不能容忍儿子在跟前。一看到他,这位濒死的人就气不打一处来。"②他们之间的这场斗争还在继续,"儿子的意志也永不会屈服",这真是"一种酷刑折磨"③。克里奇先生对杰拉德的粗暴与无视说明他并没有很好地承担起符合他自己伦理身份的责任,这种血浓于水的伦理关怀的缺失给杰拉德带来的悲痛注定将伴其终生,并对他的悲剧命运负有不可推卸的责任。

3. 母子关系④

在家庭中,一般来说母亲相较父亲与子女有着更为天然的亲密感。家庭伦理的最基本要素首先是一个完整的家庭结构,其次是真挚浓烈的母爱。追求人伦之乐是人本能的诉求。"母亲这个家庭伦理角色是指母亲在家庭中的言行举止要符合特定的伦理道德规范,通过道德自律和开展家庭道德教育的双向互动完成自己的伦理角色扮演。"⑤《儿子与情人》中,描述最多的就是母子之间的情谊。莫雷尔太太因为和丈夫的关系剑拔弩张,便把所有的希望都寄托在儿子身上。威廉是大儿子,非常优秀,母亲感到非常自豪,因为他达到了母亲对儿子的一切愿望。"凡是男子汉做的事——正经事——威廉都会。"并且威廉"把赚来的钱都交给母亲"⑥。最后还为了母亲要和父亲打一架。在威廉死后,保罗成了母亲唯一的牵挂和依靠。"保罗跟在母亲后面,就像她的影子一样。"⑦每次想到母亲的艰苦生活,保罗就异常伤心,他在

---

① 劳伦斯.劳伦斯文集5:恋爱中的女人[M].毕冰宾,译.北京:人民文学出版社,2014:243.

② 劳伦斯.劳伦斯文集5:恋爱中的女人[M].毕冰宾,译.北京:人民文学出版社,2014:301.

③ 劳伦斯.劳伦斯文集5:恋爱中的女人[M].毕冰宾,译.北京:人民文学出版社,2014:344.

④ 李春风.论《儿子与情人》的壁炉意象[J].齐齐哈尔大学学报,2018(12):94.

⑤ 宣璐.论母亲家庭伦理角色——以传统母训文化为考察中心[J].中州学刊,2016(4):102.

⑥ 劳伦斯.劳伦斯文集3:儿子与情人[M].陈良廷,刘文澜,译.北京:人民文学出版社,2014:61.

⑦ 劳伦斯.劳伦斯文集3:儿子与情人[M].陈良廷,刘文澜,译.北京:人民文学出版社,2014:56.

很小的时候就立志要让母亲过上好日子。即使在保罗有了工作之后,母亲依然会等他回家并把自己的心里话以及碰到的事毫无保留地告诉他。保罗也把一天的所有新鲜事讲给她听,以至于母亲好像过着他的人生一般,对他的一切了如指掌。他最大的心愿就是有朝一日,"等父亲过世以后,就跟母亲同住一所小屋,高兴时画上几笔……"①当莫雷尔太太听说保罗在画展上获奖后,她背着保罗极其兴奋地来到展厅看画,内心非常自豪。对她来说,有了保罗,"生活就充满了希望"②,她就有望成为一个充实的人。保罗与米莉安的交往分享了保罗对母亲的爱,这着实让莫雷尔太太很不高兴,并开始忌恨米莉安。每当保罗到家晚了,莫雷尔太太就要对他发脾气,她"受不了他跟米莉安在一起。威廉去世了。她要拼命把保罗留住"③。青年保罗已经不满足于与母亲在一起的日子,然而想要脱离母亲约束的努力一直没有成功。每当和米莉安出去玩,他却想着母亲会不会不高兴,自然就玩得不踏实。一想到母亲因此不开心,他就开始恨米莉安。"他爱得最深的还是他母亲。每当他感到自己伤了她的心,或是有损于他对她的爱,就受不了。"④

后来,莫雷尔太太患了癌症,虽然她的生命活力在慢慢衰退,生命之源在逐渐枯竭,但是"她绝不会屈服"⑤,她强大的意志促使她与死神一直抗争下去,无视抗争会给她的肉体带来的痛苦。当牧师劝她不要把生死看得太重,人都会死的,更何况死后还能见到天堂里的父母和儿子时,她说:"我离

---

① 劳伦斯.劳伦斯文集3:儿子与情人[M].陈良廷,刘文澜,译.北京:人民文学出版社,2014:102.

② 劳伦斯.劳伦斯文集3:儿子与情人[M].陈良廷,刘文澜,译.北京:人民文学出版社,2014:216.

③ 劳伦斯.劳伦斯文集3:儿子与情人[M].陈良廷,刘文澜,译.北京:人民文学出版社,2014:262.

④ 劳伦斯.劳伦斯文集3:儿子与情人[M].陈良廷,刘文澜,译.北京:人民文学出版社,2014:254.

⑤ 劳伦斯.劳伦斯文集3:儿子与情人[M].陈良廷,刘文澜,译.北京:人民文学出版社,2014:456.

开他们好久了,照样过日子,现在没有他们照样也能过日子。我要的是活
人,不是死人。"①当莫雷尔太太忍受着肉体病痛带来的痛苦时,保罗也因为
她而饱受精神上的痛苦。母亲病入膏肓已经是不争的事实,保罗只能无助
地煎熬。"我真巴不得她快死。"②保罗认为与其让她这样受罪地活着,不如让
她少点痛苦而早点离开人世。"想要母亲早点离开人世的念头表面上看是出
于让母亲少受点痛苦的考虑,但从深层次分析,这实际上也表现出保罗的潜
意识里存在着一种要彻底摆脱母亲的影响的愿望。"③保罗母亲就是阻碍其
自然成长的一股如死亡一般的力量。为了摆脱这种让自己痛苦的力量的影
响,保罗把吗啡研成末放到牛奶里亲手结束了他母亲的生命——一个微弱
并快要死亡的生命。在这部小说里,母亲给了儿子生命,照顾病弱的儿子,
而最终是儿子结束了母亲的生命。母子间的爱之火就此熄灭。"炉火快灭
了。"这个家就此分崩离析。没有了母亲,没有了家,保罗再也"拿不起画笔。
什么都没有了"④。

　　《恋爱中的女人》中,杰拉德的母亲克里奇太太忽视她自己对家庭应有
的责任,不能给孩子们任何的安慰和关爱,根本就没有起到传统母亲的作
用。"她曾是个一心扑在孩子身上的母亲,那时什么都不算数,她心中什么都
没有,只有孩子。现在可好,她对孩子们一点都不理会,对仆人都不这样。"⑤
小说中对她虽然着墨不多,但就在那寥寥数行中,她的冷漠形象已经深入人
心。克里奇太太首次出场是在女儿的婚礼上,给人的印象是不修边幅,"一

① 劳伦斯.劳伦斯文集3:儿子与情人[M].陈良廷,刘文澜,译.北京:人民文学出版社,
　　2014:456.
② 劳伦斯.劳伦斯文集3:儿子与情人[M].陈良廷,刘文澜,译.北京:人民文学出版社,
　　2014:457.
③ 郑达华.《儿子与情人》并非是对俄狄浦斯情结的解释[J].浙江大学学报(人文社会科
　　学版),2000(2):148.
④ 劳伦斯.劳伦斯文集3:儿子与情人[M].陈良廷,刘文澜,译.北京:人民文学出版社,
　　2014:481.
⑤ 劳伦斯.劳伦斯文集5:恋爱中的女人[M].毕冰宾,译.北京:人民文学出版社,2014:217.

看就知道她是个患偏执狂的女人"①，"是一只毫不屈服的老狼"②。在婚礼现场，她的女婿一看见她就躲到一边去了。"如今劳拉也结婚了，又多了个女婿，可我真分不清哪个是张三哪个是李四……③作为母亲，她连自己家的女婿都分不清楚，这无不说明她和孩子们关系的冷淡，也说明了她很少关注孩子们的状况。女儿结婚，母亲应该担负起女主人的角色和作用，迎接和招待好参加婚礼的宾客们，可是她全然不顾孩子们的感受，只是沉浸在她自己的世界里。

其实，克里奇太太在孩子们小的时候，也是一个非常爱孩子的母亲。她袒护孩子的坏毛病，不准保姆和克里奇惩罚孩子。当克里奇把孩子们关起来抽他们鞭子时，她"像一只老虎一样在门外来来回回地游荡，一脸杀气腾腾的样子。门一开就举着双手冲进去向先生大叫'你这个胆小鬼，你把我的孩子怎么样了？'那样子真像疯了一样"④。这些描写足以说明克里奇太太一开始也像正常的母亲一样，宠溺自己的孩子，容不得任何人伤害她的孩子们。假如下人们把孩子弄哭了，她就"恨不能把你踩在脚下"⑤。

克里奇夫妻关系的恶化彻底改变了克里奇太太的心性。她心不在焉，极少说话，"她似乎浑浑噩噩般失去了意识"，什么也不思考，好像远离了这个世界一样。她有时会在"家里和周围的乡村中游荡，全神贯注地盯着什么，但又视而不见"⑥。孩子们也在她的世界里消失了，她把他们都忘了。虽然年轻时爱孩子如同疯了一般，现在"拿他们不当一回事。她失去了那种爱，只守着一个自己"⑦。作为一个母亲，克里奇太太根本就没有履行这个角色的伦理道德责任，需要给予孩子们的关怀也缺失了。甚至当她的女儿迪

---

① 劳伦斯.劳伦斯文集5:恋爱中的女人[M].毕冰宾,译.北京:人民文学出版社,2014:9
② 劳伦斯.劳伦斯文集5:恋爱中的女人[M].毕冰宾,译.北京:人民文学出版社,2014:10.
③ 劳伦斯.劳伦斯文集5:恋爱中的女人[M].毕冰宾,译.北京:人民文学出版社,2014:20.
④ 劳伦斯.劳伦斯文集5:恋爱中的女人[M].毕冰宾,译.北京:人民文学出版社,2014:227.
⑤ 劳伦斯.劳伦斯文集5:恋爱中的女人[M].毕冰宾,译.北京:人民文学出版社,2014:227.
⑥ 劳伦斯.劳伦斯文集5:恋爱中的女人[M].毕冰宾,译.北京:人民文学出版社,2014:231.
⑦ 劳伦斯.劳伦斯文集5:恋爱中的女人[M].毕冰宾,译.北京:人民文学出版社,2014:232.

安娜溺水时,她也不是很关心,只是"在自己屋里等待,得有人禀报她"①。来自家庭尤其是来自母亲的关怀是不可替代的,它不同于社会上其他人的关怀。这种关怀能够帮助孩子抵御来自社会的各种危险和导致其解体的诱惑,能够很好地塑造孩子们的性格,也是孩子们体味人间温暖和战胜各种困难、克服各种挫折的情感基础。就如上面所说,家庭是个人成长和发展的基地,也是传播伦理道德的主要渠道。但是在《恋爱中的女人》中,克里奇太太的表现彻底摧毁了孩子们特别是杰拉德的情感渴求,父母的"言传身教"深深影响了杰拉德的家庭伦理观以及世界观,这些都导致了他的悲剧命运。

工业革命给英国带来了空前的经济繁荣。然而,经济的繁荣导致殖民扩张以及许多不利的影响。"为了追求'进步'的速度,也往往要割舍生活中许多宝贵的东西,如道德关怀、审美情趣和天伦之乐,等等。"② 也就是说,人类的进步是以精神层面的退步为代价的。工业社会的人们愈来愈被机械化,就如同一台台冷漠的机器一样,不会进行情感的交流,亲情越来越淡,人性异化,人们的身体以及心理都受到了摧残。综上所述,劳伦斯小说的家庭空间中,家庭成员之间充满了冷漠和矛盾,家不再是温暖、舒适的港湾,相反成了展现家人疏离关系的场所。

第三节 城市及异域空间

城市是包含人文与自然环境在内、供人类聚居和发展的主要场所。"在古代,人们把城市和乡村都看作神圣的地方,城市被奉为地方神和英雄居住的圣地,而乡野则拥有自然之灵。"③在18世纪,有很多思想家积极肯定城市的价值。比如伏尔泰认为城市与文明本身的标记就是工业追求和都市娱

---

① 劳伦斯.劳伦斯文集5:恋爱中的女人[M].毕冰宾,译.北京:人民文学出版社,2014:202.
② 殷企平.推敲"进步"话语——新型小说在19世纪的英国[M].北京:商务印书馆,2009:7.
③ Yi-Fu Tuan. Space and Place:The Perspective of Experience[M]. Minneapolis:University of Minnesota Press, 1977:158.

乐。随着英国工业革命的开始,城市化现象日趋明显,城市和城镇发展迅速。在工业革命之前,城市主要是作为王公贵族、政府、军队、教堂集聚和活动的所在地。随着工业革命而来的机器大生产需要大量劳动力,越来越多的人口进入城市。城市迅速成为制造业和工业的集中地,城市拥有便利的交通设施,可以大量雇用从乡村涌向城市的劳动者。1801年,拥有100万人口的最大城市只有伦敦,并且只有5个城镇的居民人口在5万~10万之间。但是到了1841年,有22个城镇的人口达到5万~10万的标准,到1901年则增到了49个。城市化的速度可见一斑。1841年之前,有超过半数的人口依然生活在"乡村"(宽泛的定义),而到1850年,大约有50%的英国人住在城市或城镇中了。①劳伦斯在散文《诺丁汉矿乡杂记》中也有说:"那是1800年前的事了,那会儿英国人只是村民老乡。工业制度一下子就让这些变了样……甚至农场劳工都觉得自己是只城市鸟儿。英国人被彻底工业化了,因此不可救药地变成了彻头彻尾的城市鸟儿。"②举一个简单的例子,1801年的曼彻斯特、谢菲尔德以及诺丁汉都是拥有2万多居民的大城镇,而到了1901年,即使最落后的英国城镇的人口都比那时的它们多6倍。在这样一种比较小的区域中迅速增长的人口很快就使英国成为人类历史上第一个"彻底的城镇国家"③。相对于乡村的宁静、纯真和闲适,城市是扩张性的、贪婪的和拥挤的。城市可以说是"田园意象缺失"的空间,是蚕食乡村的空间。"工业时代的小说家都有力地唤起了人们对城市的印象,无论是好的或坏的印象感觉:是繁华、贫穷、骤然的对比抑或是污垢肮脏。"④因此,如同哈代对乡村空间的呈现,城市空间文学的呈现也成为英国现代文学的重要维度。

---

① H. J. Dyos, Michael Wolff. The Vitorian City: Images and Realities[M]. London: Routledge, 1973:106.

② 劳伦斯.劳伦斯文集9:散文随笔集[M].毕冰宾,译.北京:人民文学出版社,2014:185.

③ H. J. Dyos, Michael Wolff. The Vitorian City: Images and Realities[M]. London: Routledge, 1973:106.

④ John Parham. Was There a Victorian Ecology?[G]//John Parham. The Environmental Tradition in English Literature. Aldershot, Hampshire, England, Burlington, VT: Ashgate, 2002:163.

　　劳伦斯一生去过世界许多地方,足迹踏遍欧洲、亚洲、美洲的许多著名城市,这些城市也在劳伦斯的小说中有着不同的呈现,给世人留下极其珍贵的20世纪初的城市空间和意象。劳伦斯早期作品的重心在城乡交界的地方——矿乡,对城市只是一些零星的描写。在这零星的叙述中,他真实地记录了城市环境,尤其是诺丁汉、伦敦等大工业城市的布局和生活。笔者选取其长篇小说中的几个城市空间做进一步剖析,以便对其社会观进行初步的认识和把握。

一、诺丁汉

　　黑马先生曾说:"劳伦斯似乎不像热爱乡村和矿区那样热爱城市,没怎么正面描述过诺丁汉。"①诺丁汉是劳伦斯的故乡小城,离他出生地八九英里。作为最古老的城市,诺丁汉位于伦敦、伯明翰这些大都市和小镇子之间,是一座煤矿城市。劳伦斯于1898年在小学毕业后获得奖学金,到诺丁汉中学学习,据说他是他所在小学里唯一一个获此殊荣的学生。诺丁汉三年的中学生涯对劳伦斯的成长起到了重要的作用,使他接受了那个年代里一般的劳动阶级子女很难得到的优质教育,为他以后的作家之路打下了良好的基础。后来,通过自己的努力,劳伦斯考上了诺丁汉大学学院,《虹》里面厄秀拉接受教育的过程就是劳伦斯自身的经历。在两年的大学生活中,劳伦斯接触了尼采、叔本华、达尔文等人的思想,汲取了他们学说中的精华,并且完成了自身的信仰转变——他不再信仰基督教。《白孔雀》《儿子与情人》《虹》《恋爱中的女人》都是以诺丁汉城及周围乡村为背景的长篇小说,劳伦斯在不经意间多次记录了这个城市空间,可以看出"20世纪初的诺丁汉是一个有轨电车穿行其间的灰色古雅小山城,有一两条繁华的主街道,商贾云集,有庄重的旧大学,壁垒森严如同教堂,山坡上有高档的洋房住宅,有火车通往伦敦,其余的是灰暗的窄街,光洁的石子路;还有世俗嘈杂的集市。城

---

① 黑马.文明荒原上爱的牧师——劳伦斯叙论集[M].北京:新星出版社,2013:27.

外有运河通往附近城乡……这座城像世纪初的任何中小城市一样,是工业文明与农业文明的交会点"①。

《白孔雀》中诺丁汉的"城市上空笼罩着一片晦暗,有薄薄一层污浊的天篷抵衬着蓝天"②。在那时,诺丁汉就是一个商品经济比较发达的城市,乔治一家租住的农场地主老爷"发现了一种不太光彩的生财之道,即售卖那些有皮毛的兔子,每只兔子在诺丁汉可以卖到1先令左右"③。诺丁汉吸引着一群生活在纳塞梅雷湖畔谷地的青年人,使得他们的日常生活与诺丁汉有许多联系。赖蒂和洛茨理也以去诺丁汉为豪,如去诺丁汉学跳舞,去诺丁汉选购时尚衣裳,去诺丁汉游玩。后来这群青年一个接一个离开了纳塞梅雷,"艾密莉是第一个。她到诺丁汉的一所小学去当老师了。时隔不久,把小妹妹蒙莉也带去了"④。乔治也和麦艾格在诺丁汉领证结婚并一起经营朗姆酒店。

劳伦斯在《儿子与情人》中也提到诺丁汉。莫雷尔太太的中产阶级意识影响着她的孩子们,尤其是威廉和保罗。为了母亲的心愿,威廉和保罗一步一步地努力往上爬。威廉从一个速记员开始,然后在"十九岁那年,他突然离开合作社办事处,在诺丁汉找了个差使,这个新差使一星期可以挣三十个先令,过去他只挣十八个先令"⑤。从乡下到城市,不仅工资增加了,而且在父母和邻居们看来,威廉"一时间似乎快飞黄腾达起来了"⑥。"威廉在诺丁汉的新职位干了一年……后来他在伦敦找了个工作,年薪一百二十英镑。这数目似乎是笔巨款。母亲简直搞不清应该高兴还是伤心了。"⑦保罗随后也紧跟着威

---

① 黑马.文明荒原上爱的牧师——劳伦斯叙论集[M].北京:新星出版社,2013:26.

② 劳伦斯.白孔雀[M].敖莉,译.济南:山东文艺出版社,2010:245.

③ 劳伦斯.白孔雀[M].敖莉,译.济南:山东文艺出版社,2010:59.

④ 劳伦斯.白孔雀[M].敖莉,译.济南:山东文艺出版社,2010:254.

⑤ 劳伦斯.劳伦斯文集3:儿子与情人[M].陈良廷,刘文澜,译.北京:人民文学出版社,2014:64.

⑥ 劳伦斯.劳伦斯文集3:儿子与情人[M].陈良廷,刘文澜,译.北京:人民文学出版社,2014:64.

⑦ 劳伦斯.劳伦斯文集3:儿子与情人[M].陈良廷,刘文澜,译.北京:人民文学出版社,2014:74.

廉的足迹去了诺丁汉的外科医疗器械厂工作。在他去诺丁汉斯帕尼尔街二十一号外科医疗器械厂面试的那天,劳伦斯在小说中进行了详细的介绍:

> 这条街又阴暗又老式,有些又低又暗的店面,几扇深绿色的大门,上面有黄铜门环,还有黄赭石的台阶伸向人行道。接着又是另一家商店,那个小窗口看来就像一只狡猾的、半开半闭的眼睛。
>
> 他们鼓起勇气走进拱廊,就像走进龙口一样。拱廊里头是个大院子,像口井一样,周围都是房子。院子里乱七八糟地堆放着稻草、纸盒和纸板。阳光正照在一只大板条箱上,只见里面的稻草黄澄澄地撒得满地,但其他地方都像矿井一样阴暗。这里有好几扇门,两座楼梯。正对面的楼梯最上面一级有一扇肮脏的玻璃门,上面隐约看得见几个不祥的字眼:"托马斯·乔丹父子外科医疗器械厂。"①

从这一段描写可以看出,这条街道破旧不堪,两边的一些店面又低又暗。工厂也是暗沉沉的样子,到处都杂乱无比,和矿井一样阴暗,"这三层楼房的光线全靠从天棚上照进来,越往下越暗。因此底层老是像晚上一样,二楼也相当阴暗。工厂设在三楼,货栈在二楼,底层是仓库。这地方很旧,搞得真不卫生"②。作为一个煤矿城市,从劳伦斯的描述中可以感觉到诺丁汉的环境非常糟糕,劳伦斯勾勒出城市中穷人的生活空间过度拥挤、生活环境不卫生等状况,揭露了资本主义工业文明对人类生存环境的腐蚀。尽管如此,但莫雷尔太太只要一想到她的两个儿子都在工业大城市工作,就别提有

---

① 劳伦斯.劳伦斯文集3:儿子与情人[M].陈良廷,刘文澜,译.北京:人民文学出版社,2014:107.
② 劳伦斯.劳伦斯文集3:儿子与情人[M].陈良廷,刘文澜,译.北京:人民文学出版社,2014:117.

多骄傲了:"如今她有两个儿子走上社会了。她有两个地方可以想念,两个都是大工业中心。她想到自己给两大中心各添了一个男子汉,这两个男子汉会做出她所期望的成就。他们是她生的,是属于她的,他们的事情也就是她的事情。"①那时诺丁汉的城市化扩张还没有那么迅速。

在《虹》中,也零星分布着劳伦斯对诺丁汉的描写。比如布朗温家族第一代汤姆·布朗温驾着马车带小安娜去诺丁汉见世面,在牛市,小安娜很是惊奇和害怕,那里全是穿着脏靴子的男人,路上满是牛粪。劳伦斯粗粗几句就勾勒出诺丁汉经济市场的冰山一角,牛市很是繁荣,人来人往,甚是热闹。通过劳伦斯对牛市活灵活现的描述,读者对农民的那种狂欢场景有了清晰的印象。

> 男人们穿着笨重而肮脏的鞋子,缠着皮裹腿,路上满是牛粪。她更怕见关在牛栏里的老牛,那么多犄角,那么小的牛栏,而人们个个儿都像疯子,听听,牛贩子们在扯着嗓子叫喊。她还感到爸爸让她搞得很不自在。
>
> ……他用最快的速度卖了他的牛,但生意上的事还没完呢。他又带上她走进了熙熙攘攘的牛市里……这些她都听不懂,只能站在脏乎乎的地上听他们说话,周围全是男人们的腿和大靴子,臭烘烘的气味熏着她……
>
> 他们又去了大市场和玉米交易市场,还去了商店。②

安娜的女儿厄秀拉十二岁的时候,安娜把她送到诺丁汉的文法学校去读书。从学校后面,可以遥看低地中充满烟雾并呈现一片混乱状态的城镇:一片屋顶连绵不绝,工厂里的人们在奔忙。城市空间漫布着工厂肮脏的烟

---

① 劳伦斯.劳伦斯文集3:儿子与情人[M].陈良廷,刘文澜,译.北京:人民文学出版社,2014:116—117.
② 劳伦斯.劳伦斯文集4:虹[M].毕冰宾,石磊,译.北京:人民文学出版社,2014:78—79.

雾,说明环境恶劣。厄秀拉考上诺丁汉的一所大学,高大的学院大楼坐落在宁静的街区,是石块砌成的。在这座肮脏的工业城里,学院大楼那秀丽又好玩的哥特式造型差不多算一种风格了。劳伦斯通过两次对学校的描述,让读者在比较随意的介绍中了解了诺丁汉学校的部分面貌,以及与学校的环境形成反差的肮脏工厂和受到污染的城镇中心。由于受到工业文明的浸淫,学校这个纯洁、干净、教书育人的净土也失去了原先的样子:

> 学校的魅力开始消失了。教授们不再是引导他们探索生活和知识的深奥秘密的牧师了。他们不过是经纪人,对他们经营的物品已习以为常,不再放在眼里……这是一个旧货铺子,到这里是为买一件工具应付考试。这不过是城里许多工厂的一个小小的附属零件。这里是一个小训练场……大学本身就是工厂的一个又小又脏的实验室。①

工业社会的文明机制从理性上驱逐了人类的自然天性,劳伦斯在这里严肃地讽刺批评了工业文明的教育观。本该培养学生探索事物、生活奥秘的老师成为经纪人,教育成为一种商品,学校成为一个加工厂,学习是为了应付考试,这一切都表达了劳伦斯对功利主义教育理念的批判与讽刺。在小说中,劳伦斯的侧重点是在城乡交界处的矿乡,而通过穿插其中对诺丁汉的零星描写,劳伦斯也让读者对那时的工业小城镇以及居民的生活环境状况有了粗略、形象的认识。

二、伦敦

伦敦离劳伦斯的故乡伊斯特伍德有二百英里,那里是英国的文化圣地,是进步和启蒙的象征,给无数的诗人、剧作家等文人墨客提供了创作的土壤,孕育了很多令人难忘的文学形象。比如布莱克的《伦敦》一诗就是对伦

① 劳伦斯.劳伦斯文集4:虹[M].毕冰宾,石磊,译.北京:人民文学出版社,2014:431.

敦"黑暗之城"的呈现,描述了一个充斥着贪婪、黑暗、痛苦和死亡气息的空间。华兹华斯《序曲》第七卷"居于伦敦"中,伦敦没有乡村的亲密、舒缓和宁静,取而代之的是陌生、喧嚣和流动。狄更斯小说中的伦敦更是一个充满矛盾的复合体,混乱、动荡和秩序的交错伴随着人与人之间的伦理冲突在伦敦这个城市空间中呈现出来。1908年,劳伦斯从诺丁汉大学师范班毕业后,就来到伦敦近郊克罗伊顿学校教书了。对于从没出过远门的劳伦斯来说,伦敦让他大开眼界,就像是一个等待他去探索的天堂,是一个"十分刺激的地方,特别刺激,是一切冒险的巨大喧嚣中心,它不仅是世界的心脏,而且是全世界冒险的心脏"[①]。的确,第一次世界大战前的大英帝国是世界中心——全世界冒险的心脏,而伦敦则是中心的中心——世界的心脏。伦敦的一切——泰晤士河、车流以及曼城街灯都让劳伦斯感到新奇,"强烈的思乡情绪不久就过去了。他安顿了下来开始写他的《白孔雀》的第三稿。他开始观察起伦敦来,写信向我们描述在夜晚降临时的满城街灯"[②]。他很快爱上了伦敦:利用业余时间在伦敦开阔眼界,去体验那光怪陆离的大都市生活,去逛画廊、博物馆以及百货店,去听音乐会和话剧。他甚至经常骑自行车去伦敦附近的古老乡镇比如布莱顿和温布尔顿等地游玩。泰晤士河南岸的田园风光吸引着他经常去观看、沉思。伦敦的生活对于那时的劳伦斯来说太迷人了,他的脑海里是一幅特别生动的伦敦地图,上面没有阶级鸿沟,没有贫穷和丑陋,只有迷人的文化地标和夜色风情。作为矿工之子的劳伦斯很快步入了伦敦的文学圈,因为其出身而在伦敦的作家之中一枝独秀,他的华丽登场让他成为英国文学界的天才明星。那个时候的伦敦在劳伦斯的眼中还是比较美好的,劳伦斯对其充满了热爱和赞美,比如《白孔雀》中洛茨理从伦

---

① 劳伦斯.劳伦斯文集9:散文随笔集[M].毕冰宾,译.北京:人民文学出版社,2014:122.
② 吉西·钱伯斯,弗丽达·劳伦斯.一份私人档案:劳伦斯与两个女人[M].叶兴国,张健,
译.北京:知识出版社,1991:111.

敦回来后说"城里的任何地方都比乡下这鬼地方好得多"①。甚至在《袋鼠》中,劳伦斯还经常借索默斯之口来怀念伦敦的一切:"悉尼这地方,像伦敦,而它不是伦敦,没有伦敦那美丽的旧式光环……他渴望着伦敦,心情更苦。"②

在《白孔雀》中,劳伦斯多次写到伦敦:赖蒂与洛茨理结婚后在约克郡安了家,"十月份我去了伦敦"③。希利尔自从去了伦敦之后饱尝思乡之苦,经常在伦敦郊区漫步,沉浸在纳塞梅雷河谷的种种情境中。在伦敦生活了一段时间后,希利尔开始喜欢上了它:

> 浓妆艳抹的春天来到了伦敦南郊,使这个小镇充满了魅力……夜幕降临,城里到处亮着神奇的灯盏;河畔,万家灯火为奔腾不息的黑暗的河面洒下点点金光,逐波闪烁;明晃晃的车灯在伦敦大桥车站的车棚里钻进钻出,就像亮晶晶、圆圆的蜜蜂从乌黑的蜂房里飞进飞出;郊区的街灯隐在树枝中,闪耀着柠檬色的光环。我开始爱上这个城镇了。④

显然,劳伦斯借希利尔之口表达了自己初到伦敦的情景:那是一个充满魅力的城市,有着乡下没有的圆形弧光灯,满城的街灯和车灯,这一切让他感到欣喜若狂。"那些出租车,那些晃晃悠悠的双轮双座马车,以及庄重地隆隆驶过的公共汽车,在街道上竞相追逐地奔驰着。"⑤早上,希利尔喜欢漫无目的地在街上转转,在人流中观察走近他的脸以及他们说话、走路的样子,感觉甚是惬意和悠闲。这个城市太大了,他想去了解其中包含的深奥诗意。确实,那时的劳伦斯对伦敦充满了迷恋。但是同时,借助希利尔的眼睛,劳伦斯也描述了繁华城市背后无家可归的人的辛酸:"那些无家可归的流浪

---

① 劳伦斯.白孔雀[M].敖莉,译.济南:山东文艺出版社,2010:79.
② 劳伦斯.劳伦斯文集6:袋鼠[M].毕冰宾,译.北京:人民文学出版社,2014:16.
③ 劳伦斯.白孔雀[M].敖莉,译.济南:山东文艺出版社,2010:254.
④ 劳伦斯.白孔雀[M].敖莉,译.济南:山东文艺出版社,2010:263.
⑤ 劳伦斯.白孔雀[M].敖莉,译.济南:山东文艺出版社,2010:280.

汉,就在滑铁卢大桥下面睡成一排……他们就在腿上盖几张旧报纸抵御风寒,就如遗弃的废包裹般横陈在人行道上。"①当乔治来到伦敦后,他对伦敦的印象是它丑恶的阴暗面,他关注的是那些无家可归的人,那些被掠夺了生命力的人。正如在伦敦街头碰到的一个社会主义信仰的演讲者所说:"在他眼中,整个世界都是穷人和工人阶级的贫民区……仿佛整个城市都在挣扎。那些被掠夺了生命的人,都在呻吟和颤抖。"②通过乔治的视角,劳伦斯揭露了繁华的伦敦其实也深藏着种种的丑恶和不公。劳伦斯还通过乔治之口传达了对像赖蒂和洛茨理等人在伦敦大搞聚会高谈阔论的不满:"想想大桥下面那些可怜的人,再想想她和他们,却以这种愚蠢的方式,在消耗精力,挥霍金钱。"③在小说《逾矩的罪人》中,通过西格蒙德的一句"伦敦是很累人"道出了伦敦并不是一个轻松的地方,对于普通人来说,伦敦的生活平淡无味,是让人感到累和痛苦的地方,伦敦仅仅是富人生活的天堂而已。

《儿子与情人》中,劳伦斯对伦敦也间接地进行了描述,但是小说里的伦敦是让莫雷尔一家一开始感到骄傲但后来感到伤心的地方。莫雷尔太太的大儿子威廉在伦敦律师办事处工作,年薪一百二十英镑。威廉每次回家带回一些小礼物,"在孩子们心目中,这类东西只有了不起的伦敦才有"④。莫雷尔一家为此感到无比的骄傲。可是要在伦敦立足并不是那么容易,威廉由于过分劳累,不久就病死在伦敦,伦敦就成了保罗一家人心中的伤痛。

在《恋爱中的女人》中,劳伦斯对伦敦的感情明显从《白孔雀》中的迷恋转到了憎恶,这是因为伦敦城市工业文明对自然生命的压制。小说中的主人公之一伯金就是劳伦斯的代言人,每次临近伦敦,伯金就会感到十分失望和沮丧,如同被判了死刑一般,"每当火车驶进伦敦时,我就感到厄运降临。

---

① 劳伦斯.白孔雀[M].敖莉,译.济南:山东文艺出版社,2010:281.
② 劳伦斯.白孔雀[M].敖莉,译.济南:山东文艺出版社,2010:280.
③ 劳伦斯.白孔雀[M].敖莉,译.济南:山东文艺出版社,2010:283—284.
④ 劳伦斯.劳伦斯文集3:儿子与情人[M].陈良廷,刘文澜,译.北京:人民文学出版社,
　2014:95.

我感到那么绝望,那么失望,似乎这是世界的末日"①。仅仅只是临近伦敦,伯金就产生了如此强烈的负面情绪,伦敦带来的压抑感、绝望感跃然纸上。"宁静绚丽的黄昏"已经不可能出现在伦敦。之后,劳伦斯接连用了"丑恶""丑陋""死亡"等来描述伦敦——"火车穿行在丑恶的大伦敦市区里了","来到伦敦巨大的阴影中","看着外面丑陋的大街"以及"这是真正的死亡"②。这些无一例外地说明了伦敦在劳伦斯的眼中丑陋无比,像一个死亡之谷。伦敦城市中的庞巴多咖啡馆更是乌烟瘴气,"一走进去就像进入了一个朦胧、黯淡、烟雾缭绕、人影绰绰的世界"③,是一个"狭小、迟钝的堕落与死亡的旋风中心"④。一群放荡不羁的男女,蠢笨的微笑下毫无生气;他们无望地及时作乐,鬼混度日。借用《查泰莱夫人的情人》中康妮的话来说,"这儿的人似鬼影,空虚无聊。他们并不真幸福,不管他们显得有多么活泼,模样有多标致……整个伦敦在她心中是荒芜的"⑤。作为艺术家的戈珍对伦敦也感到很失望,她在伦敦待不下去了。当火车经过大桥时,她望着铁桥下的河水说出了劳伦斯的心声:"我再也不要见到这肮脏的城市了,我一回来就无法忍受这地方。"⑥对劳伦斯来说,伦敦的生命激情已经被工业文明破坏殆尽,英格兰已经不是莎士比亚时代的那个英格兰,伦敦也已经不是以前的那个伦敦了,"伦敦让我感到一种压抑的死静……一切都受着压抑"⑦。

　　作为英国作家,劳伦斯在伦敦这个文化圣地留下了足迹和身影,因为他的作品和绘画,他不被英国所接纳,但是他的名字终究响彻了英国。从以上对小说文本的分析中可以看出,劳伦斯对伦敦的书写从一开始的迷恋到后来的厌恶,态度发生了较大的变化。这种改变一方面源于劳伦斯痛恨工业

---

① 劳伦斯.劳伦斯文集5:恋爱中的女人[M].毕冰宾,译.北京:人民文学出版社,2014:60.
② 劳伦斯.劳伦斯文集5:恋爱中的女人[M].毕冰宾,译.北京:人民文学出版社,2014:60—61.
③ 劳伦斯.劳伦斯文集5:恋爱中的女人[M].毕冰宾,译.北京:人民文学出版社,2014:62.
④ 劳伦斯.劳伦斯文集5:恋爱中的女人[M].毕冰宾,译.北京:人民文学出版社,2014:407.
⑤ 劳伦斯.劳伦斯文集5:恋爱中的女人[M].毕冰宾,译.北京:人民文学出版社,2014:283.
⑥ 劳伦斯.劳伦斯文集5:恋爱中的女人[M].毕冰宾,译.北京:人民文学出版社,2014:413.
⑦ 劳伦斯.劳伦斯文集9:散文随笔集[M].毕冰宾,译.北京:人民文学出版社,2014:15.

文明的发展造成了人性的异化,造成了繁华背后的人性冷漠与丑恶,使生活在其中的人失去了勃勃生机;另一方面也源于劳伦斯的自身经历。第一次世界大战的爆发对于劳伦斯来说就是一场灾难,因为他妻子的国籍问题,他们被怀疑是间谍,处处受到监视,甚至被逐出了康沃尔。最后劳伦斯夫妇不得不搬到伦敦去,"1915年,旧世界完结了,1915年至1916年之交的那个冬天,旧伦敦的精神崩溃了。在某种意义上说,作为世界中心的这座城市算是垮了,变成了支离破碎的激情、欲望、希望、忧虑与恐怖的旋涡"①。同时,伦敦阴冷的天气也不适合劳伦斯的身体休养,给他的肺病带来了极其不好的影响。《恋爱中的女人》就是在那个时候创作出来的,所以对于伦敦的绝望情绪蔓延于整部小说当中。

三、澳大利亚

第一次世界大战给人们带来了前所未有的打击,劳伦斯也深受其害:征兵体检被嘲笑,由于妻子的国籍不被批准出国。这一系列的不公平待遇对劳伦斯来说如同噩梦一般,这种屈辱的生活使得劳伦斯夫妇急于逃离英国:"逃走,逃离我们的生活。越过一道地平线进入另一种生命。不管它是什么生命,只要是生命即可。"②但是劳伦斯夫妇想出国的强烈愿望直到"一战"结束后才实现。这场战争给予劳伦斯精神和身体的双重打击。满怀对英国和欧洲的失望情绪,满怀对欧洲文明精神的憎恶,劳伦斯期待离开欧洲到异域找寻生命的希望,寻找心中的"拉那尼姆"(理想的乐土)。

劳伦斯夫妇于1922年5月4日到8月10日在澳大利亚感受到人们所说的"人间天堂",两人希望在这个年轻的国家——一个尚未被破坏的国家——开始一种与以前不一样的新生活。他们于5月4日到达澳大利亚的西岸珀斯,在达灵顿逗留半个月之后乘船来到港口城市悉尼。在澳大利亚,劳伦斯夫妇开始了在"幽暗的灌木林中漫长的旅行。一切都那么幽暗混沌,

---

① 劳伦斯.劳伦斯文集6:袋鼠[M].毕冰宾,译.北京:人民文学出版社,2014:235.
② 劳伦斯.劳伦斯文集8:文论集[M].毕冰宾,译.北京:人民文学出版社,2014.132.

就好像回到了创世之前的日子"①。这个崭新的、与欧洲完全不一样的国度给了劳伦斯一种能够实现拉那尼姆梦想的幻觉。首先,其异域风情空间给劳伦斯的第一印象非常深刻:

> 澳大利亚……给人的感觉是非常空旷,是个人迹罕至的地方。
> 这里实在奇妙:美妙的天空、阳光和空气,清新清洁,一尘不染,灰白绒毛的灌木丛无垠无尽,人烟稀少。这一切教人感到陌生空虚、毫无设防。②

这里到处散发着未被污染的自由的气息,充满着纯净的如天堂般的空气。在这纯净的蓝天下,在这未被权威污染的空气里,在这有着奇特的树木和动物的静谧"天堂"里,劳伦斯夫妇有生以来第一次感到了自由。对澳大利亚的地理感知和自由带来的欣喜,让劳伦斯在四十二天的时间里就创作了一部以澳大利亚为背景的长篇小说《袋鼠》。

很多学者都认为小说主人公索默斯在某种程度上可以说是劳伦斯的精神化身,其特有的英格兰情结和理念被传达了出来。当索默斯刚刚踏入这片土地的时候,出现在他眼前的是不同于英国的空旷和自由,"这儿的氛围叫人大大放松,没了紧张,也没了压力。这是一种失去控制、意志和形态的真空状态。你头上的天空全然开阔,周围的空气也是那样叫你舒畅,全无旧欧洲的那种挤迫感"③。他开始被澳大利亚大陆上的原始风景、神秘意识和文化深深吸引。在澳大利亚这个充满新的希望的国度里,索默斯感觉有建立乌托邦的可能。干净、纯洁——是刚刚到澳大利亚的索默斯赋予这个国家的词语。这里一切的一切与英国、与欧洲是如此的不同,它摆脱了繁华与喧嚣,是那么的旷远,以至于寄予了索默斯长久以来内心对生活和人生的希

---

① 弗丽达·劳伦斯.不是我,而是风[M].辛进,译.北京:生活·读书·新知三联书店,1992:282.

② 劳伦斯.劳伦斯书信选[M].哈里·莫尔,编.刘宪之,乔长森,译.哈尔滨:北方文艺出版社,1994:462—463.

③ 劳伦斯.劳伦斯文集6:袋鼠[M].毕冰宾,译.北京:人民文学出版社,2014:22.

望。这些都让索默斯"再次忘却尘世。纯真的回归带来了内心的平静,尘世远离他而去……他变得平静,他相信自己"①。尽管澳大利亚给索默斯一种新奇、空旷、纯净的感觉,但是当他在街上漫无目的地游荡时,他会不由自主地把这里的一切和英国进行比较:"悉尼这地方,像伦敦,而它不是伦敦,没有伦敦那美丽的旧式光环。这座南半球的伦敦城是在五分钟内建成的……只是替代物而已。"②"伦敦城里有一排排实实在在的房屋,有实实在在的街道;而悉尼则到处是无数相互分离的平房和村舍……这一切看上去就形同末日,而绝非新的国家。"③在索默斯的内心,他依然想家,想着欧洲。但既然来到了澳大利亚,索默斯就把未来与希望投射到了这片土地上。在澳大利亚居住的日子里,索默斯认识了一大批知识分子,如杰克威利、杰兹等人,经常与他们一起谈论社会问题以及人生感悟。尤其是在与"袋鼠"本杰明·库利的交往与攀谈中,索默斯对他的学识能力以及智慧赞赏不已,并不由自主地被其吸引。这一切的新鲜和新奇让初到澳大利亚的索默斯有了一种一切皆有可能的幻觉与期待。

但是"要想真正了解一个国家,他就得在它的主要城市中住在一阵子"④。索默斯深入感知悉尼这个大城市后,慢慢地对澳大利亚的态度开始发生转变。就连让他感到欣喜若狂的那种自由好像也是一种毫无责任感的自由,是一种几乎叫人恐惧的自由:

> 在这里让人觉出毫无责任感的自由,这种自由和解放是一种随心所欲的感觉,这一切全然无趣。还有什么比完成的自由还让人失望和索然无味呢?没有内在的生命,没有更高的要求,终归是对什么也没有兴趣的。⑤

---

① D. H. Lawrence. Kangeroo[M]. Harmondsworth: Penguin, 1950:172.
② 劳伦斯. 劳伦斯文集6:袋鼠[M]. 毕冰宾,译. 北京:人民文学出版社,2014:16.
③ 劳伦斯. 劳伦斯文集6:袋鼠[M]. 毕冰宾,译. 北京:人民文学出版社,2014:78.
④ 劳伦斯. 劳伦斯文集6:袋鼠[M]. 毕冰宾,译. 北京:人民文学出版社,2014:16.
⑤ 劳伦斯. 劳伦斯文集6:袋鼠[M]. 毕冰宾,译. 北京:人民文学出版社,2014:23.

随着时间的推移,索默斯那种初来澳大利亚的新鲜感和激动感慢慢被许多无法言说的不确定性和诡异所代替,而灌木丛便是小说中最能体现这一情感变化的事物了。在索默斯刚到澳大利亚的时候,他就被灌木丛那恐怖而又难以说明的不确定性给吓住了:

> 可是那儿的灌木丛,烧焦的灌木丛令他胆战心惊……那片幽灵鬼影绰绰的地方,树干苍白如幻影,不少是死树,如同死尸横陈,多半死于林火,树叶子黑乎乎的像青灰铁皮一般。那儿万籁俱寂,死一般沉静无息……它到底在等什么?①

灌木丛的意象一直贯穿于小说之中,这是索默斯无法捕捉和窥探到的一种"所谓极端差异的意象。这种不确定性使得这片土地陌生而飘忽,抵制着欧洲思想对它的把握"②。在小说中,从很多小细节中是可以感觉出索默斯其实是带有英国殖民者的优越心态的一个人。比如在第二章"芳邻"里面,哈丽叶请杰克夫妇吃饭,索默斯感到一种莫名的压抑和不舒服,"今天这顿饭就像倒退了二十年……走了很远很远的路才算走出了英国中部,总算摆脱了那儿的生活方式。可是到了这儿,却发现又回去了……他讨厌乱哄哄的客人混在一起而没有拘束的样子。在这方面他倒更喜欢印度:土生土长的侍者和白人之间的隔膜形成了某种气氛"③。从这里的描述中可以隐约感受到索默斯的那种白人心态——殖民者的优越感。所以神秘的灌木丛就如同游离于白人的视野之外的一个事物,似乎作为澳大利亚的眼睛注视着千千万万踏入这片土地的白人,是白人或者说是殖民者难以把握和控制的

---

① 劳伦斯.劳伦斯文集6:袋鼠[M].毕冰宾,译.北京:人民文学出版社,2014:9.
② 博埃默.殖民与后殖民文学[M].盛宁,韩敏中,译.沈阳:辽宁教育出版社,1998:169.
③ 劳伦斯.劳伦斯文集6:袋鼠[M].毕冰宾,译.北京:人民文学出版社,2014:32.

一个事物。丛林显得诡异而又生命力顽强,感到它"似乎是在等待着什么"。这里"没有一丝儿生命迹象。可一定有什么东西,那儿隐藏着什么巨大的有意识的东西"①。这种难以掌握的不确定性使得索默斯对这片大陆的感觉从神秘慢慢转向恐惧,"他立即被林子中的恐怖攫住"②。在澳大利亚待的时间越久,他就越觉得难以适应那里的一切,一种难以言说的恐惧感和超自然的力量深深缠绕着他,让他觉得澳大利亚的现实和他期望在澳大利亚这个异空间所追求的理想之间出现了很大的反差。其实,索默斯来自灵魂的恐惧并不是那片林子带来的,而是澳大利亚这个年轻的国家带来的。小说通过灌木丛这个意象引导读者去探寻索默斯的内心世界。

在澳大利亚待的时间越长,索默斯就越深入地了解了这里的民主与自由,"没有权威,一切都自然而然地运转,松散而闲适……没有高人一等的阶层,甚至没见几个老板。一切看上去都像一条滔滔的江河轻松自如地滚滚向前"③。"在澳大利亚,权威这个字眼已经死了。"④劳伦斯对这种民主的厌恶曾经在1922年5月7日写给布鲁斯特的信中明确说过:"这里十分民主,让我感到颇失身份。在如此的国度里,整理房屋、烤烤羊肉,简直令人耻辱。"⑤索默斯不能接受这种大众化的民主。小说中的索默斯是个地地道道的英国人,他感到自己无法融入澳大利亚这个国家,因为他既仇视无政府主义,又渴求权威,就如同美国人一样。在这样的社会状态之下,劳伦斯强烈地感觉到澳大利亚就像一架破败的机器在减速运转,他根本无法依靠这样的民主状态实现自己的理想,因为"你还得承认'统治'的必要"⑥,劳伦斯认为还是需要权威存在的,如果没有权威或阶级差别,就会陷入无政府状态。与此同时,索默斯也感觉自己越来越难以接受澳大利亚普通人的生活状态,在他看

① 劳伦斯.劳伦斯文集6:袋鼠[M].毕冰宾,译.北京:人民文学出版社,2014:9.
② 劳伦斯.劳伦斯文集6:袋鼠[M].毕冰宾,译.北京:人民文学出版社,2014:9.
③ 劳伦斯.劳伦斯文集6:袋鼠[M].毕冰宾,译.北京:人民文学出版社,2014:17.
④ 劳伦斯.劳伦斯文集6:袋鼠[M].毕冰宾,译.北京:人民文学出版社,2014:18.
⑤ 劳伦斯.世界文学名著 袋鼠[M].黑马,译.上海:译林出版社,2000:429.
⑥ 劳伦斯.劳伦斯文集6:袋鼠[M].毕冰宾,译.北京:人民文学出版社,2014:17.

来,这里的人做什么事情都很随意,就连微笑也只是习惯使然。街上的女人看上去优雅,其实透着小家子气;她们就像冒失、自信并且毫无恐惧的鸟儿一样,自以为性感,神气活现地走路。对于索默斯来说,这个新兴国家的问题比老国家的问题还要多,"问题成堆"①。最后,索默斯对这个与英国有着千丝万缕联系的年轻大陆不再留恋,不再抱有希望,因为悉尼不过是伦敦的替代品而已,缺乏中心,非常空洞,并不是他梦寐以求的理想之地:

> 常言道:人是人的首要环境。但对理查德来说,这句话在澳大利亚用不上。这里有人,但并不引人注目。你对邻居或某个熟人说了几句话,那不过是为了制造点声音而已。只是制造声音……空气中弥漫的是这种无语、茫然的孤独,对这个国家来说是自然的。这里的人不纠缠你……你走了,他们就把你忘了……澳大利亚人大大咧咧的漠然还说不上是漠然……个人从根本上没了沟通的欲望。言语只是噪声而已。像哑巴牛群聚在一起,如一群混居的懒散动物。一切表象之下都暗含着漠然……可它让人感到是一只走不动了的钟表。它在欧洲上的发条,然后慢了下来,到了澳大利亚就走不动了。②

小说最后,"袋鼠"领导的退伍兵们与工党的人进行了正面的打斗,在这场激烈暴力冲突中,"袋鼠"中弹死亡,宣告了澳大利亚乌托邦的幻灭,索默斯只有选择离开这个国家,他决定去美洲寻找新的理想之地。"他心中感到一阵剧痛,就要离开澳大利亚了,这陌生的国家,这叫人绝望地爱着的国家。离开澳大利亚令他感到另一条连心的线要断了:离开澳大利亚,就是离开他同英国的联系。"③澳大利亚就是英国的翻版,尽管"英国味儿在这里变得杂

① 劳伦斯.劳伦斯文集6:袋鼠[M].毕冰宾,译.北京:人民文学出版社,2014:18.
② 劳伦斯.劳伦斯文集6:袋鼠[M].毕冰宾,译.北京:人民文学出版社,2014:378—379.
③ 劳伦斯.劳伦斯文集6:袋鼠[M].毕冰宾,译.北京:人民文学出版社,2014:391.

乱无章,混乱一片"①。

四、墨西哥

在澳大利亚住了三个多月,劳伦斯夫妇一开始被那里颇具原始色彩的风光所吸引,蓝色的天空、纯净的空气、未受污染的自由让他们感到非常舒适和自在,"这脆弱的、不引人注目的风景仍然那么清洁,没有任何瑕疵或混乱,平房、棚子和波纹铁皮顶,这脆弱、矜持、不引人瞩目的景象就像天空一样清明"②。但是,作为机器文明和理念文明的敌人,劳伦斯觉得全世界都已经形成了循规蹈矩的欧式生活,比如那些巨大的教堂、工厂和城市,这一切的杂乱景象都令他感到恶心,甚至它们的美丽也让他感到厌恶。所以劳伦斯夫妇离开澳大利亚去美洲寻找一片"净土"来实现自己的"拉那尼姆"。

1922年8月10日,劳伦斯夫妇乘船离开了澳大利亚并于9月11日到达墨西哥州印第安人的聚居地陶斯。在那里的六个月中,他们深入了解了当地印第安人的文化与生活。第二年的三月,他们南下去了墨西哥。在墨西哥,劳伦斯夫妇游历了许多地方,参观了阿兹台克人的文化遗址,并且了解了阿兹台克人信仰的主神——羽蛇神克斯卡埃多以及许多相关的神祇与象征。一部有关墨西哥的小说就这样在不断的游玩和参观中构思好了。劳伦斯于1923年5月在查帕拉湖畔开始动笔,1925年1月,这部以墨西哥为背景,描绘"墨西哥鲜明生动的画面"的小说《羽蛇》完成了,并于1926年1月23日在英国发表。在《羽蛇》中,主人公柯特一直以一种反面的情感对待墨西哥的文明,可以说柯特就是劳伦斯的代言人,就如同《袋鼠》中的索默斯一样。

柯特是一位来自文明世界的白人。她刚到墨西哥时,那里的一切都让她倍感压抑和绝望,感觉自己如同被投进了监狱一般。首先是墨西哥这个城市让她感到无比的反感和厌恶。"最使柯特不安的是她对这个城市的反感

---

① 劳伦斯.劳伦斯文集6:袋鼠[M].毕冰宾,译.北京:人民文学出版社,2014:23.
② 劳伦斯.劳伦斯文集6:袋鼠[M].毕冰宾,译.北京:人民文学出版社,2014:380.

和厌恶。她去过许多国家的许多城市,只有墨西哥城最让她厌恶。这个城市有一种内在的、深刻的丑陋,那就是一种丑恶的幽灵。与这个城市相比,即便是破烂的尼泊尔也令人愉快。"①小说开头两章对墨西哥的描述除了丑陋、丑恶,就是脏乱,"墨西哥到处是潜藏的丑恶"②,"路两旁是脱皮的墙壁,坍塌的土坯房。破败的景象和窄窄的街道给人一种压抑感,一种空洞,毫无生活内容的空洞……石头是死的,整个城市也是死的,生活在慢悠悠的节奏中进行,好像带着十二分的不情愿"③。不仅墨西哥城一片混乱和丑陋,即使在市郊也是一派荒凉和破败,"这是一段很长的路,开始的一段路是市郊那又乱又脏的地段的延伸……山谷延伸到阴郁、令人压抑的山区……土壤有些怪,干燥,黝黑……偶尔有大片枯树出现。沿途建筑新建的居多……墙壁开裂,似乎要坍塌,墙皮也脱落了,在车里似乎都能听到墙皮脱落的声音"④。道路、土地、枯树以及房屋无不显出墨西哥那种沉重和死亡的气息,就连行驶在路上的福特牌公共汽车都是破烂得几乎随时可能瘫痪的样子。其次,那里穿棉线衣服、戴大草帽的黑脸的墨西哥人同样不讨她喜欢,他们走路的方式以及目光都有点僵硬。比如去看斗牛的时候,在体育场路边的排水沟旁边,"有很多脏乱而又让人厌恶的人在叫卖各种饮料、糖果、蛋糕、水果以及油腻的食品"⑤,"他们的肮脏、邋遢,他们身上的虱子以及茫然的眼神,令人厌恶"⑥。这些阴沉、可怖的墨西哥人让她感到害怕、压抑,感觉他们要使她堕落,要把她向下拉入虚无的深渊一般。即使是那些把自己全身包裹得严严实实的虔诚的妇女也让柯特感到心酸和讨厌,"愚昧的、卑贱的、沉沦在教堂里的女人们使柯特心酸,同时也令她讨厌,她们像是上帝造人时的半成品"⑦。这个国家的一切都给柯特一种绝望感和沮丧感,这里的人的眼睛里

① 劳伦斯.羽蛇[M].郑复生,译.济南:山东文艺出版社,2010:13.
② 劳伦斯.羽蛇[M].郑复生,译.济南:山东文艺出版社,2010:15.
③ 劳伦斯.羽蛇[M].郑复生,译.济南:山东文艺出版社,2010:73.
④ 劳伦斯.羽蛇[M].郑复生,译.济南:山东文艺出版社,2010:23.
⑤ 劳伦斯.羽蛇[M].郑复生,译.济南:山东文艺出版社,2010:2.
⑥ 劳伦斯.羽蛇[M].郑复生,译.济南:山东文艺出版社,2010:41.
⑦ 劳伦斯.羽蛇[M].郑复生,译.济南:山东文艺出版社,2010:64.

都闪着恶毒和仇恨,无精打采,好像灵魂都已经被掏空,只留下一个空的、只做机械式反应的躯壳。"他们根本就没有那种欢乐、高昂以及向上的精神,只给人一种沉重、压抑的死亡气息。不仅如此,他们也非常激动、恼火和多疑,令人感到讨厌,在墨西哥,有很多这样的人,一旦你悄悄地、出人意料地来到这座城市,那么,他们就会以为你有什么不可告人的目的,并给你制造一些麻烦。"①

在小说中,作者通过对墨西哥的环境以及墨西哥人的描述,不遗余力地表达了柯特对墨西哥的厌恶之情。"这里只有残忍、堕落和毁灭……这里成了死亡圣地,到处都是死亡,以至于在这里死亡成了最没有意义的东西,它肮脏、庸俗、无价值……"②墨西哥这个国家的有些东西使她感到很不安,让她陷入极端的愤怒当中,她感觉自己要死了一般,"她静静地躺着,听着墨西哥城的喧嚣,听着时而出现的死亡一般的寂静,体味着寂静中的陌生的意味,冤魂一样的恐怖在黑暗中漫游。她从内心里讨厌墨西哥城,甚至有些怕它"③。"在墨西哥,在这污秽遍流、恶魔横行之地,她活得实在太累了。"④墨西哥不仅是野蛮粗暴、神秘原始的,而且是带有基督教以外的宗教色彩的一个国家,它从骨子里烙上了古印第安文明的印记,极富攻击性和反抗性。在这里生长的墨西哥人身上也流着古印第安人那种古老而独特、野性且富有对抗性的血液。"让人压抑,这是这个国家的一贯性格。它借助自己的力量,缓缓地压抑你,使你的精神逐渐堕落,失去自由的意识,永远无法飞翔。"⑤柯特真想尽快离开墨西哥——这个巨大的、深不见底的、危险的、干燥又野蛮的国度!

虽然墨西哥让柯特感到很压抑,令她崩溃,但是浓厚的原始气息又强烈地吸引着柯特,那古老的文化如印第安人的歌舞、对神灵和图腾的崇拜等又

---

① 劳伦斯.羽蛇[M].郑复生,译.济南:山东文艺出版社,2010:25.
② 劳伦斯.羽蛇[M].郑复生,译.济南:山东文艺出版社,2010:40.
③ 劳伦斯.羽蛇[M].郑复生,译.济南:山东文艺出版社,2010:22.
④ 劳伦斯.羽蛇[M].郑复生,译.济南:山东文艺出版社,2010:20.
⑤ 劳伦斯.羽蛇[M].郑复生,译.济南:山东文艺出版社,2010:60.

让她感到新奇不已,使她不由自主地充满了想深入了解和认识它的欲望和渴求。"他光着脚跳着,步子是无意识的沉重,又含有鸟的精灵,似乎着意于将脚踩入深深的泥土;他踏着鼓点儿,身体略微前倾并有节奏地摆动着,交替举动的双膝碰触毯子的边饰,显出一种向上的、强劲的冲力……给人一种古远的感觉。"①这鼓点、音乐以及舞蹈犹如来自遥远的心灵的呼唤,直接渗入人那古老而永恒的灵魂之中,而人类则以一种直接的方式与之交流。作为异域场的墨西哥到处充溢着原始的痕迹,充斥着现实与原始两种文化不断交错形成的梦幻感。对于柯特而言,墨西哥那野蛮的力量、原始的气息还是深深震撼了她,对她产生了极强的诱惑力,让她感到新生命的燃烧。虽然墨西哥到处都潜藏着恐怖,虽然她依然受不了那份不安以及恐惧感,但是土著人所拥有的神秘感和美都吸引着她;这不同于欧洲,她不想逃避,她决定留下,"她曾经想离去,但却像只鸟被蛇缠住了。墨西哥便是那条蛇"②。她也意识到,"墨西哥,就如一尊神一样,规定着她的生活内容,让人无法拒绝。有一种神秘的东西——它规定着墨西哥,或墨西哥规定着它,是那样沉重,那样压抑,恰如盘环的巨蛇,威胁、恐怖、神秘、永恒。她意识到了,不知是在心里,还是在心外"③。留在墨西哥的柯特认识了喀莱兹柯和西比阿诺,也因此了解了羽蛇神教。她被选为喀莱兹柯创建的羽蛇神教的女神,并被指配给西比阿诺作为神配妻子。尽管她不能想象自己嫁给西比阿诺从而把自己永远留在这片死亡之地来度过没有灵魂的余生——意味着要去承受墨西哥的沉重与黑暗,要屈从于没有任何怜悯、慈悲和同情之心的神的意志,但是随着她更深入地了解羽蛇神教及西比阿诺,她从一开始的拒绝到接受西比阿诺的求婚再到不愿离开墨西哥,不想离开西比阿诺他们。

劳伦斯笔下的柯特和索默斯一样,他们来到欧洲之外的异域场墨西哥和澳大利亚的目的是想要在异域国家寻找生命的力量和激情,为了在欧洲

---

① 劳伦斯.羽蛇[M].郑复生,译.济南:山东文艺出版社,2010:108.
② 劳伦斯.羽蛇[M].郑复生,译.济南:山东文艺出版社,2010:60.
③ 劳伦斯.羽蛇[M].郑复生,译.济南:山东文艺出版社,2010:16.

文明之外寻找新的拯救之地,以承载他们的希望。但是,这个与欧洲完全不同的土地一直使她缺乏安全感,在她的内心深处,她总是害怕染上这个城市里那种沉重的、幽灵般的气息。"早在没来之前,在英格兰、苏格兰以及整个欧洲,她就感觉到了她心灵深处的召唤,那是对现实的呼唤。现在,实现了,这种呼唤,在一种死亡的痛苦中。另一方面,这种死亡的痛苦又让她难以自拔。"①然而,缠绕着他们的不安全感和无归属感自始至终都无法让他们适应墨西哥和澳大利亚的生活,他们的内心承受着矛盾意志的冲撞:一方面他们对异域的一切充满了向往和渴望,另一方面因为无法适应那里的生活,他们有了强烈的失落感。他们承受着各种情感,如向往与逃避,渴望接受又难以接受,兴奋与恐惧在他们心中撕裂拉扯。在索默斯和柯特的眼中,虽然澳大利亚和墨西哥充满异域风情,给他们带来了视觉上的盛宴,但是无论如何都无法代替欧洲的位置。最后柯特选择留在墨西哥,但这是通过本能和信仰而实现的对原始文明的皈依,而不是理性思考的结果。

　　综观劳伦斯的一生,他大部分的时间都在外漂流,远离自己的家乡和国家,找寻适合自己休养的地方以及理想的"拉那尼姆"之地。他辗转于许多大城市,比如新奥尔良、墨西哥城、悉尼、康提城、罗马、巴黎、慕尼黑、瑞士的洛桑及一些小城市。即使到了生命的最后时光,他依然在国外。在他的书信中,他多次坦言对城市生活的厌烦和失望。在1912年7月22日的信中,他说:"我厌恶英国的思想,厌恶它的衰败以及模糊、恼人的现代化。我不想回到城市和现代文明中去,我想过淡泊的生活,想自由自在地生存,我不想受到束缚。"②"我不喜欢纽约,那里蒸人闷热。"③

　　就如本章开篇所说,城市是人类文明的中心,但是在劳伦斯的笔下,由于工业文明的浸淫,城市是丑陋的,城市中的人也是异化的、扭曲的。《城市生活》这首诗就是很好的一个证明:"当我身处伟大的城市,我知道我很绝望/

① 劳伦斯.羽蛇[M].郑复生,译.济南:山东文艺出版社,2010:41.
② 劳伦斯.劳伦斯书信选[M].哈里·莫尔,编.刘宪之,乔长森,译.哈尔滨:北方文艺出版社,1994:40.
③ 卡莱尔.文明的忧思[M].宁小银,译.北京:中国档案出版社,1999:72.

我知道这里没有我们的希望,死亡在等待……他仍不把他们放下钩,这群工厂世界的上钩的鱼。"①劳伦斯认为,城市是一个非常令人绝望的地方,除了死亡在等待着每个人,没有任何希望可言。为了生存的人们成为工作的机器和奴隶,工厂就如同钓鱼的鱼钩,工人则变成了被钓上钩的鱼。机械文明把人的生命力给毁了,城市成为一个没有勃勃生机,充满死亡气息的地方,就如在《羽蛇》中所描述的墨西哥一样:无望、丑陋、压抑和可怕。美国传记作家布伦达·马多克斯也曾写道:"劳伦斯讨厌城市。他的行迹很大程度上是留在没有铺砌过的道路上,沿着一些肮脏的路。"②

第四节　地理空间书写意蕴

　　18世纪中叶工业革命开始后,英国大踏步迈上了工业化的进程。随着铁路的开通,工业文明的进程如火箭一般向前跃进。劳伦斯认为在大工业进程之前,人与大自然息息相关,然而大工业生产不仅破坏了美丽的自然环境,而且割断了人与大自然的联系,使人性受到压抑,人成为机器的奴隶。

　　劳伦斯,一个矿工的儿子,被评论界普遍认为是一位对大自然极其敏感的诗人。他出生并成长在一个鸟语花香、有着湖光山色的英格兰小乡村,劳伦斯许多美好的记忆、独特的想象和无尽的灵感都来自这个充满魅力的"心灵的故乡",由此他养成了纤敏的审美心灵。他的父亲喜欢在田野里采摘蘑菇,特别喜爱野生动物,熟悉当地各种动植物。受其影响,劳伦斯从小就对自然中的花草树木、鸟兽虫鱼很痴迷,并对它们有着特殊的感情。这种对大自然的痴迷培养了他超乎寻常的洞察力和表现力,比如,他能准确无误地说出各种花鸟虫草的名字和类别,他在诺丁汉大学攻读的专业是植物学。在

---

① 苗福光.生态批评视角下的劳伦斯[M].上海:上海大学出版社,2007:130.
② 布伦达·马多克斯.劳伦斯:有妇之夫[M].邹海仑,李传家,蔡曙光,译.北京:中央编译出版社,1999:8.

劳伦斯眼里,自然是一个蕴含着无穷生命力的"新地球",任何微小的生命都闪烁着生命之光,都可以让人对它们充满遐想和怜爱。对生命的天生敏感,使得劳伦斯无形中在所有的小说与诗歌中倾注了全部的爱来描述大自然的美好。他充满深情地描绘着自然界里的生灵,把对万物的呵护与关爱在字里行间显露出来,读者也能从中深深感受到他笔下自然与人相互融合的无穷魅力。自然界中的一切都成为他潜在的说话对象。利维斯(F. R. Leavis)评论劳伦斯道:"虽然不是莎士比亚,但他有天分,他的天分表现为奇迹般敏锐的洞察力、悟性和理解力,他的天分特别表现在诗意地唤起景物、环境和氛围方面。"①劳伦斯的一生都在用自己的生命追求真实,他一直深信,"在人类和环境之间一定有着充满血性的联系"②,人类要想找回真实本能的自我,唯一的办法是与自然界中的一切生命建立起和谐、亲密的关系。在《为〈查泰莱夫人的情人〉一辩》这篇文章中,劳伦斯表达了自己对人类与宇宙相隔绝的愤慨和无奈:

> "知识"扼杀了太阳,让它变成一只充满大气的球,上面有黑点;"知识"扼杀了月亮,把它说成是被死火山侵蚀的一片死亡之地,像患了天花一般;机器扼杀了地球,使它的表面变得崎岖不平。我们怎么能从这里夺回那个曾令我们无限欢愉的灵之天堂? 如何重新找回阿波罗、阿蒂斯、迪米特、波赛芬和冥府? 我们怎么能看到金星或拜迪吉尤斯之星? ③

劳伦斯深切地感受到人类和宇宙不应该是相对的、隔离开来的。毫无疑问,劳伦斯在上面这段文字中提到的宇宙,包括地理空间里的一切,即自

---

① 黑马.文明荒原上爱的牧师:劳伦斯叙论集[M].北京:新星出版社,2013:121.

② Jane Foster. 1995. D. H. Lawrence Symbolic Landscapes [M]. Maidstone Kent: Crescent Moon Publishing, 1995: 51.

③ 劳伦斯.劳伦斯文集9:散文随笔集[M].毕冰宾,译.北京:人民文学出版社,2014:260.

然以及大地上的万物。他在《实质》这篇文章中说:"即使我身患病症,我还是活生生的,我的灵魂活着,仍然同宇宙间生动的生命息息相关。我的生命是从宇宙深处获得力量的,从群星之间,从巨大的'世界'中。我的力量就是从这巨大的世界中来,我的信心亦然。"①显然,劳伦斯认为人和自然是不可分割的,是息息相关的。人类的一切都取自大自然,人类应该与之和谐相处,而不是去掠夺自然、征服自然。在文论《海克特·圣约翰·德·克里夫库尔》中,劳伦斯讽刺克里夫库尔"是个骗子……想把自然装入他的口袋……对它为所欲为,甚至可以用它来赚钱……让自然屈服于人的几条法律"②。

　　劳伦斯把对"心中的故乡"的热爱以及工业化带来的破坏都展现在他的作品中了。对自然界的精彩描写在劳伦斯的作品中随处可见,这无疑是对人与自然界的关系的感悟和思考:人与自然要和谐相处,不能肆意地开发自然和糟蹋自然。劳伦斯谴责人们过分关注机械导致与生机勃勃的宇宙脱离,书写了英国资本主义工业文明对自然和人性的摧残。劳伦斯从来没有停止对地理景观与人类关系的现实描写,这是他作品的永恒主题。小说中的地理景观不再是传统小说中单纯的场景和故事发生地,而是从人类的生存现实出发,以细腻的笔触刻画现代工业文明对英国乡村和城市的影响以及生活在其中的人们生存状况的巨大改变,揭示了生存空间的转变对主体身心的摧残。劳伦斯借助他前期的几部作品《白孔雀》《儿子与情人》《恋爱中的女人》及后期的小说《查泰莱夫人的情人》中那些未曾受到工业化污染的"伊甸园"——纳塞梅雷湖畔、威利农场、玛斯农场以及拉格比府旁边的森林——来凸显矿区的丑陋,绘制了一幅失去和谐的人类与自然的生态图景。这不仅让读者认识到人类应该负起保护自然的责任,而且也从侧面让读者认识到"只有实现人与自然的和谐统一才能维护自身的可持续发展"。③这说明了劳伦斯对人与自然和谐关系的向往以及重建人与自然和谐关系的美好愿望。

---

① 劳伦斯.劳伦斯文集9:散文随笔集[M].毕冰宾,译.北京:人民文学出版社,2014:
② 劳伦斯.劳伦斯文集8:文论集[M].毕冰宾,译.北京:人民文学出版社,2014:26.
③ 耿潇.劳伦斯的小说与生态伦理问题[J].重庆工商大学学报,2005(5):131—133.

一、诗意地栖居——人与自然的和谐[①]

"诗意地栖居"这个词来自德国哲学家海德格尔的《荷尔德林与诗的本质》中的诗句:"充满劳绩,然而人诗意地栖居在这片大地上。"[②]在海德格尔看来,诗意地栖居就是"与诸神共在,接近万物的本质"[③]。也就是说,人与自然不仅要和谐相处,人类还应当以欣赏和感恩的态度去对待提供他们给养的大自然,而不是肆无忌惮地征服自然、掠夺自然、摧残自然,使之成为艾略特眼中枯萎的"荒原"。海德格尔从基础存在论出发,对生存进行了别样的思考和召唤。劳伦斯同样是一位具有生态意识的作家,他根植土地,也在作品中谈及了人类生存的意义,传递了作家对人与自然关系的思考和感悟。

当谈到人类的生命与周围活生生的宇宙之间的关系时,劳伦斯主张"完善我与另一个人、别人、一个民族、一个种族、动物、盛开鲜花的树、土地、天空、太阳、星星和月亮之间纯粹的关系"[④]。劳伦斯尝试通过自己的作品从机械文明中拯救人类,试图恢复人类的本能和本性,重新实现两者之间的和谐与平衡,也就是那种自然舒适并且充满活力与生命的关系。他认为:"自然中的要素,土壤、空气、火和水就如同一些了不起的情妇,我们追求她们,同她们较量。可所有的工具只能褫夺我们与这些情妇的美妙拥抱,夺取我们生活中的奇迹。"[⑤]这里,劳伦斯把大自然比作情妇,人与自然是共融共生的。要想充实生命,人类只有置身于大自然才能感受自然生命的节律。这里的工具显然指的是工业文明中的各种机器,因为它们的介入,人类的生活情趣、生存环境都陷入了极度混乱中,我们与充满活力和灵性的自然分开了。

劳伦斯的第一部长篇小说《白孔雀》通过对自然详尽且诗意的描写,再现了"我心中的故乡"。在《白孔雀》中,纳塞梅雷谷地有上百种植物以及三

① 李春风.台州和合文化与劳伦斯作品中的和合意蕴比较[J].台州学院学报,2019:31—34.
② 海德格尔.荷尔德林诗的阐释[M].孙周兴,译.北京:商务印书馆,2004:35.
③ 朱立元.当代西方文艺理论[M].上海:华东师范大学出版社,1997:150.
④ 劳伦斯.劳伦斯文集8:文论集[M].毕冰宾,译.北京:人民文学出版社,2014:254.
⑤ 劳伦斯.劳伦斯文艺散文随笔[M].黑马,译.桂林:漓江出版社,2004:121.

十多种动物和昆虫。众多植物、动物互相依存,各自的美与灵性共生于此,共同营造了一个和谐的大自然家园,使之焕发出生机,洋溢着欢乐和美好。在小说中,作者并没有单纯地列举各种自然景物,而是通过展现人与自然的相互关系,呈现出自然的丰富与美丽,进而表现了人与自然的深刻联系。人与自然融为一体,相互感应。就像希利尔说的:"我们一辈子都生活在树林和流水之间。"①在劳伦斯的笔触下,自然景色的每一特征和变化都与人物命运的发展息息相关,自然界的万物成为象征,烘托了气氛,深化了主题。比如《白孔雀》中,赖蒂"已经能够从森林和流水中找到欢快、生动的音调。她仿佛能听到流水在欢笑,树叶像年轻姑娘们般哧哧咯咯地笑;白杨则像一个调情者的衣裙那样舞动着,斑尾林鸽的啁啾声凄婉地痴鸣着"②。显而易见,大自然中的花花草草,都是充满灵性的,能够准确传达人物的感情和命运。不管是感叹或是怜悯自然界中生命的消失,抑或是描写自然界中那种欣欣向荣的活泼场景,都展现了劳伦斯内心最真实的自然生态思想,闪现着他对生命的纯真体悟。

> 冷杉温柔地触摸着我,落叶松从肃杀的冬眠中醒过来,舒展着笔直茸茸的指尖爱抚着我……黄色的水仙正在那里昂起花骨朵,缩回它们黄色的卷毛……有的刚刚吐出花骨朵,其余的则掩着脸,阴郁地从那得意扬扬的灰绿色花茎中探出头来。真希望能懂得它们的语言,能清楚地和它们交谈。③

与自然生态的心灵交流在字里行间展露出来。这段充满灵性的描写表明了劳伦斯一直所坚信的人与自然是相通的这个理念。从这段描写中也可以看出希利尔与花草树木就如同朋友一样相互触摸、交流。在小说叙述人

---

① 劳伦斯.劳伦斯文艺散文随笔[M].黑马,译.桂林:漓江出版社,2004:45.
② 劳伦斯.白孔雀[M].敖莉,译.济南:山东文艺出版社,2010:45.
③ 劳伦斯.白孔雀[M].敖莉,译.济南:山东文艺出版社,2010:156—161.

希利尔眼中,大自然是和人类一样有生命、有思想、有感情并且能够声息相通的有机体。当乔治问独自在水塘边观赏风景的希利尔在干什么的时候,他说:"刚才我在想这地方好像变老了,正聚精会神地回顾它的往昔。"①希利尔和植物及动物之间都有着情感的交流:"一只秧鸡越过山谷,对我说话,无休止地说着,在睡梦中,从浓雾笼罩的草地里,用沙哑的嗓子向我提问,同时又回答我。"②这些足以说明劳伦斯通过希利尔传递的思想:自然界万物不仅能与人的心灵相互呼应,它还具有人的一切功能。乔治的话"你看见那棵法国梧桐树了吗……我记得父亲曾折断了那棵树上最粗的一根树枝,我非常难过……似乎我的一根最粗的树枝也被折断了似的"③,更说明植物也是有生命的,当它被折断了茎时,会和人一样感到疼痛。这也进一步表明劳伦斯呼吁人类保护自然,不要摧残和破坏大自然中的一切生物的观点。他认为人与自然密不可分、相辅相成,人与自然的和谐才使得世上的一切都充满着诗意,"生活在我们心中充满了魅力"④。《白孔雀》里的艾密莉和乔治的话:"谁会稀罕那些用黄金铺成的街道呢,拥有这么一大片立金花就足够了!"⑤"仅收割这些草,就是人生的价值了。"⑥这更说明了劳伦斯对自然的感情非常深厚,也说明了他想借小说人物之口传递出希望与自然融为一体的激情和活力。

《儿子与情人》中的威利农场呈现出宁静和谐、生机勃勃的自然状态:"一只只红嘴鸥,白胸脯闪闪发亮,在他们身边盘旋尖叫。湖水是蓝色的,一片宁静。一只苍鹭高高从头顶飞过。对面小山上,树林郁郁葱葱,一片绿色,也是那么宁静。"⑦"春天,他们会感到生命活力的冲动……感触着土地的

① 劳伦斯.白孔雀[M].敖莉,译.济南:山东文艺出版社,2010:3.
② 劳伦斯.白孔雀[M].敖莉,译.济南:山东文艺出版社,2010:65.
③ 劳伦斯.白孔雀[M].敖莉,译.济南:山东文艺出版社,2010:225.
④ 劳伦斯.白孔雀[M].敖莉,译.济南:山东文艺出版社,2010:226.
⑤ 劳伦斯.白孔雀[M].敖莉,译.济南:山东文艺出版社,2010:210.
⑥ 劳伦斯.白孔雀[M].敖莉,译.济南:山东文艺出版社,2010:225.
⑦ 劳伦斯.劳伦斯文集3:儿子与情人[M].陈良廷,刘文澜,译.北京:人民文学出版社,
 2014:143.

脉搏……田野里麦浪翻滚,像绸缎在庄户人腿边波光荡漾……"①这段来自小说《虹》中的叙述更是形象地勾勒出人与自然交流的图景。人类从自然界获得生存物资,从耕种的土地上感触到土地的脉搏,从奶牛的乳房中感受到冲撞着的生命力量,这都是自然界的生命感。四季的变迁节奏已然深深地融入人们的身体,这一切都说明人和自然是相辅相成的,人类只有与自然和谐相处才能从大自然中获得生存所需的物质和活力。这种与大自然融为一体的感觉在劳伦斯的作品中屡次出现。比如《虹》中,小时候的厄秀拉喜欢独自到山林间去倾听溪流声,与小鹿聊天,感受自然的律动,陶醉在跳动着生命火焰的自然中,与自然融为一体。《恋爱中的女人》中的伯金在遭受赫麦妮的攻击后逃到树林中与大自然亲密接触并获得慰藉和宁静,也说明只有在自然中,人的幸福感和完美感才会充溢于心。自然可以医治人类的精神创伤,可以净化人类的心灵,使人重新拥有曾经的天真烂漫。还比如劳伦斯的短篇小说《太阳》里的女主人公朱丽叶在接受西西里的阳光浴后,逐渐衰老的生命恢复了活力。《恋爱中的女人》中,厄秀拉和戈珍也有类似于伯金的感受。比如"水上盛会"那个章节中,姐妹俩被清澈的湖水所吸引,脱去衣服,纵身跳入湖中与湖水融为一体,宛如山林水泽间的仙女。虽然劳伦斯在作品中展示了众多和大自然亲密接触的景象,但是这些只是暂时的现象。随着时间的推移,随着工业化的迅速发展,矿场日益增多,农村日益被吞噬,大自然不可避免地遭到了摧残和破坏,人们变得越来越机械。

这种让人感到近乎毁灭的现实状态让劳伦斯痛心疾首,借助《虹》中女主人公厄秀拉之口,劳伦斯传达了自己的愤慨:"厄秀拉的心中充满了憎恶。如果她办得到,她会把机器捣毁。她在脑子里采取的行动就是捣毁这大机器。如果她能摧毁这座煤矿,使威金斯顿所有的人都失业,她会这么干的。"②

劳伦斯的最后一部长篇小说《查泰莱夫人的情人》更是淋漓尽致地展现了大自然的神秘与灵性。树林中的自然洗涤了人的心灵,丰富了人的内心

---

① 劳伦斯.劳伦斯文集4:虹[M].毕冰宾,石磊,译.北京:人民文学出版社,2014:2—3.
② 劳伦斯.劳伦斯文集4:虹[M].毕冰宾,石磊,译.北京:人民文学出版社,2014:346.

世界,是远离尘嚣的灵丹妙药。同时工业文明对自然的破坏以及对人性的异化也被如实展现出来。特瓦萧村以及周围的矿区环境全是"黑乎乎"的:黑乎乎的砖房、黑乎乎的道路、黑乎乎的房顶,甚至连那些古英格兰的老府邸的墙面都是黑色的,空气中也弥漫着硫黄味。"近处的地平线上灰蒙蒙一片,烟雾缭绕,头顶上是一小片蓝天,让人感到是被包围了起来,永远是在圈内。生命就被包围着……"①不仅如此,工业文明入侵乡村后,那些曾经代表着古英格兰的老府邸一个接一个被拆除。"工业的英国取代了农业的英国,一种意义消灭了另一种意义。新英国替代了旧英国。"②村里的居民以及矿工成了工业化的乌合之众,是"怪物",他们的生命毫无美感,他们没有直觉,"铁和煤深深地浸透了男人们的肉体和灵魂"③。树林成了小说中唯一一个可以感受到自由气息的地方,是"古老的英格兰,是她的心脏"④。

在小说中,劳伦斯用了大量的笔墨描写那片静谧的林子,通过林子里动植物的不同形态展示出生命的张力和原始的活力。树林宁静、温柔,生机盎然,生态平衡,与丑陋、生态失衡的矿区相对,是对工业矿区肮脏环境的一种映照。树林成了逃避工业文明侵害的一片乐土。小说中的自然人都选择树林作为藏身之所,康妮在对格拉比府充满失望和厌烦之后,"她真想穿过园林逃跑,甩掉克里福德,趴在蕨草丛中。逃离这座房子,她必须逃离这座房子,离开所有的人。树林是她的避难所"⑤;而麦勒斯更是选择了树林作为自己的生息地。"他已经彻底避开了这个世界,他最后的藏身之处就是这林子,

---

① 劳伦斯.劳伦斯文集7:查泰莱夫人的情人[M].毕冰宾,译.北京:人民文学出版社,2014:42.
② 劳伦斯.劳伦斯文集7:查泰莱夫人的情人[M].毕冰宾,译.北京:人民文学出版社,2014:173.
③ 劳伦斯.劳伦斯文集7:查泰莱夫人的情人[M].毕冰宾,译.北京:人民文学出版社,2014:176.
④ 劳伦斯.劳伦斯文集7:查泰莱夫人的情人[M].毕冰宾,译.北京:人民文学出版社,2014:44.
⑤ 劳伦斯.劳伦斯文集7:查泰莱夫人的情人[M].毕冰宾,译.北京:人民文学出版社,2014:18.

把自己隐在林子里!"①在小说第十二章,作者写道:"初开的蒲公英形似小太阳,初开的雏菊白生生的……风信子墨绿似海,花蕾昂着头如同嫩玉米头,马道上的'勿忘我'随风摇曳,楼斗菜紫蓝色的褶叶正在绽放……到处都是花蕾,处处生机勃勃!"②作者对自然的原始生态美的崇拜,读者可以从这段对树林的美妙描绘中窥见一斑。这是没有人类加工过的伊甸园,原生态的自然,是上天赋予的。树林的色调与矿区和格拉比府死寂枯燥的色调完全不同,它绚丽光彩,充满绿色和生的气息。从劳伦斯的文字中,读者可以通过想象感受这空间,理解劳伦斯钟爱自然的缘由。在劳伦斯的眼中,这片远离工业文明的喧嚣和浮躁的森林象征着人与自然本真的生命活力,更象征着超凡脱俗的纯洁精神。与之相对的是工业文明对自然和人心的玷污。森林中万物的生息都蕴含着一个"性"字。通过对这种原生态的自然以及受到工业文明侵蚀的矿区的对比描述,劳伦斯抨击了工业文明带来的罪恶,向读者揭示出工业文明虽然造就了空前的物质繁荣,但是因为其是在侵占、破坏大自然的基础上发展起来的,它的破坏性以及罪恶已经罄竹难书。人类只有与自然和谐共处才可以立足于自然,才可以获得新生,"自然的状态是纯朴的、美好的和健康的状态,与之相对的则是现存腐败的、人工的和机械的社会。只有遵循自然和回归自然(back to nature),人类才能得到疗救和新生"③。

劳伦斯认为,只有同大自然真真切切地接触,才能与之融为一体。所以在他的小说中,他极尽赞美人类与自然的原始接触。比如在《虹》中,女主人公厄秀拉在月夜中脱光了衣服,"用双乳和双膝向着那月光冲去,和它相亲,互相交融"④。在《恋爱的女人》中伯金赤身裸体躺在林子里和花草树木亲密

---

① 劳伦斯.劳伦斯文集7:查泰莱夫人的情人[M].毕冰宾,译.北京:人民文学出版社,
  2014:95.
② 劳伦斯.劳伦斯文集7:查泰莱夫人的情人[M].毕冰宾,译.北京:人民文学出版社,
  2014:182.
③ Peter Marshall. Nature's Web: An Exploration of Ecological Thinking[M]. London: Simon &
  Schuster Ltd., 1992:114.
④ 劳伦斯.劳伦斯文集4:虹[M].毕冰宾,石磊,译.北京:人民文学出版社,2014:312.

接触而忘掉尘世间的一切烦恼。《查泰莱夫人的情人》中也出现了同样的场景，康妮和麦勒斯在滂沱大雨中裸奔：

> 她站起身，开始迅速地脱下长筒袜，然后脱下外衣和内衣。他（麦勒斯）看着她，大气不敢喘……狂笑着跑出去，冲着大雨挺起乳房，张开双臂，身影在雨中变模糊了。她在雨中跳起了很早以前在德累斯顿学会的律动舞蹈……
>
> 他苦笑一下，甩掉自己的衣服，这衣服太束缚人了。他光着白皙的身子跳出门去，微微颤抖着冲进滂沱大雨中……她眼看着就跑到宽路上了，这时他追了上来，赤裸的双臂就抱住了她柔软赤裸的湿漉漉腰腹……他在雨中颤抖着，纹丝不动了片刻，随后突然将她抬起，和她一起扑在小径上，在默默而下的滂沱大雨中，他要了她，动作迅速而猛烈，简直像牲口一样。[①]

在康妮与真挚、简朴的自然的接触中，她那被压抑的本能与生命重新回归，在雨中尽情地、酣畅淋漓地享受着自然雨水的冲刷，惬意自由地呼吸，感受那不受周围矿区污染的逼仄的葱郁空间。这个时候的康妮和麦勒斯不再是受过文明教化的人类了，而变成了凭本能直觉做事的两头野兽，他们在大雨中裸奔，与自然宇宙交融在一起。男女的交合与天地的交合相融相共，形成了人与自然的真正的共依共存，和谐统一。劳伦斯在作品中通过树林里那种自然纯粹的交会来张扬人的本真活力，更借此表达对文明残酷性的抗争。

劳伦斯在小说中通过对动植物的描写不仅仅勾勒出大自然的灵动之

---

① 劳伦斯.劳伦斯文集7:查泰莱夫人的情人[M].毕冰宾,译.北京:人民文学出版社,2014:245—246.

美,更刻画了一种和谐共生之美。"人类是大自然的一部分,人不是世界的中心……仅仅是整个生态系统中的一个特殊成员,在这个生态系统中,人与自然和谐共生共存。只有这样,人类才有可能得以'诗意地栖居'。"①自然生命世界寄托了劳伦斯在人类社会无法寄托的情怀,在小说中,他不断地诠释着生命的本真存在,也呼唤着人性的真正复归。

二、自然人

"自然这个词语,我们归属自然这个理念,对于每一个人而言既是一个发现,又是对一种熟悉体验的重新认识。""自然的本性即是人的本性。"②劳伦斯除了深情地描写未受工业文明侵害的农场和森林,还在很多作品中勾勒了跟原生态自然有着紧密联系的一类人——"自然人"。这类人有着共同的特点:他们时刻保持着孩子般的天真,和机械文明一直保持着距离,几乎没有受到工业文明的精神污染,憎恶并排斥机械文明。他们远离人类的文明,喜欢诗意地栖居于不受工业文明污染和践踏的乡村或森林,过着简单原始的田园牧歌式生活。他们都被赋予强壮和生机盎然的气息以及野性的活力。这类人对人与自然共生的血脉相连之关系有着深刻的认识,他们就是劳伦斯的代言人。这类人物的形象是以早期的矿工为原型的,那时的矿工还没有被机械化,他们的身上还涌动着直觉和本能。"人们几乎完全凭本能生活,我父亲那一代人并不识多少字。矿井并没有把他们变成机器……矿工们本能地生机勃勃……他们其实是在躲避理性生活,愿意本能地、直觉地活着。"③

在《白孔雀》中,劳伦斯描写了两个"自然人"形象,分别是乔治和埃纳博尔。这是劳伦斯最早对"自然人"这一形象的探讨,这两人可以说是"自然

---

① 曾繁仁.生态美学与生态批评——文艺学、美学前沿问题研究[J].温州大学学报,2010(3):2.

② 塞尔日·莫斯科维奇.还自然之魅——对生态运动的思考[M].庄晨燕,邱寅晨,译.北京:生活·读书·新知三联书店,2005:22,113.

③ 劳伦斯.劳伦斯文集9:散文随笔集[M].毕冰宾,译.北京:人民文学出版社,2014:182.

人"的雏形。小说如前所述,描写的是纳塞梅雷谷地那宁静恬淡的自然田园
风光以及当地朴素的人们,尤其是乔治一家。还具有原始自然气息的纳塞
梅雷暂时没有被工业机械文明所侵扰,这里的人们和古老的英格兰祖辈一
样耕种、繁衍生息,过着无忧无虑、自给自足的乡村生活,享受着人与自然其
乐融融的生活状态。小说一开始不仅介绍了乔治一家生机盎然的居住环
境,还花了很多的笔墨描写一家人一起吃饭时孩子们吵嘴逗乐的场景。在
小说中,劳伦斯不遗余力地描写了纳塞梅雷的各种美好景象:美丽的风景,
田间嬉戏的孩子们,在收割麦子的时候大家齐力捉兔子的场景,甚至描写了
老鼠明目张胆地在涵洞口上玩耍的情形,等等。这都表明劳伦斯对"心中的
故乡"的眷恋以及对自然的热爱和向往,但是"劳伦斯对自然的崇尚,绝不仅
仅是对大自然和自然美的崇尚,更主要的是对人的自然本性的尊重和推
崇"[1]。毫无疑问,劳伦斯并不是单纯地描写自然景物,更重要的是表现生活
在此风景里的人,通过景和人来传递他自己的思想。

　　乔治是一个土生土长、身体健壮、富有生气的农民,他亲近自然,没有受
过多少教育。在小说中,乔治割麦子时那非常有节奏的动作极其优美迷人,
背上的肌肉"闪闪发亮"——这场景充分说明了他的结实与强壮,也展示了
他身上盎然的生命气息:"露出脊背上的肌肉,就像一条小溪中的白色砂砾
在阳光照耀下闪闪发亮。在这富有节奏的躯体内,还有一种更为诱人的东
西。"[2]他身上那股带着健美与粗犷的生命活力深深地吸引了生性优雅的赖
蒂。在赖蒂看来,乔治"那健美的身体,好像诗歌巨大的、结实的生命体"[3],
使得她情不自禁地想去摸一摸那有着原始生命气息的乔治。当他们两人一
起看莫里斯·格雷芬黑根的那幅表现男女激情的绘画《牧歌》时,两人的感情

① 蒋家国.重建人类的伊甸园——劳伦斯长篇小说研究[M].长沙:湖南大学出版社,
　 2003:31.
② 劳伦斯.白孔雀[M].敖莉,译.济南:山东文艺出版社,2010:48.
③ 劳伦斯.白孔雀[M].敖莉,译.济南:山东文艺出版社,2010:50.

开始碰撞。他们之间的激情纯粹是出于自然天性的吸引,和其他外部的世俗条件无关。乔治和自然亲密接触,挤牛奶、割麦子,样样都在行;为了庄稼,他晚上去捕捉野兔;为了保护羊群,他甚至一个星期和羊群睡在一起。他觉得这样的日子非常完美和惬意,"我现在这样子,在家干活,舒舒服服……我这样自给自足有什么不好"①。但是自从认识赖蒂并喜欢上她后,他的想法开始变了。原先一直以为舒适的田园生活被赖蒂批评为"就像客厅里那些五彩缤纷的马赛克的一分子;它必须适合自己的位置,符合自己的格局,因为从一开始它就是这样被摆在那里的。但是,你不愿像马赛克那样固定不变,你想融入生活,与其他人融合在一起,使你身上的某些激情迸发出来"②。最后,赖蒂在婚姻的选择上倾向于洛茨理,这是因为赖蒂所受的教育以及周围有关现代女性的思想的影响。"'文明'战胜了本能,赖蒂终于选择了和洛茨理结婚,从而造成了自己、乔治以及洛茨理的悲剧。"③

赖蒂的决定一度使乔治沉浸在伤心悲痛之中。他指责赖蒂:"是你先开头的。你跟我一起玩,给我看那堆画册……你唤醒了我的生命。""你让我有了个美好的开端,却又扔下我不管了,我该怎么办呢?"④他受赖蒂的影响,开始学习植物学、化学、心理学、哲学,比如叔本华以及文学诗歌方面的知识,还有"关于性,关于生命的起源",他极力渴求着文明。最后他娶了城里的表妹,也希冀通过婚姻让自己充实圆满,不会无所事事,"结婚会使那种完美无缺的东西充实起来"⑤。然而,事与愿违,一切都没有朝着他所希望的那样发展,乔治在城市里感觉很是失落,他的根在农村,他的血脉是和泥土、自然相连的,所以离开土地的他生活得毫无生气,变得漫不经心,过着"毫无目的的可怕的生活"。他天天酗酒,勃勃的生命气息离他而去,"他的样子,他说的

① 劳伦斯.白孔雀[M].敖莉,译.济南:山东文艺出版社,2010:51.
② 劳伦斯.白孔雀[M].敖莉,译.济南:山东文艺出版社,2010:66.
③ 蒋家国.重建人类的伊甸园——劳伦斯长篇小说研究[M].长沙:湖南大学出版社,2003:33.
④ 劳伦斯.白孔雀[M].敖莉,译.济南:山东文艺出版社,2010:119.
⑤ 劳伦斯.白孔雀[M].敖莉,译.济南:山东文艺出版社,2010:240.

话,都是那么无聊至极且毫无价值……就像一棵即将倒下去的树,软绵绵的毫无生气,似乎已开始发霉了,身上布满阴湿的真菌"①。曾经充满男子汉气概和活力,贴近自然,未受机械文明污染的乔治因为一个错误的选择变成了枯槁、丑陋的男人,劳伦斯的用意非常明显:"乔治就像动物一样,远离文明,和自然亲近时,他就会充满生命活力;而一旦脱离生态自然,就会萎缩,就会被毁灭。乔治的悲剧的寓意正在于此:他从一个'自然人'被异化成一个远离生态自然的行尸走肉。"②

《白孔雀》中还有一个"自然人"的雏形埃纳博尔。这个人物在初稿中并不存在,是劳伦斯在修改书稿时加上去的,目的是"起到了一种平衡的作用。否则,故事就会显得太单调了"③。埃纳博尔的结局和乔治一样,虽然劳伦斯的本意是通过他们说明自己对自然与文明的冲突,以及解决这一矛盾的看法,但是最后他们都以悲剧收场,乔治病死,而埃纳博尔则被滚落的石块压死。乔治是典型的农民,但埃纳博尔不一样,他出身于富裕的家庭,从小就接受良好的教育,曾是剑桥大学生,甚至还当过一段时间的牧师,是有文化、有教养的文明人。埃纳博尔和教长的表妹,一个有爵位的小姐结婚后,感觉自己"成了她的玩物——小玩物——小牛"④。不堪忍受妻子把自己当成私有财产的埃纳博尔,在结婚一年多后离家出走,脱离人类的文明做了猎场看守人回归到自然之中,他宁愿在林子里与野兔和小鸟等动物为伍。在小说中,他对洛茨理他们说他要让自己的孩子们像动物一样自由地生活:

> 他们是自然的,他们会像野兽一样自己谋生……像动物那样……他们可能会像小鸟,或像黄鼠狼,或像蛇,或像松鼠,只要不

---

① 劳伦斯.白孔雀[M].敖莉,译.济南:山东文艺出版社,2010:320.
② 苗福光.生态批评视角下的劳伦斯[M].上海:上海大学出版社,2007:83.
③ 吉西·钱伯斯,弗丽达·劳伦斯.一份私人档案:劳伦斯与两个女人[M].叶兴国,张健,译.北京:知识出版社,1991:83.
④ 劳伦斯.白孔雀[M].敖莉,译.济南:山东文艺出版社,2010:155.

成为人类的败类就行。这就是我要说的。①

　　这段话说明埃纳博尔看到了人类生存的现状——人的本性已经被工业文明异化了,他要让自己的孩子免受其害,做一个自然的人,做一个自由的人,就像动物如鸟儿、黄鼠狼、蛇或松鼠一样,在林子里自由自在地生长,这样就不会受到现代工业文明的荼毒了。他希望孩子们能够忠实于自己的动物本性,做一个好动物。"做一个好动物"其实与劳伦斯早年在书信中的论述相一致:"我是一个真正活泼的动物——不管你是否喜欢,只要人们不干涉我,我将会永远这样,抛开心灵的疾病。"②因为他认为"当人超越了自然,他就是一个魔鬼"③,这也进一步说明了埃纳博尔清晰地理解人类与自然那种血脉相连的关系。人只能尊重自然,顺应自然。

　　有关埃纳博尔的另外一个经典的片段是在"春光下的阴霾"这一章节里对白孔雀的一番评论。"这妄自尊大的蠢货,看它那模样!还停在一个天使的头上,好像那就是个毫无价值的坐垫。它是一个女人的灵魂,要不就是一个魔鬼的心灵。"④埃纳博尔的这番话表面上看指涉非常明显,即深受工业文明毒害的前妻,但从深层次来看,指的是工业文明世界里那些文明化了的、缺乏生命力并且害怕自然本能的女人,所以白孔雀在这里象征着"一种被文明异化的力量对生命力的扼杀"⑤。这里进一步揭示了在现代工业文明社会,人类的生命力正逐步衰竭、困顿;而人的自然状态被所谓的文明所压制,反映了人在文明和自然之间的挣扎。埃纳博尔抵制文明,回归自然,最后被落石击死就是"自然与生命力困顿于文明社会的结果"⑥。

① 劳伦斯.白孔雀[M].敖莉,译.济南:山东文艺出版社,2010:136.
② 劳伦斯.劳伦斯书信选[M].哈里·莫尔,编.刘宪之,乔长森,译.哈尔滨:北方文艺出版社,2001:60.
③ 劳伦斯.白孔雀[M].敖莉,译.济南:山东文艺出版社,2010:152.
④ 劳伦斯.白孔雀[M].敖莉,译.济南:山东文艺出版社,2010:152.
⑤ 徐崇亮.现代人的悲剧——论劳伦斯的《白孔雀》[J].外国文学研究,1989(1):68—73.
⑥ 蒋家国.重建人类的伊甸园——劳伦斯长篇小说研究[M].长沙:湖南大学出版社,2003:42.

　　如果说《白孔雀》中的乔治和埃纳博尔是劳伦斯自然之子的雏形的话，那么《查泰莱夫人的情人》中的麦勒斯就是劳伦斯笔下一个比较完美的"自然人"形象。麦勒斯是一个出生并成长于矿区的人，他受过教育，在第一次世界大战时是英国陆军军官，足迹遍布埃及和印度。"一战"结束后，虽然能够找到一份比较体面的工作，但是他宁愿回归自然，继续当一个克林福德家的守林人。一方面是因为他看清了工业文明的罪恶，极端厌恶工业文明；他对这个世界比较失望，想远离这种戕害人类关系的毒瘤。另一方面，他对于人们崇尚物质、权势和金钱的卑贱庸俗行为很是不齿，同时他又受困于白孔雀一般的女人和崇尚肉体的女人之间。"……肚肠是橡胶管做的，腿和脸都是铁皮做的。铁皮人！这是坚定的布尔什维主义造成的，偏偏要扼杀人性，崇尚机械。金钱，金钱，金钱！这些现代人都扼杀古老的人性感情，从中找乐儿，把老亚当和老夏娃都绞成了肉馅儿……给人们钱，钱，让他们去把人类的精虫血气抽干净，让他们成为打转的小机器吧。"①这就是麦勒斯的宣言。麦勒斯使用矿工和乡下人用的德比郡方言，隐退到树林中，不希望与人有比较密切的接触。这个独享的私人空间是一种消极反抗的证明，表现出他对未来的绝望，因为他把自己的孤独"看作自己生命中最后也是唯一的自由"②。

　　麦勒斯精力充沛，富有生命活力，体格健壮，代表着充满生机和活力的自然世界。他居住的小木屋就位于林子里，周围"是老橡树林……是未被奸污的地方呢"③。小木屋前还养了很多母鸡和刚孵出的小鸡，一切都充满活力和生机，和康妮生活的拉格比府形成了鲜明的对比。环境的对比也折射出生活在不同环境中的人的生存状态：死气沉沉的拉格比府里的克里福德

---

① 劳伦斯.劳伦斯文集 7:查泰莱夫人的情人[M].毕冰宾,译.北京:人民文学出版社,
　 2014:241.
② 劳伦斯.劳伦斯文集 7:查泰莱夫人的情人[M].毕冰宾,译.北京:人民文学出版社,
　 2014:94.
③ 劳伦斯.劳伦斯文集 7:查泰莱夫人的情人[M].毕冰宾,译.北京:人民文学出版社,
　 2014:101—102.

是一个没有生机和直觉本能的半人,而生活在生机盎然的小木屋的麦勒斯充满了男人该有的激情和活力。甚至连麦勒斯的方言都充满了一种生的活力,是一种有血性的语言,给人带来一种温暖。康妮的到来改变了麦勒斯,同样,麦勒斯也改变了康妮。他们之间的七次肉体接触把康妮从郁郁寡欢的枯燥生活中彻底解救出来,让她重新恢复青春靓丽的光彩,周围的景色也变得更加可爱起来:

> ……所有的树都在沉静中努力发芽。今天她几乎能感同身受,觉得自己就像那些高大的树木,体内元气充足的体液在向上、向上涌,直涌到嫩芽的顶尖上,冲绽开小小的火苗样的橡树叶,那叶子呈现出如血的古铜色来。这就如同一股潮汐,喷涌而上,直冲天空。[①]

　　总之,不管是乔治、埃纳博尔,还是麦勒斯,他们都是劳伦斯心目中在工业文明世界作为一个完整的人所应有的状态,是他的"血性哲学"的完美体现。他们个个都拥有健壮的体格,充满勃勃的生机和沸腾的血液,都与自然融为一体,播撒着野性的种子。尤其是埃纳博尔和麦勒斯,他们原本是文明人,因为痛恨那涂了鲜艳色彩的霉菌的一切文明,因为痛恨人类退化到了愚昧和腐败的地步,他们回归自然,蔑视宗教信仰和一切文明的东西,从而感受到人的生命流程与自然的一致性,感受到人类与自然的一体性以及"自然人"那颗孤独之心在树林里的搏动。

---

① 劳伦斯.劳伦斯文集 7:查泰莱夫人的情人[M].毕冰宾,译.北京:人民文学出版社,2014:133.

第三章　劳伦斯小说中的心理空间

　　劳伦斯的小说不仅对地理景观进行了详细的描写,同时对小说中的主要人物的心理也采用象征手法进行了表述。劳伦斯采用一系列的意象和象征等手法探索个体复杂、微妙的心理空间,展现出小说人物的性格。本部分通过对小说中的性爱空间、死亡空间等的详细解读,重点考察劳伦斯投射在小说中的伦理思想,再现小说人物在面对伦理困境时的艰难抉择:在肉体与精神、生命与死亡之间,他们内心纠结复杂,飘忽不定。

第一节　性爱空间

一、劳伦斯的性爱观

　　劳伦斯创作的时期集中在第一次世界大战结束之后的十来年。此时的英国资本主义迅速发展,各种社会弊端也暴露无遗。这场惊天动地的工业革命不仅破坏了美丽宁静的大自然,还压抑了人的本能,扭曲了人的天性,严重戕害了人的肉体和精神。劳伦斯具有独特的审美意识和世界观,他对20世纪初动荡不安的社会和岌岌可危的人类信仰具有敏锐的洞察力。他致力于现代工业文明下对个人本质的探讨,尤其是对人物内心世界的探索。人类的理性意识和机械化在劳伦斯看来是造成其悲剧的根源,这使人类压抑了自己的本能,不能获得幸福的家庭生活与和谐的人际关系。

　　因为劳伦斯在小说中进行了大量的性描写,所以他被冠以"黄色作家"

之名。曾经有妇女给劳伦斯写信,骂他是"类人猿到人之间的过渡动物与黑猩猩的杂种"①。确实,在劳伦斯之前,像他那样极度关注和探讨性爱关系问题的作家几乎没有。意大利文艺复兴时期薄伽丘的《十日谈》,日本江户时代井原西鹤的《好色一代男》《好色一代女》,中国明清之际兰陵笑笑生的《金瓶梅》等作品都充满了肉体的狂欢,但性爱在他们的笔下,或是反对基督教禁欲主义、倡导个性解放的手段,或是主人公道德缺失、灵魂丑恶的见证,或是主人公走向堕落或误入歧途的象征。只有到了劳伦斯,性爱之美才从遮蔽状态进入了澄明之境。他以一种"独特的哲理探讨和诗性烛照相互交融的风格"演绎了一曲性与爱之美的颂歌。②正如他在1913年1月17日给瓦内斯特·柯林斯的信中所言:"我的伟大宗教就是相信血和肉比智力更聪明。我们的头脑所想的可能有错,但我们的血所感觉的、所相信的、所说的永远是真实的。智力仅是一点点,是束缚人的缰绳。我所关心的是我的感知。我实际的需要就是直接回答我的血液,而不需要思想、道德等的无聊干预……而是关心永远燃烧着的神秘的火焰。"③劳伦斯极力宣扬"血性意识",拒斥理性,相信隐晦神秘的直觉。在他的诸多小说以及散文中,劳伦斯都在坦然地谈论着性爱,高唱着性爱之歌。如在《虹》中,劳伦斯对安娜和威尔的大胆性爱描写直接导致了这部小说成为一本禁书。1915年11月13日,伦敦警察法院以"淫秽"罪名命令麦修恩销毁未售出的和可以收回的《虹》。1915年10月5日,《每日新闻》发表署名为林德的文章,指责劳伦斯这部小说中的人物像一群"家畜","跟野兽一样,寡廉鲜耻",全书展现了"茫茫一片枯燥无味的生殖力崇拜的荒野"。1915年10月23日出版的《环球杂志》刊登了法国人肖特的一封来信,攻击《虹》是"一次性的狂欢","具有颓废倾向的思想的冲动"④。

---

① 劳伦斯.劳伦斯文集9:散文随笔集[M].毕冰宾,译.北京:人民文学出版社,2014:162.
② 廖杰锋.审美现代性视野下的劳伦斯[M].北京:群言出版社,2006:95.
③ 劳伦斯.劳伦斯书信选[M].哈里·莫尔,编.刘宪之,乔长森,译.北京:北方文艺出版社,2001:63.
④ 刘洪涛.荒原与拯救:现代主义语境中的劳伦斯小说[M].北京:中国社会科学出版社,2007:198—199.

劳伦斯对性爱的赞颂在他的长篇小说《查泰莱夫人的情人》中达到了顶峰。在这部小说中,劳伦斯详细描写了猎场看守梅勒斯与康妮的7次性交。显然劳伦斯的目的不是描写赤裸裸的性生活,而是通过它来表现康妮生命活力的回归和再生过程。这7次性交与《启示录》里所说的宗教的7个阶段相吻合。即便如此,这部小说也一经出版就遭到查禁,并且在英国被禁30年,直到1960年10月才获准发行,当年发行该书的企鹅出版社才被判无罪。在《为〈查泰莱夫人的情人〉一辩》中,劳伦斯为自己辩护说:"文化与文明教我们把说与做、思与行分开来……我们最最需要的是思与行、行与思互为依存……这才是我这本书真正要说的。我要让男人和女人们全面、诚实、纯洁地想性的事。即使我们不能尽情地享受性,但我们至少要有完整而纯净的性观念。""我们的性思想是落后的,它还处在冥冥中,在恐惧中偷偷摸摸爬行……使对肉体的感觉和经验的理性意识与这感觉和经验本体相和谐。"①

劳伦斯终生都在执着不懈地思考肉体、性和爱情等问题。在劳伦斯看来,男人和女人真正的个性以及他们鲜明的生命存在于各自的关系中:"在接触之中而不是脱离接触。可以说这就是性了。这和照耀着草地的阳光一样,就是性。这是一种活生生的接触——给予与获得,是男人和女人之间伟大而微妙的关系。通过性关系,我们才成为真正的个人;没有它,没有这真正的接触,我们就不成其为实体。"②但是,在劳伦斯的时代,性成为一个让人不敢说出口的丑陋的字眼儿,被认为是淫词秽语。人们恐惧这种本能,不敢发自内心地承认让我们感到温暖和激动的性感觉。综观劳伦斯的一生,他与很多女子有情感的体验:先是与青梅竹马的吉西·钱伯斯的纯精神感情,随后与路易、艾丽丝、阿格尼丝、海伦等多位女性有了肉体关系。他专注的是性体验,即从她们身上得到性满足。在劳伦斯眼里,性与生命同在,"性激

---

① 劳伦斯.劳伦斯文集9:散文随笔集[M].毕冰宾,译.北京:人民文学出版社,2014:236—238.
② 劳伦斯.劳伦斯文集9:散文随笔集[M].毕冰宾,译.北京:人民文学出版社,2014:190.

情、性满足是建立理想两性关系的前提"①。

马克思在《1844年经济学哲学手稿》中说:"男女之间的关系是人与人之间的直接的、自然的、必然的关系……根据这种关系就可以判断出人的整个文明程度。"②劳伦斯显然非常赞同马克思对两性关系重要性的批判。他在1914年6月2日给亚瑟·麦克劳伊德的信中表达了类似的思想:"一切生命和知识的源泉存在于男人的生活和女人的生活、男人的知识和女人的知识、男人和女人的相互交融混合之中。"③在男女之间的爱情上,劳伦斯认为纯粹的精神之爱是没有生命力的。生命力植根于富有活力的肉体,而性爱正是最真切的肉体接触,最深刻的"血腥接触"④。劳伦斯始终认为,精神和肉体应协调才对,他在1908年7月30日给布兰奇的信中,也曾描述过他心目中理想的婚姻:"一个男人的婚姻必须依赖性协调,伴随着尽可能多的附带的和谐美。""大多数人在灵魂随性爱的音符而振动时,结婚了。仅仅是性爱那组弦调准了音是不够的,还应包括我们称作宗教情感(广义上)与一般同情心的各种大小和谐。婚后,一般人都开始放松本性这根弦,把自己局限在一个小小的音阶里,这是万分可惜的。"⑤从中我们可以明确了解劳伦斯的性爱观,即不仅要满足本能的欲求,也要追求精神与肉体的和谐与统一——缺少任何一方都是不完美的,也是不完整的,只有合二为一,才是两性关系之最美以及最高境界。在他的小说中,他一直致力于构建这种两性间的和谐美。在小说《白孔雀》中,主人公赖蒂仅在性爱这根弦里对洛茨理做出了反应,而她天性中其他更美好的弦比如情感这根弦却对乔治做出了反应,这样就注定赖蒂和洛茨理的婚姻是不和谐的,是痛苦的。在《儿子与情人》中,劳伦斯

---

① 刘洪涛.荒原与拯救——现代主义语境中的劳伦斯小说[M].北京:中国社会科学出版社,2007:16.

② 马克思.1844年经济学哲学手稿[M].刘丕坤,译.北京:人民出版社,1977:72.

③ 劳伦斯.激情的自白——劳伦斯书信选[M].金筑云,应天庆,杨永丽,译.广州:花城出版社,1986:241.

④ 袁小华.从《儿子与情人》看劳伦斯的爱情观[J].南京理工大学学报,2003(6) 55.

⑤ 劳伦斯.激情的自白——劳伦斯书信选[M].金筑云,应天庆,杨永丽,译.广州:花城出版社,1986:32—33.

更是试图进一步探索男女之间的肉体与精神的平衡问题。他认为每个人身上都有精神的自我和肉体的自我,所以希望男女双方回归生命的本质,在肉体和精神上得到互补,最后达到"灵"与"肉"的结合。在他的小说《恋爱中的女人》中,劳伦斯借伯金之口用"双星平衡"来比喻这种关系。劳伦斯用这一比喻来表达一种你中有我、我中有你,既保持各自的独立和平等,又和谐统一的两性关系。这对应了他在散文随笔《爱》一文中所阐明的和谐两性观:"男女之爱,当它完整的时候,它是双重的……在纯粹的交流中我完完全全地爱着;而在肉欲疯狂的激情中,我燃烧着,烧出了我的天然本性。""两种爱——交流的甜美之爱和疯狂骄傲的肉欲满足之爱,合二为一,那样我们才能像一朵玫瑰。"①

1.《儿子与情人》中的两性伦理②

在《儿子与情人》中,保罗的家庭就是一个缺失了婚姻伦理的家庭。"婚姻伦理道德的'内核'是夫妻间彼此恩爱、信任和尊重,这早已成为人们对婚姻关系的一种共识。"③然而,综观《儿子与情人》中保罗父母的婚姻状况,我们看到的却是夫妻间的冷漠与争吵。莫雷尔夫妇的结合本身就是一个"意外"。在常人眼中,出身于中产阶级的莫雷尔太太说什么也不可能嫁给常年在地底下像老鼠钻洞一样的矿工。他们相识于一场圣诞舞会。那时的莫雷尔虽说是一个矿工,但是年轻的他浑身充满活力,身材挺拔,英俊不凡,跳舞的动作给人一种无法言说的魅力。他不仅长相好,性格也不错。"他的笑声洪亮爽朗。""动不动就说笑话,跟每一个人都一见如故,十分投机。"④这样的莫雷尔在莫雷尔太太的眼中是陌生的、新鲜的。她以前接触的男人和莫雷尔很不一样。比如他的父亲虽然也和莫雷尔一样富于幽默感,"不过那幽默

① 劳伦斯.劳伦斯文集9:散文随笔集[M].毕冰宾,译.北京:人民文学出版社,2014:11.
② 李春风,刘艳锋.《儿子与情人》的两性伦理解读[J].榆林学院学报,2018(5):78—81.
③ 田鹰.《两只蓝鸟》的伦理解读[J].山东师范大学学报(社会科学版),2011(3):60.
④ 劳伦斯.劳伦斯文集3:儿子与情人[M].陈良廷,刘文澜,译.北京:人民文学出版社,2014:12.

里总带着挖苦"①。就这样,内心的那抹一直受到思想和精神压制的火花被莫雷尔身上散发出来的情欲之火点燃了。她根本就没有考虑和矿工结合后的生活会是什么样子。结婚后,他们之间的矛盾以及冲突很快就显现出来。当得知所住的房子以及家具都是租来的,莫雷尔太太内心的崩溃可想而知。

阶级差别导致两人的价值观不同。受过良好的教育,能说一口纯正英语的莫雷尔太太所习惯的毫无疑问是她原来的生活方式。她喜欢过一种"小资"的生活:"布置的家具也精致结实,用料讲究。""衣着总是素雅宜人。""喜欢探讨各种思想见地。"②小说第四章"保罗的青年时代"里买陶器那一幕更能说明莫雷尔太太的中产阶级"小姐气派"。尽管生活拮据,但是在市场,莫雷尔太太"被一只盘子上的矢车菊图案所驱使——或者说所吸引"③。买来后她"心满意足地看着盘子"。在买的过程中,她表现出来的高傲神色以及"冷冰冰的客气态度""冷冷地付钱"就说明了她的阶级"优越感"。虽然知道这个星期的钱不够用,莫雷尔太太还买了"几株紫罗兰和深红的雏菊"。这样一个生活中需要一点情调的人有时候"听厌了绵绵情话,也想正正经经跟他谈谈心里话"④。可是从十岁起就下井挖矿采煤的莫雷尔怎么可能和她探讨哲学或宗教方面的问题呢?他根本就听不懂她在说些什么,精神的交流在他那里被彻底阻断。在生活中,莫雷尔不拘小节,怎样舒服、怎样方便就怎样来。他经常当着大家的面在火炉边换衣服,即使家里有外人也不注意。因为没有接受过教育,莫雷尔总是凭直觉做事,喜欢感官上的享受如喝酒、跳舞等。而莫雷尔太太出身于一个清教徒家,是一个极其虔诚的人,像她的父亲一样,"凡是感官上的乐趣都不屑一顾",她本人"对跳舞素来不

① 劳伦斯.劳伦斯文集3:儿子与情人[M].陈良廷,刘文澜,译.北京:人民文学出版社,2014:12.
② 劳伦斯.劳伦斯文集3:儿子与情人[M].陈良廷,刘文澜,译.北京:人民文学出版社,2014:15,13,12.
③ 劳伦斯.劳伦斯文集3:儿子与情人[M].陈良廷,刘文澜,译.北京:人民文学出版社,2014:85.
④ 劳伦斯.劳伦斯文集3:儿子与情人[M].陈良廷,刘文澜,译.北京:人民文学出版社,2014:15.

齿"①。这两个人价值观念的不同带来了无尽的冲突和斗争。莫雷尔太太总是恨他不长进,总想把他培养成心目中男人该有的样子:高尚且有道德感。所以她要莫雷尔承担起他的责任,要他履行自己的义务。他们之间的斗争就这样一直进行着,"大家要拼个你死我活"②。劳伦斯在《实质》这篇文章中曾说道:"到了我母亲那一辈,这斗争成了生活中的主要因素……她们认为她们与男人斗是为了让男人变好,也是为了孩子们生活得更好。"③而莫雷尔因为拼命赚钱养家,每天在矿井里工作得极其辛苦,就像机器一样不停地干,以至于脾气变得异常暴躁,不仅打骂孩子,喝了酒后还要打莫雷尔太太。对于莫雷尔的这种行为,莫雷尔太太恨透了他,渐渐不把他放在眼里,对她来说,莫雷尔就是一个外人了。受莫雷尔太太的影响,孩子们也不喜欢他们的父亲。作为父亲的莫雷尔在这个家里就是一个局外人。

在一次次的斗争中他们把原有的那一点激情都消磨掉了,他们的感情"就像一阵永不再涨的落潮"④。夫妇间精神交流的缺乏、价值观念的差异、生活的拮据使得他们的婚姻名存实亡。"她看不起他,可是又离不开他。"⑤因为还要靠莫雷尔养家糊口。对于莫雷尔太太来说:"只有枯燥乏味地熬下去——一直熬到孩子们长大。"⑥从此,她把所有的感情都转移到了儿子们身上,和保罗几乎无话不谈了。"不管他上哪儿,她都感到自己的心灵伴随着他

① 劳伦斯.劳伦斯文集3:儿子与情人[M].陈良廷,刘文澜,译.北京:人民文学出版社,2014:13.
② 劳伦斯.劳伦斯文集3:儿子与情人[M].陈良廷,刘文澜,译.北京:人民文学出版社,2014:18.
③ 劳伦斯.劳伦斯文集9:散文随笔集[M].毕冰宾,译.北京:人民文学出版社,2014:205.
④ 劳伦斯.劳伦斯文集3:儿子与情人[M].陈良廷,刘文澜,译.北京:人民文学出版社,2014:54.
⑤ 劳伦斯.劳伦斯文集3:儿子与情人[M].陈良廷,刘文澜,译.北京:人民文学出版社,2014:8.
⑥ 劳伦斯.劳伦斯文集3:儿子与情人[M].陈良廷,刘文澜,译.北京:人民文学出版社,2014:8.

一起去。不管他做什么,她都感到自己的心灵站在他一边。"①而一听到莫雷尔回家的脚步声,莫雷尔太太就唉声叹气。莫雷尔也宁愿去酒馆,也不愿待在家里。家对他来说就是饭店和旅馆。夫妻间的体贴、关心早已消失,两人只有疏远而没有任何的交流与沟通,他们就是最熟悉的陌生人。保罗从小就生活在父母的打斗之中,对于婚姻和爱情有着更多的体会和想法。父母婚姻的失败使他一直在思考什么才是完美的婚姻。带着这种思考,保罗开始了他的爱情探险之旅。

米莉安是他探险之旅中遇到的第一个女人。《儿子与情人》中,米莉安是个富于幻想、"神经过敏得浑身颤抖"的虔诚清教徒。"她总是神色忧郁,一心沉湎在她所追求的神圣事物里。"②她一直觉得自己和那些庸碌之辈不一样,所以她拼命想成为有学问的人,想成为司各特笔下的"湖上夫人"③。保罗的来访让她找到了学习的机会,"她一心向往的唯一出人头地的机会"④。在威利农场,这两个年轻人一起学习,一起讨论米开朗琪罗,一起去田野里找鸟窝,一起荡秋千。正是在这种亲密的接触中,两个人的心中播下了爱情的种子。米莉安在保罗的帮助下,激发了想象力,"使好多在她看来没什么意思的东西变得栩栩如生"⑤。同样,米莉安鼓舞了保罗对画画的热情,"使他增强了洞察力,他对事物领悟得更深了"⑥。青年时代的保罗和米莉安有着对大自然、绘画以及其他方面的共同兴趣,他们想要在一起。和保罗在一起,

① 劳伦斯.劳伦斯文集3:儿子与情人[M].陈良廷,刘文澜,译.北京:人民文学出版社,2014:262.
② 劳伦斯.劳伦斯文集9:散文随笔集[M].毕冰宾,译.北京:人民文学出版社,2014:168,329.
③ 劳伦斯.劳伦斯文集3:儿子与情人[M].陈良廷,刘文澜,译.北京:人民文学出版社,2014:146.
④ 劳伦斯.劳伦斯文集3:儿子与情人[M].陈良廷,刘文澜,译.北京:人民文学出版社,2014:168.
⑤ 劳伦斯.劳伦斯文集3:儿子与情人[M].陈良廷,刘文澜,译.北京:人民文学出版社,2014:179.
⑥ 劳伦斯.劳伦斯文集3:儿子与情人[M].陈良廷,刘文澜,译.北京:人民文学出版社,2014:186.

米莉安"几乎感到心醉神迷"。而保罗"看见她在那儿,他的心就激动起来",就连走过矿井架,他也总是会"立刻又想起米莉安来"①。爱情的发展自然而然会延伸到肉体方面,米莉安多次梦到保罗,这种梦境还发展到一个更微妙的心理活动阶段,"她的伊甸园里有一条蛇,她真诚地反问自己,是不是在想保罗·莫雷尔"②。保罗也一样,随着年龄的增长,他经常会想米莉安"想得心痒难抓,简直受不了"③。保罗内心里面经常有一种无意识的东西在冲击着他,他自己也不知道究竟是怎么回事。"为什么他这么烦恼,简直茫然失措,动也动不了……她使他感到六神无主,毫无保障,失魂落魄……"④而保罗的这种难以言表的复杂感觉在书中通过月亮这一意象展示出来。最经典的就是第七章他们去海边度假时在附近大沙滩的场景。红色的月亮似乎把保罗全身的血液都燃烧了起来,让他透不过气来。在古希腊神话中,太阳神是男性,月亮神是女性,这里的月亮显然就是指米莉安,是米莉安激起了保罗内心那种本能的欲望。但是因为年纪还小,保罗不知道自己其实需要的是"把她紧紧搂在怀里,来解除心中的痛苦"。当然也是因为米莉安假装不知道,盼望保罗"处于一种虔诚的状态"⑤,使他拼命排除这种她认为"羞辱"和"有罪"的念头。

青年时代结束,保罗开始成熟了。和米莉安在一起时,他渴望把满腔的爱和柔情都献给她,但是米莉安是个虔诚的清教徒。清教教义的核心是禁欲,不仅强调肉体的贞洁,还对精神的贞洁有要求。生活在公元4世纪的君

---

① 劳伦斯.劳伦斯文集3:儿子与情人[M].陈良廷,刘文澜,译.北京:人民文学出版社,2014:196,194,226.
② 劳伦斯.劳伦斯文集3:儿子与情人[M].陈良廷,刘文澜,译.北京:人民文学出版社,2014:200.
③ 劳伦斯.劳伦斯文集3:儿子与情人[M].陈良廷,刘文澜,译.北京:人民文学出版社,2014:226.
④ 劳伦斯.劳伦斯文集3:儿子与情人[M].陈良廷,刘文澜,译.北京:人民文学出版社,2014:227.
⑤ 劳伦斯.劳伦斯文集3:儿子与情人[M].陈良廷,刘文澜,译.北京:人民文学出版社,2014:209.

士坦丁堡大教圣约翰·克里索斯托姻曾经说过："要想保持童贞,只是不结婚是不够的,得要有精神上的纯洁。"①作为一个虔诚的教徒,米莉安"善于克制自己";她要的只是保罗的心灵,需要精神的契合和对保罗精神的占有。而保罗已经不满足于这种精神的交流了,"外面还有什么东西,这些东西才是他心里需要的"②。保罗和米莉安之间越来越不和谐,他们之间争执不休。米莉安认为保罗有变得轻浮的危险,有"不惜把灵魂都扔掉了"来为所欲为地满足个人欲望的倾向。保罗他那性的本能长期受到米莉安的过分净化,如今变得格外强烈,认为"占有是人生一件大事。所有强烈的感情都凝聚在它上面"③。最后,为了保罗,米莉安准备接受他的要求,"愿虔诚地做出牺牲"。但是这种"献祭"让保罗认清了一个事实,那就是"他们两人之间永远无法圆满"④,因为两人的性伦理观念不一致。米莉安要的是纯精神之爱,而保罗还需要肉体之爱,这就导致他们的爱情不能圆满。就如劳伦斯在《性感》一文中所说的那样:"没有什么比一个性火熄灭了的人更丑的了。人人都想躲避这样一个讨厌的泥人。"⑤书中的保罗就是为了逃避米莉安这样一个性火熄灭的泥人而和她分了手。

　　与米莉安的精神之爱显然不是保罗所追求的那种完美爱情,但是保罗并不气馁,继续在爱情之旅中探索完美的两性伦理观。克莱拉是保罗在探索之旅中碰到的第二个女人。和米莉安一样,克莱拉也有自己的一套伦理观。她是一个性感的女人,"属于生活,属于人世间","是一个强有力的、陌

---

① Kathleen Coyne Kelly. Performing Virginity and Testing Chastity in the Middle Ages[M]. London: Routledge, 2000:4

② 劳伦斯.劳伦斯文集 3:儿子与情人[M].陈良廷,刘文澜,译.北京:人民文学出版社, 2014:293.

③ 劳伦斯.劳伦斯文集 3:儿子与情人[M].陈良廷,刘文澜,译.北京:人民文学出版社, 2014:335.

④ 劳伦斯.劳伦斯文集 3:儿子与情人[M].陈良廷,刘文澜,译.北京:人民文学出版社, 2014:335,344.

⑤ 劳伦斯.劳伦斯文集 9:散文随笔集[M].毕冰宾,译.北京:人民文学出版社,2014:141.

生的、天性放荡的生命"①。劳伦斯在描写她时,给她来了一次身体的特写,尤其是白皙的颈背以及肩膀等,光"乳房"这两个词就出现了九次。例如:"他注意到她衬衫里面隆起一对乳房,胳臂上端的薄纱下面露出富有曲线美的肩膀。""只见她一对乳房不住颤动,一头密密的发丝披散开来。""看着绿绉纱下的乳房,紧身衣服里四肢的曲线。"②从这些描写就可以看出克莱拉是和米莉安不一样的女人。再从第九章"米莉安失恋"里克莱拉和保罗的对话中,更加可以看出她是一个追求感官满足的女人。在米莉安的家里闲聊时,他们谈到了玛格丽特·邦福德。保罗说她是个怪可爱的妞,并且指出"说到头来,再聪明她也进不了天国"。克莱拉驳斥说:"她要的不是进天国——是在人间享受到公平待遇。"③这一句话明明白白地道出了她的追求不是精神——进天国,而是享受人间的乐趣。这就是克莱拉的两性伦理观。对于刚和自己的青年时代告别、刚和米莉安分手的保罗来说,克莱拉的出现让他"一腔热血往往越流越快,越流越猛,胸口特别堵得慌,宛若胸口有团活生生的东西,一个新的自我,一个新的意识中枢"④。

和克莱拉的交往让保罗的两性伦理观有了改变,首先他感觉肉体接触是非常需要的。克莱拉是一个和老公道格斯分居、尚未离婚的女人,保罗的出现以及和他的结合让"她受损伤的自尊心治愈了。她的心病治愈了。她很快乐。她又感到扬眉吐气了……她恢复青春"⑤。克莱拉热烈地爱着保罗,就情欲而言,保罗也热烈地爱着克莱拉。他和米莉安在一起时无法言

① 劳伦斯.劳伦斯文集3:儿子与情人[M].陈良廷,刘文澜,译.北京:人民文学出版社,2014:325,416.
② 劳伦斯.劳伦斯文集3:儿子与情人[M].陈良廷,刘文澜,译.北京:人民文学出版社,2014:270,294,389.
③ 劳伦斯.劳伦斯文集3:儿子与情人[M].陈良廷,刘文澜,译.北京:人民文学出版社,2014:271.
④ 劳伦斯.劳伦斯文集3:儿子与情人[M].陈良廷,刘文澜,译.北京:人民文学出版社,2014:297.
⑤ 劳伦斯.劳伦斯文集3:儿子与情人[M].陈良廷,刘文澜,译.北京:人民文学出版社,2014:398.

说、无法释放的那股欲火和野性的激情在克莱拉这里得到了缓和,得到了放纵。"他已经领略了热情烈火的洗礼,安下心来了。""一到晚上,他们俩都感到无比幸福。"①肉欲的激情转瞬即逝,渐渐地,保罗对于克莱拉的狂热感到厌倦和害怕:"她那双始终含情脉脉的眼睛,充满着难以抑制的热情,不断盯着他。他见了她就害怕。"②即使和克莱拉在一起,保罗也认为性欲是一种超然的东西,并不属于一个女人:"他并不是非要她不可。""我感兴趣的其实并不是她。"③这就说明了克莱拉在保罗的眼里只是一个女人,一个纯粹满足他性欲的女人而已。"在我只把她看作女人的时候,我是爱她;可是一到她说话和发议论的时候,我就往往不去听她的了。"并且和克莱拉在一起,"他变成了一个没有头脑,只有强大本能的人"④。但是仅仅拥有性爱无法让保罗获得精神上的满足,与克莱拉精神交流的缺乏使他感到茫然和孤独。"他愈来愈感到自己这段体验是超乎具体个人,而并非落实在克莱拉身上的……能使他的心灵得到安定的绝不是她。"⑤同时,克莱拉也感觉到"她没有笼络住他的心……他跟她隔得很远"⑥,并且深深感到保罗只有在晚上才跟她好,一到白天就忘记了她,谴责保罗要的是专供他"自己享受的玩意儿"⑦。在和克莱拉的爱情之旅中,保罗获得了在米莉安那里没有的情欲方面的满足,但是由于缺乏与米莉安那样的精神交流,他们之间的爱情也只能是"昙花一现",

---

① 劳伦斯.劳伦斯文集 3:儿子与情人[M].陈良廷,刘文澜,译.北京:人民文学出版社,
  2014:418,414.
② 劳伦斯.劳伦斯文集 3:儿子与情人[M].陈良廷,刘文澜,译.北京:人民文学出版社,
  2014:418.
③ 劳伦斯.劳伦斯文集 3:儿子与情人[M].陈良廷,刘文澜,译.北京:人民文学出版社,
  2014:325,421.
④ 劳伦斯.劳伦斯文集 3:儿子与情人[M].陈良廷,刘文澜,译.北京:人民文学出版社,
  2014:413,428.
⑤ 劳伦斯.劳伦斯文集 3:儿子与情人[M].陈良廷,刘文澜,译.北京:人民文学出版社,
  2014:418.
⑥ 劳伦斯.劳伦斯文集 3:儿子与情人[M].陈良廷,刘文澜,译.北京:人民文学出版社,
  2014:414.
⑦ 劳伦斯.劳伦斯文集 3:儿子与情人[M].陈良廷,刘文澜,译.北京:人民文学出版社,
  2014:427.

不能持久。单纯挥洒生命本能的性伦理实践模式显然不能让人感到满足和圆满。无怪乎保罗和他母亲说："不过妈妈呀，我甚至还爱着克莱拉，我也爱过米莉安。不过要我结婚，把自己完全献给她们我却办不到。要我属于她们可办不到。她们看来一心想要我，可我不能把自己交给她们。"①这里劳伦斯借保罗之口指出了纯精神或纯肉欲都不是理想的两性伦理观，只有灵与肉的结合才是最完美的。

　　如上所述，《儿子与情人》中的保罗一直在探索什么是完美和谐的两性关系。生活在父母失败的婚姻下的保罗特别渴望圆满的爱情，其在爱情的探索之旅中，首先碰到的是纯精神之爱的米莉安。纯精神爱情没有使他产生一种自由感，而是束缚感，米莉安使保罗"感到像头拴在桩上的驴"②。与克莱拉的肉欲之爱让保罗享受到了赤裸裸的激情，认识到了把他弄得神魂颠倒的那股巨大的生命浪潮，心里得到了安宁。但是激情过后的保罗精神感到贫乏，厌倦了老是拥拥吻吻的爱情。从他的两次爱情探险之旅可以看出，纯精神以及纯肉欲的两性伦理观都没有让保罗感到满足和圆满。"可是不行，他不愿就此罢休……他加快步伐，朝着隐约中热气腾腾、生气勃勃的城市走去。"③

　　在这里，劳伦斯通过保罗的行动提出了他的两性伦理观：追求和向往男女两性间精神和肉体的平衡与和谐，这种自然和谐在劳伦斯眼里就是"升天致福"的境界。

2. 厄秀拉对完美爱情的追求

　　厄秀拉是家中长女，在她一岁多的时候，她的妹妹戈珍出生了，妈妈的注意力就放在第二个孩子身上了。厄秀拉从此以后成了父亲的心肝宝贝，

---

① 劳伦斯.劳伦斯文集 3：儿子与情人[M].陈良廷，刘文澜，译.北京：人民文学出版社，2014：413.

② 劳伦斯.劳伦斯文集 3：儿子与情人[M].陈良廷，刘文澜，译.北京：人民文学出版社，2014：424.

③ 劳伦斯.劳伦斯文集 3：儿子与情人[M].陈良廷，刘文澜，译.北京：人民文学出版社，2014：493.

即使他晚上去教堂的时候也会带上厄秀拉,让她在教堂里玩耍。在厄秀拉的心目中,"只有父亲才占有一个永恒的位置"①。和父亲的形影不离使她的性意识很早就被唤醒了。她没有像自己的弟弟妹妹们那样整天和鲜花、昆虫以及玩具等为伍。"她的父亲跟她太近了,从朦胧短暂的孩提时代起,他握紧她的那双手和他胸脯的力量就唤醒了她,让她几乎感到痛苦……她醒得太早了,她父亲对她的呼唤也来得太早了。"②厄秀拉从小就喜欢安徒生和格林的童话,更喜欢躲在教堂里读一些浪漫传奇故事,这一切都使她成长为一个充满浪漫和冒险精神的女孩。同时受父亲的影响,厄秀拉从小就对宗教有浓厚的兴趣,甚至也和她父亲一样,在这个巨大、暗淡、空旷的教堂里,她会狂喜。对于厄秀拉来说,礼拜天是个幸福的日子,她每天都在热情地期待,因为"在礼拜天她就自由了,真正自由了,随心所欲,没有丝毫的恐惧和担心","她的灵魂可以在梦幻中毫无阻挡地畅游"③。宗教对厄秀拉来说是另一个世界,一个不真实的世界,因为里面很多的事都无法在日常生活中体验。她也认为教义中所说的"有人打你左脸,转过另一边脸让人打"在现实中是不可能的。在她看来,"情感就是生活的全部内容。因而,要有一个男人把她揽在宽厚壮实的怀里,听到他胸膛里发出的心的跳动声,她分享着那里散发出的温暖的生命气息。这是一种热情激荡的生命。她如此热切地渴望能躺在人子的怀里……耶稣为想象中的世界说的话,她却从现实中来应答。这是离经叛道,把来自想象世界的意思挪到了实实在在的世界来"④。身陷其中的厄秀拉渴望上帝的儿子来寻找人的女儿,觉得上帝的儿子应该娶她为妻。厄秀拉"一直沉浸在对宗教渴望中。她想要耶稣甜美地爱她,要耶稣接受她的奉献,做出感官上的应答。她几个星期都处于陶醉的沉思默想中……为了满足自己肉体上的需要而热爱耶稣"⑤。厄秀拉生活在极度的

---

① 劳伦斯.劳伦斯文集4:虹[M].毕冰宾,石磊,译.北京:人民文学出版社,2014:212.
② 劳伦斯.劳伦斯文集4:虹[M].毕冰宾,石磊,译.北京:人民文学出版社,2014:214.
③ 劳伦斯.劳伦斯文集4:虹[M].毕冰宾,石磊,译.北京:人民文学出版社,2014:263,265.
④ 劳伦斯.劳伦斯文集4:虹[M].毕冰宾,石磊,译.北京:人民文学出版社,2014:278.
⑤ 劳伦斯.劳伦斯文集4:虹[M].毕冰宾,石磊,译.北京:人民文学出版社,2014:279.

痛苦、慌乱以及解脱不了的困窘之中,生活在想象世界和现实世界感情的错位之中。她看到小羊羔吸吮乳汁、摩挲乳房都感觉到既痛苦又幸福,希望自己就是那只羊羔。宗教激发了她对情感、对肉欲的强烈渴望。

斯克里宾斯基的到来刚好是厄秀拉内心陷入混乱、感官上想得到满足的时候,如同威尔和安娜第一次见面的情景一样,斯克里宾斯基也"给厄秀拉带来了外面世界的强烈气息。她就像被带到了山顶上,朦朦胧胧感觉到整个世界在她面前延伸"[①]。他把在外面那个广袤世界的见识、一种距离感带给了厄秀拉,而他的直率、我行我素以及身上带有的那种宿命感吸引着厄秀拉。斯克里宾斯基身材瘦削优美,眼睛清澈明亮,褐色的头发浓密柔软,看上去性情很好,也不易冲动。这一切在厄秀拉看来就是绅士风度的体现,认为他具有一种命中注定的贵族的气质。"她马上就把斯克里宾斯基作为她梦幻中的人了。这个人正像那些上帝的儿子,他们看上了人间的女子,上帝的儿子们都是俊美的。"[②]随着他们的交往的深入,他们越来越喜欢对方。斯克里宾斯基带着厄秀拉去德比,一起吃饭,一起逛市场和庙会,坐船型秋千,骑木马。荡秋千让他们热血沸腾,让他们的胸中燃烧起激情。《儿子与情人》中,保罗和米莉安的感情也是从荡秋千开始的,这在下面会谈到。这里,劳伦斯借用荡秋千这个场景,开始了两人之间的情爱之旅。之后,在乘坐马车回家的路上,他们就进入了恋爱的状态:

> 随着车子摇摆,他情欲荡漾地、缠缠绵绵地朝着她摆过去,靠着她,直到为了保持平衡不得不摆开身子。他一言不发地从盖毯下面把厄秀拉的手拉过来。虽然他的脸抬起来望着路,并不看手,却是全神贯注地用一只手解开她手套上的扣子,把手套拉开,小心地把她的手裸露出来。他手指的准确动作以及出自本能地在厄秀拉手上的细腻触摸,把这年轻姑娘弄得神魂颠倒,情窦初

① 劳伦斯.劳伦斯文集4:虹[M].毕冰宾,石磊,译.北京:人民文学出版社,2014:281.
② 劳伦斯.劳伦斯文集4:虹[M].毕冰宾,石磊,译.北京:人民文学出版社,2014:284.

开……他把手合在厄秀拉的手上,合得那么紧,似乎两人手上的
血肉已经交融,合二为一了……厄秀拉就坐在他旁边,欣喜若狂,
被这一道新的光芒照得什么也看不见了……两个人的肉体坚实
地连在了一起。①

　　劳伦斯用细腻的笔触写出了初恋男女那种紧张激动的心理。那种热切
又假装镇定的身体接触也被淋漓尽致地展现在读者面前。他们被火热的激
情激荡着。厄秀拉处于本能的欲求,她在白天的任何时刻都在焦急地等待
着斯克里宾斯基的到来,想着他那甜蜜的亲吻和拥抱。她也非常迷恋与渴
望斯克里宾斯基的身体,"她爱把手指放在斯克里宾斯基两肋柔滑的皮肤
上;或者,当他把肌肉绷紧,就放在他背后柔软的部位。他骑马把肌肉练得
很结实。厄秀拉感到一阵兴奋,激情荡漾……她占有了他的身体"②。甚至
在给斯克里宾斯基的信中,厄秀拉也毫不掩饰自己对他身体的热爱:"我非
常爱你。爱你的身体。它是那么光洁漂亮。我很高兴你没有裸体走出去,
不然所有的女人都会爱上你的。我很羡慕你的身体,非常爱它。"③在厄秀拉
看来:"肉体和精神都很美,肉体是完整而快乐的,在肉体中生活,在肉体中
相爱,在肉体中生育,最终获得完整。"④这就是欢乐与满足的阶段。

　　随着交往的深入,两个人在信念上或精神上的差异就明白无误地显露
出来了。首先,厄秀拉要的是精神和肉体和谐的两性关系,希望自己的爱人
能够崇敬妇女,"这种崇敬是包括肉体和精神两方面的"⑤。令她失望的是,
斯克里宾斯基从未崇敬过她,和她在一起仅仅是满足生理上的需求:"他会
以自己的肉体去要这个姑娘的,让自己的灵魂去做该做的事吧。"⑥从他们在

① 劳伦斯.劳伦斯文集4:虹[M].毕冰宾,石磊,译.北京:人民文学出版社,2014:289—290.
② 劳伦斯.劳伦斯文集4:虹[M].毕冰宾,石磊,译.北京:人民文学出版社,2014:457.
③ 劳伦斯.劳伦斯文集4:虹[M].毕冰宾,石磊,译.北京:人民文学出版社,2014:455.
④ 劳伦斯.劳伦斯文集4:虹[M].毕冰宾,石磊,译.北京:人民文学出版社,2014:273.
⑤ 劳伦斯.劳伦斯文集4:虹[M].毕冰宾,石磊,译.北京:人民文学出版社,2014:311.
⑥ 劳伦斯.劳伦斯文集4:虹[M].毕冰宾,石磊,译.北京:人民文学出版社,2014:311.

码头边与住在一艘空驳船的一家人相遇的事件中,厄秀拉就可以感受到斯克里宾斯基对自己就是生理上的需要而已。驳船的男主人看上去脏兮兮的,抱着一个孩子。那个孩子蓝眼睛,长着红黄色的细发,是个还没有取名的小女孩。在厄秀拉参观这艘船的过程中,那对夫妻为了孩子的名字争吵不休,当听说厄秀拉的名字后,他们两个都想给孩子取名为厄秀拉。为此,厄秀拉就把自己的一条含金的细链送给小孩作为礼物。其间,那个男主人一直望着厄秀拉:"他的眼睛含笑大胆地望着她,却是带着极为赞赏的神情。""他被征服了的心灵热爱厄秀拉,而他清楚这一点:他的心灵被征服了,常常是这样。"①这个驳船男主人那明显的崇拜欣赏给了厄秀拉一种难以言说的温暖愉快的情感,他使厄秀拉感觉到她自己的生活是丰富多彩的。"那个男人的肉体和精神向往着、崇敬着这个姑娘的肉体和精神,带着一种愿望——虽然知道这个对象是不可能到手的,却高兴地知道有完美的事物存在,高兴享有短暂的交流。"②可是与那个男人相比,斯克里宾斯基在厄秀拉身边好像只会制造"一种死气沉沉、乏味无聊的气氛,好像这个世界是一堆灰烬"③。他从没有像那个男人那样去妄想一个女人,从未真正全副身心去想过一个女人。他只是肉体上需要女人,需要厄秀拉。对此厄秀拉很是厌恶,有种想摆脱他的想法。显然劳伦斯插入这个船夫的目的是要表明船夫受到的文明浸染少,其生命本能依然比较强,与斯克里宾斯基没有自我的情况形成鲜明的对比。

斯克里宾斯基是现行制度和传统观念的代表,"他的生命在于确立的制度……他代表着伟大的、已确立的、现存的生活理念"④。在他看来,每个人都必须为国家而毫不犹豫地奉献自己,为所有人的、整个机体的最大利益工作,因为"绝大多数人的利益是高于一切的"。所以"个人的情感又算什么?

① 劳伦斯.劳伦斯文集4:虹[M].毕冰宾,石磊,译.北京:人民文学出版社,2014:309—310.
② 劳伦斯.劳伦斯文集4:虹[M].毕冰宾,石磊,译.北京:人民文学出版社,2014:311.
③ 劳伦斯.劳伦斯文集4:虹[M].毕冰宾,石磊,译.北京:人民文学出版社,2014:311.
④ 劳伦斯.劳伦斯文集4:虹[M].毕冰宾,石磊,译.北京:人民文学出版社,2014:323.

一个人必须在整个社会、在人类详尽的文明大体系中担任一份工作,这才是重要的。整个社会是至关重要的,而团体、个人都不重要,除非他代表整个社会"①。他要为他的国家而战,要加入英帝国的侵略行动。他去非洲参加过殖民主义战争,又要去印度当殖民统治者,他已经是一个没有生命内核的躯体,就如同一具行尸走肉,个人的生活在国家面前已经荡然无存,"他的灵魂已经躺在坟墓里了"②。而厄秀拉不能理解斯克里宾斯基的想法,她认为战争只能给人带来忧虑、恐惧和痛苦。她知道时代的车轮在滚滚向前,任何人都阻挡不了,但是她非常愤怒,非常强烈地想要反抗。她指出:"只有退化的民族才是民主的……他们是以金钱的名义来统治……这是肮脏的平等。"③

在斯克里宾斯基去南非的时候,厄秀拉与她的班主任老师陷入了同性之恋,她们之间有着奇异的默契。她的老师英格小姐二十八岁,聪明、漂亮,看上去非常优雅,是个独立的现代女青年。她办事老练、迅速且准确。英格小姐身上的一切在厄秀拉看来都非常和谐,她容光焕发,呈现出坚强的精神面貌。那个时候的厄秀拉刚好因为斯克里宾斯基的参战而忍受着极度的痛苦,心如死灰,简直无法承受,就连一点点细微的信息都可能会触动她深邃无底的情感。"在这种状态下,她对性生活的热望成了心里的一块病。她那么敏感,那么神经质,以至于触摸到粗羊毛线都会使她神经紧张。"④英格小姐的出现挤走了厄秀拉内心的痛苦,她们之间的微妙情感与日俱增。她们彼此都能感受到对方在教室里的存在:只要英格小姐来上课,厄秀拉就觉得自己的整个生命又开始了;只要厄秀拉来上课,英格小姐也会感到异常高兴,上课也就更加有活力。两个人心心相印,那种令人陶醉的情感热量进入彼此的血管里就如同坐在温暖的阳光下让人舒服和狂喜。厄秀拉就这样激情荡漾地希望自己能和英格小姐说话,抚摸她。游泳课上的身体接触以及应邀到索尔山上去喝茶让两人之间的感情直接升温。厄秀拉一直处于炽热

① 劳伦斯.劳伦斯文集4:虹[M].毕冰宾,石磊,译.北京:人民文学出版社,2014:323.
② 劳伦斯.劳伦斯文集4:虹[M].毕冰宾,石磊,译.北京:人民文学出版社,2014:323.
③ 劳伦斯.劳伦斯文集4:虹[M].毕冰宾,石磊,译.北京:人民文学出版社,2014:458.
④ 劳伦斯.劳伦斯文集4:虹[M].毕冰宾,石磊,译.北京:人民文学出版社,2014:328.

的幸福中,她感觉"她们的生命好像融为了一体,不可分割了"①。英格小姐受过系统的高等教育,也认识很多有才智的人,英格小姐帮助厄秀拉意识到她自己所知道的宗教"不过是一件罩在人类理想上的独特的外衣"②。英格小姐帮助厄秀拉了解哲学,帮助厄秀拉认识妇女运动,带着她去认识不同的男人和女人,厄秀拉被带入了一个自己不能完全理解的新奇的世界。在跟这个老师的接触中,厄秀拉开始感觉英格小姐如同她自己的舅舅小汤姆一样丑陋黏糊,给人一种令人厌恶的、沉重的、受阻塞的呆滞感。"他们都是些有教养、不满于现状的人。他们还在偏狭守旧的体面社会里周旋,看起来他们就像外表的举止那样驯服,其实怒火中烧。"③那种热烈的激情已经随风而去了,随后,厄秀拉就把英格小姐介绍给了自己的舅舅,让英格小姐成为自己的舅妈。

　　她和英格小姐结束后,斯克里宾斯基从战场上回来了。六年的时间过去了,厄秀拉经历了许多,对人生和爱情的看法也与原先不一样了。她深切地感受到:"爱对他们来说就是一个死板的概念。他们不是冲着某个人去爱,他们是冲着一个理念而来。"④

　　信念上以及精神上的差异导致两人永不融合,厄秀拉和斯克里宾斯基就像是"流质中两股在竞争的力量",谁也不会屈从于谁,"他们之间有一道缺口,他们是两个敌对世界的人"⑤。小说第十五章中,月夜下的海边沙丘边失败的性爱宣告了他们的分手,他们彼此都发现有一条难以逾越的鸿沟横亘在他们中间。厄秀拉所追求的独立自我并不存在于斯克里宾斯基的身上,他只是那个腐败、堕落社会的一分子,他的生命只是在机械地延续,他已经名存实亡了。同时,厄秀拉所向往的肉体与精神融合的爱情也不能在斯克里宾斯基的身上找到。可笑的是,斯克里宾斯基和厄秀拉分手后,突然感

---

① 劳伦斯.劳伦斯文集4:虹[M].毕冰宾,石磊,译.北京:人民文学出版社,2014:336.
② 劳伦斯.劳伦斯文集4:虹[M].毕冰宾,石磊,译.北京:人民文学出版社,2014:336.
③ 劳伦斯.劳伦斯文集4:虹[M].毕冰宾,石磊,译.北京:人民文学出版社,2014:338.
④ 劳伦斯.劳伦斯文集4:虹[M].毕冰宾,石磊,译.北京:人民文学出版社,2014:338.
⑤ 劳伦斯.劳伦斯文集4:虹[M].毕冰宾,石磊,译.北京:人民文学出版社,2014:326.

觉生活是这般美好,甚至比过去还要美好,"摆脱厄秀拉是件多么简单的事"。对于斯克里宾斯基来说,厄秀拉"就是黑暗,就是挑战和恐怖","厄秀拉强加于他头上的都是些什么虚假的东西"①。想明白后的斯克里宾斯基和那位上校的女儿在两周之内举行了婚礼,第三周就一起到印度去了。小说的结尾处,大病初愈的厄秀拉看到了象征新生活的希望之虹,她寻求两性和谐的爱情之旅还要继续。

《恋爱中的女人》中,厄秀拉继续探寻她的和谐爱情,探索着生命的意义。小说的开头就明确刻画了她那种生机勃勃地想寻觅通往理想之路的探索精神:

> 厄秀拉总是那样神采奕奕,似一团被压抑的火焰……照自己的想法去把握生活……在冥冥中却有什么在生长出来。要是她能够冲破那最后的一层壳该多好啊!她似乎像一个胎儿那样伸出了双手要冲出母腹。可是,她不能,还不能。她仍有一个奇特的预感,感到有什么将至。②

和《虹》中一样,厄秀拉依然是一个独立自主的人,能够按照自己的想法去生活,她不管别人怎么看她,她只管自己如何看待自己。虽然在《虹》中厄秀拉经历了接二连三的打击,但是她并没有因此而失去信心,并没有从此而屈从命运。她的精神生活非常丰富、非常活跃,她在等待一个合适的人来帮助她这棵还未钻出地面的幼芽破土而出。她冥冥之中依然期待着自己能够找到一个肉体与精神都与之相融的人。她的预感应验了。那个人是伯金。伯金是厄秀拉所在学校的监察员,两人有过两次交谈,但是因为伯金身上有种说不出来的冷漠让人无法接近以至于两人没有很多交集。在杰拉德妹妹的婚礼上,厄秀拉再次见到了他。这次伯金给厄秀拉的印象是"瘦削、苍白

① 劳伦斯.劳伦斯文集4:虹[M].毕冰宾,石磊,译.北京:人民文学出版社,2014:480.
② 劳伦斯.劳伦斯文集5:恋爱中的女人[M].毕冰宾,译.北京:人民文学出版社,2014:4.

的脸上露出些许病容,身架窄小,但身材不错"①。虽然伯金看上去一脸病态,但是他给人的感觉依然是生机勃勃的。他非常聪明,能够根据自己的处境调整好言行去处理与别人的关系,从而收获别人的好感而不会被人讨厌,"他就像一个走绳索的人那样对局势应付自如"②。厄秀拉对伯金充满了好感,而伯金令她着迷的同时也令她心乱,想更多地了解他的渴望在她心里滋长着。就连戈珍都觉得伯金非常有吸引力:"他有一种难得的生命活力,这种特质令他成为一个别人渴望得到的人。"③

随着更频繁的接触,两个人暗生情愫,但是两个人几乎每一次都在辩驳。在第十一章"湖中岛"中他们对死亡和爱进行辩驳,伯金说他自己根本不相信爱,希望人类赶快灭亡。厄秀拉感觉到伯金好像"一直在情不自禁地试图拯救世界"④,讨厌他啰里啰唆讲大道理的一副救世主的样子:

> "既然如此,你为什么在乎别人呢?"她问,"如果你不相信爱,你干什么要替人类担忧?"
>
> "为什么? 因为我无法摆脱人类。"
>
> "因为你爱人类。"她坚持说。
>
> 这话令他恼火。
>
> "如果说我爱它,"他说,"那是我有毛病。"
>
> "可这是你不想治好的病。"她冷漠地嘲弄道。⑤

伯金被厄秀拉的敏捷反应和清晰的思路所吸引:"他抬起头来看看她,发现她的脸上闪烁着一层奇异的光芒……于是他的灵魂为奇妙的感觉所攫

---

① 劳伦斯.劳伦斯文集5:恋爱中的女人[M].毕冰宾,译.北京:人民文学出版社,2014:15.
② 劳伦斯.劳伦斯文集5:恋爱中的女人[M].毕冰宾,译.北京:人民文学出版社,2014:15.
③ 劳伦斯.劳伦斯文集5:恋爱中的女人[M].毕冰宾,译.北京:人民文学出版社,2014:136.
④ 劳伦斯.劳伦斯文集5:恋爱中的女人[M].毕冰宾,译.北京:人民文学出版社,2014:135.
⑤ 劳伦斯.劳伦斯文集5:恋爱中的女人[M].毕冰宾,译.北京:人民文学出版社,2014:136.

取。她是被自身的生命之火点燃的……完全被她吸引。"①在伯金家喝茶时,他们继续对爱这个主题进行辩驳。伯金认为"爱只是枝节。根是超越爱……无论你还是我,心中都有一种超越爱、比爱更深远的东西,它超越了人们的视野,就像有些星星是超越人们的视野一样"②。厄秀拉对伯金的话感到不可思议以至于瞠目结舌。其间,他家的公猫米诺打了野雌猫三次,摆出一副男子气般不屑一顾的样子。米诺对野雌猫的态度令厄秀拉感到愤怒,她认为那只公猫米诺就像男人一样过于霸道。可是伯金却认为这是米诺想要的一种稳定,一种与母猫保持纯粹平衡的欲望,让母猫能够与一只公猫保持超常恒定的和睦关系。紧接着他向厄秀拉提出,自己需要与厄秀拉建立"奇妙的结合",在这种结合中,两性双方"既不是相会又不是相融,两个单独的人纯粹的平衡——就像星与星之间保持平衡那样"。"单独的两颗星星之间既相互关联又相互保持平衡、平等。"③也就是说,两性的结合并不会让各自的自我失去,相反会让自我在神秘的平衡与完整中保存下来,"男人具有自己的存在,女人也有自己的存在,双方是两个纯粹的存在,每个人都给对方自由,就像一种力的两极那样相互平衡,就像两个天使或魔鬼"④。厄秀拉认为伯金"想要得到卫星。火星和他的卫星"⑤。也就是说,厄秀拉认为他想让她屈就他,所以她极其生气,不可能接受这种关系。厄秀拉觉得爱是一种骄傲的过程,根本不是伯金所说的一条连接男人与女人之间的纽带——最终的融合。她渴望的是那种难以言表的亲昵,用梅瑞迪斯的诗句表达的话,就是"愿意用自己的胸膛暖他的脚"⑥。但是这样做的前提必须是她所爱的人要忘我地爱她,对爱情绝对的屈服。"男人必须向她做出奉献,他必须让她尽情享受。她要让他彻底成为她的人,作为回报,她也做他谦卑的

① 劳伦斯.劳伦斯文集5:恋爱中的女人[M].毕冰宾,译.北京:人民文学出版社,2014:136.
② 劳伦斯.劳伦斯文集5:恋爱中的女人[M].毕冰宾,译.北京:人民文学出版社,2014:154.
③ 劳伦斯.劳伦斯文集5:恋爱中的女人[M].毕冰宾,译.北京:人民文学出版社,2014:157,160.
④ 劳伦斯.劳伦斯文集5:恋爱中的女人[M].毕冰宾,译.北京:人民文学出版社,2014:213.
⑤ 劳伦斯.劳伦斯文集5:恋爱中的女人[M].毕冰宾,译.北京:人民文学出版社,2014:160.
⑥ 劳伦斯.劳伦斯文集5:恋爱中的女人[M].毕冰宾,译.北京:人民文学出版社,2014:281.

奴仆——不管她愿意不愿意。"①虽然伯金身上有一股喷薄的生命之泉吸引着厄秀拉,厄秀拉对伯金也很有吸引力,两人爱得极深,但因为对爱的理解以及感受不同,所以一开始厄秀拉拒绝了伯金的求婚。

伯金和厄秀拉经过一段时间的磨合,在第二十三章"出游"中,两个人终于不再辩驳,达成了和谐。威尔大教堂的钟声让厄秀拉想起《创世记》中的古老神话:"上帝的儿子看到人的女儿娇美。"而伯金就是上帝的儿子,他正发现她美若天仙。

> 她发现他是太初之时上帝的儿子们之一,他不是人,是别的什么,是某种更为丰富的天赐之物。
>
> 这令她最终感到释然。她有过几个情人,她知道激情是怎么一回事。可现在这东西既不是爱也不是激情。这是人的女儿回到上帝的儿子的怀抱。这太初上帝的儿子,是陌生的非人。
>
> ……她已经发现了太初的上帝之子,他也发现了最早的美丽的人之女。②

这段叙述里面多次提到上帝的儿子们与人的女儿,这是厄秀拉最初接触基督教时对她影响最深的教义。基督教对她来说是另一个世界,为了在虚幻中听到的这句话,厄秀拉一直在现实的世界中寻找上帝的儿子们,现在终于被她找到了,她在和他的接触中神秘地感知了他。厄秀拉现在就像一颗星星一样,围在伯金的身边,与他保持着伯金所说的完美的平衡,其实这种星与星之间的平衡本身就是自由。在他们忘我的、轻松的结合中,厄秀拉与伯金各自的欲望都得到了满足。"他们在对方的眼中是一样的——都是神秘、可感知的真实异己生命,是远古的美。"③他们之间的两性关系终于在小

---

① 劳伦斯.劳伦斯文集5:恋爱中的女人[M].毕冰宾,译.北京:人民文学出版社,2014:281.

② 劳伦斯.劳伦斯文集5:恋爱中的女人[M].毕冰宾,译.北京:人民文学出版社,2014:334—335.

③ 劳伦斯.劳伦斯文集5:恋爱中的女人[M].毕冰宾,译.北京:人民文学出版社,2014:342.

说的第二十七章达到了他们所希冀的理想境界:"在这新的、超越理性的宁馨和欢愉中,没有我,没有你……而是我的生命与她的生命两者合一的新的极乐一体……我们相互依存,超越各自的自我成为新的一体……一切都是完美的一体了。"①

综观劳伦斯的一生,他一直致力于建立理想的两性关系,在对作品中种种畸形的两性关系进行批判的同时,他也在苦苦探寻理想的两性关系模式。毫无疑问,劳伦斯所希冀的理想两性关系既包括精神的,又包括肉体的;既是完美的和谐,又有相对的独立。缺少任何一方的两性关系都是不完美的。

二、自然意象展示性心理

劳伦斯特别擅长使用象征这一艺术手法,以自然意象来彰显作品的主题。月亮是劳伦斯作品中一个频繁出现的意象,其在劳伦斯的小说中或象征人物内心的情感,或象征伟大的母爱,但大多数都象征性爱。"凡作品中能驾驭自己的命运,力图控制男人的独立女性总有月神相伴。"②

《儿子与情人》第七章中劳伦斯就借助月亮这个意象传达了性这个主题,那是保罗和米莉安一起去海边别墅度假的时候。一天傍晚,保罗和米莉安到附近的大沙滩散步,除了他们两人之外,偌大的沙滩空无一人。回来的时候天已经黑了,除了海涛声以外,四下静悄悄的。突然,保罗看到:

> 一轮巨大的橘红色的月亮正从沙丘边缘上凝视着他们。他一动不动地站着,看着月亮……
>
> "怎么啦?"米莉安一面等他一面低声说。
>
> 他转过身来看着她……他的热血犹如一股火焰在胸腔燃烧。然而他就是无法把自己的想法向她讲清楚。他浑身热血沸腾,可是不知怎么她却装作不知道。她盼望他处于一种虔诚的状态。她

---

① 劳伦斯.劳伦斯文集5:恋爱中的女人[M].毕冰宾,译.北京:人民文学出版社,2014:395.
② 廖杰锋.审美现代性视野下的劳伦斯[M].北京:群言出版社,2006:203.

一面迫切盼望他这样,一面对他的激情也有点察觉,她凝视着他,
心乱如麻。

　　"怎么啦?"她又低声说。

　　"这月亮。"他皱着眉回答说。[①]

　　这里,保罗之所以热血沸腾、全身的血液都燃烧起来,是因为他身上那
苏醒了的自然本能。劳伦斯曾把这种自然本能比喻为"独角马兽"。其实是
月亮唤醒了保罗身上的这只"独角马兽",根本不是米莉安——一个豆蔻年
华本应充满活力的年轻女子。月亮的出现帮助保罗释放了平时压抑自己的
自然本能的潜意识,恢复了他的男性本能。保罗与米莉安的恋爱止于精神
之恋,首先,就保罗而言,他从小和母亲关系比较亲密,虔诚的米莉安在他眼
中如同虔诚的母亲(保罗的母亲也同样认为米莉安和她自己比较相似,属于
精神占有式的人,米莉安和保罗结婚的话会抢走她自己在保罗心中的位置,
所以她反对他们交往),假如对米莉安的情感超出精神这个限度就好像是冒
犯了她们;其次,米莉安是清教徒,一直害怕肉体的接触,而保罗也受到童贞
观念的影响而不敢挣开手脚去爱她。因而,每次和米莉安一起出去散步,保
罗都不愿意米莉安挽着自己的手臂,那样会让他很拘谨。然而,作为一个正
对性充满好奇的青年男子,他身上那自然状态的男性本能不可能一直被压
抑,因为这是客观存在的一种本能,不管如何压抑,它总要借机爆发。所以,
在空无一人的黑夜中,月亮的突然出现激发了他一直被压抑着的本能,让他
痛苦得透不过气来。

　　在《虹》这部小说中多次出现的月亮不仅被劳伦斯用来指涉时代的变
迁,更向读者展示了布朗温一家三代人的性心理变化。小说中的那些月亮
意象,不仅推动着情节的发展,而且呈现了人物关系的微妙变化。在布朗温
第一代人汤姆向丽蒂雅求婚后,劳伦斯这样描述:"天上云絮纷纷,月光流

[①] 劳伦斯.劳伦斯文集3:儿子与情人[M].陈良廷,刘文澜,译.北京:人民文学出版社,
　　2014:209.

泻。有时,高高的月亮闪着银光掠过晴朗的云隙,有时又被闪着绛紫光圈的云朵吞没。忽而一片云,但没有阴影;忽而又一道银光,像一缕蒸汽。漫天云海翻腾,黑暗的云朵与残雾般的光影和紫色的巨大晕圈交替。"①这段对月亮的描写富有诗意且具象征意义。劳伦斯借月亮的自然现象——月亮一下子闪着银光让人睁不开眼睛,一下子又被云朵吞没——来表明汤姆和丽蒂雅之间的激情、欲望和冲动不是稳定的,其间有高潮也有低谷以及后来的和谐。这展现了原始和自然的力量,揭示了传统农业中英格兰农民那种模糊和神秘的性意识。

小说《虹》中布朗温家族的第二代人威尔和安娜恋爱结婚的时期正是工业文明的开始阶段,所以他们之间的性意识以及婚姻关系受到了工业大潮的影响和冲击。他们从恋爱之初就为保持自我的独立而展开了意志的较量。《虹》中安娜和威尔在月光下的麦地里把麦穗堆成麦垛就是一个经典的、震人心魄的心理较量的场面。在他们的感情中,安娜比较主动,她首先向威尔表白:"我爱你,威尔,我爱你。"②安娜的主动事后让威尔感到害怕,总感觉"无形的上帝那火光闪闪的手从黑暗中伸出来揪住了他。他顺从地、恐慌地走着,他的心被攥住了,在上帝的触摸下燃烧起来"③。从中可以看出威尔在与安娜的感情中处于劣势,他只能顺从安娜。当安娜提议在月光下堆麦捆的时候,"在这朦胧的月色中,她的心像一只响铃儿,她真怕别人听到这铃声"④。在堆麦捆的过程中,安娜走在前面,威尔走在后面,两人总是隔一段距离;威尔想赶超安娜,安娜却始终不让其赶上。这其实和古老的性繁殖节奏相呼应,暗示了他们两人的婚姻一直达不到和谐,总是差那么一点儿,就如同《查泰莱夫人的情人》中康妮和麦克里斯的性爱一直不能保持在一个节奏里一样。距离的保持,代表安娜偏狭的女性优势心理的胜利:"她冲着月亮转过身,每当她面朝着月亮时,皎洁的月光就似乎穿透了她的胸。他顺从

① 劳伦斯.劳伦斯文集4:虹[M].毕冰宾,石磊,译.北京:人民文学出版社,2014:41.
② 劳伦斯.劳伦斯文集4:虹[M].毕冰宾,石磊,译.北京:人民文学出版社,2014:110.
③ 劳伦斯.劳伦斯文集4:虹[M].毕冰宾,石磊,译.北京:人民文学出版社,2014:111.
④ 劳伦斯.劳伦斯文集4:虹[M].毕冰宾,石磊,译.北京:人民文学出版社,2014:112.

地走到对面去,那儿是一片朦胧中的空地。""月光洒在她的胸脯上,她觉得自己的胸脯和月光一起一伏波动着。"①显然,这里劳伦斯是为了强调安娜和威尔不能达到一个节奏,但是能和一起一伏波动着的月光完美合拍。在收割后的麦地中,热恋中的安娜和威尔往返穿梭,就是不能碰到一起,说明两人在灵魂上并未真正相遇。劳伦斯通过月亮这个意象,展现了两性关系,揭示了男权中心地位就如同传统的农业社会一样因为工业文明而受到了严重的冲击和挑战,从根本上发生了动摇。

厄秀拉是布朗温家族第三代的代表,她呈现给读者的是现代女性形象。在小说中,劳伦斯三次借月亮来展现她的情感冲突和情绪变化。第一次是在她懵懂的青春时期,因为受到基督教的影响,她生活在基督的虚幻世界与真实世界之间。她认为遥远而美丽的基督存在于另一个世界,"像落日时分一弯白色的月光,在远方闪亮,像一弯追随太阳的新月向我们召唤,我们是无法认识它的。有时乌云远远退去,没入冬天黄昏时黄色的夕阳中去,使她想起基督受难像;有时,血红的满月从山上升起,她会因此恐怖地感到,基督死了,他的尸体沉重地挂在十字架上"②。那时的厄秀拉因为受到宗教《圣经·创世记》"上帝的儿子看到人的女儿容貌娇美,就选她们为妻"的影响而陷入对肉欲的渴求当中,"她想要耶稣甜美地爱她,要耶稣接受她的奉献,做出感官上的应答。她几个星期都处于陶醉的沉思默想中"③。显而易见,劳伦斯通过把耶稣和"白色的月光""追随太阳的新月""血红的满月"进行类比,展示了厄秀拉对耶稣——性的渴求。

劳伦斯第二次借月亮来展示厄秀拉的性心理是在她舅舅的婚礼之夜。厄秀拉和斯克里宾斯基跳着舞卷入音乐的激流中,厄秀拉突然意识到好像有一个强有力的、闪闪发光的东西正注视着她。原来是月亮升起来了。"厄秀拉转过身,看见山顶上又大又白的月亮在望着她。她的胸怀向月亮敞开。

---

① 劳伦斯.劳伦斯文集4:虹[M].毕冰宾,石磊,译.北京:人民文学出版社,2014:113.
② 劳伦斯.劳伦斯文集4:虹[M].毕冰宾,石磊,译.北京:人民文学出版社,2014:267.
③ 劳伦斯.劳伦斯文集4:虹[M].毕冰宾,石磊,译.北京:人民文学出版社,2014:279.

她像一块被月光切开的透明的宝石。她站在那儿,全副身心充盈着满月,呈献出自己。她两边的胸脯都为之敞开,身体大张,似颤动着的海葵。这是由月亮引发的柔软膨胀的邀请。"①这里的又大又白的月亮和上面厄秀拉青春期时幻想的月亮相呼应。这里的月亮代表着虚幻世界里的耶稣,是她曾经朝思暮想"把头靠近他的怀里,像个孩子一样,舒舒服服、尽情地享受爱抚"②的想象世界里的耶稣。在现实世界,月亮——耶稣——出现了,她敞开自己的胸脯,让他接受她的奉献,"做出感官上的应答"。"她想要月亮来充实自己,想与月亮进行更多更多的交流,直至完美。"③可是这种愿望因为斯克里宾斯基的打断而落空了,于是她和斯克里宾斯基的对抗开始了,她觉得他是一个固执、呆滞的累赘,像一块坠着她的石头一样让她无法脱身,无法自由,无法和月亮相会并与之交流。她多想甩开一切奔向月亮啊!"要是她能离开这儿去和纯净自由的月光在一起该有多好!"④她恨死了斯克里宾斯基。随后的舞姿中,两个人进行了心理较量,斯克里宾斯基想要制服厄秀拉,占有她,享有她,可是厄秀拉不为所动,"如同月光离他很远,永远抓不住,摸不透"⑤,但是斯克里宾斯基觉得即使厄秀拉是一把会杀死他的钢刀,他也要抓住她,把她压垮。受到月光的影响,厄秀拉"要把他抓在手里,撕裂他,让他化为乌有"⑥。最后,厄秀拉在两人的接吻中搞垮了他。厄秀拉胜利了。劳伦斯花了五六页的篇幅描写了这个场景,主要说明了两点:一是厄秀拉在真实世界中看见的月亮使她想起了想象世界里的基督,所以她以直接的凡世的欲望来回应精神的召唤——敞开胸脯把自己呈献出来;二是真实世界里的恋人斯克里宾斯基并不能满足她精神上的需求,他压倒了她的生命和活力,所以她和他达不到和谐,两人之间总是充满冲突和矛盾,进行着无形的

---

① 劳伦斯.劳伦斯文集4:虹[M].毕冰宾,石磊,译.北京:人民文学出版社,2014:313.
② 劳伦斯.劳伦斯文集4:虹[M].毕冰宾,石磊,译.北京:人民文学出版社,2014:279.
③ 劳伦斯.劳伦斯文集4:虹[M].毕冰宾,石磊,译.北京:人民文学出版社,2014:279,313.
④ 劳伦斯.劳伦斯文集4:虹[M].毕冰宾,石磊,译.北京:人民文学出版社,2014:314.
⑤ 劳伦斯.劳伦斯文集4:虹[M].毕冰宾,石磊,译.北京:人民文学出版社,2014:315.
⑥ 劳伦斯.劳伦斯文集4:虹[M].毕冰宾,石磊,译.北京:人民文学出版社,2014:316.

斗争。

《虹》中月亮第三次出现在小说的最后——厄秀拉和斯克里宾斯基在海边沙丘上做爱的场景,这是小说中最富象征意义的月亮场景。那时,厄秀拉和斯克里宾斯基准备结婚了,在结婚前,他们俩受邀去林肯郡海滨参加由一位有地位的贵妇人主办的盛大聚会。一天黄昏,当他们在海边沙丘里艰难地走着的时候,厄秀拉抬头突然看见:

> 面前一片银白,闪闪发光的月亮如一熔炉圆门……
>
> ……厄秀拉走上前去迎接闪亮轻快的海水。她把胸脯向月亮呈上,腹部给了闪烁起伏的海水。他在后面站着,仿佛一个月光中永不消融的阴影……
>
> 在闪亮的亮光中,厄秀拉使劲地抓住他,仿佛突然间有了毁灭之力,两条胳膊环抱着他,箍得紧紧的……直到他的身体被箍得无力,他的心对这女妖凶猛的叮啄一般的吻害怕得软弱下来……
>
> 她抱住斯克里宾斯基,在胸前按住他。那一场挣扎,要达到高潮的挣扎,可怕极了,直到他精神上感到痛苦,屈从了,放弃了,要死了一样地趴着,脸一半埋在厄秀拉的头发里,一半埋在沙子里,一动不动,似乎从现在起就再也动不了了。①

厄秀拉对于结婚其实不是很热切,她的内心渴望一些斯克里宾斯基不能给她的东西,如默契、尊严、直率等,换句话说,她希望找到一个和她的肉体与精神共融的男人。她始终觉得自己只能使斯克里宾斯基兴奋,激起他的情欲,满足他的生理需要而已。她之所以答应嫁给斯克里宾斯基完全是出于对自己的担忧,因为她的朋友朵萝茜说"别的男人到头来只会更糟"②。

---

① 劳伦斯.劳伦斯文集4:虹[M].毕冰宾,石磊,译.北京:人民文学出版社,2014:476—478.

② 劳伦斯.劳伦斯文集5:恋爱中的女人[M].毕冰宾,译.北京:人民文学出版社,2014:473.

她的潜意识告诉自己她是不会和斯克里宾斯基去印度的。参加聚会后发生的性爱更加证明了厄秀拉先前的想法是对的,那就是他们之间缺乏精神上的共融。那天晚上月亮躲在云层后,厄秀拉和斯克里宾斯基曾在沙丘之间的一块凹地上进行了一次性爱,但是那次性经历对于厄秀拉来说并不美好。而斯克里宾斯基粗野地占有厄秀拉之后感到激情沸腾,发疯般满足了,"他好像雪耻了"①。现在,当他们沐浴在银白的月光中的时候,闪烁起伏的大海给了厄秀拉腹部一种类似于性爱的节奏,激起了厄秀拉的情欲。闪亮的月光给了厄秀拉一种难以言说的力量去和斯克里宾斯基进行意志力的较量,在厄秀拉疯狂的吻和强烈的肉欲面前,斯克里宾斯基无法响应她心灵上的呼唤,自然就不能与厄秀拉一起达到激情的高潮。在月光下的厄秀拉异常强大,往往都能战胜斯克里宾斯基,"他的意志崩溃了,他被灼伤了"②。

在《恋爱中的女人》里,因为家庭婚姻观念不同,伯金和厄秀拉两人之间发生了激烈的冲突,随后就有了伯金一个人去扔石子试图击碎水池中的月影的这个经典片段。他的这一举动不仅表明了他心情不好,也暗示他潜意识里面对女性占有欲的畏惧和反抗。第十九章"月光"中对此进行了描述:"月亮在水面上炸散开去,飞溅起雪白、可怕的火一样的光芒。这火一样的光芒像白色的鸟儿迅速飞掠过水面,喧嚣着,与黑色的浪头撞击着。远处闪光的浪头飞逝了,似乎喧闹着冲击堤岸寻找出路……那生动、白色的月亮在震颤,但没有被毁灭。"③尽管屡次被砸毁的月亮能够一次次显示出自己的力量,顽强地复归为坚实的月亮,但最终伯金一遍又一遍地向水中投掷石头,使得月亮消失了,"黑暗中只有几片破碎的光在闪烁,毫无目的,毫无意义,一片混乱,就像一幅黑白万花筒景色被任意震颤……伯金倾听着这一片水声,总算是感到意足了"④。在古希腊神话中,太阳神是男性,月亮神是女性。

---

① 劳伦斯.劳伦斯文集5:恋爱中的女人[M].毕冰宾,译.北京:人民文学出版社,2014:475.
② 劳伦斯.劳伦斯文集5:恋爱中的女人[M].毕冰宾,译.北京:人民文学出版社,2014:479.
③ 劳伦斯.劳伦斯文集5:恋爱中的女人[M].毕冰宾,译.北京:人民文学出版社,2014:262.
④ 劳伦斯.劳伦斯文集5:恋爱中的女人[M].毕冰宾,译.北京:人民文学出版社,2014:
　 262—263.

自古以来在文学作品中月亮都是一个与女性相关的符号,是阴性的象征。自然,此场景中的月亮或月光代表了女性——厄秀拉。劳伦斯花了整整两页描写了伯金与月亮之间进行的心理搏斗,从中也不难看出:伯金他不能忍受的是月亮代表的女性那咄咄逼人的气势,他不希望自己完全受到女人控制,"受女人钳制令人无法忍受"[①]。文本中的月亮/月光也非常顽强,一次次显示出自己不可战胜的力量:"表明它是不可侵犯的,月亮再一次聚起细弱的光线,恢复成坚实的月亮,凯旋般地在水面上漂荡着。"[②]由此可见,这里的人月之斗其实是男女之间精神的抗争,充分展现了现代社会里女性的顽强和不屈。通过月亮这个意象,伯金那种复杂的男性心理活动得以展现,这成为劳伦斯作品中的经典。

这些月亮意象不仅展示了客观的自然环境,也呈现了人们内心的情感意识。月亮象征着女性那种咄咄逼人的气势,间接说明了工业社会中女性不再是维多利亚时代的"家庭天使",而是独立意识开始觉醒和强盛的女性。劳伦斯用月亮的神秘力量反映了现代机械文明对人性的摧残,充分展呈出工业文明的机械性与原始力量、自然情感之间不可调和的矛盾和冲突。

三、生活情境展示性爱观[③]

劳伦斯是"最伟大的、富有想象力的小说家"[④]。文学评论家 F. R. 利维斯也曾评价道:"其在小说形式、方法和技巧方面大胆而激进。"[⑤]确实,在小说中,劳伦斯采用了独特的技巧,比如一些看似随意、无关紧要,实则意蕴丰富的细节来推进情节的发展。在《儿子与情人》中,出现了譬如荡秋千、喂母鸡、掏鸟窝、狗打闹等生活细节,劳伦斯通过这些看似随意的生活情境,把人

---

① 劳伦斯.劳伦斯文集5:恋爱中的女人[M].毕冰宾,译.北京:人民文学出版社,2014:214.
② 劳伦斯.劳伦斯文集5:恋爱中的女人[M].毕冰宾,译.北京:人民文学出版社,2014:262.
③ 李春风.《儿子与情人》中动物情境的象征意蕴[J].韶关学院学报,2018(4):15—19.
④ 劳伦斯.劳伦斯作品精粹[M].陆锦林,选编.石家庄:河北教育出版社,1991:1.
⑤ 转引自何庆机.劳伦斯《恋爱中的女人》中动物形象的多重结构关系[J].外国文学研究,2007(3):70.

物的心理和潜意识无声地传达出来,带动了情节发展走向,含蓄并成功地展呈了作品的性爱主旨。正如道格拉斯·赫维特所认为的:"生活中许多事情的确具有随意性,而劳伦斯往往特别擅长于展现这种随意性。"①其实,就是这种表面上看似随意的情境,却体现出劳伦斯的匠心独具。

1. 荡秋千的情境

秋千作为一项游戏,不仅是中国唐诗宋词中的常客,也是西方艺术家和文学家创作的基点。著名的绘画作品《秋千》是18世纪法国画家弗拉戈纳尔的代表作,描绘了荡着秋千的女子和藏在林中的情人游戏的场景,极具象征意义。美国著名短篇小说家玛丽·盖威尔的短篇小说《秋千》充满魔幻色彩和象征意义,主要讲述一位年老的母亲夜间在秋千架下与孩提时代的儿子欢聚的故事。劳伦斯的小说中也经常出现荡秋千的场景。比如在《儿子与情人》中,保罗与米莉安谈恋爱的时候,以及在《虹》中厄秀拉和斯克里宾斯基相爱的时候,劳伦斯都运用了秋千这个意象。在《儿子与情人》中,劳伦斯通过荡秋千这个情境来传神地、隐晦地表达他一直追求的完美两性关系:精神与肉体的和谐与完美,才是生活的最高境界。荡秋千的场景出现在《儿子与情人》的第七章"少男少女的爱情"里。男女主人公保罗和米莉安相识在莱佛斯家的威利农场,米莉安邀请保罗荡秋千。

> 保罗一跳就离了地,过了一会儿就飞到空中,全身凌空越过,活像一只高兴地飞扑过来的鸟儿一样。她感觉得到他在空中一起一落,仿佛借着股什么势头似的。米莉安看到他对荡秋千这么认真,而且这么热衷,觉得怪有趣的……
>
> "荡秋千真好玩!"他一边说话一边推动她,"脚跟抬起来,否则会撞到食槽边上的。"米莉安感觉到保罗抓扶她时及时而准确,推她的力度也是恰到好处,她有些害怕,心里涌起一股恐惧的热浪,

---

① 转引自何庆机.劳伦斯《恋爱中的女人》中动物形象的多重结构关系[J].外国文学研究,2007(3):70.

她把生命交到他手里了。

"哈!"米莉安害怕得笑了,"不要再高了!"

"可是你荡得一点也不高嘛。"他反驳道。

"不要再高了嘛!"

"你真的不想再荡高点儿?"他问道,"要我推你一直保持这么高吗?"

"你简直动也不动嘛。"

……保罗荡了起来,在她眼里他身上有种让她神魂颠倒的魅力。就在一瞬间,他什么都不是,只是一件凌空而荡的东西,他全身上下都到处摇荡。她心中的热情被激发起来了,那感觉就好像他是一团火焰,摇荡在半空中,点燃了她心中的激情。[①]

在这个荡秋千的场景里,保罗的"高荡"和米莉安的"低荡"形成了鲜明的对比。通过荡秋千这个意象,劳伦斯把保罗和米莉安各自对于爱情的看法真实而明白地展示在读者的面前。

《儿子与情人》中,米莉安和保罗一起荡秋千时不敢荡得太高,只安于平稳,说明她不敢冲破精神的囹圄去追求肉体的接触。米莉安是一个羞怯、克制、虔诚的清教徒,生性耽于幻想和神秘,"内心蕴藏着信仰,连呼出来的气里都含有信仰的气息"[②]。她更是透过宗教这层迷雾来看人生,只要她认为别人不虔诚,比如在教堂里行为粗俗或者说话粗声大气,她都会感到痛苦和难受。米莉安甚至对她自己的父亲都不太尊敬,因为她的父亲不信教,一心只想过个普通人的舒服日子。她非常圣洁,就像委罗内萨的画作《圣·凯瑟

---

① 劳伦斯.劳伦斯文集3:儿子与情人[M].陈良廷,刘文澜,译.北京:人民文学出版社,2014:176—178.

② 劳伦斯.劳伦斯文集3:儿子与情人[M].陈良廷,刘文澜,译.北京:人民文学出版社,2014:167.

琳》中"那个坐在窗台上梦想的女人"①。米莉安不甘平庸,想要受人尊重;她拼命想成为一个有学问的人,更想借此出人头地。既会画画,又会说法语,还懂得代数的保罗,在她看来是一个机灵、见多识广的人,就如同瓦尔特·司各特笔下的人物一样,所以保罗很快就成为她的偶像,"她对保罗简直心向神往"②。他们在一起有说不完的话,他们讨论宗教,讨论绘画,谈论自然,书本是他们永远都谈不厌的老话题。"正是这种微妙的亲密气氛,这种因对大自然某种事物具有同感而产生的情投意合中,两人逐渐萌发了爱情。"③但是米莉安是个虔诚的清教徒,对上帝虔诚、禁欲、节制的主张成为她的所有行为准则,以至于她把正常的男女性爱看成对神灵的亵渎。对此劳伦斯在《直觉与绘画》中也指出,基督教教义使人"开始惧怕自己的肉体,谈性色变,于是开始拼命压抑那激进、肉感和性感的本能"④。劳伦斯在评论美国作家库柏的《皮袜子故事》时也说:"白人的心灵分为两半:纯洁和欲望,灵与肉。肉欲总被看成耻辱……精神则让人觉得超俗、振奋、崇高,不可避免地与罪恶和耻辱作对。"⑤米莉安就是这样的白人:她在面对保罗甚至自己的自然欲求的时候,只能回避、恐惧或羞怯。她哪怕"听到人家稍微暗示一下两性关系都会感到十分厌恶",她甚至"不喜欢波德莱尔,也不喜欢魏尔伦"⑥。波德莱尔和魏尔伦都是19世纪中期法国现代主义诗歌的先驱。波德莱尔的诗歌集《恶之花》的主题之一就是"情欲",而魏尔伦则是一个同性恋者。所以当保罗神情激动地读波德莱尔的诗歌《阳台》时,她内心里非常难受,感到被保罗

---

① 劳伦斯.劳伦斯文集3:儿子与情人[M].陈良廷,刘文澜,译.北京:人民文学出版社,
2014:199.
② 劳伦斯.劳伦斯文集3:儿子与情人[M].陈良廷,刘文澜,译.北京:人民文学出版社,
2014:168.
③ 劳伦斯.劳伦斯文集3:儿子与情人[M].陈良廷,刘文澜,译.北京:人民文学出版社,
2014:174.
④ 劳伦斯,萨加.世俗的肉身——劳伦斯的绘画世界[M].黑马,译.北京:金城出版社,
2011:73.
⑤ 劳伦斯.劳伦斯文集8:文论集[M].毕冰宾,译.北京:人民文学出版社,2014:62.
⑥ 劳伦斯.劳伦斯文集3:儿子与情人[M].陈良廷,刘文澜,译.北京:人民文学出版社,
2014:191,245.

存心糟践了一样。她喜欢的是像华兹华斯"这美妙的夜晚,寂静而又惬意"
(It is a beauteous evening, calm and free)这样的诗歌,她感觉这首诗歌描写
的就像她自己一样,如开头的两句"这是一个美丽的傍晚,寂静又纯洁,宛若
一个修女在屏息膜拜这一刻的神圣寂静"(It was a beauteous evening, calm
and pure/And breathing holy quiet like a nun)①。这里暗示了米莉安在潜意识
里认为她自己就是一个修女,内心平静如水,没有波澜,没有一丝的世俗
杂念。

　　米莉安怕面对保罗心里的"兽性",她需要的是那个能理解她心灵深处
最轻微的震颤的保罗,她爱的是他的心灵,她要的是精神的契合。她对保罗
的感情就是要"在花前心心相印——要享受一种令她心醉神迷的、圣洁的境
界"②。虽然保罗和米莉安交往了几年,但是米莉安的这种宗教热情,使"他
们之间的亲密关系一直保持着十分超然的色彩,好像纯粹只是一种精神上
的事……在他看来,这只不过是一种柏拉图式的友谊"③。正是这种所谓纯
洁作梗,"弄得他们连初恋的吻也不敢尝试。她似乎受不住肉体爱的震动,
即使是一个吻也受不住"④。就连梦到保罗都让她感到有罪和羞愧,常常自
我谴责,以至于"感到自己整个心灵都陷入重重羞辱之中"⑤。但是无论精神
多么超越,肉体总要生长、成熟。随着年龄的增长,他们必定会面对性的问
题。除了精神方面,米莉安也感觉到保罗还有着什么别的要求,"自己好像
在他身上看到了那颤动着的生命本身"⑥。她明白他想要追求一种火一般的

---

① D. H. Lawrence. Sons and Lovers[M]. Nanjing: Yilin Press,1996:208.
② 劳伦斯.劳伦斯文集3:儿子与情人[M].陈良廷,刘文澜,译.北京:人民文学出版社,
　　2014:187.
③ 劳伦斯.劳伦斯文集3:儿子与情人[M].陈良廷,刘文澜,译.北京:人民文学出版社,
　　2014:202.
④ 劳伦斯.劳伦斯文集3:儿子与情人[M].陈良廷,刘文澜,译.北京:人民文学出版社,
　　2014:209.
⑤ 劳伦斯.劳伦斯文集3:儿子与情人[M].陈良廷,刘文澜,译.北京:人民文学出版社,
　　2014:201.
⑥ 劳伦斯.劳伦斯文集3:儿子与情人[M].陈良廷,刘文澜,译.北京:人民文学出版社,
　　2014:293.

激情的洗礼——肉欲之爱。虽然她始终相信"他心里既有对高尚事物的欲望,也有对比较鄙俗的事物的欲望,而对高尚事物的欲望总会占上风的"①。但事实上保罗已经不能满足于这种"对高尚事物的欲望"——纯精神的爱情了,他那股性的本能因为长期的压抑而变得格外强烈。他那对"鄙俗的事物的欲望"——情欲,如同奔流的火山熔岩蓄势待发。劳伦斯在《唇齿相依论男女》一文中说道:"男人是一束生命震颤的喷泉,颤抖着向某个人奔流,这人能够接受他的流溢并报之以回流,于是有了一个完整的循环,从而就有了和平。否则他就会成为恼怒的源泉,不和谐的痛苦,会伤害他附近的人。"②在《儿子与情人》中,保罗的生命喷泉向米莉安奔流,可惜米莉安并没有回报这种流溢。由于保罗的生命之火一直压抑着,所以保罗的精神处于更深的焦躁和烦乱中,他甚至不惜以言语和行为伤害他所深爱着的米莉安。最后米莉安为了保罗而委身于他,即使她自己内心是多么厌恶这种行为,"她非常沉默,非常镇静。她只知道自己在为他效劳。她躺着准备为他做出牺牲,因为她如此爱他"③。米莉安始终没有理解天性的感召,她认为"自己和上帝是一致的",就如同上帝为了"赐给芸芸众生的灵魂最大的幸福"④而做出牺牲,她也为保罗做出了牺牲。

从以上分析可以看出,米莉安将其狂热的宗教热情投放在他们的爱情理想当中,一直恪守着柏拉图式的精神之爱。由于深受维多利亚时期伦理观和清教主义文化浸染的母亲——钱伯斯太太的影响,米莉安对性的问题持保守乃至拒斥的态度。在恋爱中,她注重与保罗的精神交流,而将自己女性的身体作为献祭的礼品一样呈现在珍视的爱人面前。所以米莉安荡秋千时的犹豫和恐惧其实就是对性爱的恐惧。劳伦斯说过:"性必定是某种火,

---

① 劳伦斯.劳伦斯文集3:儿子与情人[M].陈良廷,刘文澜,译.北京:人民文学出版社,2014:269.
② 劳伦斯.劳伦斯文集9:散文随笔集[M].毕冰宾,译.北京:人民文学出版社,2014:191.
③ 劳伦斯.劳伦斯文集3:儿子与情人[M].陈良廷,刘文澜,译.北京:人民文学出版社,2014:342.
④ 劳伦斯.劳伦斯文集3:儿子与情人[M].陈良廷,刘文澜,译.北京:人民文学出版社,2014:201.

因为它总是能传达一种温暖、闪烁的感觉。"①虽然她曾偶尔受到保罗激情的
吸引而露出狂喜的神情，虽然保罗在空中荡来荡去的时候也点燃了她心中
的热情，但她的内心始终无法跨越基督教的教义，始终是排斥肉体之爱的。
为了她爱的保罗，她不得不忍受自己所厌恶的肉体接触去顺从保罗。纯精
神之爱就如同荡不高的秋千——钟摆一样，只能在原来的路径小范围摆来
摆去，它摆回来时和它摆出去时是一样的，只是徒增经验而已。这就注定他
们的爱情是没有结果的。正如劳伦斯在《恐惧状态》一文中所指出的："你要
做的是摆脱这种恐惧，性恐惧。为此，你必须变得十分大方，你还得在思想
上全然接受性。在思想上接受性并恢复正常的肉体意识，让肉体意识回到
你和别人之间来。"②只有这样，才能让男女双方产生美好的感觉，才能达到
精神和肉体的统一，否则，你的恐惧只会"斩断你与最亲的人的关系"；而当
"男人和女人在肉体上的联系被一刀两断后，他们就会变得霸道、残酷，十分
危险"③。《儿子与情人》中的保罗就因为米莉安对性的恐惧表情而毅然决然
地离开了她。当米莉安否认肉体的生命力时，她的生命，她爱情的生命就这
样在一味屈从于讨厌的、僵化了的清教思想中失去了。

　　保罗在荡秋千时拼命往上荡，就如同要飞上天空一般，这隐晦地说明他
向往"灵"与"肉"结合的两性关系。保罗和米莉安相识的时期刚好是从少年
时期进入成年时期，保罗主动教米莉安数学和法语，在和她的接触中，他心
里热情洋溢，并增强了洞察力和对事物的领悟力。"对他来说，跟米莉安谈谈
自己的作品是最愉快不过的。每当他谈到自己的作品，或是有什么设想，他
和她的思想交流中就寄托了他的全部激情和狂热。是她使他产生了想象
力。"④思想与思想的碰撞带给他们无限的快乐，所以保罗被米莉安深深地打
动了，他如痴如狂地想与她厮守。他整个灵魂赤裸裸地暴露在她的面前，而

①　劳伦斯.劳伦斯文集9:散文随笔集[M].毕冰宾,译.北京:人民文学出版社,2014:141.
②　劳伦斯.劳伦斯文集9:散文随笔集[M].毕冰宾,译.北京:人民文学出版社,2014:163.
③　劳伦斯.劳伦斯文集9:散文随笔集[M].毕冰宾,译.北京:人民文学出版社,2014:163.
④　劳伦斯.劳伦斯文集3:儿子与情人[M].陈良廷,刘文澜,译.北京:人民文学出版社,
　　2014:238.

她也将最纯洁的少女之心无私地奉献给她。然而生命的自然规律会使爱情从精神向肉体延伸。米莉安纯粹的精神恋情让保罗从一开始的不安和挣扎到最后的不满足。他跟米莉安在一起,总觉得变得神圣起来,但这并不是他的本意,所以"他总是努力处于极端超然的状态,把他那股自然的爱火转变成一连串微妙的思绪……他拼命跟自己的心灵挣扎"。"他硬把自己心里像一般男人对女人那样对她的需要看成是见不得人的事而压了下去。"①他们之间的亲密关系使得成年后的保罗越来越苦恼,使他越来越清楚米莉安要的只是他的心灵,而不是他这个人。这种精神恋爱束缚着他,让他痛苦不堪。他多想如同一只云雀那样一飞冲天,去迎合自然天性的感召。可是米莉安却"通过某种把他俩连在一起的途径,把他的全部精气神儿都吸到自己身体里。她并不要跟他会合,使他们俩作为一男一女两个人聚合在一起"②。很显然,劳伦斯在这里是借保罗之口告诉读者:"生命是个整体,肉体与灵魂统一于这个整体之中。为了灵魂而舍弃肉体,这是基督教文化给人类带来的一颗苦果。"③米莉安想要的精神结合抑或是灵魂的结合让保罗渐渐感到不满足,"心头那股旺盛的欲火和野性的热情,丝毫得不到缓和,丝毫得不到放纵"④。劳伦斯在《性与美》中也曾说:"这性之火,这美与愤怒的源泉,它就在我们体内无法理喻地燃烧着。要是我们不小心碰到它,就会灼伤手指。"⑤这性之火已经在保罗的体内燃烧,对于保罗来说,那被压抑的本能和情欲亟待释放,这就是场血性与灵魂的厮杀。男女两性间通过血性的强烈碰撞以达到心灵与肉体完美地融合在他们身上无法得到实现,因为米莉安的灵魂

---

① 劳伦斯.劳伦斯文集3:儿子与情人[M].陈良廷,刘文澜,译.北京:人民文学出版社,2014:203,209.
② 劳伦斯.劳伦斯文集3:儿子与情人[M].陈良廷,刘文澜,译.北京:人民文学出版社,2014:227.
③ 赵晓丽,屈长江.生命的洪流9:论劳伦斯的《儿子与情人》[J].外国文学研究,1989(1):17.
④ 劳伦斯.劳伦斯文集3:儿子与情人[M].陈良廷,刘文澜,译.北京:人民文学出版社,2014:335.
⑤ 劳伦斯.劳伦斯文集9:散文随笔集[M].毕冰宾,译.北京:人民文学出版社,2014:141.

总对肉体充满着恐惧,她只想狂热地占有保罗的精神。保罗的肉体自我让他谴责米莉安:"我可以给你精神上的爱,我早就把这种爱给了你;但绝不是肉体上的爱。要知道,你是个修女……在我们全部的关系中没有肉体的关系……"①这里的"修女"正好对应了华兹华斯的诗歌中的那个屏息膜拜的修女,作者借此进一步表明米莉安是一个虔诚的清教徒,无欲无念。最后,米莉安对身体接触产生的本能的献祭似的痛苦反应促使保罗决然地离开了她。"她躺着,仿佛她早已认命,准备做出牺牲;她的身子正等着他呢,可是她的眼神却像一头等待屠宰的牺口,引起他的注意,浑身热血顿时凉了半截。"②"每当你强迫自己的感情,你就会毁了自己并适得其反。"③米莉安强迫自己委身保罗引起了保罗极大的反感和恨意。因为米莉安在肉体上的无奈屈从让保罗彻底清醒了:他们之间的关系只能止步于精神,根本不可能达到灵与肉的完美结合。保罗追求的是精神和肉体合二为一的生活激情,他的内心一直在呐喊:"我是凡人,我只要凡人的幸福。"他知道人要是结了婚就会相亲相爱地生活在一起,不会感到别扭,能够吻,能够抱,能够一起生儿育女。和纯精神层面的米莉安结合是两个灵魂的结合,而爱情不单是精神上的,它是一个人整个的生命。"只有通过性关系,人们才成为真正的个人,没有它,没有这真正的接触,人们就不成其为实体。"④在此,劳伦斯为我们描绘了在工业文明中两性关系达到和谐圆满的艰难历程。

灵与肉所散发的热烈光芒从一晃一晃摆荡的秋千中直射出来,让人感受到体验的快乐。对富有张力的生命来说,秋千的晃动唤起了保罗对肉欲激情的回应。保罗的秋千荡得越高,他所拥有的空间就越多,所拥有的机会就越多,达到梦想的高度的可能性就越大;荡得这么认真是因为他想努力达

---

① 劳伦斯.劳伦斯文集3:儿子与情人[M].陈良廷,刘文澜,译.北京:人民文学出版社,2014:296.
② 劳伦斯.劳伦斯文集3:儿子与情人[M].陈良廷,刘文澜,译.北京:人民文学出版社,2014:341.
③ 劳伦斯.劳伦斯文集9:散文随笔集[M].毕冰宾,译.北京:人民文学出版社,2014:198.
④ 劳伦斯.劳伦斯文集9:散文随笔集[M].毕冰宾,译.北京:人民文学出版社,2014:190.

到自己的梦想——追求精神和肉体的完美结合。他向往一个能让自己成为一个完整的人的理想爱情和婚姻。保罗荡高的秋千甩出的弧线就如同一道彩虹,他是寻找"彩虹"的人——"把两个个别的'不同'(otherness),连接成一个完美的'实现'(fulfillment)"①。可是无论他怎么努力,他们两人永远无法圆满,因为圆满需要两个人的努力;因为"男人是一半,女人是另一半,他们是两个人,但他们是两位一体"②。保罗荡秋千的意象就是对"虽不能至,心向往之"的最好诠释。通过荡秋千的意象,劳伦斯深化了他一以贯之的性爱主题,直到他在去世前不久为《查泰莱夫人的情人》作序时,他依然强调:"如果精神与肉体不能和谐,如果他们没有自然的平衡和自然的生命尊重,生命则是难以忍受的。"③

　　劳伦斯看似随意地在小说中营造出各种意象画面,实则追求意象内在意蕴与外在客观性的和谐统一。《儿子与情人》中荡秋千的意象营造了感官上动静间的过渡,突破了意象单纯的视觉性,激发了读者的抽象感知。这个看似和谐的意境隐晦地透露出他们之间的精神冲突,让读者对保罗和米莉安之间两性关系的认知由平面直观上升到立体会意。同时,通过对荡秋千这个意象的详细阐释可知,"荡"的这个动作以及"荡"所形成的弧度都蕴含了丰富的含义,让读者了解了他所传递出的内容:一遍遍地往上荡表明保罗是一个寻找"彩虹"的人,他极力荡向不可知的空间——"升天致福"的境界;而米莉安几乎不动的秋千和保罗荡到最低点的状态是一致的。也就是说只有纯精神的或纯肉体的关系,是单一的,不完美的;荡秋千的弧度正是一座在有血有肉的男女之间架起的可相互沟通和理解的七彩桥。劳伦斯曾说:"人最热切地想要的是他完整的人生与和谐的人生,而不是他自己孤独地拯救他的'灵魂'。"④保罗荡秋千的意象正是他孤独地追求和谐的过程,所以

---

① 徐崇亮.彩虹的艺术魅力——论 D. H. 劳伦斯的《虹》[J].外国文学研究,1990(4),69—70.

② 转引自蒋明明.劳伦斯婚姻观探微[J].杭州大学学报,1999(2):98.

③ 伍厚恺.寻找彩虹的人:劳伦斯[M].成都:四川人民出版社,1998:155.

④ 理查德·奥尔丁顿.劳伦斯传[M].黄勇民,俞宝发,译.上海:东方出版中心,1999:413.

也就注定他们之间的爱情会夭折。而劳伦斯追求的理想婚姻在1912年碰到弗丽达时得到了，这是一桩"热烈的、骚动的、充满性的活力而又发自内心的婚姻"[①]。

2. 喂母鸡的情境[②]

《儿子与情人》这部小说是劳伦斯的自传小说，保罗和米莉安的爱情是叙事主线之一。两人初次相识于米莉安家的威利农场，喂母鸡的情境就出现在第六章保罗初次去米莉安家的时候。那时的保罗已经在诺丁汉乔丹的公司当了螺纹部的伙计，因为起早贪黑地上班，工作时间过长，又终日不得出门，他的健康受到了一点影响。母亲为了他的健康，决定带他出去，到刚搬到威利农场的米莉安家，看看一直梦想着的外面的春天。

在威利农场，保罗和米莉安初识，喂母鸡的情境充满象征意味：

有一只母鸡和几只嫩黄的小鸡关在一只笼里。莫里斯手里抓了一把谷子，让鸡在他手里啄谷子吃……

谷子都啄完以后，保罗说："它碰你，啄你，但不会弄痛你。"

"来，米莉安，"保罗说，"你来试试。"

"不。"她叫着，直往后退……

他绕到屋后时，看见米莉安跪在鸡舍面前，手里捧着点玉米，咬着嘴唇，神情紧张地蹲下身子。那只母鸡正不怀好意地瞅着她。她小心翼翼地伸出手去，母鸡伸过头来。她叫喊一声，又赶快缩回手去，神情又是害怕，又是懊恼……

她伸出手，又缩了回去，再试一次，大叫一声又缩回去。他皱皱眉头……

他坚持地望着她，等待着。米莉安终于让鸡在她手里啄食了。

---

① 吉西·钱伯斯，弗丽达·劳伦斯：一份私人档案：劳伦斯与两个女人[M].叶兴国，张健，译.北京：知识出版社，1991：171.

② 李春风.《儿子与情人》中动物情境的象征意蕴[J].韶关学院学报，2018(4)：15—19.

> 她轻轻叫了一声——一来是害怕,二来是因怕而痛——模样实在
> 可怜。不过她总算做到了,而且她又试了一次。①

　　这个情境,生动地叙述了一只母鸡啄这女孩的手的过程。首先嫩黄的
小鸡就给人一种充满活力的春天气息,同时也表明保罗和米莉安是生机勃
勃的小男孩和小女孩,他们两人内心里不知不觉间爱情的萌动,就如同植物
在春天来临之际都会发芽一样。表面上看,这里描写了米莉安不敢让母鸡
啄食,从"往后退"到"赶快缩回手去,神情又是害怕,又是懊恼",再到偷偷去
尝试,以及最后在保罗的细心劝说和坚持下完成了母鸡在她手心里啄食的
经历。那么为什么一开始不敢后来又偷偷去尝试呢?从其间的叙述可以了
解到她的兄弟们在陌生的客人保罗面前贬损她"除了朗诵诗歌,她什么都不
敢",就连别的姑娘打她她都不敢制止,"她什么都不行,只会走来走去自以
为了不起,是'湖上夫人'"②。米莉安对此又羞又恼。为了证明她自己并不
是一个普通的姑娘,为了证明她自己是一个像"湖上夫人"那样了不起的人,
她趁着男孩子们去果园的时候偷偷地尝试让母鸡在她手心里啄食。这个情
境的描写从侧面让读者感受到米莉安既羞怯、任性又不甘平庸,想要受人尊
重的性格。保罗"坚持地望着她,等待着"也说明在他们之间的意志较量中,
保罗获胜了。这个母鸡啄食的情境同时也表达出那股活跃在男孩子和女孩
子身上的动物性的旺盛精力。"由于它忠实地描述一只母鸡啄食的样子和啄
食的感觉,也就是说,由于那个小小的、平凡的情景本身的现实性或'一致
性',这一小段细节便具有一个出自自然的象征意义。"③看似随意的喂鸡情
境为少男少女接下来的爱情进行了很好的铺垫。在嫩黄的小鸡充满活力的

———————————

① 劳伦斯.劳伦斯文集3:儿子与情人[M].陈良廷,刘文澜,译.北京:人民文学出版社,
　　2014:146.
② 劳伦斯.劳伦斯文集3:儿子与情人[M].陈良廷,刘文澜,译.北京:人民文学出版社,
　　2014:146.
③ 中国社会科学院外国文学研究所,外国文学研究资料丛书编辑委员会.劳伦斯评论集
　　[G].蒋炳贤,编选.上海:上海文艺出版社,1995:89.

颤动中,少男少女相识,并开始了他们的爱情之旅。

显然,劳伦斯布置这个情境并不是要简单地说明少男少女萌动的爱情。在《女人会改变吗?》一文中,劳伦斯曾说:"女人惯于把自己看成是一条缓缓流动的小溪,充满着吸引、欲望和美,是能量和宁静的舒缓流水。可这观念突然就变了。她们现在把自己看成孤立的东西,看成独立的女性……她们也变得有目标了,她们由此要求一切。"①米莉安就是这样的女人。她不想和其他女性一样待在家里,她想要学习,想"了解情况——学点知识、干点事情的机会"。她甚至觉得什么都让男人给占去了,觉得"这真不公平,就因为我是个女人"②。这样性格的米莉安自然会努力在保罗面前表现得与众不同,想通过成功喂小鸡使保罗"另眼相看"。这也暗示出米莉安精神上想与他人不一样和超过他人的性格,这给她与保罗的爱情埋下了不和谐的音符。同时,不敢让母鸡在手心里啄食也对应了后文米莉安惧怕肉体接触、安于精神之爱的潜意识。

3. 掏鸟窝的情境③

和米莉安相识以后,保罗就经常去威利农场。对于工人的儿子保罗来说,威利农场就是一个伊甸园,让他感受到英格兰的田园风光。那里的一切都是那么原汁原味,连米莉安的家人都"是跟世界隔绝的,不知怎么的,他们就像是世上仅存的遗民"④。那时的保罗刚刚从少年时期进入成年时期,对他来说,米莉安家那种将一切都赋予宗教意义的气氛,有着说不出的魅力。他也开始慢慢地对米莉安有了好感。"他那经历过创伤、已经高度启蒙的心灵,像寻求滋养似的渴求她的心灵。他们在一起似乎就能从某一项日常经

---

① 劳伦斯.劳伦斯文集9:散文随笔集[M].毕冰宾,译.北京:人民文学出版社,2014:147.
② 劳伦斯.劳伦斯文集3:儿子与情人[M].陈良廷,刘文澜,译.北京:人民文学出版社,2014:181.
③ 李春风.《儿子与情人》中动物情境的象征意蕴[J].韶关学院学报,2018(4):15—19.
④ 劳伦斯.劳伦斯文集3:儿子与情人[M].陈良廷,刘文澜,译.北京:人民文学出版社,2014:175.

历中探究出其中的真谛。"①细读文本,便会发现《儿子与情人》中有关掏鸟窝的情境有两处。第一处出现在第七章"少男少女的爱情"中:

> 在午后的阳光下,娘儿俩陪他到田野里去。他们去找鸟窝。果园的树篱上就有两只雌鹡鸰的窝。
>
> "我真想让你看看这个窝。"莱佛斯太太说。
>
> 他蹲下来,仔细用手指透过荆棘丛摸进鸟窝圆圆的门。
>
> "这简直就像摸到这鸟儿活蹦乱跳的身体内部一样,"他说,"里面真暖和。人家说鸟儿把窝里弄成杯子那样圆,是用胸脯压出来的,可我不明白这鸟窝的顶怎么也是圆的呢?"
>
> 娘儿俩似乎感到这只鸟窝活起来了。从此以后,米莉安每天都来看这个窝。对她来说,它似乎是那么亲切。②

鸟窝这个独特的意象具有丰富的象征内涵,它是作品中人物的精神世界和深层心理特征的表现。劳伦斯在他的散文《鸟·兽·花絮语》中说过:"鸟是天空的生命,当它们飞行时,披露了天空的思想。"③那是否可以说,在鸟窝里歇息的鸟也披露了鸟窝的思想呢?根据企鹅派象征辞典的解释,鸟象征人的精神世界,是天使,是理智,是圣洁世界的生物。劳伦斯显然也用鸟的意象深刻表达出米莉安内心里对鸟所代表的精神世界的渴望和追求。"这简直就像摸到这鸟儿活蹦乱跳的身体内部一样",身体内部就是圆圆的子宫,隐晦地用鸟窝代表米莉安,保罗摸鸟窝就如同摸到了米莉安的身体一样。因为鸟往往隐喻着性,特别是与男性生殖器相关,代表着旺盛的生育力,所以这里的保罗在"以他的相当不自觉的、成年人的性追求方式向米莉安亲

---

① 劳伦斯.劳伦斯文集3:儿子与情人[M].陈良廷,刘文澜,译.北京:人民文学出版社,2014:174.
② 劳伦斯.劳伦斯文集3:儿子与情人[M].陈良廷,刘文澜,译.北京:人民文学出版社,2014:174.
③ 转引自陈建.D. H. 劳伦斯小说中"鸟"的意象解读[J].电影文学,2009(3):142.

近,在篱丛中的鹟鹩鸟的空间对称中发现那种节奏和那种自我"①。对富有张力的生命来说,圆圆的鸟窝唤起了保罗的想象,掏鸟窝对这种想象做出了强大回应,即对肉欲激情的回应。同时,圆也是人类心灵的图腾,是完美。圆在这里也说明了潜藏在保罗心底的渴求圆满爱情的向往。鸟窝圆圆的门正如"诺曼底式的教堂弯形的拱门重重叠叠,意味着不屈不挠的人类灵魂,顽强地向前跃进,不停前进,漫无止境"②。这说明保罗为追求圆满的爱情而不停前进的艰辛历程。"诺曼底式跟垂直线条和哥特式拱门截然相反,哥特式拱门是直冲云霄的、接近极乐的境界,消失于天国。他说,他自己属于诺曼底式,米莉安则是哥特式。"③这里的"圆"字和后文他对自己和米莉安的评论直接对应起来,可谓匠心独具。鹟鹩鸟是比较活泼的鸟,在这里劳伦斯也隐喻了爱情萌发时欢快的心情。"正是这种微妙的亲密气氛,这种因对大自然某种事物具有同感而产生的情投意合中,两人逐渐萌发了爱情。"④

在这种因活力而颤动的爱情中,两人在一起有说不完的话,他们讨论宗教,讨论绘画,谈论自然。保罗追求的是精神和肉体合二为一的生活激情,米莉安的精神之爱让他感到苦恼和束缚。保罗认为爱情应该使人产生一种自由感而不是束缚感,再加上保罗母亲不同意他们之间的交往,保罗就提出和米莉安分手。但是"他正当青春,年富力强,还迫切需要一些别的"⑤——母亲给不了的东西。所以分手一个星期之后,保罗又上威利农场了。在第九章"米莉安失恋"中,劳伦斯又安排了看似随意的掏鸟窝的情境:

---

① 中国社会科学院外国文学研究所,外国文学研究资料丛书编辑委员会.劳伦斯评论集[G].蒋炳贤,编选.上海:上海文艺出版社,1995:89.
② 劳伦斯.劳伦斯文集3:儿子与情人[M].陈良廷,刘文澜,译.北京:人民文学出版社,2014:208.
③ 劳伦斯.劳伦斯文集3:儿子与情人[M].陈良廷,刘文澜,译.北京:人民文学出版社,2014:208.
④ 劳伦斯.劳伦斯文集3:儿子与情人[M].陈良廷,刘文澜,译.北京:人民文学出版社,2014:174.
⑤ 劳伦斯.劳伦斯文集3:儿子与情人[M].陈良廷,刘文澜,译.北京:人民文学出版社,2014:262.

　　　　在禾场尽头,他们看到一个画眉鸟窝。

　　　　"要不要给你看看鸟蛋?"他说。

　　　　"好啊!"莱佛斯太太回答说,"它们使人感到春意。给人带来了希望。"

　　　　他拨开荆棘,掏出鸟蛋,捧在手心里。

　　　　"蛋还热烘烘的呢——我想咱们把正在孵它们的母鸟吓跑了。"他说。

　　　　"唉,真可怜!"莱佛斯太太说。

　　　　米莉安不禁伸手去摸摸鸟蛋,同时也触到了他的手,她觉得,他一双手把蛋捧得牢牢的。

　　　　"暖乎乎的可真妙,是不!"她喃喃说着去挨近他。

　　　　"那是体温。"他答道。①

　　　画眉鸟是一种机敏而胆怯的鸟。当画眉鸟的儿女有独立生活的能力时,这个不久前建立起来的"小家庭"也就宣告解体了。在这里,劳伦斯用画眉鸟的鸟窝来暗喻保罗和米莉安的爱情不会有结果,即使米莉安"掌握着开启他心灵门扉的钥匙"②。而"蛋还热烘烘的呢——我想咱们把正在孵它们的母鸟吓跑了",则隐含了保罗内心的真实想法:目前还是割舍不下对米莉安的感情,这种感情还温暖着他的心,可是假如米莉安继续这样让他不能感受生命的震颤,就会让保罗遭到打击,从而让他放弃这段爱情。暖乎乎的鸟蛋代表了爱情还有余温,"他一双手把蛋捧得牢牢的"说明保罗害怕失去这份至少目前仍让他心动的爱情。

　　　两处的掏鸟窝情境,其实隐晦地指出了劳伦斯的爱情观:"灵"与"肉"的

---

① 劳伦斯.劳伦斯文集3:儿子与情人[M].陈良廷,刘文澜,译.北京:人民文学出版社,2014:262—263.

② 劳伦斯.劳伦斯文集3:儿子与情人[M].陈良廷,刘文澜,译.北京:人民文学出版社,2014:262.

完美结合。此处的保罗向往和谐的爱情,除了精神上的交流,还希望有肉体上的接触。"圆圆的鸟窝"烘托出保罗对性爱的渴望,展示了保罗体内生命的原始冲动。"这和照耀着草地的阳光一样,就是性。这是一种活生生的接触——给予与获得,是男人和女人之间伟大而微妙的关系。"①但是保罗的这种性流溢却得不到米莉安的回应,所以保罗"成为恼怒的源泉,不和谐,痛苦,会伤害他附近的每个人"②。他经常在言语上伤害米莉安,并最终提出了分手。

4. 狗打闹的情境③

在他们的爱情遭遇变故时,除了掏鸟窝的情境,劳伦斯还让狗出场了两次。在与米莉安的接触中,保罗非常不习惯米莉安那狂热的宗教热情,因为这种宗教热情辐射到很多方面。当保罗看见米莉安狂热地拥抱她弟弟,逼问小男孩爱不爱她的时候,不仅小男孩恐惧地逃跑了,保罗也感到害怕和震怒。当米莉安尽情抚弄水仙花,用嘴唇触碰一朵摇曳的花时,保罗感到焦急和束缚,不禁指责米莉安:"你不想去爱——你只是没完没了地、反常地老巴望人家来爱你。你不是积极的,而是消极的。"④他们之间的亲密关系变得十分抽象,这一切都使得成年后的保罗越来越不安,越来越苦恼,也让他越来越感到她要的是他躯壳里的心灵,而不是他。第一次狗打闹情境就出现在保罗决定向米莉安提出分手的树林里:

> 这时一条杂种大狗奔过来,张大嘴巴,腾起两只爪子,扑在小伙子的肩头,舔着他的脸。保罗把身子一缩,哈哈大笑。比尔对他倒是一大安慰。他推开狗,可它又扑上身来。
>
> "去去去,"小伙子说,"不去我给你一下子。"

---

① 劳伦斯.劳伦斯文集9:散文随笔集[M].毕冰宾,译.北京:人民文学出版社,2014:190.
② 劳伦斯.劳伦斯文集9:散文随笔集[M].毕冰宾,译.北京:人民文学出版社,2014:191.
③ 李春风.《儿子与情人》中动物情境的象征意蕴[J].韶关学院学报,2018(4):15—19.
④ 劳伦斯.劳伦斯文集3:儿子与情人[M].陈良廷,刘文澜,译.北京:人民文学出版社,2014:257.

谁知这条狗推也推不开，保罗就跟这畜生打闹起来，想把它推开，可它反而拼命挣扎，闹得更欢，竟撒起野来。两个厮打成一团，人勉强在笑，狗张牙舞爪。……他如此迫切地需要情有所钟，需要温存。瞧他跟狗打闹的那副狠相实际上就是爱呢。比尔跳起来，乐得气喘吁吁……它可喜欢保罗呢……

"比尔，我跟你闹够了。"他说。

不料这条狗竟站起来，伸出两只有力的爪子，满心喜爱，颤巍巍地扑到他大腿上，还向他吐着血红的舌头。他不由倒退一步。

"别，"他说，"别——我闹够了。"①

《圣经》中，狗的形象具有两面性。一方面，狗被列为不洁之物，是人类卑微忠诚的附庸。另一方面，狗又因其英勇的战斗精神而被神化。②《旧约》中讲了这样一个故事：以色列在米甸的进攻下节节败退，后经上帝指引，以色列挑选了三百个像狗一样站着舔水喝的勇士，取代原来跪在河边喝水的士兵，果然就取得了胜利。③在评价 D. H. 劳伦斯的一篇文章中，多丽丝·莱辛提到："一些科学家认为，人与狗的情谊可以追溯到人类形成之初，庑洞穴火光不仅映出人的身影，还映出狗的身影。"④从中可以看出，在西方文化里，人与狗的关系非常亲密。但是在这里，那条叫比尔的狗是一个性符号。劳伦斯用狗的意象来暗示或象征性爱，揭示出一些神秘而又永恒的内涵。文中的狗被拟人化了，狗与保罗的亲密替代了他与米莉安的亲昵。从这段描写中也可以看到保罗非常"需要温存。瞧他跟狗打闹的那副狠相实际上就是爱

---

① 劳伦斯.劳伦斯文集 3：儿子与情人[M].陈良廷，刘文澜，译.北京：人民文学出版社，2014：258—259.

② 刘玉环，周桂君.多丽丝·莱辛笔下的狗与她眼中的西方文明[J].当代外国文学，2016：99.

③ Thomas Nelson. The Death of King Arthur：The Immortal Legend[M]. London：Penguin Books Ltd.，2010：99.

④ Doris May Lessing. Time Bites：Views & Reviews[M]. London：Fourth Estate，2004：15.

呢"①。劳伦斯在这里把性压抑和性渴望作为故事发展动力,通过狗这一意象来表现禁欲主义使得米莉安无法忍受"肉体爱的震动,即使是一个吻也受不住"②,以至于保罗因压抑自己的性欲而痛苦不堪。狗的活力让保罗更加意识到自己已经不能满足这种纯精神的爱情了,他还追求精神以外的性爱,他那股性的本能长期受到米莉安的过分净化,如今已变得格外强烈。保罗的情欲就像在地壳下奔流的火山熔岩,随时都有冲破地面喷涌而出的可能性。

在复活节后,保罗又去威利农场了。掏过鸟窝,吃过茶点后,"他拿起一本《达拉斯贡城的达达兰》。他俩又坐到草垛脚边那个干草堆上。他念了几行,可是心不在焉。那条狗又奔过来跟上回一样闹着玩。狗把口鼻拱到他怀里,保罗摸了一会儿狗耳朵,然后一把推开。'去去去,比尔,'他说,'我不要你来。'"③《达拉斯贡城的达达兰》这本书不是随意为之。这本书是法国作家都德的一部中篇小说,讲述了这样一个故事:达拉斯贡城的达达兰是一个想冒险、爱吹牛而又胆小的人。因为说了大话要去非洲打狮子,全城的人都知道了,于是他不得不去。到了非洲以后他闹了不少笑话,最后连狮子也没有见过。这个故事其实正好指射了保罗和米莉安的关系。几乎熟悉他们的人都知道他们谈恋爱了,"他们说到了这个地步,人人都会把我看作已定了亲"④。可是到目前为止,他们之间纯洁得连一个吻都没有,更别谈性爱了。保罗受挫的心情可想而知,他把自己等同于达拉斯贡城的达达兰。狗在这里依然是性符号,代表着米莉安。由于"他声音里那种渴望,像是想得到什

---

① 劳伦斯.劳伦斯文集3:儿子与情人[M].陈良廷,刘文澜,译.北京:人民文学出版社,2014:258.

② 劳伦斯.劳伦斯文集3:儿子与情人[M].陈良廷,刘文澜,译.北京:人民文学出版社,2014:209.

③ 劳伦斯.劳伦斯文集3:儿子与情人[M].陈良廷,刘文澜,译.北京:人民文学出版社,2014:263.

④ 劳伦斯.劳伦斯文集3:儿子与情人[M].陈良廷,刘文澜,译.北京:人民文学出版社,2014:264.

么,仿佛她就是他要得到的"①,米莉安于是明白他想要追求一种火一般的激情的洗礼——肉欲之爱。"狗把口鼻拱到他怀里",说明了米莉安决定尝试肉体的接触。为了挽回保罗的爱,米莉安选择牺牲自己:"她躺着,仿佛她早已认命,准备做出牺牲;她的身子正等着他呢,可是她的眼神却像一头等待屠宰的牲口……"②

两处狗打闹的情境,进一步说明保罗和米莉安之间的不和谐。如果说掏鸟窝的情境让保罗对米莉安还存有幻想和爱恋,那么狗打闹的情境让保罗内心里最终做出了离开米莉安的决定。纯精神之爱不能让保罗满足,他受到了性爱本能的驱使。他要冲破这种精神的囹圄,寻找肉体的天空,因为在保罗(劳伦斯)看来,"性意味着男女关系的全部"③。

第二节　死亡空间

综观劳伦斯一生所创作的作品,其中10部长篇小说几乎都是在第一次世界大战前后写成的,彼时的英国已经进入工业文明的鼎盛时期。众所周知,资本主义工业文明虽然带来了空前的物质繁荣,让英国的经济实力远超其他国家,"英国商船的吨位高居各国首位。伦敦成为世界唯一的金融中心"④,但马克思曾在1856年4月14日对这种"令人喝彩"的进步做出了回应:

　　技术的胜利,似乎是以道德的败坏为代价换来的。随着人类愈益控制自然,个人却似乎愈益成为别人的奴隶或自身卑劣行为

---

① 劳伦斯.劳伦斯文集3:儿子与情人[M].陈良廷,刘文澜,译.北京:人民文学出版社,2014:263.
② 劳伦斯.劳伦斯文集3:儿子与情人[M].陈良廷,刘文澜,译.北京:人民文学出版社,2014:341.
③ 劳伦斯.劳伦斯文集9:散文随笔集[M].毕冰宾,译.北京:人民文学出版社,2014:194.
④ 余开祥.西欧各国经济[M].上海:复旦大学出版社,1987:187.

的奴隶。我们的一切发现和进步,似乎结果是使物质力量具有理性生命,而人的生命则化为愚钝的物质力量。①

马克思意识到了人类的进步,但认为人类从精神层面上来说是退步了。阿诺德(Matthew Arnold)、托马斯·卡莱尔(Thomas Carlyle)等都对这种"进步"提出了质疑和批评。当然,工业文明还给环境带来了毁灭性的破坏:森林被砍伐,田野变成矿井,隆隆的火车和机器的马达声更是破坏了乡村的宁静。劳伦斯对此深恶痛绝,在《查泰莱夫人的情人》中,劳伦斯对工业文明摧残自然和人性的事实进行了描述:为了修战壕,拉格比猎园中的树被砍伐,田野被用来修建矿工联体住宅小区,矿井工作实行三班轮岗,工人夜以继日地采煤……

工业革命的狂热使人类的生活充满了死亡感、毁灭感和恐惧感。人类仿佛生活在痛苦、焦虑和无望的阴影之中。劳伦斯的众多小说中都充满了死亡的气息,死亡的描写贯穿他创作的始终:《白孔雀》中希利尔的父亲在孤独中病死,接着守林人埃纳博尔被滚落的石头击中而死,最后乔治因为远离自然开始酗酒而病死。《逾矩的罪人》中西格蒙特出轨自己的女学生,最后自缢而死。《儿子与情人》中威廉因为一心想在中产阶级立足而过度劳累,最终死于丹毒,莫雷尔太太因为患了肿瘤而被儿子喂食大量吗啡致死。《虹》中布朗温家族的第一代人汤姆被洪水夺去了生命。《恋爱中的女人》充满了死亡的气息,呈现出一幅世界末日般的图景:矿区的环境肮脏无比,矿区的人们麻木丑陋,宛如死的世界;伦敦庞多巴咖啡馆是"狭小的、堕落与死亡的旋风中心"②;杰拉德的妹妹在游园会溺水而亡的时候,伯金和厄秀拉正讨论着那条阴暗的死亡之河——黑河;杰拉德的父亲克里奇先生病死;杰拉德身上散发着一股神秘的死亡气息,最后葬身于冰雪之地。"这'太像世界末日了',它

---

① 马克思.在《人民报》创刊纪念会上的演说[M]//马克思恩格斯选集:第二卷.北京:人民出版社,1972:79.
② 劳伦斯.劳伦斯文集5:恋爱中的女人[M].毕冰宾,译.北京:人民文学出版社,2014:407.

'纯粹是毁灭性的'。"①《查泰莱夫人的情人》中的克里福德虽然没有死,但在战争中负伤致残,丧失了性功能,在肉体上就是"死亡"的象征,"他纯粹是我们文明的产物,但也是人类死亡的象征"②。劳伦斯其他的小说以及诗歌中也大多有死亡的情节和意象,把诗歌集取名为《灵船》其实也是隐晦地告诉读者死亡是其重要主题。评论家克默德曾说,劳伦斯在作品中一直想要证明"死亡是一种我们在生命中就体验过的状态,从死亡中我们可能达到再生"③。因为痛恨工业文明肆意破坏风景优美的田园乡村及对人性的扭曲,劳伦斯用大量的"死亡"意象象征工业文明的虚伪与腐朽,同时也用"再生"来象征冲破工业文明之牢笼去追求理想人生的愿景。比如在《恋爱中的女人》中,劳伦斯借伯金之口传递了他这种死亡观和毁灭欲:

> "……我惧怕人类,我希望它被一扫而光。人类将消亡,如果每个人明天就死去的话……只能更好。"
>
> "所以你希望世界上的人都被毁灭?"厄秀拉问。
>
> "的确是这样。"
>
> "你以为造物取决于人吗? 压根儿不是。世界上有树木、青草和鸟儿。我宁愿认为云雀是在一个没有人的世界里飞上蓝天。人是一个错误,必须离开这个世界。青草、野兔、蟒蛇还有隐藏着的万物,它们是真正的天使,当肮脏的人类不去打扰时,它们自由自在地生活,那多妙啊。"④

在伯金与厄秀拉的对话中,劳伦斯重复表达了对人类死亡的向往。劳伦斯借伯金之口表明正是人类自己造成了现代的荒原世界:人类已经处于

① 转引自廖杰锋.审美现代性视野下的劳伦斯[M].北京:群言出版社,2006:124.
② 劳伦斯.劳伦斯文集9:散文随笔集[M].毕冰宾,译.北京:人民文学出版社,2014:262.
③ 克默德.劳伦斯[M].胡缨,译.北京:生活·读书·新知三联书店,1986:211.
④ 劳伦斯.劳伦斯文集5:恋爱中的女人[M].毕冰宾,译.北京:人民文学出版社,2014:
133—134.

一种极其可怜的状态,毫无反抗地顺从大机器文化,如同行尸走肉,丑陋不堪;四处黑乎乎、乱糟糟,空气中弥漫着硫黄的味道,一派令人窒息的景象。这些麻木以及心灵的死亡在劳伦斯的小说中尤其是《查泰莱夫人的情人》中被展现了出来。他觉得过空虚机械的生活还不如死亡:"与其机械、枯燥地生,不如干脆去死……死亡是一种快乐,一种屈从,屈从于比已知的现实世界更为恢宏的境界,纯然无法卜知的世界。"①

"死亡"和"再生"主要是通过小说中的代表性人物呈现出来的。劳伦斯创作《恋爱中的女人》的时候正是第一次世界大战期间,因为其妻子来自德国,所以他们夫妇被迫留在康沃尔接受调查。被扣留和监视以及战争使劳伦斯萌发了一种对人类莫名的失望和憎恶感,以至于希望处于衰竭中的人类彻底死去。在战争时期他成了绝对的"毁灭的心灵进入毁灭"②。他在书信中曾经描述他刚听到战争爆发时的情形,那是他那一代人永远都不会忘记的一个时刻:

> 我正走在威斯特麦兰,挺高兴,帽子上别着一圈睡莲……我们大声歌唱……寇特连斯基哼着西伯里乐曲……似乎这是来世,我们很快活,四个人。然后我们下到佛内斯的巴娄,看到已经宣战了。我们全都疯狂了。
>
> 我还记得士兵们在巴娄车站吻别……所有的车厢都是"战争"……我想起了在平坦的沙滩上令人惊异的日落和水雾迷蒙的大海……万事万物令人惊异的,鲜明生动的,梦幻一般的美妙,因无处不在的巨大痛苦显得更加突出。③

---

① 劳伦斯.劳伦斯文集7:查泰莱夫人的情人[M].毕冰宾,译.北京:人民文学出版社,2014:215.

② 劳伦斯.英格兰,我的英格兰:劳伦斯中短篇小说选[M].黑马,译.上海:上海三联书店,2011:225.

③ 转引自约翰·沃森.劳伦斯:局外人的一生[M].石磊,译.上海:上海书店出版社,2012:158.

敏感、不安的劳伦斯听到宣战的消息时内心是近乎崩溃的,他到海边感受了一下和平世界的最后幻象。今后他的人生之路以及他要创作的作品都和过去告别了。他的书中再也不会出现成功或者友谊所带来的那种欢快舒畅的心情,他和自己国家的关系也不再愉快了。战争结束了所有的一切。"这场战争对我来说只有极大的痛苦。我不明白为什么会这么心烦——可我确实很烦。我一分钟也摆脱不了它,生活在近乎昏迷的状态,就像一场你无法移动的噩梦中。"①

战争不仅使他回意大利和妻子过幸福生活的希望破灭了,还毁灭了劳伦斯对英国和那个时代的信念。他曾说:"战争结束了我,它是穿透了所有的悲伤和希望的矛"。②在战争的驱动下,劳伦斯写出了充斥着毁灭,关乎哲学和情爱以及死亡的小说。小说全被"死亡""腐朽"这类字眼所萦绕,读者由此被引领着感受这种神秘的死亡进程。在《恋爱中的女人》中,伯金不管是和杰拉德还是厄秀拉一起,都在探讨死亡,表达对死亡的渴望,渴望由于工业文明而萎缩、异化的生命赶紧结束,希望充满活力的生命能够重生,从而诞生新的世界。伯金的宣言就是劳伦斯的心声。这是对工业化带来的残酷后果无能为力时的逃避做法。

在小说中,工业文明代表人物的死亡象征着工业文明的腐朽与没落。《恋爱中的女人》中的杰拉德是小说中的死亡意象载体。他"身材挺拔""精力充沛",接手父亲的矿山后,在企业中推行"现代机械文明",取得了巨大的经济效益,是资本主义工业文明的代表。在小说中,劳伦斯将杰拉德推行机械文明的过程与沸腾、涌动的黑暗之河联系起来:"那是黑色的死亡之河,你可以看到它就在我们体内流淌,如同另一条黑色的腐烂河流一样在流……我们成了毁灭性创生的一部分……戈珍和杰拉德也出生于毁灭性创生中。"

① 转引自约翰·沃森.劳伦斯:局外人的一生[M].石磊,译.上海:上海书店出版社,2012:158.
② 转引自约翰·沃森.劳伦斯:局外人的一生[M].石磊,译.上海:上海书店出版社,2012:158.

①虽然杰拉德有着健壮的体格和坚强的意志,可是这个强大的外表下蕴含的却是死亡——死亡意象自始至终伴随着他,围绕着他。他在少年时误杀了自己的弟弟,这为他的死亡埋下了伏笔;成年后的他被死亡之色"白色"缠绕着:白影、白色弧光、白森森、冰雪……然而,事业上的成功带给他的不是喜悦,相反却是空虚和焦躁,就像"一台失去动力的机器一样"②。他对工人非常残忍,这又使他产生"一种不可言状的恐惧感"。特别是在父亲去世后,他更感到"似乎被弃在一只即将崩溃的船上"③,失去了信心。杰拉德的内心世界具有强烈的"死亡"意味。"水上游园"这一章节中,当杰拉德下湖去救落水的妹妹时,一句"水下面有的是地方,再多的人都装得下"更是杰拉德死亡的谶语。最后,杰拉德失足而葬身于白雪皑皑的阿尔卑斯山谷地,融入他的死亡之色"白色"之中。围绕着杰拉德的一系列事件——误杀弟弟、白色环境、心理活动、水下联想——都丝毫不差地指向死亡。杰拉德的各种表现强化了其死亡意蕴。杰拉德的死亡是注定的,因为杰拉德与西方传统神话中的"该隐""尼伯龙根""酒神狄奥尼索斯"原型相对应,是这些神话原型的"置换变形"。劳伦斯在小说中借非理性——神话的外观来传达他那高度理性化的内涵:在这个工业文明导致异化、成为"死亡的黑色之河"④的当今世界,人类的精神已经荒芜,信仰衰微,人的悲剧命运是注定的。

一、杰拉德 vs 该隐

《圣经》中杀弟弟的该隐是杰拉德的原型。在小说的第二章"肖特兰兹"的婚礼上,克里奇太太和伯金有关杰拉德的对话非常有启示性。克里奇太太说:"我很愿意他有个朋友,他从来就没有朋友。"⑤伯金下意识地自言自语

① 劳伦斯.劳伦斯文集5:恋爱中的女人[M].毕冰宾,译.北京:人民文学出版社,2014:183.
② 劳伦斯.劳伦斯文集5:恋爱中的女人[M].毕冰宾,译.北京:人民文学出版社,2014:282.
③ 劳伦斯.劳伦斯文集5:恋爱中的女人[M].毕冰宾,译.北京:人民文学出版社,2014:235.
④ 劳伦斯.劳伦斯文集5:恋爱中的女人[M].毕冰宾,译.北京:人民文学出版社,2014:183.
⑤ 劳伦斯.劳伦斯文集5:恋爱中的女人[M].毕冰宾,译.北京:人民文学出版社,2014:21.

道:"我是我弟弟的看护人吗?"①说完这话后伯金"微微感到震惊",他仿佛听见了"该隐的叫声"②。在《圣经·创世记》的第四章中,亚当与妻子夏娃生下儿子该隐和弟弟亚伯。亚伯是个牧人,该隐则是个耕田人。到了向上帝供奉的日子,该隐拿了些土地的产品献给天主,亚伯则献出一些精选的乳羊。天主看中了亚伯和他的供品,而没看中该隐和他的礼物。该隐很生气并找机会把他弟弟杀死。后来,天主问该隐:"你的弟弟亚伯在哪里?"该隐回答说:"我不知道,我是我弟弟的看护人吗?"上帝惩戒该隐说:"你要耕种,那地也不会再长出佳禾。你会成为流浪汉,到处漂泊。"③从此该隐开始了他无根的流浪生活。很显然,在小说中,劳伦斯就是把杰拉德当成被流放的该隐原型来展开故事的,"如果说谁是该隐,那就是杰拉德"④。

和该隐一样,杰拉德也是家里的长子,从小不受父亲的喜爱。父亲"对这位长子也一直不喜欢,从来不向他让步,对他不认可"⑤。杰拉德在小时候的一次偶然事故中害死了自己的弟弟。"他和弟弟一起玩一支枪。他让弟弟低头看着装了子弹的枪筒,他开了枪,子弹穿透了他弟弟的头。""那是一支在马厩里藏了好多年的老枪了。没人知道它还会响,更没人知道它里面还上着子弹。"⑥从这次事故之后,不管在什么情况下,杰拉德的举止神态都变得出奇警觉,就像该隐一样总是害怕被人杀害:"他十分害怕别人杀害他。这种恐惧就像一个魔鬼站在他身边。""想象别人的袖子里藏着刀子。""时不时地抬起头私下张望,这是他的习惯。尽管他在认真地看报,但他必须监视四周……尽管杰拉德的社交举止异常温和,他似乎总在防着别人。"⑦这种过于警觉的神情已经成为杰拉德的习惯,使得他就如同一位哨兵一样,连伯金

---

① 劳伦斯.劳伦斯文集5:恋爱中的女人[M].毕冰宾,译.北京:人民文学出版社,2014:21.
② 劳伦斯.劳伦斯文集5:恋爱中的女人[M].毕冰宾,译.北京:人民文学出版社,2014:21.
③ The Holy Bible[M].Michigan:Zondervan Publishing House,1989:15.
④ 劳伦斯.劳伦斯文集5:恋爱中的女人[M].毕冰宾,译.北京:人民文学出版社,2014:21.
⑤ 劳伦斯.劳伦斯文集5:恋爱中的女人[M].毕冰宾,译.北京:人民文学出版社,2014:232.
⑥ 劳伦斯.劳伦斯文集5:恋爱中的女人[M].毕冰宾,译.北京:人民文学出版社,2014:46.
⑦ 劳伦斯.劳伦斯文集5:恋爱中的女人[M].毕冰宾,译.北京:人民文学出版社,2014:
506,30,51.

都觉得"看了心烦"①。他的这种警觉其实和该隐当时的反应如出一辙。当上帝惩罚了该隐时，该隐对天主说："……我将成为一个流浪汉，到处漂泊，遇见我的人都可能杀死我。"天主回答他说："不，如果有人杀死该隐，他就会遭到七倍的报应。"正是这样一种"有士兵一样的警觉神情"把杰拉德自己和这个世界隔离开来，他不信任任何人，包括伯金，所以他也没有朋友。同时，他具有极强的自我意识，非常在意别人的看法，"就是为了那种布罗肯幽灵活着，活在人们的看法中"②。总之，这一次误杀事件给杰拉德的生活打上了"罪恶的烙印"，让他觉得"活着就是一种诅咒"，"一旦什么事出了差错就再也无法矫正过来了"③。他这一生一直注意着这一点，避免自己再犯下不可挽回的错误。

　　上面所阐述的其实是该隐原型的表层故事——杰拉德和该隐一样杀了自己的弟弟。但是《恋爱中的女人》中似乎还潜藏着比这更为深沉的原型主题。我们再从杰拉德误杀弟弟这个事情说起。从上文中我们已经了解杰拉德在不知道枪里有子弹的情况下扣动扳机杀死了弟弟，这一方面说明他并非有意杀死他的弟弟，这只是两个一起玩耍的男孩子之间发生的一次意外；但从另一方面来看这或许是有意为之，就如同厄秀拉所说"它藏在潜意识中。这种漫不经心的杀戮中隐藏着一个原始的杀人欲"④。其中的"潜意识""原始的杀人欲"说明这是杰拉德的本能/潜意识在作用，从而让他杀死自己的弟弟。劳伦斯在小说中的很多细节描写也足以让读者相信并推断出杰拉德杀死他弟弟是出于那"原始的杀人欲"。在杰拉德还小的时候，矿上闹过一次危机——工人们不满降薪而罢工的事件。因为罢工，矿主们被迫关闭矿井。沃特莫矿井起火引起的骚乱引来了持枪的军人。"闹事的那天他激动

① 劳伦斯.劳伦斯文集5:恋爱中的女人[M].毕冰宾,译.北京:人民文学出版社,2014:172.
② 劳伦斯.劳伦斯文集5:恋爱中的女人[M].毕冰宾,译.北京:人民文学出版社,2014:54.
③ 劳伦斯.劳伦斯文集5:恋爱中的女人[M].毕冰宾,译.北京:人民文学出版社,2014:21,
　　223,196.
④ 劳伦斯.劳伦斯文集5:恋爱中的女人[M].毕冰宾,译.北京:人民文学出版社,2014:47.

极了,他渴望跟那些当兵的一起去枪杀矿工们。"①当时杰拉德还未成年,只是一个毛头小孩,可是他却"兴奋地"渴望和大人们一起去同矿工们斗争,去枪杀他们。

小说中,杰拉德不止一次流露出想要杀人的欲望。在第二章"肖特兰兹"劳拉的婚礼后,杰拉德对伯金说不喜欢像他说的那样"置身于一个人独自行事、顺着自然冲动行事的世界中",他希望人们"在五分钟之内就相互残杀一通"②。伯金认为杰拉德因为内心里潜伏着一种巨大的被害欲望,所以想杀人,他在惧怕自己,也在惧怕自己幸福生活的消失。在和戈珍的爱情之旅中,杰拉德在第三十一章"雪葬"中曾多达七次要杀死戈珍,前面六次只是内心里的想法,是杀人的欲望,第七次他才真正动手杀人。"如果我杀了她,我就自由了。""时机一到,我就干掉她。""他心中立刻涌上一个念头:杀死她。""他一直在想要掐死她。""非杀了她不可。""他一个心眼儿要杀死她。"③最后,他在滑雪山坡上出手卡住戈珍的喉咙要杀死她:"他终于伸出强壮的手去摘取他欲望中的果实了。他终于可以实现自己的欲望了。"④毫无疑问,从这些细节中可以看出杰拉潜藏在心里的原始杀人欲就如同该隐的恶一样,"他一生中都受着愤怒、毁灭性的魔鬼的折磨,这魔鬼有时把他折磨得发疯"⑤。

这种杀人欲望除了投射在具体的某个实体上如戈珍身上之外,还投射在他管理的企业上。在接受父亲的企业之后,杰拉德开始了和父亲截然相反的管理风格。他的父亲一直"想用爱办自己的企业",认为"自己太富有,上帝是不会接受他的"。所以,他"乐善好施,爱邻如宾,甚至爱邻胜过爱自

---

① 劳伦斯.劳伦斯文集5:恋爱中的女人[M].毕冰宾,译.北京:人民文学出版社,2014:240.
② 劳伦斯.劳伦斯文集5:恋爱中的女人[M].毕冰宾,译.北京:人民文学出版社,2014:29.
③ 劳伦斯.劳伦斯文集5:恋爱中的女人[M].毕冰宾,译.北京:人民文学出版社,2014:474,479,493,494.
④ 劳伦斯.劳伦斯文集5:恋爱中的女人[M].毕冰宾,译.北京:人民文学出版社,2014:504.
⑤ 劳伦斯.劳伦斯文集5:恋爱中的女人[M].毕冰宾,译.北京:人民文学出版社,2014:243.

己"①。杰拉德完全是他父亲的反面,他的那种毁灭欲像病毒一样在企业中残酷地爆发出来,冷酷得如同机器一般。他解雇年老体衰的矿工,废除寡妇煤,收取各种打磨费、保养费等,引进先进采煤设备,改进井下的工作方式,使矿工一步一步沦为"单纯的机器和工具"②。矿工们的内心已经枯竭,灵魂已经死亡,他们过着虽生犹死的生活,而杰拉德就是那个残酷的刽子手,这个"工业拿破仑"就是杀人不见血的现代该隐。

二、杰拉德 vs 尼伯龙根传说中的西格弗里特

在小说的第四章"跳水人"里,厄秀拉和戈珍姐妹俩到威利湖畔散步,发现杰拉德正在湖心里游泳。杰拉德向她们挥舞手臂打招呼,那动作有点怪。厄秀拉随口说了一句"很像一个尼伯龙根家的人"③。从这里,我们可以推断劳伦斯借用北欧神话的原型来展示杰拉德的部分性格特征,以推动情节的发展。北欧的神话和英雄传说,沉淀于斯堪的纳维亚半岛的冰雪大地和汹涌的海洋中;宇宙的一切,与冰雪有关,与火有关。由于历史和地域的原因,北欧的神话和英雄传说的最本原的东西,已经被现代人逐渐遗忘。尼伯龙根传说起源于古代北欧的 Nilfheim(Nibelheim),指"死人之国"或"雾之国"。传说中,Nilfheim 的居民属于日耳曼侏儒族,是品行恶劣但又技术高超的工匠大师。他们能制造出各种各样的神器。"德国靠近丹麦,在《埃达》和《伏尔松格萨迦》中占有重要内容的尼伯龙根故事,演变成德国日耳曼民族的著名叙事长诗《尼伯龙根之歌》。"④

《尼伯龙根之歌》写于1200年,分上下两部。上部主要描写的是英雄西格弗里特被杀的故事。英雄人物西格弗里特非常勇敢,力大无穷,曾经杀死过一条恶龙,还用龙血沐浴,血到之处刀枪不入,如同坚甲。但是因为一片

① 劳伦斯.劳伦斯文集5:恋爱中的女人[M].毕冰宾,译.北京:人民文学出版社,2014:239,229.
② 劳伦斯.劳伦斯文集5:恋爱中的女人[M].毕冰宾,译.北京:人民文学出版社,2014:245.
③ 劳伦斯.劳伦斯文集5:恋爱中的女人[M].毕冰宾,译.北京:人民文学出版社,2014:44.
④ 胡明刚.北欧神话(插图本)[M].北京:中国林业出版社,2007:102.

菩提叶飘落肩上,所以这一龙血未到之处便成为他的致命之处。西格弗里特征服并且占有了尼伯龙根宝藏,又在战斗中获得一项隐身帽。为了娶到布尔恭腾王国的公主克里姆希尔特,他帮助那里的国王恭特尔顺利赢得了冰岛女王波吕恩希尔特并使之成为恭特尔的妻子。"12年之后,姑嫂一同去沃尔姆斯教堂做弥撒的路上因为谁走在前的问题发生了争吵。当波吕恩希尔特知道了丈夫当年是借妹夫的力量才娶得她之后,决意报仇雪耻。她唆使曾追求克里姆希尔特未果的侍臣哈根用阴谋从克里姆希尔特那里得知了西格弗里特身上致命的地方,并趁他去泉边喝水的时候刺杀了西格弗里特。13年后,克里姆希尔特为复仇而嫁给匈奴国王埃采尔。又过13年,她借故邀请恭特尔等亲戚来匈奴相聚,在骑士竞技会上杀死哥哥和哈根,自己也被部将希尔代布郎所杀。"①整首诗歌都是有关情杀和仇杀的,萦绕着悲伤的情感。"《尼伯龙根之歌》与希腊悲剧异曲同工,仿佛一切都是命运的摆布,人的力量在命运面前是那么的无可奈何。"②

　　《恋爱中的女人》中,西格弗里特就是杰拉德的原型。西格弗里特"置换变形"为小说中的"工业拿破仑"杰拉德。在小说开头,劳伦斯借戈珍的眼睛告诉读者杰拉德的一些"神秘"特征。"他身上某种北欧人的东西迷住了戈珍。他那北欧人纯净的肌肤和金色的头发像透过冰凌的阳光一样在闪着寒光……像北极的东西一样纯洁。"③这几行描写强调了北欧人、北欧皮肤、冰凌(crystals of ice)和北极,这些都符合北欧神话的地域特征。在伯金的眼里,杰拉德也是全身充满北欧人的特征:"他头发很淡,几乎淡到发白的程度,像一道道电光一样闪烁着,脸色红润发光,浑身都洋溢着北欧人的活力。""他风采照人,男子气十足,恰像一只脾气温和、微笑着的幼狼。"④在《恋爱中的女人》中,劳伦斯不遗余力地把杰拉德这个人物通过北欧的冰雪颜色

① 阿希姆·塞法斯.尼伯龙根之歌[M].曹乃云,译.上海:华东师范大学出版社,2005:2—5.
② 胡明刚.北欧神话(插图本)[M].北京:中国林业出版社,2007:7.
③ 劳伦斯.劳伦斯文集5:恋爱中的女人[M].毕冰宾,译.北京:人民文学出版社,2014:9
④ 劳伦斯.劳伦斯文集5:恋爱中的女人[M].毕冰宾,译.北京:人民文学出版社,2014:
　　215,10.

展示出来。白色意象自始至终都伴随着他,比如:"他皮肤白皙。""她看到了他的后背,看到他白白的腰肢随着他划船的动作在运动。他弯腰时似乎变成了一团白色。他有点发白的头发在闪光,就像天上的电光一样。""他浑身燃烧着不可思议的白色火焰。"①伯金也赞叹说:"你有一种北方人的美,就像白雪折射的光芒,另外,你的体型有一种雕塑感。"②这一切描述都让我们有理由相信杰拉德跟北欧有着千丝万缕的联系,同时也暗示了白色是主导色的杰拉德"同火热的血肉与生命相对立的冷酷的机器主义原则,以及他身上笼罩着的死亡气息"③。在"男人之间"那一章里,伯金想要和杰拉德结盟时提到,"古时候德国的骑士习惯宣誓结成血谊兄弟的"④。《尼伯龙根之歌》就是用中古高地德语写成的英雄史诗,里面反映的是骑士的精神。劳伦斯提到"德国的骑士"不是随意安排的,这是把杰拉德和西格弗里特联系在一起的纽带。

在《恋爱中的女人》中,杰拉德是"一位战士、探险家、工业拿破仑"⑤。他参加过布尔战争,考察过亚马孙河,最主要的是他管着一座煤矿。当杰拉德从父亲手中接管煤矿后,就开始"急迫地在企业中推行改革"⑥。首先,他为了解决矿下照明和运输以及电力的问题建立了一座巨大的发电厂;他引进先进的采煤设备"大铁人"——挖掘机和卷扬机;解雇年老体衰的矿工,废除工头承包制,配备受过教育且有经验的工程师取代他们来操作机器,这样"至少为企业节约了五千英镑"。然后,他从各个方面压缩开支:取消寡妇煤以及收取各式各样的小费用如工具的打磨费、运煤的车费等,"这样下来每周可以省上百英镑"。就如同西格弗里特成功地战胜巨龙获得尼伯龙根的

① 劳伦斯.劳伦斯文集5:恋爱中的女人[M].毕冰宾,译.北京:人民文学出版社,2014:17,127,354.
② 劳伦斯.劳伦斯文集5:恋爱中的女人[M].毕冰宾,译.北京:人民文学出版社,2014:289.
③ 蒋家国.重建人类的伊甸园——劳伦斯长篇小说研究[M].长沙:湖南大学出版社,2003:48.
④ 劳伦斯.劳伦斯文集5:恋爱中的女人[M].毕冰宾,译.北京:人民文学出版社,2014:220.
⑤ 劳伦斯.劳伦斯文集5:恋爱中的女人[M].毕冰宾,译.北京:人民文学出版社,2014:64.
⑥ 劳伦斯.劳伦斯文集5:恋爱中的女人[M].毕冰宾,译.北京:人民文学出版社,2014:244.

宝藏和隐形帽一样,杰拉德成功地改变了企业以往不景气的面貌,"煤产量超过了以往任何时候"①。同时他成功地把矿工变为机器的工具,"矿工们极乐意归属于这伟大美妙的机器,尽管这机器正在毁灭他们"②。

既然杰拉德就是西格弗里特的原型,那么小说中杰拉德和戈珍的爱恨情仇就是神话中西格弗里特和波吕恩希尔特的"置换变形"。在婚礼上见到杰拉德的时候,戈珍就在内心里追问自己:"难道我真的注定是他的人吗?难道真有一道淡淡的金色北极光把我们两人笼罩在一起了吗?"③这是戈珍第一次见到杰拉德,可是她的心情却"如同恋旧一样"(nostalgia),感到已经"实实在在地弄清楚了他,深刻地理解他"④。戈珍漂亮迷人、"出言辛辣",她与众不同的鲁莽劲和艺术家气质使得杰拉德不知不觉地被吸引着,她比较强势,就如同"一朵强女人之花蕾"⑤。小说中她揎击杰拉德的一掌就很好地诠释了这一点。小说描写她好像"变成了一个亚马孙"⑥,在英语中,"亚马孙"和"悍妇"是同一个词。这就告诉读者戈珍是个不折不扣、敢爱敢恨的坚强女人。两个人自从交往后一直进行着意志的较量,谁也不肯向谁屈服。戈珍看透了杰拉德内心的空虚和他身上的机械性,想要摆脱杰拉德。而杰拉德也看得清楚,"要想活,就得彻底脱离戈珍"⑦。就如神话中所讲的那样,西格弗里特就是因为波吕恩希尔特而死在异乡,杰拉德也因为戈珍死在了异乡的雪山上;在欧洲度假的雪山上,杰拉德杀戈珍未果,自己乘着雪橇滑向了死亡的斜坡。"他害怕地朝四周的雪野张望着,四周苍白的雪坡在影影绰绰地晃动。他明白,他注定要被谋杀。"⑧杰拉德在浩瀚冰冷的雪山上的死亡印证了他是北欧神话中西格弗里特的原型一说,也印证了"先知"伯金先

① 劳伦斯.劳伦斯文集5:恋爱中的女人[M].毕冰宾,译.北京:人民文学出版社,2014:246.
② 劳伦斯.劳伦斯文集5:恋爱中的女人[M].毕冰宾,译.北京:人民文学出版社,2014:245.
③ 劳伦斯.劳伦斯文集5:恋爱中的女人[M].毕冰宾,译.北京:人民文学出版社,2014:10.
④ 劳伦斯.劳伦斯文集5:恋爱中的女人[M].毕冰宾,译.北京:人民文学出版社,2014:10.
⑤ 劳伦斯.劳伦斯文集5:恋爱中的女人[M].毕冰宾,译.北京:人民文学出版社,2014:96.
⑥ 劳伦斯.劳伦斯文集5:恋爱中的女人[M].毕冰宾,译.北京:人民文学出版社,2014:217.
⑦ 劳伦斯.劳伦斯文集5:恋爱中的女人[M].毕冰宾,译.北京:人民文学出版社,2014:477.
⑧ 劳伦斯.劳伦斯文集5:恋爱中的女人[M].毕冰宾,译.北京:人民文学出版社,2014:506.

前的预言:"他就是来自北方的奇特的白色魔鬼,他在毁灭性的寒冷神秘中获得了完善。他是否命中注定在奇冷的感知中死去呢? 他是不是死亡世界的信使,是不是人类在白色和冰雪中消亡的恶兆?"①

《尼伯龙根之歌》中,西格弗里特因一片菩提叶遮住后背而使那块地方未曾沐浴龙血,使之成为致命弱点。"西格弗里特的后背心和阿喀琉斯的脚后跟一样,是作者的隐喻,暗指骑士阶层的致命弱点。"②骑士阶层因为其虚伪、贪婪和残暴的本性,在史诗中他们的结局几乎都是毁灭。小说《恋爱中的女人》里,以西格弗里特为原型的杰拉德,一个工业文明中的煤矿主,他为了自己的利益变成一个贪婪、冷酷的机器代表,使工人沦为没有灵魂的工具,他的死亡悲剧是注定的。

三、杰拉德vs酒神狄奥尼索斯

在《恋爱中的女人》第七章"神符"中,厄秀拉和戈珍应赫麦妮的邀请第二次造访布莱德比庄园。在游泳这个场景中,劳伦斯描写杰拉德:"令人想起狄奥尼索斯,因为他的头发的确是金黄的,身躯丰满,笑容满面。"③狄奥尼索斯是希腊神话中的酒神。相传狄奥尼索斯是主神宙斯与塞墨勒的儿子。塞墨勒是忒拜国的公主,年轻娇媚,宙斯多次下凡与其幽会。女神赫拉知道后通过阴谋使得塞墨勒要求看宙斯的真身。塞墨勒被现出真身的宙斯烧死,其体内还不足月的胎儿——狄奥尼索斯被宙斯及时救出。宙斯将其缝在自己的大腿里等待他发育、成熟、诞生。因为胎儿在腿内,宙斯走路如瘸子一般,所以狄奥尼索斯这个名字就有了希腊语"宙斯的瘸腿"之意。"据说狄奥尼索斯掌握了自然的所有秘密和酒的历史,到处教人如何种植葡萄,如何用葡萄来酿酒。"④他四处漫游,走到哪里,歌声、乐声和狂欢就跟到哪里。他的追随者一般都是女性,他们在这种狂欢的气氛里,亢奋地喝酒,舞之蹈

---

① 劳伦斯.劳伦斯文集5:恋爱中的女人[M].毕冰宾,译.北京:人民文学出版社,2014:270.
② 李钥.论《尼伯龙根之歌》中骑士精神的独特性[J].湘潭大学学报,2011(5):137.
③ 劳伦斯.劳伦斯文集5:恋爱中的女人[M].毕冰宾,译.北京:人民文学出版社,2014:107.
④ 尼采.狄奥尼索斯颂歌[M].孙周兴,译.北京:商务印书馆,2016:65.

之,肆无忌惮的狂笑一直伴随着他。在《恋爱中的女人》中,劳伦斯把杰拉德比作狄奥尼索斯,说明他确实有狄奥尼索斯的一些特性。杰拉德虽说出身于富裕的煤矿主之家,但是他是由保姆带大的,一直缺乏父亲和母亲的爱。父亲一直不喜欢、不认可杰拉德,陪伴和教育更无从谈起。母亲一直不管孩子,沉浸在自己的世界里。他的成长过程就如同狄奥尼索斯一样。

狄奥尼索斯还没有出生,母亲就死了,父亲虽是主神却无力照顾他,所以他在森林仙女们那里长大,少年时被指派为纵欲之神,深受女性的喜爱。和他的父亲宙斯一样,他也有很多的情人。小说中的杰拉德恰恰也符合这个特征。"他就像阳光下的蒲公英! 他一激动起来就疯了似的纵情折腾……他像丰收时那样收割每个女人。没有一个女人能抗拒他。"①劳伦斯还借用"玩命开车的人"(whole-hogger)、"詹提克莉尔"(Chanticleer)以及"苏丹王"(Sultan)来形容杰拉德②。毫无疑问,这三个词语都在暗喻杰拉德旺盛的性力。杰拉德自己也说过:"我不相信,一个女人,只一个女人就能构成我的生活内容。""从一个女人那里讨生活,仅仅从一个女人那里,这对我们是个磨难。"③杰拉德反复强调他的生活不应该被一个女人所占有,否则就太悲惨了。不管杰拉德走到哪里,他都是引人注目的中心人物,都能引起女人的注意。杰拉德"是个天生的情人,出色的情人"④,在小说中他同好几个女人有过关系。

小说第一章中杰拉德的出现立刻激起了艺术家戈珍的兴趣,那种奇特感受使得戈珍心中有一种想要再次见到他的欲望和狂喜。在戈珍看来,杰拉德"不是一个男人,他是生命的化身"。"他身上洋溢着一股阳刚之气,那刚柔兼备的身躯侧影散发着这种气韵,那完美的身姿令她兴奋、激动、陶醉。

① 劳伦斯.劳伦斯文集5:恋爱中的女人[M].毕冰宾,译.北京:人民文学出版社,2014:421.
② 劳伦斯.劳伦斯文集5:恋爱中的女人[M].毕冰宾,译.北京:人民文学出版社,2014:421.
③ 劳伦斯.劳伦斯文集5:恋爱中的女人[M].毕冰宾,译.北京:人民文学出版社,2014:56,
57.
④ 劳伦斯.劳伦斯文集5:恋爱中的女人[M].毕冰宾,译.北京:人民文学出版社,2014:397.

她喜欢看他。"①在布莱德比庄园,戈珍第三次见到杰拉德。有杰拉德的地方,不是有狂欢、纵欲,就是有歌舞。饭后,在赫麦妮的提议下,戈珍和厄秀拉出演了《麦克白斯》中三个女巫跳舞的场景。然后大家受到感染,有的弹奏钢琴,有的跳舞。杰拉德热情洋溢地跳起来,"尽管他只会跳几步华尔兹或两步舞,但他感到自己的四肢和全身都激荡着一股力量,令他摆脱了束缚"②。在同戈珍的交往中,劳伦斯插了一个戈珍同公牛对抗的场景。假如我们了解狄奥尼索斯的原型,就更加容易了解作者的良苦用心。古希腊神话中,狄奥尼索斯一直和公牛有着千丝万缕的联系。他父亲宙斯的象征物是白色公牛,而他的母亲也是在向宙斯祭献了一头公牛后被宙斯发现并爱上的,狄奥尼索斯出生的时候头上就长着两只牛角,所以戈珍抚摸公牛就是潜意识里与杰拉德的肉体接触,"喉颈也似乎在某种肉欲中变得兴奋起来……她抚摸着它们,真正地抚摸,一阵恐惧与喜悦的热流传遍全身"③。与牛的对抗其实就是暗指她与杰拉德的对抗。"她突然高举起双臂,直向那群头上矗着长角的公牛扑过去……公牛们吓得喷着响鼻儿让开一条路来,抬起头,飞也似的消失在暮霭中。"④看着那些受到惊吓飞奔远去的牛群,戈珍为自己战胜它们而露出胜利的神情。

杰拉德和戈珍在一起的时候,劳伦斯更是不遗余力地用"激情上来了""充满情欲"等字眼来描述他。在他们一起去欧洲白雪皑皑的地方度假时,他们和另外十个游客一起在旅馆娱乐厅玩乐。大家充满活力地狂舞。"屋里一片欢腾,充满了强烈的兽欲气氛。"⑤这是一种节奏比较强烈并要把舞伴抛到空中的拍手舞——秀普拉腾舞。伴随着齐特琴声,杰拉德率先和教授的一个女儿起舞,然后越跳越顺,又和被他的英俊完全迷住的教授小女儿跳

① 劳伦斯.劳伦斯文集5:恋爱中的女人[M].毕冰宾,译.北京:人民文学出版社,2014:
 193,189.
② 劳伦斯.劳伦斯文集5:恋爱中的女人[M].毕冰宾,译.北京:人民文学出版社,2014:96.
③ 劳伦斯.劳伦斯文集5:恋爱中的女人[M].毕冰宾,译.北京:人民文学出版社,2014:178.
④ 劳伦斯.劳伦斯文集5:恋爱中的女人[M].毕冰宾,译.北京:人民文学出版社,2014:180.
⑤ 劳伦斯.劳伦斯文集5:恋爱中的女人[M].毕冰宾,译.北京:人民文学出版社,2014:440.

舞。"她简直爱他爱得发狂。""他征服了她,她就像个颤抖的小鸟,在他手中面红耳赤地扑棱着翅膀。"①

在小说中,杰拉德就如同唐璜一样,在碰到的每个女孩面前展示出让人无法抵抗的男性魅力,表现出强烈的欲望。"他就像一只好斗的小公鸡,在五十个女人面前高视阔步,全把她们的心俘获。"②杰拉德在庞巴多咖啡馆通过伯金认识了模特塔林顿小姐——咪咪。她是一位相貌端庄、容颜姣好、体态挺拔、线条丰满的女孩。初次见面,杰拉德就激起了咪咪的好奇心,她"目不转睛、好奇地看着杰拉德",而杰拉德也为"自己的迷人之处深感喜悦",并且感到自己的四肢"过电般的兴奋,充满了情欲"。他感到姑娘已经被自己吸引,"命中注定要与他接触"③。最后,在海里戴家里,杰拉德用自己的魅力和活力成功地和咪咪度过了一夜。可见,杰拉德就是"要占有他能够占有的一切女人——这是他的本质。如果说他遵循一夫一妻制那才叫荒唐——他本质上是乱性之人。这是他的天性"④。

从上述的分析和阐述可以看出,杰拉德和酒神狄奥尼索斯有着很多的共同特征:金黄色的头发,所到之处都会有狂欢、纵欲和歌舞,总是与酒、性、女人有关。同时,他们都有同性恋的倾向。酒神狄奥尼索斯有很多男性情人,比如"安普洛斯(Ampelos)、波吕摩诺斯(Polymnos)和许墨奈俄斯(Hymenaeus)等。"⑤小说中的杰拉德也有同性恋的倾向,他的那位男性朋友是伯金。"这两个男人相互间怀有深厚的感情,但这感情又颇为别扭。"对着生病的伯金,杰拉德原本像鹰一般锐利的目光顷刻"变得温暖,充满了爱";他被伯金"迷惑住了,他还不想走。他无力迈开脚步离去"⑥。但是杰拉德的

① 劳伦斯.劳伦斯文集5:恋爱中的女人[M].毕冰宾,译.北京:人民文学出版社,2014:440.
② 劳伦斯.劳伦斯文集5:恋爱中的女人[M].毕冰宾,译.北京:人民文学出版社,2014:495.
③ 劳伦斯.劳伦斯文集5:恋爱中的女人[M].毕冰宾,译.北京:人民文学出版社,2014:65,67.
④ 劳伦斯.劳伦斯文集5:恋爱中的女人[M].毕冰宾,译.北京:人民文学出版社,2014:441.
⑤ 洪佩奇,洪叶.希腊神话故事:狄俄尼索斯(名画全彩版)[M].南京:译林出版社,2013:67.
⑥ 劳伦斯.劳伦斯文集5:恋爱中的女人[M].毕冰宾,译.北京:人民文学出版社,2014:215,224.

悲剧命运却与酒神狄奥尼索斯不同。"受到肢解的狄奥尼索斯是生命的福兆：生命将永远再生，从毁灭中返乡。"[1]而杰拉德在"雪葬"那个章节的最后，在纯净的积雪中发现"一个半埋在雪中的十字架，顶端是一尊小型耶稣受难像，头顶上的盖板倾斜着"[2]。这说明他的死是在劫难逃的。看到"十字架"的杰拉德当时就觉得"这事必然要发生——被谋杀"。不甘心的他质问上帝："主啊，难道这是必然的吗？主啊！"[3]"'十字架上的上帝'是对生命的诅咒，是一种暗示，要人们解脱生命。"[4]显然，熟读尼采著作的劳伦斯非常清楚尼采对狄奥尼索斯的解读，所以在小说中他把杰拉德"置换变形"为必定死亡的狄奥尼索斯。

　　通过对杰拉德、克里福德等象征"死亡"的意象的描述，劳伦斯不但谴责了资本主义工业文明，深刻批判了资本主义，而且表达了对美好人生的追求。《意大利黄昏》的结尾"机械化，人类生活的彻头彻尾的机械化"把劳伦斯对机械文明的痛恨淋漓尽致地展现出来，同时通过死亡意象，劳伦斯告诫世人：资本主义高度的工业化已经极大地压抑和破坏了人的自然属性，人越来越僵硬和机械，长此以往必定会导致灭亡。自然是人类的供养者，人应该学会与之和谐相处；人与人之间的联系也需要自然和谐。这是劳伦斯终其一生想为腐朽文明寻找的办法。作者通过作品里面呈现出的死亡景观希冀人类摆脱死亡，获得新生，所以劳伦斯的死亡观其实映衬了他对再生的渴望，死亡是新生的起点。

---

① 尼采.权力的意志：下卷[M].孙周兴，译.北京：商务印书馆，2007：993.
② 劳伦斯.劳伦斯文集5：恋爱中的女人[M].毕冰宾，译.北京：人民文学出版社，2014：506.
③ 劳伦斯.劳伦斯文集5：恋爱中的女人[M].毕冰宾，译.北京：人民文学出版社，2014：506.
④ 尼采.权力的意志：下卷[M].孙周兴，译.北京：商务印书馆，2007：993.

第四章 劳伦斯小说中的社会空间

社会空间是小说空间表征的重要组成部分。社会空间不仅包括人们的活动场所,而且包括在这些空间中所呈现出来的宗教特性、女性印记和经济景观等。正如列斐伏尔所言:"(社会)空间是一种(社会)产物。"①劳伦斯的小说生动地刻画了众多的社会空间,比如《儿子与情人》中那充满矛盾和冲突的莫雷尔一家的家庭空间,《查泰莱夫人的情人》中拉格比不伦的家庭空间,以及矿工们下班后常去的小酒馆空间等。本章着重介绍其小说中所展示的丰富的社会空间产物,比如经济现象、宗教展现和阶级表征等。

第一节 社会空间里的经济现象

按照《现代汉语词典》的解释,经济就是"社会物质生产和再生产的活动"与"个人生活用度"。文学作品不仅仅是精神层面的书写,同时也会直接或间接地对当时所处社会的经济活动进行书写。正如 Woodmansee 在《新经济批评》中所说:"文学文本,尤其是小说,既产生又回应了货币和经济体系中所体现的表征和信用本质的重新表述。"②文学作品,尤其是小说,是作家对自己所处的时代以及现实社会经济活动的一种描述,承载了经济生活的

① Henri Lefebvre. The Production of Space[M]. Donald Nicholson-Smith, trans. Massachusetts: Blackwell, 1991:26.
② Martha Woodmansee, Mark Osteen. The New Economic Critics[M]. New York: Routledge, 1999:4.

本真及其运行之道。很多文学作品中包含着十分丰富的经济活动,储藏着丰厚的经济细节。比如评论家们认为笛福的最后一部小说《罗克珊娜》(*Roxana*)的主人公擅长交换经济。在小说中笛福追踪了主人公的资本积累,主人公在进行一系列交易(为了钱而进行自我和性的交易)时,假扮成各种各样的人,并与对方交换。诺曼·罗素的《小说家与财神》(1986)提供了很多关于19世纪英国金融市场"狂热"盛行时的信息,展示了小说家对金融危机和条件的"使用"或"回应"。巴尔扎克的小说《人间喜剧》更是一个典型的例子。恩格斯曾在《致玛·哈奈斯》一文中说:"甚至在经济细节方面(诸如革命以后动产和不动产的重新分配)所学到的东西,也要比从当时所有职业的史学家、经济学家和统计学家那里学到的全部东西还多。"①劳伦斯处于19世纪末和20世纪初的前30年,他在小说人物形象的塑造和情节的推动中也渗透了很多的经济元素,暗合了一些经济规律和经济思想,反映了社会的经济面貌。这些小说不仅反映出当时社会的经济现象,而且作品中主人公精神层面的惶恐疑惑与现实层面的经济问题纠缠在一起,使得主人公陷入了一种非常矛盾和无措的生活境地,比如《儿子与情人》中的莫雷尔一家。英国诺丁汉大学经济和社会历史系主任J.D.Chambers(Jessie Chambers的哥哥)认为从经济的角度去研究劳伦斯的小说会很有价值。劳伦斯在小说中讲了很多有关工业化的进程以及英格兰从农业社会到机械的工业社会的转变所产生的社会后果。②马克·希尔在他那极有影响力的著作《文学的经济》中写道:"文学作品是由小的转义交换或隐喻构成的,其中一些可以用所指的经济内容来分析,而所有这些都可以用经济形式来分析。"③本部分将从经济景观、经济人和金钱数字三个方面来考察劳伦斯小说中的经济书写,由此洞见

---

① 马克思,恩格斯.中共中央马克思恩格斯列宁斯大林著作编译局编译.马克思恩格斯选集:第1卷[M].北京:人民出版社,1995:463.

② Colin Holmes. Lawrence's Social Origins[G]//Christopher Heywood. D. H. Lawrence New Studies. London:The Macmillan Press Ltd., 1987:2.

③ Marc Shell. The Economy of Literature[M]. Baltimore:The Johns Hopkins University Press,1978:7.

英国当时的风云变幻,窥见人物的内心世界。

一、经济景观

　　劳伦斯是矿工的儿子,他主要小说的故事背景都设在诺丁汉的煤矿之乡。他的小说《儿子与情人》《虹》《恋爱中的女人》客观地呈现了煤矿生产上升时期的景象,而《查泰莱夫人的情人》则反映了伊斯特伍德煤矿生产陷入衰退时的情形。在劳伦斯的这些小说中出现了大量的经济景观,这些经济景观和煤矿息息相关,其中最主要的是煤矿、矿工住房以及铁路。在《儿子与情人》中,小说开篇就给读者呈现了一个典型的矿区经济景观。熟悉英国历史的读者知道,英国是世界上第一个开始工业革命的国家。自从18世纪中叶开始工业革命后,英国大踏步迈上了工业化的进程。随着英国工业的迅速发展,对煤炭的需求量成倍增长,诺丁汉地区的采煤业也进入黄金时代。原先那种传统的靠驴和手工为主的小矿井被金融家的大矿代替了。在诺丁汉郡和德比郡发现了煤矿和铁矿后,卡逊-魏特公司成立了。这个新成立的公司属于现代资本主义工业企业,他们增加投资,引进新型采煤技术,"布林斯利矿井……吊车的轮子在高处闪闪发亮,筛子正在把煤送到货车上","又高又黑的吊车和一排排卡车……慢慢转动的风扇……""中间是座高炉的耀眼红光,直往云朵上喷着热气"。[1]从原先的驴到现在的筛子把煤从地底下拉到地上,这一切的变化都是因为采煤技术的提高。此外,新公司增加矿工和管理人员,提高管理水平,挖掘新矿井,使煤炭产量急剧增加。"趁此在从席尔贝和纳塔尔往下一带的河谷接连开发新矿,不久这一带就有了六个矿井……由一条弯弯曲曲的细链——铁路线——连接起来。"[2]这里的叙述告诉读者,随着科学技术的不断发展,新矿不断被开发和修建,煤的产量越来越大,经济更是飞速发展。

---

① 劳伦斯.劳伦斯文集3:儿子与情人[M].陈良廷,刘文澜,译.北京:人民文学出版社,
　　2014:157,225,129.
② 劳伦斯.劳伦斯文集3:儿子与情人[M].陈良廷,刘文澜,译.北京:人民文学出版社,
　　2014:4.

在《虹》中,这样的叙述也比比皆是。在小说开篇,劳伦斯写道:"玛斯农场上修起一条运河,这条河直通埃利沃斯谷地里新开的煤矿。""运河的另一边又开了一座煤矿,随即中部铁路伸向谷地的伊开斯顿山脚下……"①运河、铁路的开通给英国带来了改良的道路系统,这不仅促进了人口的移动,也促进了国内外货物的流通,极大地改善了煤炭外销的交通条件,使大量煤炭被运送到英国各地。"一长列火车一路开来,闯入这片黑暗的山谷中,有时从南面开往伦敦,有时从北面开往苏格兰。火车疾如流星,在黑暗中咆哮而过。浓烟滚滚,炉火熊熊,山谷随着火车经过而铿锵轰鸣。"②"谷地里,一条矿区铁路把一座座煤矿连接了起来,铁路上跑着一辆辆矿车,有满载的短列,有空载的长列。"③由于市场扩大,运输能力提高,煤矿业的蓬勃发展刺激了经济,运河附近的镇子得益而日趋繁荣,布朗温一家就这样迅速发家致富了。"劳伦斯的小说客观上呈现了伊斯特伍德煤矿发展的历史,它也是英国工业发展的一个缩影。"④上面提到的《儿子与情人》开篇的叙述就是当地采煤业从小煤窑向现代资本主义煤矿公司迈进的情景。

随着对煤矿的不断开采和煤产量的不断扩大,矿工人数自然增加了。"这个煤矿小镇的居住人口在1881年时大约有3500人,1886年约有4500人,1893年约有5000人。到1910年,劳伦斯25岁时,有超过4400人在伊斯特伍德矿井工作,这个数字比1885年伊斯特伍德地区全部人口的总数还多。"⑤矿工人数的不断增加见证了英国工业发展的速度。以前那种一排排、一幢幢的供煤矿工人居住的茅屋显然已经无法满足这么多的人口了。为了安置大

---

① 劳伦斯.劳伦斯文集4:虹[M].毕冰宾,石磊,译.北京:人民文学出版社,2014:5,6.

② 劳伦斯.劳伦斯文集3:儿子与情人[M].陈良廷,刘文澜,译.北京:人民文学出版社,2014:129.

③ 劳伦斯.劳伦斯文集5:恋爱中的女人[M].毕冰宾,译.北京:人民文学出版社,2014:236.

④ 刘洪涛.荒原与拯救——现代主义语境中的劳伦斯小说[M].北京:中国社会科学出版社,2007:127.

⑤ A. R. Griffin, C. P. Griffin. A Social and Economic History of Eastwood and the Nottinghamshire Mining Country[G]//Keith Saga. A D. H. Lawrence Handbook. Manchester: Manchester University Press,1982:127—128.

批矿工,卡逊-魏特公司在伊斯特伍德山脚下盖起了好几个矿工居民区,形状如同一个个大四方院。拆除地狱街后建立起来的洼地区"包括六排矿工住宅,每三排为一行,恰如一张六点的骨牌那样,每排十二幢房子"。"日常住人的房间、厨房都在屋子后部,面对两排屋子的里侧,看到的只是一个难看的后院,还有垃圾坑。"①在《虹》中,也出现了类似的住房景观图。"这个镇只有七年的历史。原来这里只是一个有十一幢房子的小村庄,附近是繁荣的半农业区。后来,大片的煤层被开发。一年之内就出现了威金斯顿,大批五间房一排的、不结实的、像闹着玩儿似的粉红色房子盖起来了。街道简直不像样,一条黑灰夹杂的碎石路……"②

这些单调和整齐划一的建筑格局形象地说明矿主是为了物质利益而建造住所的,展现的是现代工业的机械化特征。这样的房子既节省了占地面积,又可以容纳更多的矿工。矿主造房子可以收房租,会给他投下的资本带来极大的利润。矿主的小宅子永远不会空闲着,也没有收不到房租的危险。而公共场所不能获利,所以就成了垃圾坑。可见居住环境有多糟糕。这里的垃圾坑和后文提到的丁德山上那段碎石子路形成了呼应:"我真不知道他们干吗不修修这条路,路面这么糟糕,凡是救护车经过这段路的都够呛。""车子颠一下,我的心就像要蹦出嘴来了。就是给我一大笔钱叫我再跑一趟,我也不干了。可要等这条路修好,还早着呢。"③不修路是因为无利可图,所以不管这路有多颠簸,矿主也不愿花钱去修缮。结合上面提到的"垃圾坑",读者可以进一步了解资本家唯利是图的丑恶嘴脸:为了积累财富,他们剥削压榨工人阶级。这真是一幅让人咋舌的经济景观图!

① 劳伦斯.劳伦斯文集3:儿子与情人[M].陈良廷,刘文澜,译.北京:人民文学出版社,2014:4.
② 劳伦斯.劳伦斯文集4:虹[M].毕冰宾,石磊,译.北京:人民文学出版社,2014:340.
③ 劳伦斯.劳伦斯文集5:恋爱中的女人[M].毕冰宾,译.北京:人民文学出版社,2014:97,100.

二、经济人

　　根据亚当·斯密的《国富论》，"经济人"是指"有理性的、追求自身利益或效用最大化的人"。"不管那是什么，他都会不遗余力地去争取……也是功利主义的利己主义者。他是一个最大化者。作为生产者，他使市场份额或利润最大化。作为消费者，他通过全知和不可能的比较来最大化效用。"①经济人无休止地追求，被迫不断地消费，却永远无法满足自己的欲望。在劳伦斯的小说中，出现了一些形象鲜明的"经济人"。在小说《恋爱中的女人》中，"工业拿破仑"杰拉德就是一个典型的"经济人"。"他皮肤白皙，漂亮，身体健壮，浑身蕴藏着未释放出来的巨大能量。""杰拉德在家里有点支配权……他有压倒别人的性格。"②戈珍在第一次看到杰拉德的时候就觉得"他的静态中蕴含着危险，他那扑食的习性是无法驯服的。'他的图腾是狼'"③。仅仅从这些描写中就可以窥见杰拉德那引人注目的"经济人"形象。细读文本，可以发现杰拉德是个彻头彻尾的物质主义者。他认为"人应该把物质的东西放在首位"④，认为人的生活必须有房子住，有饭吃；没房子住重返自然或仅仅吃草就能满足是不可思议的，也是不切实际的。为了此目的，人就需要生产东西。确实，杰拉德是个有目的的人，而且目的性非常强。他在接管父亲的公司前就着手"建一座私人发电厂，为室内供电，他还着手进行最时髦的改进"⑤。这些叙述充分说明他为了达到自己的目的干劲十足，把可能要改进的都进行了改进，同时还强抓别人的衣领要他们做不愿意做的事，为此"人们都恨他"⑥。

---

① Martha Woodmansee, Mark Osteen. The New Economic Critics[M]. New York：Routledge，1999：20.
② 劳伦斯.劳伦斯文集5：恋爱中的女人[M].毕冰宾，译.北京：人民文学出版社，2014：17，23.
③ 劳伦斯.劳伦斯文集5：恋爱中的女人[M].毕冰宾，译.北京：人民文学出版社，2014：10.
④ 劳伦斯.劳伦斯文集5：恋爱中的女人[M].毕冰宾，译.北京：人民文学出版社，2014：54.
⑤ 劳伦斯.劳伦斯文集5：恋爱中的女人[M].毕冰宾，译.北京：人民文学出版社，2014：46.
⑥ 劳伦斯.劳伦斯文集5：恋爱中的女人[M].毕冰宾，译.北京：人民文学出版社，2014：46

　　杰拉德在父亲生病后开始慢慢地在企业中担负起一定的责任,学过采矿的他在一阵狂喜中掌握了煤矿世界,他看到了铁路上那一辆辆在跑的矿车上写着自己的名字,在全国行驶,于是他成了心目中那幅巨大的工业"图景的一部分"①。他用自己的干劲向父亲证明了自己是一个优秀的领导。在成功接管父亲的煤矿公司后,"他没有继承现成的秩序和生活观念"②,他要打破生活的框架,为此"他的头脑中形成了各式各样的社会学观念和改革观念"③,并且很快弄清了煤矿运转困难的全部症结。他认为,问题就出在父亲的乐善好施上,父亲把煤矿当成了慈善机构,他就像是"葬礼上的鸟儿,专食人间的痛苦"④。杰拉德知道,要彻底改变这种局面,他就要有所突破,必须抛弃"民主、平等"这些"愚蠢""陈旧"的观念,"对他来说重要的是社会生产这架机器"⑤。就这样,杰拉德这个"经济人"为了追求效益的最大化,开始将他自己的"哲学"在企业中付诸实践,推行改革。他亲力亲为,检查所有的细节,其做法之狠辣让大家害怕:他让那些已经没有工作能力的老工人退休,然后找一些能干的人来取代他们;为了压缩开支,取消免费赠送寡妇煤;建立一座巨大的发电厂供地下的照明和运输;矿井实现电气化,引进"大铁人"挖掘机和卷扬机;废除工头承包制;等等。他雇用了一大批真正聪明的工程师,但他们的工资并不比他父亲时代的那些人高,这样每年为企业至少"节约了五千英镑"。"一切都按照最准确、精细的科学方法运行,受过教育、有专长的人掌握了一切,矿工们沦为单纯的机器和工具。"⑥通过完美推行现行的绝妙、精细的体制,杰拉德成功地让企业起死回生,更新了面貌。煤产量以

---

① 劳伦斯.劳伦斯文集5:恋爱中的女人[M].毕冰宾,译.北京:人民文学出版社,2014:236.
② 劳伦斯.劳伦斯文集5:恋爱中的女人[M].毕冰宾,译.北京:人民文学出版社,2014:235.
③ 劳伦斯.劳伦斯文集5:恋爱中的女人[M].毕冰宾,译.北京:人民文学出版社,2014:236.
④ 劳伦斯.劳伦斯文集5:恋爱中的女人[M].毕冰宾,译.北京:人民文学出版社,2014:231.
⑤ 劳伦斯.劳伦斯文集5:恋爱中的女人[M].毕冰宾,译.北京:人民文学出版社,2014:241,242.
⑥ 劳伦斯.劳伦斯文集5:恋爱中的女人[M].毕冰宾,译.北京:人民文学出版社,2014:246,245.

惊人的速度在增长,"超过了以往任何时候的记录"①。

《查泰莱夫人的情人》里的克里福德是和杰拉德不一样的"经济人"形象。杰拉德追求效用最大化,而克里福德追求自身利益。克里福德是拉格比庄园的主人,在战争中受伤而下身瘫痪。他从父辈那里继承了两处煤矿的所有权。一开始他对煤矿没有多大兴趣,所以他就靠写小说维持生活,度过自惭形秽的日子。克里福德"正崭露头角,有着强烈的出名欲"②。为此他向一个在美国靠剧本挣了大钱的爱尔兰人麦克里斯发出了邀请。麦克里斯把克里福德写进了一出话剧,并使他成了人人皆知的"英雄"。即使是作为人们笑料的"英雄",克里福德也在所不惜,毕竟出名了。"他铁了心要迅速成名成家,为此能不择手段。"克里福德"发现了新的出名渠道,各式各样的渠道"③。通过不懈的努力,通过不同的渠道,克里福德终于成功了。最新的这本书不仅"给他带来了一千镑的收入",而且成了"最摩登的作品"④。他的照片、半身塑像和画像到处出现,在四五年之内克里福德就成为年轻"'文化人'中的佼佼者了"⑤。文学方面的成功让克里福德信心百倍,在新来的看护伯顿太太的影响下,克里福德开始对矿井产生兴趣。属于他的两处矿井有过黄金时代,但是现在正走向末日,沦落到要关闭的状态。他到矿上去,坐矿车下巷道考察,听监工解释煤层问题,阅读关于现代采煤技术的德文书籍,开始动脑子拯救特瓦萧煤矿。他那新的斗争精神被激起来了,他"要赢,要赢,不是像写小说那样靠斡旋人际关系赢……而是要靠煤炭,靠特瓦萧矿

① 劳伦斯.劳伦斯文集5:恋爱中的女人[M].毕冰宾,译.北京:人民文学出版社,2014:246.
② 劳伦斯.劳伦斯文集7:查泰莱夫人的情人[M].毕冰宾,译.北京:人民文学出版社,
   2014:19.
③ 劳伦斯.劳伦斯文集7:查泰莱夫人的情人[M].毕冰宾,译.北京:人民文学出版社,
   2014:19.
④ 劳伦斯.劳伦斯文集7:查泰莱夫人的情人[M].毕冰宾,译.北京:人民文学出版社,
   2014:53.
⑤ 劳伦斯.劳伦斯文集7:查泰莱夫人的情人[M].毕冰宾,译.北京:人民文学出版社,
   2014:53.

井里挖出来的脏东西赢得人生"①。他通过考察研究,找到了煤矿生产衰退的症结。他采用新技术,将煤转换成电力,并且开始在矿井建发电厂卖电,还采用浓缩燃料来产生巨大热能,提高效率。投身煤炭事业时,"他感到生命涌进他的体内,就来自煤炭,来自矿井",他要"把这里的一切都掌握在自己手中"②。

三、金钱数字

在劳伦斯的小说《儿子与情人》中出现了很多经济数字。通过这些具体而微、散落于文章各处的经济数字,读者可以清晰地了解到当时社会的经济状态。"劳伦斯的小说客观折射了伊斯特伍德煤矿一百多年的兴衰历史……劳伦斯的长篇小说《儿子与情人》真实反映了伊斯特伍德一般矿工以及劳伦斯家庭的日常生活。"③小说中莫雷尔是个矿工,10岁就下井赚钱;他的大儿子威廉在13岁那年就在合作社办事处工作;小儿子保罗在十四岁时到乔丹工厂上班。这说明他们当时都是未成年就出去工作了。19世纪英国的工业革命带来了英国经济的繁荣发展,使之确立了"世界工厂"的地位以及各国工业化进程中的领导地位。从经济史的角度讲,"它加速了人类社会生产力和经济的发展,开创了一个世界经济史的新纪元"。采矿业就是英国工业革命进程中使用童工较多的一个行业,《儿子与情人》中的莫雷尔就是一个很好的例子,他没有接受教育,10岁就下井了。一位矿井管理员说:"我知道儿童有6岁就下矿井的……7岁到8岁是正常的下井年龄。"④所以说,"欧洲工

① 劳伦斯.劳伦斯文集7:查泰莱夫人的情人[M].毕冰宾,译.北京:人民文学出版社,2014:118.
② 劳伦斯.劳伦斯文集7:查泰莱夫人的情人[M].毕冰宾,译.北京:人民文学出版社,2014:118.
③ 刘洪涛.荒原与拯救——现代主义语境中的劳伦斯小说[M].北京:中国社会科学出版社,2007:129.
④ Joel H. Wienwe. Evidence on the Employment of Children in Mines, 1842[M]//Great Britain; The Lion at Home: A Documentary History of Domestic Policy 1689-1973. London: Chelsea, 1974.

业时代的历史是一部牺牲童年的历史"。从"10岁""13岁""14岁"这几个数字还可以了解到19世纪中后期的英国,儿童出去工作的年龄越来越大,受教育的情况也发生了变化,童工莫雷尔没有接受教育到后面的童工威廉、保罗接受了教育。这反映了英国工业革命在19世纪六七十年代进入鼎盛时期,工人阶级的生活也因为国家的经济繁荣有所改善,不再长年处于困顿状态,其子女的工资收入自然也不再成为家庭经济必不可少的部分,所以子女出去工作的年龄也越来越大。同时,因为家庭经济的改善以及工业发展需要越来越多有知识的工人,人们对子女的教育问题也日益重视起来,不再像以前一样不让孩子接受教育。

莫雷尔一家6口人最初主要是靠莫雷尔在煤矿工作而维持生活的。井下的作业实行承包制,由作为承包人的矿工头承领任务,然后再分配给矿工,是计件工资。每个巷道的全部收益也是交给工头,再由他一份份发给矿工。①《儿子与情人》中,"5个矿井的矿工都是星期五发工资,不过不是单独发放。每个巷道的全部收益都交给那个作为承包人的矿工头,由他再分成一份份工资,不再小酒店里发,就在他自己家里"②。莫雷尔是个好矿工,工作十分踏实,刚结婚的时候,一星期有时还会"挣到5英镑"③。但是因为他多嘴多舌,得罪了矿井管事,就被分配到那些煤层薄、采煤费力、挣不到钱的地方,情形好的时候,他能"挣到50或55个先令一星期"。"莫雷尔应该给他老婆30先令一星期,用来养家糊口——支付房租、买粮食、做衣服、支付俱乐部的会费、支付保险费和医疗费。偶尔,手头宽裕的话,就给她35个先令。不过这种情况并不多,更多的是一星期只给她25先令。"④劳伦斯的姐姐Ada

① R. Goffee. The Butty System in the Kent Coalfield[J]. Bulletin of the Society for the Study of Labour History,1977(34):42.
② 劳伦斯.劳伦斯文集3:儿子与情人[M].陈良廷,刘文澜,译.北京:人民文学出版社,2014:80.
③ 劳伦斯.劳伦斯文集3:儿子与情人[M].陈良廷,刘文澜,译.北京:人民文学出版社,2014:21.
④ 劳伦斯.劳伦斯文集3:儿子与情人[M].陈良廷,刘文澜,译.北京:人民文学出版社,2014:22.

Lawrence也曾说过,她父亲一星期给母亲的生活费从没有超过35先令,通常都是给25先令,家里的日子很是艰难。[①]从刚才那段文字中可以看出,莫雷尔的收入是不固定的,在不同季节会有起伏。冬天是煤炭需求量最大的季节,自然收入就多一些。在孩子们工作之前,莫雷尔一家的生活还是比较拮据的,莫雷尔太太精打细算,一直想着该怎样"把手头的钱用在刀口上"[②]。莫雷尔太太有时还会花上五便士买个有矢车菊图案的盘子,花个四便士买几株紫罗兰和雏菊。后来,莫雷尔自己成为一个承包人,每个周五晚上在家里算账,把他们这个坑道里挣的钱分给承包伙伴们。小说中对这一段进行了详细的叙述:

> 因为韦森住在公司的房子里,他的房租已经在总账中扣除了,莫雷尔和巴克尔就各拿了四先令六便士。还因为总账中扣除了莫雷尔家用煤的钱,巴克尔和韦森各拿了四先令。算清这些以后,事情就好办了,莫雷尔分给每人一个英镑,直到金镑分完为止;再分给每人一枚半克朗,直到半克朗分完;接下来每人一个先令,直到先令分完为止。要是末了还剩下一点钱分不匀,就由莫雷尔留着供大家喝酒。[③]

可以推断,除了韦森还租住在公司的房子里,莫雷尔和巴克尔已经自己买房子了,那时的租金是比莫雷尔刚结婚时便宜了一点。刚结婚时,他们的房租是5先令6便士。莫雷尔一家每周煤的花费是4先令。这些细节足以管窥当时矿工的经济状况和生活状况。

---

① G. H. Neville. For One Particular Poor Week [G]//Carl Baron. A Memoir of D. H. Lawrence. Cambridge: Cambridge University Press, 1981:49.

② 劳伦斯.劳伦斯文集3:儿子与情人[M].陈良廷,刘文澜,译.北京:人民文学出版社,2014:9.

③ 劳伦斯.劳伦斯文集3:儿子与情人[M].陈良廷,刘文澜,译.北京:人民文学出版社,2014:235.

威廉13岁时在合作社办事处找了份工作,每周有6先令,当时去井下干活"可以拿10先令一星期"①。在他16岁时,他每周有14先令。19岁离开合作社办公室去诺丁汉工作的时候,每周有30先令,相当于莫雷尔每周的工资。莫雷尔夫妇都感到"扬扬得意"②,因为这在当时是一份比较高的收入了。当威廉在伦敦找到一份年薪120英镑的工作时,"母亲简直搞不清应该高兴还是伤心了"③。对于工人阶级家庭来说,120英镑就是一笔巨款。随后,安妮通过教师资格考试,从开始的4先令到15先令一星期,保罗也在乔丹工厂工作,开始时有8先令一星期,19岁时能挣到20先令一星期,但是去诺丁汉上班的火车月季票需要1英镑11先令。"家里的经济问题总算即将解决。"④从最初的莫雷尔一个人养活6口人到后来的5个人工作,莫雷尔一家的生活开始宽裕,房子也越来越好,也有足够的闲钱外出度假了。莫雷尔一家搬过四次家。第一次是在伊斯特伍德山下的房子,当时房子已经有12年的房龄了。因为这所房子是上面一排最后一户,所以与之相邻的只有一户人家,房子的另一边比别人家多了一块长条形的院子,自然房租就贵了6个便士。别人家每个星期是5先令,他们家要5先令6便士。之后搬进洼地区的矿工住房。洼地区的住房就像前面提到的那样,虽然外观看上去不错,但是实际生活条件非常恶劣,因为厨房面对着一条有很多垃圾坑的臭巷子,那里散发出一阵阵霉味儿。在威廉渐渐长大后,莫雷尔一家从洼地区搬到了小山顶上的一所房子里,这所房子地理位置很不错,居高临下,并且面对着山谷。山谷很像一只凸形的海扇壳,延伸在屋前,房子前面还有一棵古老茂密的大白蜡树。威廉死后,他们搬到离原来位于斯卡吉尔街的家比较近的

---

① 劳伦斯.劳伦斯文集3:儿子与情人[M].陈良廷,刘文澜,译.北京:人民文学出版社,
2014:61.

② 劳伦斯.劳伦斯文集3:儿子与情人[M].陈良廷,刘文澜,译.北京:人民文学出版社,
2014:132.

③ 劳伦斯.劳伦斯文集3:儿子与情人[M].陈良廷,刘文澜,译.北京:人民文学出版社,
2014:64.

④ 劳伦斯.劳伦斯文集3:儿子与情人[M].陈良廷,刘文澜,译.北京:人民文学出版社,
2014:132.

一幢老房子里。房子在一条陋巷里,那条陋巷是直接从陡峭的小山通下来的。房子的一侧不与邻居相连,前面还有一个庭院,直通田野,然后是树林和小山,环境很不错。房间里面有一架老式钢琴,红木家具。保罗一家的房子越住越大,越住越好,他的家庭生活的改善由此可见一斑。从这些数字可以看出两个事实:第一,当时矿工的收入相当高,而老师的工资比较低。要知道同一时期的矿工的工资,"一个农场雇工要干一个多月才能挣到这个数目"[①]。这足以说明当时英国的工业发展迅速,煤的需求量非常大,使得煤矿业非常发达。第二,童工的工资比成年人的工资低,这可以从威廉、安妮以及保罗的工资涨幅中看出来。由此可见,对于资本家来说,使用童工比使用成人更划算。这就是维多利亚初期有那么多童工的原因。

从萨格编撰的《劳伦斯指南》这本书里,我们可以了解一下伊斯特伍德矿区工人的真实生活状况:

> 从19世纪50年代到1914年,矿工的工资水平一直在稳定地增加。在19世纪末,矿工平均一个班次能挣到9—10先令。20先令是一镑,一个矿工一个星期大约可以挣2—3镑。当然,矿工之间的收入也有很大的差距。所在采煤面较好的包工头,在布尔战争或第一次世界大战这段景气时期,一个星期的收入会达到5—6镑。统计资料显示,在19世纪末20世纪初,伊斯特伍德矿工之家的子女比其他职业者的子女要多。家里孩子多,拖累大,生活就贫困。如果一个矿工家庭只有一个人工作,还有一些正在成长的孩子,他就会感到相当拮据。但他们也有苦尽甘来的时候。等儿子们长到十二三岁,就会跟随父亲下井干活,一个中年矿工有三四个儿子在井下工作的情况并不少见。这样的一个家庭,生活水准已经达到

---

① 刘洪涛.荒原与拯救——现代主义语境中的劳伦斯小说[M].北京:中国社会科学出版社,2007:129.

了中产阶级的水平。①

　　把伊斯特伍德矿区工人的真实生活情况与小说《儿子与情人》中莫雷尔一家进行比较,发现莫雷尔结婚的时候可能就是在布尔战争或第一次世界大战这段时期,因为那时的莫雷尔每周能挣5英镑,一年相当于240英镑。《查泰莱夫人的情人》中乡绅老爷温特所说的"在维多利亚女王统治的后半段,矿工们能挣大钱的黄金时代"②,应该指的也是那个时候。一些研究者把中产阶级的标准定为家庭有能力雇用女仆,或者年收入在150英镑以上,假如按照这样的条件,莫雷尔结婚的时候,其生活水平完全够得上中产阶级。但是莫雷尔一家子女多,而且只有莫雷尔一个工作,所以当时家里的生活非常困难,也就难怪莫雷尔太太与莫雷尔之间经常因为经济的问题吵架了。小说中有一个情节:莫雷尔偷偷拿了莫雷尔太太的6个便士导致两人吵架,莫雷尔出走。而后来当孩子长大赚钱后,家里的经济状况才出现转机。《儿子与情人》里面的经济数字比较真实地反映了当时英国伊斯特伍德的生活状况,可谓当时的生活写照。

　　矿工的工作虽然工资相对较高,但是有一定危险,矿区环境不好,而且事故也层出不穷。莫雷尔又是个相当粗心的人,所以经常不是病就是伤。《儿子与情人》第三章中,莫雷尔得了脑炎,家里一下子失去了经济来源。"工会俱乐部每星期给她17先令,每到星期五,巴克尔和其他伙伴把在矿上挣的钱分给莫雷尔老婆一部分"③,还有邻居们的帮助才让这一家人在不借债的情况下渡过了难关。有一次,莫雷尔的腿被石头砸中弄成个有创骨折不得不住院,矿井每星期给14先令的补助,疾病互助会给10先令,伤残基金会给

① A. R. Griffin, C. P. Griffin. A Social and Economic History of Eastwood and the Nottinghamshire Mining Country[G]//Keith Sagar. A D. H. Lawrence Handbook. Manchester: Manchester University Press, 1982:129-134.

② 劳伦斯.劳伦斯文集7:查泰莱夫人的情人[M].毕冰宾,译.北京:人民文学出版社,2014:174.

③ 劳伦斯.劳伦斯文集3:儿子与情人[M].陈良廷,刘文澜,译.北京:人民文学出版社,2014:54.

5先令,莫雷尔的工友们也会帮助5到7先令。这些补助的总额相当于莫雷尔每周挣到的工资,所以"莫雷尔住院期间,他们的生活倒不怎么困难"[①]。这两个事件也进一步说明了一家人每星期日用开支在30先令左右。《虹》中,厄秀拉的舅舅汤姆说矿工们"生活相当糟糕。矿井很深很热,有的地方还潮湿,常常有人死于肺结核。但是他们挣的工资挺高"[②]。他家的帮佣是个寡妇,她的丈夫死于肺结核。《查泰莱夫人的情人》中伯顿太太的丈夫是个矿工,死于工伤,当时伯顿太太才28岁,还有两个嗷嗷待哺的幼儿,可是矿上只给伯顿太太300英镑的抚恤金,而每周只能领30先令,需要4年才能领完。本是法律赔偿金,可是矿上做出的姿态倒是像施舍给她的一笔赠款,从中可以看出统治阶级的丑恶嘴脸,他们从中挣了很多钱,"英格兰一位最有道德的公爵每年从这些矿井中获得20万(英镑)"[③]。《查泰莱夫人的情人》中的沃索普城堡那边的矿每年把"千百万的金钱添进公爵和其他股东的腰包"[④]。为此,矿工们进行了罢工运动。《白孔雀》中,煤矿工人由于不满井下工作制度坚持罢工很长时间,忍饥挨饿,充满愤恨和无望;《恋爱中的女人》中,杰拉德小时候矿工们因为煤矿主关闭一个矿井让他们失去了生活的来源而举行了一次大规模的游行示威,导致矿井失火,最后军警对矿工们进行开枪镇压。劳伦斯在《还乡》一文中也谈到他回家乡时刚好碰到的大罢工。罢工持续了好几个月,矿工们的家庭仅仅靠面包、人造黄油和土豆生活着。矿工们还去采黑莓来卖,那个境况就如同遇上了饥荒。小说即生活!

　　沿着这条工资的数字经济主线,《儿子与情人》中还穿插了一些其他的细节,比如结婚的费用、房租等。从这些小细节中也可以窥见当时社会的其他境况。比如莫雷尔夫妇结婚的时候莫雷尔给了母亲80英镑置办婚礼,结

---

① 劳伦斯.劳伦斯文集3:儿子与情人[M].陈良廷,刘文澜,译.北京:人民文学出版社,2014:101.
② 劳伦斯.劳伦斯文集4:虹[M].毕冰宾,石磊,译.北京:人民文学出版社,2014:343.
③ 劳伦斯.劳伦斯文集5:恋爱中的女人[M].毕冰宾,译.北京:人民文学出版社,2014:345.
④ 劳伦斯.劳伦斯文集7:查泰莱夫人的情人[M].毕冰宾,译.北京:人民文学出版社,2014:170.

果还欠42英镑。其中6英镑用于吃喝,10英镑是莫雷尔原先欠债的还款,如此一算,家具的钱就要106英镑。"家具精致结实,用料讲究。"①安妮结婚的时候,伦纳德才攒了34英镑,莫雷尔太太认为这点钱派不了多大用场:"花5英镑办婚事——还剩下29英镑。这笔钱办不了什么事。"②从两处结婚的费用可以看出在工业革命初期,矿工的工资相当高,莫雷尔能攒下80英镑。20多年后在安妮的时代,伦纳德只攒了34英镑。而威廉订婚,花8个基尼给女朋友买了只订婚戒指。"孩子们听到这么大的价钱都咋舌不已。"③这说明伦敦这个世界经济中心的消费非常高。除了结婚费用,小说还好几次提到了房租。莫雷尔夫妇租住莫雷尔母亲的房子每周6先令6便士,租住公司的房子每周5先令6便士,这都是一些比较好的房子,后来房租和工具费扣款是每周16先令6便士。莫雷尔去帕摩尔斯顿喝酒需要2便士。

从上面列举的数字中我们可以清楚地了解到英国工业革命中后期的经济状况以及工人阶级的社会生活。正如Woodmansee所说:"金钱是一种语言,它既能反映自我,也能反映使用它的社会。"④劳伦斯的小说,尤其是《儿子与情人》里面出现的很多经济现象客观折射了伊斯特伍德煤矿的真实情况,也可以说反映了其100多年的兴衰史。《查泰莱夫人的情人》中,采煤业开始衰退,很多矿井关闭。"新英格兰矿关张了,科尔威克伍德矿也关了……灌木长了老高,都没过出井台了,运煤铁路的铁轨都锈了。"⑤

从《儿子与情人》中机械采煤的开始,到《恋爱中的女人》中采煤大机械

---

① 劳伦斯.劳伦斯文集3:儿子与情人[M].陈良廷,刘文澜,译.北京:人民文学出版社,2014:15.
② 劳伦斯.劳伦斯文集3:儿子与情人[M].陈良廷,刘文澜,译.北京:人民文学出版社,2014:287.
③ 劳伦斯.劳伦斯文集3:儿子与情人[M].陈良廷,刘文澜,译.北京:人民文学出版社,2014:132.
④ Martha Woodmansee, Mark Osteen. The New Economic Critics[M]. New York: Routledge, 1999:17.
⑤ 劳伦斯.劳伦斯文集7:查泰莱夫人的情人[M].毕冰宾,译.北京:人民文学出版社,2014:116.

化的鼎盛再到《查泰莱夫人的情人》中的煤矿衰败,劳伦斯通过自己的笔触,呈现了伊斯特伍德煤矿发展的历史。

第二节　社会空间里的宗教展现

宗教作为西方精神世界的重要基石,在众多作家的作品中都以不同的方式进行呈现,成为揭示小说主题、展现信仰迷失的重要表现形式。19世纪末到20世纪初,人们的价值观因为动荡不安的社会发生了悄然的改变。以尼采为代表的哲学家们成为基督教新教道德的激烈批判者:"基督教就是一种极大的诅咒,一种极端庞大、极深沉的堕落……我说基督教是人类的一个永恒的污点。"①尼采在《查拉斯图拉如是说》中以预言家的姿态和启示录模式不遗余力地攻击基督教的世界观,揭开了传统宗教的神秘面纱,同时宣告了传统思想、宗教教义的退却甚至终结,"上帝已经死了"。劳伦斯从小就浸润在基督教文化之中,因为他的母亲是一位虔诚的公理会教徒。她不仅带劳伦斯去教堂做礼拜,还经常在傍晚带着他一起去和牧师罗伯特·里德探讨宗教、哲学等问题。劳伦斯所在的学校也是公理会主日学校,所以经常要去参加由教会团体举办的各种活动。"在我学会思索之前很久,甚至对《圣经》的语言知识似懂非懂前很久,已被强迫接受了基督教的学说,它影响着我的思维和感情。"②

"宗教作为一种文化要素,也是一种'社会产物',即一种社会空间。"③劳伦斯显然也非常关注宗教主题,在各种社会空间里融入了丰富的宗教元素。受到尼采等哲学家的影响,劳伦斯在小说中表达了自己对基督教的否定和抗议,像尼采一样消解了上帝。比如《虹》中,虽然小说主要通过布朗温一家

① 戴维·罗宾逊.尼采与后现代主义[M].程炼,译.北京:北京大学出版社,2005:36.
② 转引自伍厚恺.寻找彩虹的人:劳伦斯[M].成都:四川人民出版社,1998:27.
③ 吴庆军.英国现代主义小说空间书写研究[M].天津:南开大学出版社,2016:37.

三代人的家庭生活来展示工业化进程中一幅自然遭到破坏、人性逐步异化的图景,但是劳伦斯把很多宗教细节穿插、散布在各种社会空间里面,不仅展现了宗教景观的破败和衰老,还展示了人们对宗教教义的嘲讽。比如教堂在小说中都以一种阴暗、荒凉、沉寂的形象出现:"这悠久郁闷的教堂中充满了点点坠落的灰浆,悬浮在空气中的灰泥尘,带着一股陈旧的石灰味,还有脚手架和一堆堆的垃圾,圣坛上扔着抹布。"[①]厄秀拉对宗教的热情来源于"听取耶稣精神的教诲,并把这些话用来迎合自己肉欲的需要"[②]。《恋爱中的女人》中,伯金和厄秀拉在出游中终于达到了和谐。在厄秀拉的眼中,威尔大教堂"僵硬、阴郁、丑恶","矗立在茫茫的暮色中"。[③]劳伦斯对基督教的态度是矛盾的,一方面他大力抨击基督教对人性、对生命的压制,另一方面他利用《圣经》中的意象来塑造人物,展开情节,比如《白孔雀》中"晃动的禁果"以及"禁果的魅力"这两个小标题都出自《圣经》中亚当和夏娃的故事;《恋爱中的女人》与《圣经·启示录》很相似;《阿伦的杖杆》里面满是《圣经》典故,如盐柱、燃烧的荆棘、阿伦的杖杆等,甚至其主题也充满《圣经·出埃及记》所表达的意味。下面主要以《儿子与情人》和《虹》为例来进行阐述。

一、《儿子与情人》中的宗教伦理困境

劳伦斯坚持不懈地用艺术方式追寻自然人性的回归,向英国传统道德观念发出挑战。劳伦斯还通过刻画人物所面临的伦理困境,揭示自己所倡导的道德思想,引起读者对人类生存状态的思考。伦理困境指的是由两种道德力量的冲突造成的让人物进退维谷的两难境地。在《儿子与情人》中,人物的宗教伦理困境通过劳伦斯细腻敏锐的笔触细致入微地呈现出来。细读《儿子与情人》这部小说,很容易发现其中蕴含的宗教元素及宗教伦理困境。比如这部小说的事件以及家庭聚会等发生的时间都和宗教节日有关,

---

① 劳伦斯.劳伦斯文集4:虹[M].毕冰宾,石磊,译.北京:人民文学出版社,2014:289.
② 劳伦斯.劳伦斯文集4:虹[M].毕冰宾,石磊,译.北京:人民文学出版社,2014:278.
③ 劳伦斯.劳伦斯文集5:恋爱中的女人[M].毕冰宾,译.北京:人民文学出版社,2014:332.

一般都安排在圣诞节、复活节、降灵节这样的宗教节日里：莫雷尔夫妇相识于圣诞节——"两年前的圣诞节，她遇到他，一年前的圣诞节，她嫁给了他。这个圣诞节，她将给他生个孩子"①；大儿子威廉带女友回家选在降灵节；莫雷尔太太在圣灵降临周之际、耶稣受难日生病并死在圣诞节。"小说的人物都浸润着基于《圣经》的宗教"②传统。宗教一直是人类精神生活的重要存在，是道德的基础，为人们提供了情感的栖息所和慰藉；宗教伦理也一直关涉个人的价值选择和行为选择。小说中的三个主要人物莫雷尔太太、米莉安和保罗都是典型的清教徒，而"清教徒所推崇和倡导的道德行为准则是：虔诚、谦卑、严肃、诚实、勤勉。""虔诚、谦卑、严肃、诚实、勤勉和节俭等德行体系化后，作为一个整体价值观，具有现世主义、禁欲主义和功利主义三大特征。"③本部分试着从文学伦理学——宗教伦理的角度出发，解读莫雷尔太太、保罗和米莉安这三个人物身上的清教道德特质以及其各自所面临的伦理困境，揭示劳伦斯对清教教义的抨击和控诉，以及对充满人性的宗教伦理的道德理想和情感的诉求。

1. 放纵 vs 信奉

《儿子与情人》围绕莫雷尔太太这个主要人物而展开，她是全书的核心人物，是莫雷尔家的灵魂，是一个虔诚、严肃、自律、勤勉的清教徒。综观整部小说，莫雷尔太太一直处于宗教伦理的选择困境中，是放纵莫雷尔还是要求他讲道德和信奉宗教？毫无疑问，在这个困境中，她选择了后者。在第一章里，劳伦斯是这样介绍莫雷尔太太的："莫雷尔太太出身于一个古老的市民家庭，祖上是有名的独立派，跟着哈钦森上校打过仗，一直都是坚定的公理会教徒。""她像她父亲一样，是个清教徒，志趣甚高，实在古板得厉害。""气质柔弱，但举止果断。""那双蓝眼睛十分坦率真诚，目光敏锐……为人极

① 劳伦斯.劳伦斯文集3：儿子与情人[M].陈良廷,刘文澜,译.北京：人民文学出版社,2014：17.
② 熊沐清.变形的耶稣——《儿子与情人》中的宗教蕴涵[J].外国文学研究,2007(1)：73.
③ 柴惠庭.英国清教[M].上海：上海社会科学院出版社,1994：231.

虔诚。"①从这些描述可以看出，莫雷尔太太出身于中产阶级，受过良好的教育并且有思想见地；同时可以了解到她生活在浓郁的宗教氛围中，是个继承家族传统的清教教徒：古板/压抑、虔诚、坦率真诚/正直、举止果断。"她手头仍然保留着当初约翰·费尔特给她的那本《圣经》。她十九岁那年常常和约翰·费尔特一块儿从礼拜堂走回家去。他是个富商的儿子，在伦敦上过大学，即将投身商界。"②即使约翰·费尔特后来娶了一个富孀，"莫雷尔太太仍然保存着约翰·费尔特的《圣经》"。"因此她是为了自己才保存着他的《圣经》，而且把对他的怀念藏在心里。直到临死那天，三十五年里，她从未提起过他。"③这段描写进一步说明了莫雷尔太太的清教克制德行。同时，这也从侧面隐晦地向读者指出，即使约翰·费尔特背叛了莫雷尔太太，她也像上帝一样宽恕了他。《圣经》依然是她唯一的信仰，是她在存疑问难时可以求助的"指路明灯"。就是这样一个虔诚的清教徒却在二十三岁那年的圣诞节舞会上，遇见了一个没有受过多少教育且十岁就下井挖煤的粗俗矿工瓦尔特·莫雷尔。虽然两人出身于不同的阶层，受教育的程度也天壤之别，但是"这个人生命里那股情欲之火不断散发出幽幽的幸福的柔情，就像蜡烛冉冉发光似的从他那血肉之躯中自然流露出来"，这"把她给吸引了"。④因为对她这样一个清教徒来说，内心里的生命火花一直受到清教教义的压制，莫雷尔身上这股本能之火于她是非常奇妙和不可理解的。就这样，"两年前的圣诞节，她认识了他。去年圣诞节她嫁给他。今年圣诞节她要为他生个孩子了"。幸福的生活只持续了六个月就戛然而止了。因为她在婚后的第七个月突然发现了房子是租的，家具是贷款买的。对于一个清教徒来说，坦率真

---

① 劳伦斯.劳伦斯文集 3：儿子与情人[M].陈良廷，刘文澜，译.北京：人民文学出版社，2014：10，13，5，13，12.

② 劳伦斯.劳伦斯文集 3：儿子与情人[M].陈良廷，刘文澜，译.北京：人民文学出版社，2014：11.

③ 劳伦斯.劳伦斯文集 3：儿子与情人[M].陈良廷，刘文澜，译.北京：人民文学出版社，2014：12.

④ 劳伦斯.劳伦斯文集 3：儿子与情人[M].陈良廷，刘文澜，译.北京：人民文学出版社，2014：13.

诚是受推崇并积极践行的德行,可是莫雷尔却采取了欺骗的方式。同时,节俭也是清教教义所推崇的,是清教徒自我道德约束最重要的体现。可刚结婚莫雷尔太太就发现家里负债累累,这种超支是她所不齿和不愿看到的。所以她"高傲、正直的心灵里有些事情已经结成坚冰了"①。随着生活的继续,莫雷尔太太和她丈夫之间的冲突越来越多,越来越严重。他们之间的根本冲突反映了不同的价值观念、意识形态的冲突。

　　阶级的差别和教育程度的迥异,造成了他们之间价值观的不同,使得各自对生活的理解和追求也不一样。莫雷尔太太希望过一种思想和精神富有的生活:"在她心目中,她父亲就是男人的典范。他只喜欢研读神学,只跟圣徒保罗一个人有思想共鸣。"②所以有时候她也想跟莫雷尔谈谈心里话,谈谈哲学、宗教等她感兴趣的话题,但是往往事与愿违:"她看出他是在十分尊重地听着,但是却听不懂。"③莫雷尔头脑简单、四肢发达,全凭直觉做事,喜欢感官享受——跳舞喝酒,"是个有名的跳舞能手"④。这和莫雷尔太太要他讲求道德和信奉宗教的思想格格不入。这一切也是虔诚的莫雷尔太太所不能容忍的,她有着和他父亲一样的信念:"凡是感官上的乐趣都不屑一顾。"⑤其实"清教徒力求表明自己具有不同于普通人的道德责任感,这使得他们要求在日常生活中保持严肃和克制,排斥任何可能引起道德堕落的行为和活动"⑥。所以清教反对酗酒,反对男女混合舞蹈,"男女混杂跳舞是受《圣经》

---

① 劳伦斯.劳伦斯文集3:儿子与情人[M].陈良廷,刘文澜,译.北京:人民文学出版社,2014:17.
② 劳伦斯.劳伦斯文集3:儿子与情人[M].陈良廷,刘文澜,译.北京:人民文学出版社,2014:11.
③ 劳伦斯.劳伦斯文集3:儿子与情人[M].陈良廷,刘文澜,译.北京:人民文学出版社,2014:15.
④ 劳伦斯.劳伦斯文集3:儿子与情人[M].陈良廷,刘文澜,译.北京:人民文学出版社,2014:17.
⑤ 劳伦斯.劳伦斯文集3:儿子与情人[M].陈良廷,刘文澜,译.北京:人民文学出版社,2014:11.
⑥ 李安斌.清教主义对17—19世纪美国文学的影响[D].成都:四川大学,2006:1-2.

谴责的一种罪恶","它的实践已证明,这是一种可耻的伤风败俗的行为"①。就这样,他们在婚姻道路上渐行渐远,关系日益疏远。然而,她还是不断跟他斗,逼他面对现实,目的是想让他成为她心目中的理想丈夫,想让他一步登天,成为一个更高尚的人,因为她"继承了世代相传的清教徒家风,仍旧有一种高度的道德感。这种道德感这时已经成了一种虔诚的本能……在跟他相处中更显得几乎像个狂热的信徒"。但是"他心中背弃了上帝",还经常到外面喝酒。"他要是喝了酒,说了谎,她就常常毫不留情地骂他是懒汉,有时还骂他是恶棍。"②《儿子与情人》中讲求自我约束的宗教伦理的莫雷尔太太,与酗酒、对家庭不负责任、沉醉世俗之乐、"从来不去做礼拜,宁可去酒店"③的莫雷尔之间一直存在冲突,这导致了他们婚姻的不幸,"结果把他毁了。她也害了自己,伤了自己"④。她的这种宗教热情和执着在她临死前都没有削减:"她过去很虔诚——现在也很虔诚,她干脆就是不肯屈服。"⑤

2. 屈从 vs 坚持

《儿子与情人》中,米莉安是一个羞怯克制、爱幻想、敏感、虔诚的清教徒。虔诚使得她在日常生活中时刻恪守宗教戒律,并对上帝表达忏悔、敬畏、感激和亲近之情。她拒绝肉体接触,生活在宗教的梦幻之中。面对屈从于保罗的情欲召唤还是坚持清教的禁欲主义这样的宗教伦理困境,她违背自己的天性选择了前者。米莉安几乎具备了清教徒该有的全部德行:"内心蕴藏着信仰,连呼出来的气里都含有信仰的气息。""对米莉安来说,当看到

---

① Perry Miller, Thomas H. Johnson. The Puritans, A Sourcebook of Their Writings[M]. New York: Henry Holt and Company, 1963:152.

② 劳伦斯. 劳伦斯文集3:儿子与情人[M].陈良廷,刘文澜,译.北京:人民文学出版社,2014:20,74,20.

③ 劳伦斯. 劳伦斯文集3:儿子与情人[M].陈良廷,刘文澜,译.北京:人民文学出版社,2014:225.

④ 劳伦斯. 劳伦斯文集3:儿子与情人[M].陈良廷,刘文澜,译.北京:人民文学出版社,2014:20.

⑤ 劳伦斯. 劳伦斯文集3:儿子与情人[M].陈良廷,刘文澜,译.北京:人民文学出版社,2014:456.

瑰丽的夕阳染红了西方的天际,她就认为是她所战战兢兢热情膜拜的基督和上帝在显灵。"①米莉安上教堂时总是低着头,非常虔诚,在教堂里有人行为粗俗或者嗓门粗声大气她都会感到痛苦和难受。对于自己的兄弟和父亲,她也不太尊敬,因为在她看来,他们就是粗俗的人,不相信上帝的人。"米莉安知道凡人应当在任何事上都力求虔诚,不管上帝怎么样,相信上帝总是无所不知的。"在《儿子与情人》中,劳伦斯还多次描写米莉安从头到脚都散发出的宗教气息。"米莉安的眼睛'黑得像座黑沉沉的教堂'。""她很像是当年跟玛利亚一起去静观耶稣去世的女人之一。""走路时摇摇摆摆,相当笨重,脑袋往前低着,默默沉思。"②这些描写使米莉安的形象立刻立体丰满起来,让人仿佛看到了一个整天在教堂沉思默想、做祷告的老妇人。她那双颜色极深的眸子就如同一座有灵魂的森林,是保罗无法穿过的。劳伦斯通过外表的描写将她的虔诚刻画得淋漓尽致。她一直奉行着《圣经》里"转过脸来让人打"的教义,这让她的兄弟们恨极了她,而她却把这种逆来顺受当作谦逊的德行而自我满足,生活在自己小天地里,藐视自己的兄弟以及其他男性,"她的心灵梦想着遥远、神秘的地方"③——天国;每次向上帝祈祷后,"她就进入自我牺牲的极乐世界,认为上帝做出牺牲,赐给芸芸众生的灵魂最大的幸福,而自己和上帝是一致的"④。米莉安狂热的宗教热情辐射着她周围的所有人和物,这让大家感到束缚。比如米莉安一看到野玫瑰花或水仙花,就尽情抚弄它们,用嘴唇碰碰一朵摇曳的花,"就好像和花在相爱似的"⑤。

① 劳伦斯.劳伦斯文集3:儿子与情人[M].陈良廷,刘文澜,译.北京:人民文学出版社,
    2014:167.
② 劳伦斯.劳伦斯文集3:儿子与情人[M].陈良廷,刘文澜,译.北京:人民文学出版社,
    2014:180.
③ 劳伦斯.劳伦斯文集3:儿子与情人[M].陈良廷,刘文澜,译.北京:人民文学出版社,
    2014:170.
④ 劳伦斯.劳伦斯文集3:儿子与情人[M].陈良廷,刘文澜,译.北京:人民文学出版社,
    2014:201.
⑤ 劳伦斯.劳伦斯文集3:儿子与情人[M].陈良廷,刘文澜,译.北京:人民文学出版社,
    2014:203.

她的这种狂热更是充分体现在和保罗的关系上。保罗的出现就如同瓦尔特·司各特笔下的人物一样,满足了她对男人的所有想象,所以保罗很快就成为她的偶像,成为她合适的精神占有对象。他们在一起非常开心,掏鸟窝、荡秋千,探索自然,经常讨论宗教和绘画。"正是这种微妙的亲密气氛,这种因对大自然某种事物具有同感而产生的情投意合中,两人逐渐萌发了爱情。"①

而米莉安是个虔诚的基督教徒,母亲从小对她言传身教,把基督教教义成功地灌输给了她,"米莉安就是深深合她心意的孩子"②。自然,基督教禁欲主义的教义也深深地烙在了她的心里,任何有关男女之间的性爱对她来说都是不能忍受的。在《直觉与绘画》中劳伦斯指出,基督教教义使人"开始惧怕自己的肉体,谈性色变,于是开始拼命压抑那激进、肉感和性感的本能"③。米莉安可以看作基督教禁欲主义的化身,她对性欲避若洪水猛兽,哪怕"听到人家稍微暗示一下两性关系都会感到十分厌恶"。她需要的感情是"在花前心心相印——要享受一种令她心醉神迷的、圣洁的境界"④,如同信仰活动中的超凡入圣的状态。在米莉安看来,和保罗谈恋爱就如同与上帝和信仰谈恋爱一样,需要时时保持那种圣洁的状态,她就是他的"信徒"。"他坐在扶手椅上,她蹲在他脚边的炉前地毯上。炉火熊熊映照着她俏丽、沉思的脸庞,她跪在那儿就像个信徒一样。"米莉安那对宗教的狂热使"他们之间的亲密关系一直保持着十分超然的色彩,好像纯粹只是一种精神上的事……在他看来,这只不过是一种柏拉图式的友谊"。"由于她一心信教,她仿佛跟凡俗生活脱了节,对她来说,这个世界要是不能成为既无罪恶又无性

① 劳伦斯.劳伦斯文集 3:儿子与情人[M].陈良廷,刘文澜,译.北京:人民文学出版社,
2014:174.

② 劳伦斯.劳伦斯文集 3:儿子与情人[M].陈良廷,刘文澜,译.北京:人民文学出版社,
2014:173.

③ 劳伦斯,萨加.世俗的肉身——劳伦斯的绘画世界[M].黑马,译.北京:金城出版社,
2011:73.

④ 劳伦斯.劳伦斯文集 3:儿子与情人[M].陈良廷,刘文澜,译.北京:人民文学出版社,
2014:191,187.

关系的修道院或者天堂乐园,那就是个丑恶地方。"①清教禁欲主义不仅把女人的贞操看作无与伦比的圣洁,而且非常强调贞洁的精神。《马太福音》第五章第二十八条说:"凡看见妇女就动淫念的,这人心里已经与她犯奸淫了。"也就是说,即使在心里想想也不贞洁了。所以当米莉安梦到保罗时,她便感到有罪和羞愧,常常自我谴责以至于"感到自己整个心灵都陷入重重羞辱之中"②,之后会赶紧跪下祈祷上帝宽恕她。但是随着年龄的增长,他们的爱情必定会面对性的问题。"她盼望他处于一种虔诚的状态……一面对他的激情也有点察觉。"③她总是自觉不自觉地利用环境和一切道德风尚使保罗对情欲感到羞耻。但事实上保罗已经不能满足这种纯精神的爱情了。他开始在自己的血液中听到了内心里那生气勃勃、粗野强壮的生命的呼唤,对于这股生命之火,任何一点火星都可能引起它的熊熊燃烧。

> 他硬是把自己心里像一般男人对女人那样对她的需要看成是见不得人的事而压了下去……拼命排除这种念头……正是这种所谓纯洁作梗,弄得他们连初恋的吻也不敢尝试。她似乎受不住肉体爱的震动,即使是一个热吻也受不住……不敢去吻她。④

由于米莉安始终没有理解保罗那种天性的感召,保罗变成恼怒的源泉,感受到了不和谐的痛苦,以至于不惜以言语和行为伤害他所深爱着的米莉

① 劳伦斯.劳伦斯文集3:儿子与情人[M].陈良廷,刘文澜,译.北京:人民文学出版社,
   2014:219,202,174.
② 劳伦斯.劳伦斯文集3:儿子与情人[M].陈良廷,刘文澜,译.北京:人民文学出版社,
   2014:201.
③ 劳伦斯.劳伦斯文集3:儿子与情人[M].陈良廷,刘文澜,译.北京:人民文学出版社,
   2014:209.
④ 劳伦斯.劳伦斯文集3:儿子与情人[M].陈良廷,刘文澜,译.北京:人民文学出版社,
   2014:209.

安:"要知道,你是个修女……在我们全部的关系中没有肉体的关系……"①
就这样,米莉安遇到了伦理困境,不知该如何选择。她被清教教义和个人情感这两股力量拉扯,陷入了进退维谷的两难境地。"哦,主啊……如果我不应该爱上他,就别让我爱上他吧。""可是,主啊,如果您的意愿是我应该爱他,就让我爱他吧……让我堂堂正正地爱他,因为他是您的儿子。"②身处个人情感和教义两股力量斗争旋涡之中的米莉安最后选择了她所爱的人保罗而不是教义。"她要成为一个牺牲品。不过这是上帝的牺牲品,不是保罗·莫雷尔的,也不是她自己的"③——自我牺牲而委身于保罗,即使她自己内心是多么地厌恶这种行为。"她非常沉默,非常镇静。她只知道自己在为他效劳。她躺着准备为他做出牺牲,因为她如此爱他。"④米莉安"像屠宰的牲口"一样强迫自己委身保罗反而引起了保罗极大的反感和恨意,保罗最终离她而去。从上面的分析中可以看出,米莉安是一个极其虔诚的基督徒,而正是她的虔诚,或者说禁欲主义阻碍了她和保罗的爱情,让她陷入一种痛苦和矛盾之中。

3. 顺从 vs 背弃

莫雷尔太太和米莉安是基督教教义的严格践行者,但保罗与她们不一样,他是一个矛盾的基督徒。聂珍钊教授在《文学伦理学批评及其它》中指出:"人是一种斯芬克斯因子的存在,由人性因子和兽性因子组成。"其中,"兽性因子与人性因子相对,是人的动物性本能。动物性本能完全凭借本能的选择,原欲是动物进行选择的决定因素。""人性因子即伦理意识"⑤,成年

---

① 劳伦斯.劳伦斯文集 3:儿子与情人[M].陈良廷,刘文澜,译.北京:人民文学出版社,
2014:296.
② 劳伦斯.劳伦斯文集 3:儿子与情人[M].陈良廷,刘文澜,译.北京:人民文学出版社,
2014:201.
③ 劳伦斯.劳伦斯文集 3:儿子与情人[M].陈良廷,刘文澜,译.北京:人民文学出版社,
2014:201.
④ 劳伦斯.劳伦斯文集 3:儿子与情人[M].陈良廷,刘文澜,译.北京:人民文学出版社,
2014:342.
⑤ 聂珍钊.文学伦理学批评及其他[M].武汉:华中师范大学出版社,2012:21.

后的保罗身上的兽性因子和人性因子发生了激烈的交锋,因为对充满激情的、能唤醒生命力量的爱情的渴望,保罗遵从了动物本能的呼唤背弃了清教的禁欲主义。保罗是莫雷尔家的第二个儿子,他在小时候就"参与"母亲和传教士希顿之间对宗教、布道方面的讨论,比如迦拿的婚礼等;从婴儿开始就对母亲的悲伤和虔诚感同身受,"奇怪地皱着眉头,眼睛也特别忧郁,仿佛他正在努力领会痛苦的滋味"①。出于信仰,莫雷尔太太给他取名为保罗——基督教里一个圣徒的名字。而保罗也不负母亲的期望,"从小就暗自抱有一种强烈的宗教信仰"②,每天晚上祈祷。他的兄长威廉和朋友比阿特丽斯都戏谑地称他为"圣徒",在他们的眼中,平时的保罗就是一个不折不扣的虔诚基督徒。除此之外,小说中还多次提到"保罗是耶稣"的描述。在第七章中,保罗组织了去铁杉石的远足,在公园中,米莉安发现"远处苍茫的暮色还留下一抹金光,把他衬托得像个黑色浮雕……她像是'天使报喜节'听到圣灵降生的消息一样,战战兢兢,慢慢朝前走去"③;在第十一章里,保罗和米莉安在米莉安姥姥那里,"你的脸真明亮,像耶稣的变形像"④。这两处描写很明显地指出保罗就像是耶稣,是"上帝",那么毫无疑问他就是虔诚的人。对于保罗来说,米莉安家"对一切都赋予一种宗教意义的气氛对他有着说不出的魅力"⑤,他和她们在一起讨论宗教;而且一个日常经历就能让他们从中探究出真谛,"他那经历过创伤、已经高度启蒙的心灵,像寻求滋养似的

---

① 劳伦斯.劳伦斯文集3:儿子与情人[M].陈良廷,刘文澜,译.北京:人民文学出版社,
　2014:43.
② 劳伦斯.劳伦斯文集3:儿子与情人[M].陈良廷,刘文澜,译.北京:人民文学出版社,
　2014:71.
③ 劳伦斯.劳伦斯文集3:儿子与情人[M].陈良廷,刘文澜,译.北京:人民文学出版社,
　2014:194.
④ 劳伦斯.劳伦斯文集3:儿子与情人[M].陈良廷,刘文澜,译.北京:人民文学出版社,
　2014:341.
⑤ 劳伦斯.劳伦斯文集3:儿子与情人[M].陈良廷,刘文澜,译.北京:人民文学出版社,
　2014:172.

渴求她的心灵"①。

随着和米莉安的交往,两人的爱情不断发展,但保罗越来越痛苦,时时陷入进退维谷的困境当中。"《圣经·新约》认为,在每个人的心中,都有两种律法。一种是神圣的律法,包括仁爱、忍耐、善良、温柔、节制等内容;另一种是情欲的律法,例如奸淫、污秽、仇恨、竞争、醉酒等。神圣的律法是上帝或基督的旨意在人们心中的体现;而情欲的律法则是出自人们的自然感官和本能需要,这两者是互相对立的。在基督教看来,只有按照神圣的律法而行,人们才具有道德价值,才是善的。相反,如果违背了神圣的律法,而跟随情欲的律法,人们的行为就是罪恶。"②在小说《儿子与情人》中,神圣的律法——人性因子与情欲的律法——兽性因子总在保罗的内心深处进行着斗争。神圣的律法要求保罗摒弃对米莉安——情欲的渴求,而情欲的律法则要求他顺从这种情欲的感召。对肉欲的渴望让他无法抗拒,使他暂时把基督的教诲抛在脑后,但同时又时刻给他带来一种罪恶感。米莉安手挽着他都"引起他强烈的内心斗争","跟米莉安在一起,他总是处于极端超然的状态,把他那股自然的爱火转变成一连串微妙的思绪……他心里好似在进行一场殊死的血战"③。宗教伦理就像一条盘踞在保罗心里的毒蛇,时刻啃噬着他,让他不敢服从自己心中情欲的律法,只能默默地忍受着情欲的煎熬。"他抵制着,他一直在抵制着。"④米莉安也是一个虔诚的清教徒,"他和她两个人过分讲究童贞观念,谁也打不破这一关……跟她在一起,他就感到内心里有什么捆住他手脚"⑤。这一切都使得保罗和她在一起的时候总感觉自己神

---

① 劳伦斯.劳伦斯文集3:儿子与情人[M].陈良廷,刘文澜,译.北京:人民文学出版社,
　2014:174.
② 黄伟合.欧洲传统伦理思想史[M].上海:华东师范大学出版社,1991:105.
③ 劳伦斯.劳伦斯文集3:儿子与情人[M].陈良廷,刘文澜,译.北京:人民文学出版社,
　2014:202,203.
④ 劳伦斯.劳伦斯文集3:儿子与情人[M].陈良廷,刘文澜,译.北京:人民文学出版社,
　2014:227.
⑤ 劳伦斯.劳伦斯文集3:儿子与情人[M].陈良廷,刘文澜,译.北京:人民文学出版社,
　2014:328.

圣得不得了。"你使我变得多么神圣！可我不想变得这么神圣。"①虽然说真正的爱情绝不仅仅是情欲的宣泄，但是正如邓恩所说"肉体就像合金一样，爱情只有借助它，才能实现灵魂的聚合，才能变得美好"②。深陷在两种律法中挣扎的保罗到后来不再把性爱看作洪水猛兽，不再漠视自己内心真正的本能需求。他做出了他认为正确的选择，他要追求一种火一般的激情的洗礼，但是"米莉安并不能满足他"，米莉安不能"接受其余的大半个他"③。

19世纪中叶英国完成了工业革命，机器大生产取代了手工小工厂；英国大肆向海外扩张，由偏居一方的英伦三岛发展成"世界工厂"和"日不落帝国"。怀疑主义思想家大卫·休谟对上帝的怀疑动摇了人们的信仰；1859年达尔文发表的《物种的起源》更是直接挑战了基督教思想的根基——上帝造人说；尼采高呼"上帝已死"，并用"一切价值重新估价"攻击基督教，这更使人对人、对宇宙或物质秩序失去信心。生活在19世纪末20世纪初的保罗深受这些主义的影响，又由于其基督教信仰，产生了矛盾的心理。保罗在和米莉安恋爱的过程中，逐渐感到基督教禁锢了人的思想，限制了人们对现世幸福的追求。"这时他开始探索正统的教义。""他怀着嘲讽的刻薄心情，绘声绘色地讲给她们家听美以美教会守旧派一个有名的传教士在教堂里做礼拜的情形。"④这充分表明保罗已经从虔诚的基督徒转变成了一个嘲讽宗教、不信任宗教的人。"这时他正一头闯进不可知论的领域……他们的争论不超出勒南的《耶稣传》的范围，米莉安做了他论争的讲坛，保罗借助它把自己的信念都摆了出来。"⑤不可知论其实是质疑宗教的一种学说，它质疑上帝以及灵魂

---

① 劳伦斯.劳伦斯文集3：儿子与情人[M].陈良廷，刘文澜，译.北京：人民文学出版社，2014：221.
② 聂珍钊.英国文学的伦理学批评[M].武汉：华中师范大学出版社，2007：182.
③ 劳伦斯.劳伦斯文集3：儿子与情人[M].陈良廷，刘文澜，译.北京：人民文学出版社，2014：293，295.
④ 劳伦斯.劳伦斯文集3：儿子与情人[M].陈良廷，刘文澜，译.北京：人民文学出版社，2014：226，255.
⑤ 劳伦斯.劳伦斯文集3：儿子与情人[M].陈良廷，刘文澜，译.北京：人民文学出版社，2014：267.

的存在与不朽。保罗已经对上帝持怀疑态度了。"'我不相信上帝对自己的事就了解得那么多,'他叫道,'上帝不了解事物,他自己就是事物。而且我敢说他不是充满生气的。'"①很显然,保罗的心声就是劳伦斯的心声。劳伦斯认为基督教教义陈腐,教条僵死,严重扭曲了人的思想,束缚了人的行动。"那是一些病人啊,他们的灵与肉全病了,我们何必因为他们的胡思乱想而自扰?"②在小说后面,保罗挣脱教义的束缚,离开米莉安投入与克莱拉的肉欲爱情之中,完成了思想的蜕变——从一个虔诚的基督徒,慢慢地变成一个怀疑者,到最后成为一个突破基督教束缚的实践者。在人性本能与宗教伦理的博弈中,保罗越来越深刻地认识到宗教伦理对人性的囚禁,所以他的伦理选择遵从了内心的意愿,也可以说,保罗实现了人性意识的觉醒,战胜了宗教伦理的禁锢。他就是一个矛盾、变形的基督徒。

保罗对基督教的反叛从另外一个方面看也是劳伦斯自己的心声。吉西·钱伯斯曾在《回忆录》里面记载了劳伦斯对基督教的抨击:

> 我们在夏日的傍晚从教堂出来回家去:和劳伦斯一起的有他的母亲,我的母亲,我家的几个成员,或许还有他的一两个朋友。那是一个美丽的黄昏,我们选择了穿越田野的小路经过沃伦回家的路线。劳伦斯情绪很是阴沉,就在我们到达沃伦的时候,他开始痛骂教堂和它所代表的一切,尤其猛烈地抨击我们大家都非常尊敬的罗伯特·里德牧师。劳伦斯向那个可怜的人倾泻了潮水似的轻蔑和嘲弄,嘲笑他的思想观念,模仿他表达这些思想的说话方式:这是一阵凶狠的、无法控制的喷发,一种长期压抑的愤怒的倾泻,这使得我们全体都沉默了和吓坏了。我们过去从来没有见过他有这样的情绪。他似乎已经完全失去自我控制了。他母亲就像

---

① 劳伦斯.劳伦斯文集3:儿子与情人[M].陈良廷,刘文澜,译.北京:人民文学出版社,2014:295.
② 劳伦斯.劳伦斯文集9:散文随笔集[M].毕冰宾,译.北京:人民文学出版社,2014:66.

我们其他人一样震惊了,或许她特别有理由感到震惊吧。^①

通过《儿子与情人》,劳伦斯向读者详细刻画了在进退两难的境况下个人心灵的挣扎和宗教伦理选择的困境。小说中的莫雷尔太太、米莉安及保罗都碰到了选择困境。"To be or not to be,这是一种两难的选择,更是一种伦理的选择。"^②莫雷尔太太的两难选择是要求她的丈夫遵从她所信奉的清教教义时所产生的矛盾和冲突;保罗和米莉安的两难选择就是当时基督教教义对他们思想的禁锢和束缚造成的。基督教教义违背了人本性的伦理道德,压抑着人性,使人失去了自我;"冲动和自发的自然状态则被一种缓和的、克制的和冷静的思想框架克服和替代……作为上帝意志和上帝戒律的工具,忠实的信徒已经变成了禁欲主义的信徒"^③。通过分析莫雷尔太太的失败婚姻以及米莉安和保罗的爱情经历,作者展现了对违背人性的英国传统宗教伦理的质疑和批判,表达了对充满人性的宗教伦理的期望和情感的诉求。

二、《虹》中的《圣经》元素

《虹》的初稿是在第一次世界大战开始之前完成的。因为战争的爆发,劳伦斯不能回到意大利,他和妻子弗丽达只能待在伦敦。在此期间,一种比以往更为强烈的愿望充溢了他的内心,他要用写作表达并找出现在这个社会的人们真正想要和需要的。1914年11月下旬,劳伦斯开始重新修改"结婚戒指",把这本小说分成两部,根据妻子弗丽达的建议将第一本定名为《虹》,让小说朝着一个新的方向发展。小说的改写不可避免地改变了劳伦斯的创作生涯,自此以后的15年中他的著作再没有那么畅销,并且《虹》一出版就遭禁。"它与战争关系不大。战争并未改变其原有的观点。我知道我是在完成

---

① 吉西·钱伯斯,弗丽达·劳伦斯.一份私人档案:劳伦斯与两个女人[M].叶兴国,张健,译.北京:知识出版社,1991:56.
② 曾幼冰.英国电影《赎罪》的人文关怀[J].电影文学,2017(23):182.
③ 马克斯·韦伯.新教伦理与资本主义精神[M].阎克文,译.上海:上海人民出版社,2010:333.

一部具有毁灭性的著作。否则,我不会称之为《虹》。它象征着《圣经》中的洪水。"①如前文所述,小说《虹》主要描写了厄秀拉与戈珍的祖父母汤姆·布朗温和丽蒂雅、父母威尔和安娜·布朗温以及厄秀拉的早年生活,包括她与年轻士兵斯克里宾斯基的初恋。通过对布朗温一家三代人的家庭生活的描写,劳伦斯展示了工业化进程中一幅自然遭到破坏、人性逐步异化的图景,同时劳伦斯把很多宗教细节穿插、散布在各种社会空间里面,展现了宗教景观的破败和衰老,揭示了主题。"遵从自己的宗教意识",劳伦斯充分融入了《圣经》的元素,文中充斥着《圣经》故事的痕迹:小说中不仅有亚当、夏娃、大卫、虹等《圣经》中的意象,还有类似于挪亚方舟、大卫向上帝献舞的情节;就连小说的结构模式也和《圣经》相似,暗合了《圣经》中"伊甸园—失乐园—启示录"的框架。劳伦斯对《圣经》的创造性接受和运用,构建了其独特的宗教情感,使他的作品蕴含了更加深邃的内涵,散发出无穷的魅力。

1.《虹》中的宗教展现

小说《虹》中融入了极其丰富的宗教元素以揭示主题。教堂作为进行宗教活动的场所,在小说中出现得很频繁。小说开篇描绘了位于山坡上的考塞西村小教堂,这个教堂是众多情节的背景:布朗温家的第一代人汤姆和他的波兰籍妻子一开始常常在教堂相遇。第二代人安娜的丈夫威尔是唱诗班成员之一,更是一位虔诚的教徒;因为有一手做木工的技艺,他经常帮教堂做一些木工活,教堂成为他最常去的地方。第三代人厄秀拉也经常跟随父亲威廉去教堂玩耍。尤其是安娜和威尔,两人从相识、相爱到结婚后的冲突都是通过宗教展示出来的。这揭示出他们之间的婚姻充满了灵与肉的搏斗,达不到平衡与统一。威尔第一次到安娜家的时候,就眉飞色舞地与他们大谈教堂:

威尔对教堂和教堂建筑感兴趣。罗斯金的影响激励着他从中

---

① 劳伦斯.激情的自白——劳伦斯书信选[M].金筑云,应天庆,杨永丽,译.广州:花城出版社,1989:419.

世纪的款式中吸取快感。他讲话有些不太利索,发出的声音含含糊糊的。他一座教堂一座教堂地讲,什么早期教堂、中殿、圣坛、十字架锦屏、洗礼盘啦,什么雕刻、塑像和窗格啦,具体东西、具体地方细数个没完,可起劲儿了。听他这一讲,安娜的脑海里随之闪现出教堂、神话、发人深思的沉重的圆形石头,透过一道昏暗的彩色光线能看到模糊的什么东西,它隐入黑暗中……他谈起了哥特式的、文艺复兴式的和垂直式的建筑,还谈到早期的英国人和诺曼人……南威尔的教堂真美。粗重的,哦,有一个粗重的大拱门,低低的,架在粗大的柱子上。那拱门伸出来的样子太雄伟了。还有,那个祭司席怪小巧的……①

威尔对教堂的了解很详尽,他讲得非常激动,屋里的人都听他讲有关教堂的事情。他的周身仿佛有一团火在燃烧,他的脸泛着红光,眼睛闪闪发亮,就如同"刚刚结束了一场销魂荡魄、充满激情的幽会"②。威尔对于教堂的迷恋不仅从他对教堂的了解和知识可以看出,也可以从他看见教堂的反应得知。当他看见耸入云端的林肯大教堂时,"他的心都要跳出来了"。"他那副迫不及待的样子真像是一位即将到达圣地的朝圣者一样。当他们挨近教堂领地时……他的血管似乎像怒放的花蕾,欣喜若狂……他的魂跳了起来,飞入这宏大的教堂中……这灵魂就在静谧、黑暗、丰沃的母腹中震颤,如同种子在狂喜中创生一样。"③对于安娜来说,这是一个陌生的世界,一个具有神秘魅力的精神世界,所以威尔的谈话让安娜震惊了,安娜让他给迷住了。在认识威尔前,安娜也常去教堂,逃避日常的烦恼。宗教的情感在她内心狂奔,可是她受不了那种用语言表达出来的虚伪和做作。威尔的到来让安娜感到她的内心世界被一种全然陌生的奇特的东西所充盈了。威尔就像

① 劳伦斯.劳伦斯文集4:虹[M].毕冰宾,石磊,译.北京:人民文学出版社,2014:104.
② 劳伦斯.劳伦斯文集4:虹[M].毕冰宾,石磊,译.北京:人民文学出版社,2014:105.
③ 劳伦斯.劳伦斯文集4:虹[M].毕冰宾,石磊,译.北京:人民文学出版社,2014:193,194.

"是墙上的一个窟窿,透过这个窟窿她看到了外部世界灼热的阳光"①。安娜情不自禁地爱上了威尔,她每天都在期盼着他的到来,很快陷入热恋之中。作者通过对养鸡房和一起捆麦穗两个恋爱场景的细腻描写,用母鸡和公鸡之间的动物性来展示他们之间爱的活力的震颤。他们的婚房也位于教堂旁边,"这座方形塔座上矗立着小塔尖的古老小教堂真像在回首俯视他们家的窗口呢"②。在新婚蜜月里的安娜和威尔沉浸在幸福之中,劳伦斯用了很多笔墨来描写他们尽情享受欢愉的情景:

> 屋里极为安稳,活生生不朽的核心就在这里。只是外面遥远的边缘地方才有噪声和烦恼,而在这里,在这个中心,巨大的车轮的轴心却纹丝不动……
>
> 他们贴身躺着,完全忘记了时间的变迁,好像他们是处在缓慢旋转着的空间飞轮和疾速躁动着的生命的中心,深深地,在它们的内部深处,有放射着的光芒,有永恒的生命和沉浸在赞美中的静谧;这里是所有运动稳定的轴心,是所有醒着的万物之沉睡的中心。他们就在这里,静静地躺在各自的怀抱里;在这一刻韶光里,他们是在永恒的中心,时光咆哮着远去了,永远地去了,向着永恒的边缘去了。③

就这样,他们整天沉溺于肉欲的欢愉之中,但是时间一长,单纯的肉欲不足以维系他们两人的心灵。对于威尔来说,教堂有一股难以抵抗的吸引力,"他的灵魂活在教堂的幽暗和神秘中,自由自在,就像一个奇特、抽象的地下的物件"。可是安娜"对教堂是不怎么感兴趣的,她从来不过问什么信

① 劳伦斯.劳伦斯文集4:虹[M].毕冰宾,石磊,译.北京:人民文学出版社,2014:105.
② 劳伦斯.劳伦斯文集4:虹[M].毕冰宾,石磊,译.北京:人民文学出版社,2014:122.
③ 劳伦斯.劳伦斯文集4:虹[M].毕冰宾,石磊,译.北京:人民文学出版社,2014:137.

仰,她不过是按习俗常做早祷,但对祷告并不抱什么希望"①。看着威尔被教堂唤起的热情,安娜对教堂很是不满,甚至到了敌视的境地。"她讨厌虚伪的教堂,恨它不能满足自己的任何愿望。"②显然,除去肉体上的平衡和欢愉,他们两人之间出现了心理上的冲突与不和谐,这在结婚前月光下捆麦穗的情节中就有暗示:"他来了,她走开了;他走开了,她又来了。"两人总是不能碰到一起,总是保持着距离。

威尔虽然醉心于教堂,但是他根本就不重视布道和礼拜,也不关心教会,对他来说,教堂的教义等于零,根本不能触动他。进了教堂,他要的是一种与教堂的精神上的交流,"他想的是一种冥冥的、难以名状的情绪和了不起的激情的神话"③。从下面这个情节可以更清楚地看出宗教对于威尔来说没有任何实际意义,只不过是一种形式和象征罢了。

在这个雪花飞舞的早晨,他坐在她身边,阴沉的脸上透着些生气。他没有感觉到她的存在,可她似乎感到他正向奇怪的神秘处倾吐着内心激荡着的对她的爱。他聚精会神、略显欣喜地看着一扇有彩色玻璃的小窗子。她看到红宝石色的玻璃,玻璃外面的窗台上堆起的雪在窗上投下了阴影,玻璃上画着一幅熟悉的黄羊抱旗杆的图案,虽然现在图案有点暗淡,可在朦胧的窗内侧却是出奇地亮堂、丰满……

他奇怪地眯起眼睛时,脸上显出一丝淡淡的喜悦,这让她感到不舒服——他在跟窗上这只羔羊交流思想呢。她浑身感到一阵寒冷——她的灵魂都变得困惑了。他坐在那儿,纹丝不动,一坐下去就忘记时间,神采奕奕的脸上透着点紧张。他这是在干什么? 他和窗上这头小羊有什么关系?

---

① 劳伦斯.劳伦斯文集4:虹[M].毕冰宾,石磊,译.北京:人民文学出版社,2014:150,148.
② 劳伦斯.劳伦斯文集4:虹[M].毕冰宾,石磊,译.北京:人民文学出版社,2014:149.
③ 劳伦斯.劳伦斯文集4:虹[M].毕冰宾,石磊,译.北京:人民文学出版社,2014:150.

蓦地,这头擎着旗子的羔羊光芒四射,使她猛然感受到一股强有力的神秘体验,传统的力量钳住了她,把她送入另一个世界。她恨这股力量,抵抗着。①

这段文字告诉读者只要坐在教堂里,威尔就对安娜置若罔闻,也根本没有听牧师布道。他沉浸在与教堂的精神交流上,沉浸在那种忘我的狂喜中。威尔表面上沉浸于教堂的氛围,好似热衷于宗教,是虔诚的宗教拥护者,可实际上,他对于宗教的布道和教义不屑一顾,教义于他而言就是一种摆设,他要的就是这种冥冥之中的自由自在和灵魂上的欢乐——不受安娜的约束。"他自顾他自己,可算不得是个基督教徒,耶稣可是标榜人类博爱的。"②安娜讨厌这样的威尔,同时感到自己内心的渴求没有像其他人一样得到满足,对此她恨之入骨,要和威尔斗,要打垮他。他们两人从婚前就开始的心理较量在蜜月之后又开始了。她嘲笑他的"灵魂":当她看到那幅圣母玛利亚抱着基督尸体的画像时嘲讽地说,这不是吃圣餐而是吃死尸;教堂里那只擎着旗的羔羊不过就是一只羊(威尔认为象征耶稣的胜利复活);驳斥《圣经》里关于水变成酒的说法,水就是水,酒就是酒;教堂也不过就是一座大建筑、一处孤单的古迹而已。出于本能,安娜反对威尔对宗教的奴性崇拜,痛恨他对冥冥中看不见的上帝的崇拜。她认为,一个有家室的男人,应该尽力供养自己的家庭,做一些实际的事情。和实实在在的生活比起来,那个看不见的上帝又算得了什么呢?安娜的攻击毁掉了威尔对教堂、对宗教的盲目激情,他对教堂的奇妙感也消失了,以前他认为教堂是"混乱中的世界:毫无意义的混沌中的一种真实、一种秩序、一种绝对"③,而现在却变成了一堆死东西。安娜的嘲弄让他尝到了死亡的滋味,"因为他的生命就是由这些从未怀疑过的概念形成的"④。为了争夺一家之主的地位,为了彻底打败威尔,怀

① 劳伦斯.劳伦斯文集4:虹[M].毕冰宾,石磊,译.北京:人民文学出版社,2014:151.
② 劳伦斯.劳伦斯文集4:虹[M].毕冰宾,石磊,译.北京:人民文学出版社,2014:165.
③ 劳伦斯.劳伦斯文集4:虹[M].毕冰宾,石磊,译.北京:人民文学出版社,2014:198.
④ 劳伦斯.劳伦斯文集4:虹[M].毕冰宾,石磊,译.北京:人民文学出版社,2014:164.

有身孕的安娜仿效大卫在上帝面前跳舞的做法："你向我走来,带着剑戟和盾牌,可是我以上帝之名向你走去——这是上帝的战争,他会把你送到我们手中。"①

> 她要避开他,自己尽情地跳舞……她要用跳舞来冷落他,她要对着自己冥冥的主跳。在主面前,她压他一头……
>
> 她理都不理他,抬起手又跳了起来。她缓慢优雅地跳着走到了屋子的远处。她通过炉边时,火光在她的膝盖上,徐徐闪过。他远离她站在靠门口的黑影里,呆若木鸡地看着她跳……她在火光前荡着步子,忘记了他的存在,向着主而舞,达到了兴奋的极点。
>
> 他看着她,魂都要冒火了。他转过身去,看不下去,这太刺眼了。她那秀美的小腿抬起来了,抬起来了,她的头发扎着,她硕大、惊人、可怕的肚子直向着主挺起。她欣喜若狂的脸是美的,她一个劲儿地在她的主面前狂热地跳着,不知还有男人存在。②

看着这样的安娜,威尔感到异常地痛苦,就如同上了火刑柱一般被活活炙烤着。对于熟悉《圣经》的威尔来说,他知道安娜的做法仿效了大卫,而且因为大肚子,威尔觉得她跳舞的样子很怪。这种脱衣在上帝面前跳舞的行为彻底毁灭了威尔,他只能屈从于安娜的意志:"他的意志就像一只动物蜷曲了,藏在内心的黑暗处。"③对于这个结局,读者应该不会感到陌生,因为在上文提到月光下捆麦穗的场景中,威尔也顺从了安娜的节奏才使得两个人之间的距离消失。所以,安娜知道自己一定会赢。"他是谁?凭什么跟她作对?他是谁,敢来称王称霸?"④威尔被打败了,再也斗不过她了,安娜对自己的成功很是骄傲。自此以后,安娜连生了好几个孩子,满足于当妈妈的喜

---

① 劳伦斯.劳伦斯文集4:虹[M].毕冰宾,石磊,译.北京:人民文学出版社,2014:176.
② 劳伦斯.劳伦斯文集4:虹[M].毕冰宾,石磊,译.北京:人民文学出版社,2014:177.
③ 劳伦斯.劳伦斯文集4:虹[M].毕冰宾,石磊,译.北京:人民文学出版社,2014:177.
④ 劳伦斯.劳伦斯文集4:虹[M].毕冰宾,石磊,译.北京:人民文学出版社,2014:176.

悦,而威尔也开始教授孩子们木雕技术。夫妻二人最终在肉体上再次获得了平衡,获得了一种近乎动物性的单纯的满足。"他们的爱情就变成了这样,肉欲之强烈和偏激如同死亡一样。他们之间没有清醒的亲昵,没有爱的温柔,只有欲望,感官之无止境、疯狂地沉醉,这是死亡的激情。"①

在小说中,教堂被劳伦斯比作"包含着死亡的子宫",并经常以一种阴暗、荒凉和死寂的景象呈现出来,宗教的衰败气息不言而喻。比如威尔带着安娜参观林肯大教堂的时候,教堂是黑暗的,"教堂矗立着,如同一颗沉寂中的种子。发芽前的黑暗,死后的沉寂"②。通过众多的"教堂"字眼以及跟教堂有关的场景,劳伦斯展示了安娜和威尔之间只有肉欲,没有精神上的交流的夫妻关系。安娜不满足那种没有思想、没有自我、只有性的夫妻关系,"对她来说,对灵魂的思考和对自我的思考是紧密相关的"③,可是威尔根本就不在乎自我,忽视作为一个人的自己,并且对他自己或安娜的思想一点都不感兴趣。他的精神世界是与教堂一起的,他只沉溺于安娜的肉体。至此,劳伦斯通过宗教展示,揭示了小说的主题:"男人靠女人寻求解救,女人靠男人满足欲望,以使自己感到充实,这都无济于事。一定会有新的道。"④也就是说,没有灵与肉的结合,就没有完整的两性关系。

2.《虹》中的《圣经》意象

《虹》这部小说里到处都有《圣经》典故,比如布朗温太太生孩子时,劳伦斯叙述道:"他和她是一体的,生命必须从此产生……为一个生命的到来,她非得给撕裂了不可。可他们仍然是一体,追溯回去,这个生命是他给她的。他还是完整的他,可他手臂上却托着一块破碎的石头。他们俩的肉体就是一块石头,生命就从这里迸发出来,迸发自她受到击打和撕裂的肉体,迸发

① 劳伦斯.劳伦斯文集4:虹[M].毕冰宾,石磊,译.北京:人民文学出版社,2014:229.
② 劳伦斯.劳伦斯文集4:虹[M].毕冰宾,石磊,译.北京:人民文学出版社,2014:194.
③ 劳伦斯.劳伦斯文集4:虹[M].毕冰宾,石磊,译.北京:人民文学出版社,2014:150.
④ 劳伦斯.激情的自白——劳伦斯书信选[M].金筑云,应天庆,杨永丽,译.广州:花城出版社,1989:352.

自他颤抖屈从的肉体。"①在这几句描述里,劳伦斯就借用了《圣经·创世记》和《圣经·出埃及记》的两个典故。《圣经·创世记》第二章第二十四节中说:"上帝见亚当一个人孤独不好,就让亚当沉睡,取出他的一条肋骨造了一个伴侣,亚当说:'这是我骨中的骨,肉中的肉,可以称她为女人。'"②这里,劳伦斯借用这个亚当和夏娃的故事来说明夫妻是一体的,因为夏娃是上帝用亚当的一根肋骨创造出来的,便注定一个孤单的男人或是女人都不是一个完整的人。《圣经·出埃及记》第十七章第六节中,耶和华说:"我必在何烈的磐石那里,站在你面前。你要击打磐石,从磐石里必有水流出来,使百姓可以喝。"③磐石就是基督,他在十字架上被代表律法的杖击打,流出的血——活水给神的子民喝,帮他们解渴,这水就是生命之水。这里,劳伦斯借这个典故来说明这个孩子的生命就是他们夫妻二人的血的结晶,很是珍贵。劳伦斯不仅借用了《圣经》中的典故来渲染这个生产过程,还用下大雨的场景进一步描述新生命的降临和安娜的新生。通过这场大雨,安娜和汤姆的关系也改变了,安娜成为他最爱的孩子,汤姆也成为安娜最爱的父亲,比亲生父亲还亲。这里的大雨就是新生命的象征。

来自《圣经》的宗教元素在《虹》这部小说中数不胜数。从书名内文可以看出,整部小说是以虹这个意象贯穿始终的。虹的意象在小说中共出现了三次。

第一次是在第三章的结尾,丽蒂雅与汤姆结婚两年后,终于又合拍了。他们之间不需要讲一个字,就可以交流,他们的思想离得很近。"处在他们二人之间,安娜的心情平静了……她在火柱和云柱之间自在逍遥。她的左右两侧都让她心安神定……因为她的父母在空中接头了,而她,身为孩子,则在他们这拱门下的空间里自由自在地玩耍着。"④这里虽然没有明确用彩虹这个字眼,但是拱门的形状就是彩虹的形状,拱门的两端就是彩虹的两端,

① 劳伦斯.劳伦斯文集4:虹[M].毕冰宾,石磊,译.北京:人民文学出版社,2014:66.
② 圣经·旧约[M].采用简化字和现代标点符号的和合本,2003:18.
③ 圣经·新约[M].采用简化字和现代标点符号的和合本,2003:123.
④ 劳伦斯.劳伦斯文集4:虹[M].毕冰宾,石磊,译.北京:人民文学出版社,2014:88.

一端是汤姆,另一端是丽蒂雅,两人为安娜撑起了一片祥和美丽的天空。他们婚姻的拱门/彩虹是比较稳固的,因为他们都在寻找对方的过程中失去了自己,并又在对方那里找到了自己。"现在,上帝对站在一起的汤姆和丽蒂雅宣布了自己的到来,在他们最终握手言欢之时,这所宅子完工了,主在此有了自己的位置,于是皆大欢喜了。"①他们都向各方敞开了自己的生活之门,交出了自己,你中有我,我中有你。虹的两端,就是他们架起的桥梁,一个自由安全的空间,他们在上帝的光芒之下沐浴。虹成为通往极乐天国的地毯。在他们的婚姻生活中,他们相互培育了各自的灵魂。此处出现的拱门并不是真正意义上的彩虹,说明他们之间的和谐只是建立在宗法制基础上的和谐。这个意象是夫妻间的一个契约,与《圣经》中第一次出现的虹的意象比较契合。

《圣经·创世记》第九章中是这样描述的:"神晓谕挪亚和他的儿子说:'我与你们和你们的后裔立约,并与你们这里的一切活物,就是飞鸟、牲畜、走兽,凡从方舟里出来的活物立约。我与你们立约,凡有血肉的,不再被洪水灭绝,也不再有洪水毁坏地了。'神说:'我与你们并你们这里的各样活物所立的永约是有记号的。我把虹放在云彩中,这就可作我与地立约的记号了。我使云彩盖地的时候,必有虹现在云彩中,我便纪念我与你们和各样有血肉的活物所立的约,水就再不泛滥毁坏一切有血肉的物了。虹必现在云彩中,我看见,就要纪念我与地上各样有血肉的活物所立的永约。'神对挪亚说:'这就是我与地上一切有血肉之物立约的记号了。'"②这里的"虹"显然是指神与人所立的契约,一种祥和的、太平的、神信守诺言的记号:上帝不会再发动洪水来毁灭飞禽走兽,毁灭世界;季节会如常更替。不管是《圣经》里第一次出现的彩虹,抑或是小说《虹》中第一次出现的彩虹,都是指一种契约。劳伦斯不露痕迹地把《圣经》的典故娴熟地运用到自己的小说中。

小说中虹的意象第二次出现是在第六章的结尾,安娜抱着婴儿厄秀拉

---

① 劳伦斯.劳伦斯文集4:虹[M].毕冰宾,石磊,译.北京:人民文学出版社,2014:88.
② 圣经·旧约[M].采用简化字和现代标点符号的和合本.2003:7.

站在窗前,观看几只绿山雀在雪地上厮打。这里有关鸟的描述有好几个段落,光是鸟的词汇就达八次之多,安娜甚至感觉自己就是"属于鸟的世界,是鸟的同类一样"①。在看到彩虹前,劳伦斯为什么花如此多的笔墨去描述鸟?这显然具有深意。小鸟的意象与彩虹的意象之间其实是有联系的。小鸟飞翔在天空的时候,一般会划出圆圈状或弧状,这为接下来安娜看到彩虹埋下了伏笔。随后,恍惚间,安娜幻想自己站在毗斯迦山上远眺:"看到淡淡闪着光的地平线,远远地,彩虹就像一座拱门,一扇影子门,门上色彩浅淡。"②在此之前,威尔和安娜有一个可爱的孩子,威尔对安娜唯命是从,但是安娜对她目前的生活状况仍然感到不满足,总感觉缺了某种东西,一种她没有拥有的,抓不住、够不着,又与她相距很远的东西。"她微微有点期望,就像一扇半敞着的门……她在竭力向远方遥望。"③从孩提时代起,安娜就梦想成为一个潇洒、高傲的贵妇人,一个不受琐碎束缚的人,对清规戒律不屑一顾的人。那时候的她经常站在窗前眺望远方,想着如何让自己的生命发生改变,进入更加优雅和多姿多彩的生活圈子。她想走出去发现远方的事物,想要扩大自己的视野,想要探索未知的世界。可是内心里她又在安慰自己,在考塞西,即使在毗斯迦山上她都是安全、平静的,为什么还要去争取那些够不着的东西徒增烦恼呢?朦胧中看到的彩虹让安娜得到了满足,也看到了希望:"晨曦和落日是横贯一天的彩虹的两端,她从中看到了希望和允诺,她干吗还要走得更远呢?"④是啊,有了孩子,有了家,她就是一个富足的女人了,应该享受自己的财富。彩虹启示她"就算她不再在通向未知的路上旅行,就算她已经达到了目的地,在她建成的房屋里安营扎寨成为一个富有的女人,她的门仍然会在彩虹下敞开着"⑤。安娜的选择意味着她拒绝了外面的未知世界,受到彩虹的启示,安娜决定留在家乡,心满意足地生儿育女,享受眼前的

---

① 劳伦斯.劳伦斯文集4:虹[M].毕冰宾,石磊,译.北京:人民文学出版社,2014:188.
② 劳伦斯.劳伦斯文集4:虹[M].毕冰宾,石磊,译.北京:人民文学出版社,2014:188.
③ 劳伦斯.劳伦斯文集4:虹[M].毕冰宾,石磊,译.北京:人民文学出版社,2014:188.
④ 劳伦斯.劳伦斯文集4:虹[M].毕冰宾,石磊,译.北京:人民文学出版社,2014:188.
⑤ 劳伦斯.劳伦斯文集4:虹[M].毕冰宾,石磊,译.北京:人民文学出版社,2014:189.

生活。安娜看到的虹就如同《启示录》第四章里所描绘的"看那坐着,好像碧玉和红宝石""又有虹围着宝座,好像绿宝石"①的虹一样,只是一种闪亮、华丽的幻想,她不可能触达那条理想的彩虹——一座在有血有肉的男女之间架起的沟通和理解的七彩桥。

其实,在安娜和威尔的感情斗争中,跟彩虹形成呼应的还有教堂里的拱形建筑。在第七章《大教堂》里,安娜和威尔拜访了斯克里宾斯基家,然后两人去了威尔喜欢的林肯大教堂。在那里,安娜似乎又一次在朦胧中"看到"了彩虹:

> 教堂矗立着,如同一颗沉寂中的种子。发芽前的黑暗,死后的沉寂。这沉寂的教堂,融生死于一体,载着所有生命的喧嚣与变幻……但它自始至终都在沉寂中轮回。在彩虹的衬托下,这装饰着宝物的黑暗教堂里,沉寂中弹奏着乐曲,黑暗中闪烁着光芒,死亡中孕育着生命。②

教堂的拱形结构就如同一道彩虹挂在上边,所以这里的彩虹也不是真正的彩虹。在这个大教堂里,安娜受到了震撼,因为这里的世界与她自己的世界完全不一样,令她畏惧的是"那遥远的拱与拱的相会,石柱的跳跃与冲腾形成了一个巨大的屋顶",她不希望也不愿意自己被这些石柱交织成的屋顶封盖住,她需要自由,"那辽阔的天空并非蓝色的穹顶,那上面并没有悬着许多闪烁着的明灯,那只是一个群星自由旋转的空间,群星上方总是自由"③。这里的拱形结构使安娜对生命的意义进行了思考,与在毗斯迦山上看到彩虹有着相同的作用。安娜在窗前抱着厄秀拉看到了彩虹为后来厄秀拉独自看到彩虹的情形做好了铺垫。

---

① 圣经·新约[M].采用简化字和现代标点符号的和合本.2003:279.
② 劳伦斯.劳伦斯文集4:虹[M].毕冰宾,石磊,译.北京:人民文学出版社,2014:195.
③ 劳伦斯.劳伦斯文集4:虹[M].毕冰宾,石磊,译.北京:人民文学出版社,2014:196.

在小说的最后,布朗温家的第三代代表人物厄秀拉与斯克里宾斯基分手并失去了腹中的孩子,然后她看到了希望之虹,"在飘浮的云层中,她看见一条淡淡的彩虹架在那座小山的一边……虹云在一个地方显得耀眼,她带着强烈的期望搜寻着彩虹的拱形搭到什么地方。彩虹加深了,不知从哪儿来的,神秘极了,它自己呈现在天空——一弧朦胧巨大的彩虹。这个拱形的弯度和强度都精彩极了,是光、彩色在天空中的伟大建筑……那道虹是拱架在大地之上的"①。这个结尾与《启示录》第十章中第三次出现的虹相似,"我又看见另有一位大力的天使,从天降下,披着云彩,头上有虹,脸面像日头,两脚像火柱"②。这两处虹都象征着如同破土而出的幼芽一样的新世界诞生了,表明了人们对新世界和新生活有了新的希望与憧憬。

厄秀拉是小说中劳伦斯着墨最多的一个人物,所以《虹》这部小说也可以说是厄秀拉的成长小说。厄秀拉作为家中长女,从小就要保持自己的独立性,"她只为自己而存在"③。她厌恶母亲那表面上的权威——"她对权威总是又怕又厌恶"④。这促成了她追求知识和自由、我行我素并且有点叛逆的性格。母亲那种只满足于生儿育女的生活让她不屑,因此不顾父母的阻拦,她坚持要到外面的世界寻找自我的价值。她获得了在布林斯里街小学教书的机会。劳伦斯对她坐火车离开家乡去新的地方工作的情节是这样描述的:"她登上潮湿、使人感到极不舒服的车子。车厢地板上湿漉漉的,窗子上满是蒸汽。她忐忑不安地坐下。她的新生活开始了。"⑤这里的"沉闷""潮湿""湿漉漉""极不舒服"等词无一不预示着一种不好的结果,也就是说厄秀拉没有达到所希冀的那种远离平庸的生活。学校里教授的都是些机械僵硬的知识,教员们的声音也是"轧轧作响,很刺耳,充满了仇恨,又是那么单

---

① 劳伦斯.劳伦斯文集4:虹[M].毕冰宾,石磊,译.北京:人民文学出版社,2014:493.
② 圣经·新约[M].采用简化字和现代标点符号的和合本.2003:282.
③ 劳伦斯.劳伦斯文集4:虹[M].毕冰宾,石磊,译.北京:人民文学出版社,2014:261.
④ 劳伦斯.劳伦斯文集4:虹[M].毕冰宾,石磊,译.北京:人民文学出版社,2014:262.
⑤ 劳伦斯.劳伦斯文集4:虹[M].毕冰宾,石磊,译.北京:人民文学出版社,2014:365.

调"①;体罚孩子们是家常便饭,学校里面充满了恐怖的气息。厄秀拉感到她的自我被囚禁,被迫服从令她难以忍受。因此,厄秀拉离开这所学校进了大学继续学习,并希望自己能从已知的生活范围里走出去。然而大学的经历让她的幻想又破灭了。"一切看来都是假冒的——假的哥特式拱顶,虚假的宁馨,虚伪的拉丁文法,虚伪的法兰西式尊严,虚伪的乔叟式质朴。这是一个旧货铺子,到这里是为买一件工具应付考试。这不过是城里许多工厂的一个小小的附属零件。这种感觉逐渐占据了她的头脑。这里不是宗教的避难所,不是专心读书的隐居地。这里是一个小训练场,进来是为挣钱做进一步的准备。大学本身就是工厂的一个又小又脏的实验室。"②

厄秀拉不仅在生活中经历了挫折,在感情上也是如此。因为受到父亲和基督教教义——"上帝的儿子们与人的女儿们交欢,生出的孩子同原先一样强壮,成为名誉之人"③的影响,厄秀拉从很小的时候就渴望上帝的儿子们来找自己,来娶自己为妻。斯克里宾斯基的到来满足了她对上帝的儿子们的想象,满足了她本能的需求。可是如上文所说,厄秀拉要求独立、自由的意识非常强烈,追求两性的绝对平等,不能容忍任何压抑和束缚。但是斯克里宾斯基完全不是她所想的那样的人,他们两个人永远不能融合,"永远不会一个屈从于另一个……是流质中两股在竞争的力量"④。他们之间在信念上或者说精神上的差异以及情感上的冲突导致两人的恋情以失败告终。

小说中的厄秀拉既是传统观念的叛逆者,也是现代工业文明的否定者。她通过不断突破自己的生活圈子以期走向更广大的生活范围。"《虹》所关注的中心点是'成长':小说中第十章和第十四章这两章的标题都是'扩大的圈子'——第一个从童年导向青春期,第二个从青春期导向成年——这两个圈子在它们的圆周扩大的同时,封闭和阻止厄秀拉成长的威胁也在增大。构成悖论的是,这两个扩大的圈子又不能和厄秀拉充满渴望的心灵的扩大保

---

① 劳伦斯.劳伦斯文集4:虹[M].毕冰宾,石磊,译.北京:人民文学出版社,2014:381.
② 劳伦斯.劳伦斯文集4:虹[M].毕冰宾,石磊,译.北京:人民文学出版社,2014:431.
③ 劳伦斯.劳伦斯文集4:虹[M].毕冰宾,石磊,译.北京:人民文学出版社,2014:268.
④ 劳伦斯.劳伦斯文集4:虹[M].毕冰宾,石磊,译.北京:人民文学出版社,2014:313.

持同步,她的世界变得越大,她就越发感觉到它的限制。"①正是她一次次试图突破限制的努力,使得她的生活圈子的边界一点点地往外推移,从而使得她自己的认识一次次被扩展。她的外婆丽蒂雅来自遥远的波兰,让她从小就渴望外面的世界;因为不满她母亲选择的那种满足于生儿育女的生活方式,她努力寻找一个肉体和精神都能融合在一起的婚姻,同时也努力想要从狭小的生活空间挣脱出来去实现自己的人生价值。虽然在追寻的过程中充满着痛苦,虽然都以失败而结束,但厄秀拉依然满怀信心,最终看到了希望之虹。同时她也对母亲的选择有了新的认识:"她从一个公正的切实的角度来看她母亲。母亲单纯而且完全真实,生活是怎么样的就怎么过,没有狂妄的自以为是,没有坚持按自己的想法来创造生活。母亲是对的,完全正确,而她自己则错了,充满奇想,毫无价值。"②

"虹"作为意象出现,将布朗温一家三代人的成长经历和心路历程连接起来。除了"虹"固存的意义之外,几代女主人公又分别对"虹"产生相异的联想,无论"虹"出现在天边,还是显现在心中,她们都从这七彩桥里寻到了属于自己的答案。通过分析,可以看出在小说《虹》中,"虹"是新世界的象征,代表着男人与女人的和谐,人与自然的和谐,人与人的和谐,所以"虹"是和谐之虹,希望之虹。劳伦斯借用《圣经》的意象来表达自己对工业文明的抨击:工业文明不仅破坏了男人与女人之间自然的联系,也异化了人以及人性。他认为,只要尊重生命,和谐两性关系,人类就会有一个崭新的世界。

第三节 社会空间里的阶级意识

"阶级是影响劳伦斯生活和艺术的重要因素之一。"③无产阶级和资产阶

---

① 转引自伍厚恺.寻找彩虹的人:劳伦斯[M].成都:四川人民出版社,1998:188.
② 劳伦斯.劳伦斯文集4:虹[M].毕冰宾,石磊,译.北京:人民文学出版社,2014:483.
③ 顾明栋.阶级·生活·艺术——论劳伦斯的社会背景和艺术[G]//刘宪之,饭田武郎,德拉尼,等.劳伦斯研究.济南:山东友谊出版社,1991:41.

级相互冲突的社会价值观对幼年时期的劳伦斯具有很大的影响,这主要缘于矿工出身的父亲和中产阶级出身的母亲。在《凤凰集之二》中,劳伦斯曾无奈地感叹:"阶级造成一条鸿沟,最美好的人类感情全在这道鸿沟里流失了。"①所以,探索不同阶级的关系与冲突成为他作品中一个重要的主题,他再现了亲密的关系、幸福的获得以及自我价值的实现因为阶级问题而被阻断的各种情节。比如《白孔雀》中的赖蒂和乔治的悲剧就是两人阶级的差异造成的:赖蒂来自中产阶级,而乔治来自劳动阶级家庭。《儿子与情人》中莫雷尔夫妇的家庭悲剧也是因为恪守资产阶级价值观的妻子想努力改造工人阶级的丈夫而造成的。所以,通过细读文本,我们可以发现劳伦斯在不经意间写出了不同阶级的社会冲突:不同阶级价值观的矛盾及不同阶级间的差异。比如教育方面。贵族阶级或资产阶级的孩子因为家里有钱而享受着最好的教育资源。在《恋爱中的女人》中,煤矿主克里奇的儿子杰拉德"拒绝去牛津上学,而是选择了去德国上大学"②。《查泰莱夫人的情人》中,康妮和她的姐姐希尔达从小就到巴黎、佛罗伦萨和罗马等地接受艺术熏陶,并在15岁的时候被送到德国德累斯顿学习音乐。克里福德也是剑桥大学毕业的。《虹》中的英格小姐曾在剑桥女子学院纽南上学。

而工人阶级孩子们的情形却完全不一样。《儿子与情人》中,威廉13岁那年就在合作社办事处找了一份工作,保罗14岁也在乔丹外科医疗器械厂工作了。工人阶级的孩子不仅早早辍学工作,而且他们学校的环境也极其恶劣。在《查泰莱夫人的情人》中,学校是用"昂贵的粉红色砖砌成的,有砂石铺成的操场,外面围着铁栅栏……让人觉得既像教堂又像监狱"③;在《虹》中,劳伦斯更是详尽地描述了厄秀拉执教学校的情况——"学校矮趴趴地猫在一个围着栏杆、铺着沥青的院子里。那栋房子邋遢又可怕……这是模仿

① 劳伦斯.凤凰集之二[M].沃伦·罗伯茨,哈里·摩尔,编辑.伦敦:海因曼出版社,1968:594.
② 劳伦斯.劳伦斯文集5:恋爱中的女人[M].毕冰宾,译.北京:人民文学出版社,2014:235.
③ 劳伦斯.劳伦斯文集7:查泰莱夫人的情人[M].毕冰宾,译.北京:人民文学出版社,2014:168.

教堂的建筑,为的是造成威慑,就像权势者一个粗鄙的姿势……像座空荡荡的监狱在等着拖着沉重双脚回来的人"①,甚至教师办公室也位于阴暗的角落,又黑又小,常年不见阳光。教室给人一种阴森森的感觉,就像是一间囚室,并且五、六、七三个年级的学生在一个大教室上课。从这些描写中可以看出工人阶级的孩子的教育资源非常贫乏。阶级的差异就在无声中传达了出来。

还比如穿着打扮方面。《儿子与情人》中莫雷尔太太戴的那顶无檐帽已经戴了三年了还不舍得换,"这顶帽子原先有个尖顶,后来加上几朵花,如今索性只剩下黑花边和一块黑玉了"②。而贵族家庭出身的郝麦妮"戴着一顶浅黄色天鹅绒宽檐帽,帽子上插着几根天然灰色鸵鸟羽毛"③。这样的例子不胜枚举。下面将从四个方面来详细阐述劳伦斯小说中的阶级痕迹:住宅中的阶级现象、矿区中的阶级现象、《儿子与情人》中的阶级表征以及《恋爱中的女人》中反手打脸和抚摸下巴的阶级意蕴。

一、住宅中的阶级现象

"衣、食、住、行"是人类赖以生存的基本条件,其中住宅发挥了不可忽视的作用。阶级与权力的痕迹以及人所处的阶级层次在作为一个空间存在的住宅里显露无遗。在劳伦斯小说中的矿乡,主要存在工人阶级和资产阶级这两大对立的阶级。工人阶级的住宅和资产阶级的住宅不管是在选址上还是在装修上都极其不同。在矿乡中,矿主、矿工、农场主这三类人的住宅各具特色,象征矿乡的阶级差异与隔离。在劳伦斯的小说中,最具代表性的就是以煤矿主为代表的资产阶级以及贵族阶级所居住的宅子:《恋爱中的女人》中的克里奇煤矿主的肖特兰兹城堡、贵族阶层郝麦妮家的布莱德比城堡以及《查泰莱夫人的情人》中的拉格比府。而矿工居住的房子一般离矿井很

---

① 劳伦斯.劳伦斯文集4:虹[M].毕冰宾,石磊,译.北京:人民文学出版社,2014:366—367.

② 劳伦斯.劳伦斯文集3:儿子与情人[M].陈良廷,刘文澜,译.北京:人民文学出版社,2014:85.

③ 劳伦斯.劳伦斯文集5:恋爱中的女人[M].毕冰宾,译.北京:人民文学出版社,2014:10.

近,清一色的红砖住宅区。从住宅选址、外观形态、内外陈设三个方面就可以清楚地了解到阶级情况。

贵族与资产阶级为了远离矿井,将房子修建在环境优美、有山有水、高高的山坡上;而矿工们没有自主权,他们的房子由矿业公司统一建造,为了降低成本,房子靠近矿井,位于地势较低的地方,环境"脏、乱、差"。"中等的资产阶级住在离工人区不远的整齐的街道上,即在却尔顿和奇坦希尔的较低地方,而高等的资产阶级就住得更远,他们住在却尔顿和阿德威克的郊外房屋或别墅里,或者住在奇坦希尔、布劳顿和盆德尔顿的空气流通的高地上——在新鲜的对健康有益的乡村空气里。"[①]

小说《恋爱中的女人》中对矿主克里奇的"肖特兰兹"府邸以及布莱德比城堡都有详细的描述。小说第二章的标题就是"肖特兰兹",开头第一段就对此进行了介绍:"这座狭长的宅第坐落在窄小的威利湖岸上一面山坡的顶端……很像一座庄园宅第……草坪前是狭窄的湖泊。草坪和湖泊对面与肖特兰兹遥遥相望的是一座林木葱茏的小山……"[②]"布莱德比是一座乔治时期的建筑……坐落在德比郡较为柔和、翠绿的山谷中……它正面俯视着一块草坪,一些树木和幽静邸园中的几座鱼塘……再往后是一片森林……宁静,远离尘嚣,林木掩映着金黄色的屋顶,房子的正面俯视着下方的邸园……山下湖中的天鹅像百合花漂浮在水上,孔雀昂首挺胸地迈着大步穿过树荫走入沐浴着阳光的草地。"[③]《查泰莱夫人的情人》中的拉格比府"是一座狭长低矮的褐色石头建筑,始建于十八世纪中叶……坐落在一片布满了老橡树的高丘上,看上去挺像样"[④]。

从这些描写中可以看出,这些房子历史比较悠久,占地面积大,环境优

---

① 劳伦斯.劳伦斯文集5:恋爱中的女人[M].毕冰宾,译.北京:人民文学出版社,2014:83—84.
② 劳伦斯.劳伦斯文集5:恋爱中的女人[M].毕冰宾,译.北京:人民文学出版社,2014:18.
③ 劳伦斯.劳伦斯文集5:恋爱中的女人[M].毕冰宾,译.北京:人民文学出版社,2014:85,105.
④ 劳伦斯.劳伦斯文集7:查泰莱夫人的情人[M].毕冰宾,译.北京:人民文学出版社,2014:10.

美,四周有湖泊、花园,甚至有森林或小山把住宅和煤矿隔开,一派田园景象。除了对资产阶级或贵族阶级的住宅介绍,在小说中劳伦斯对矿工阶级住宅区也进行了细致的描述。《儿子与情人》开篇就介绍了卡逊·魏特公司为了安置大批矿工,盖起了好几个居民区,"洼地区包括六排矿工住宅,每三排为一行,恰如一张六点的骨牌那样,每排有十二幢房子。这两排住宅楼建在伊斯特伍德相当陡峭的山坡脚下。"①在《虹》中,劳伦斯不止一次重复矿工住宅的单调、重复和杂乱无章。比如在第十二章中,厄秀拉带着英格小姐去看望她的舅舅汤姆,意欲让他们俩结婚。在那里,"排列着式样单一的房子,新红砖变得邋邋遢遢,长方形的小窗,长方形的,不断地重复着"②。在《查泰莱夫人的情人》中,劳伦斯对现代的工人住家进行了描述:"在城堡所在的广阔地带,烟雾弥漫着,一片一片的新红砖房是新的矿工住宅,有的在洼地里,有的则在坡顶上,模样丑陋无比。"③后来在被拆除的贵族邸园西伯里庄园上,盖起了一座座"双户联体房"。"左手有一排排好看的'摩登'住宅,排列的像多米诺骨牌一样……"④这些住宅的周围都是高耸入云般的现代煤矿建筑以及化学工厂和长廊,让人感觉四周就是一堵堵高墙。

矿工住宅的地理位置以及周边环境比较恶劣,整体给人一种"脏、乱、差"的丑陋感觉。因为是刚修建的住房,所以外观看着还不错,挺体面的样子,比如"双户联体房"这种矿工住宅区的房与房之间留出了空地和花园,矿工可以在花园种一些蔬菜。《儿子与情人》中"洼地区"的房子前有小花园,从外面可以看到明净的前窗、小小的门廊以及小小的水蜡树的树篱等。但是,人们居住的卧室以及做饭的厨房位于后部,对着垃圾坑,并且人们在外面的活动区域竟然是两排垃圾巷当中的小巷。这些无疑都展现出矿工们实际的

---

① 劳伦斯.劳伦斯文集3:儿子与情人[M].陈良廷,刘文澜,译.北京:人民文学出版社,2014:4.

② 劳伦斯.劳伦斯文集4:虹[M].毕冰宾,石磊,译.北京:人民文学出版社,2014:340.

③ 劳伦斯.劳伦斯文集7:查泰莱夫人的情人[M].毕冰宾,译.北京:人民文学出版社,2014:172.

④ 劳伦斯.劳伦斯文集7:查泰莱夫人的情人[M].毕冰宾,译.北京:人民文学出版社,2014:170.

生活条件并没有房子外表看起来的那么好,是极其糟糕的。《恋爱中的女人》中贝多弗这个煤矿小城中的矿工住宅区混乱不堪,黑魆魆,肮脏透顶,"这一排排的住房也是用暗红砖砌成,房顶铺着石板,看上去不怎么结实"①,这些住宅紧靠着的是散落着一座座煤矿的谷地。煤矿"白烟柱黑烟柱拔地而起",导致房屋周边的道路都是黑乎乎的。即使是这样糟糕的环境,也需要矿工每周交五先令的房租。《查泰莱夫人的情人》中的特瓦萧街区被黑色笼罩着:"黑乎乎的砖房散落在山坡上,房顶是黑石板铺就,尖尖的房檐黑得发亮,路上的泥里掺杂着煤灰,也黑乎乎的,便道也黑乎乎、潮乎乎。"②居住在这里的人也如同黑乎乎的煤灰散发出衰竭的味道,"他们内心里活生生的知觉器官已经死了,变得如同指甲,只会机械地发出叫声"③。

　　矿工的住宅一般不是很大,只能满足一家人最基本的生活需求。在《儿子与情人》中,从一些对莫雷尔家的零星描述可以管窥他们的房间内部情况。比如保罗生病时躺在沙发上,醒来发现母亲站在炉边地毯上熨衣服;莫雷尔下班回家都坐在壁炉边的摇椅上,铜蜡台在小说中也出现了很多次:"卧室在烛光下也是又小又冷。""尽管是大白天,他却宁愿下着百叶窗,点上蜡烛,这是矿上的人的习惯。"④在第十二章中,克莱拉乘坐火车到保罗家做客,其实也是初次以女朋友的身份见保罗的父母,"他带路走进小小的前屋,里面有老式钢琴,红木家具,发黄的大理石面壁炉架"⑤。从这些文字中可以看出家里并不大,小小的前屋,小小的卧室,并且吃饭休息以及干活的区域都挤在壁炉旁边。家里装饰也比较简朴,就是些最简单的必需品——"炉边

---

① 劳伦斯.劳伦斯文集5:恋爱中的女人[M].毕冰宾,译.北京:人民文学出版社,2014:6.

② 劳伦斯.劳伦斯文集7:查泰莱夫人的情人[M].毕冰宾,译.北京:人民文学出版社,2014:168.

③ 劳伦斯.劳伦斯文集7:查泰莱夫人的情人[M].毕冰宾,译.北京:人民文学出版社,2014:168.

④ 劳伦斯.劳伦斯文集3:儿子与情人[M].陈良廷,刘文澜,译.北京:人民文学出版社,2014:134,33.

⑤ 劳伦斯.劳伦斯文集3:儿子与情人[M].陈良廷,刘文澜,译.北京:人民文学出版社,2014:377.

的地毯""百叶窗""铜蜡台"。除了这些,莫雷尔太太因为出身于中产阶级家庭,所以还带有小资情调,请牧师过来喝茶的时候,就会铺上好的桌布,拿出最好的平时不舍得用的细绿边杯子。第四章中莫雷尔太太去集市买了一只有矢车菊图案的盘子、几株紫罗兰和雏菊,虽然生活拮据,但她还是买了平时用不到的饰物。由此可见,即使生活艰难,但是莫雷尔太太还是尽力把自己的家弄得温馨一点。

《恋爱中的女人》中,布莱德比府邸里,客厅富丽堂皇,非常大,客人们一齐进入客厅,"女人们脸色白皙,在灯光柔和的客厅中围着大理石壁炉坐成半月形……亚历山大弹奏了几首匈牙利曲子,大家受到钢琴声的感染,都随着琴声跳起舞来"①。虽然没有直接说明,但是从字里行间可以了解到客厅之大以及装修之豪华。《查泰莱夫人的情人》中虽然也没有直接描述拉格比府的房间装饰,但是从第十一章开头所介绍的杂物间就可见一斑:拉格比府有数不清的没人居住的房间,家里杂物室就有好几个。杂物间里堆满了收藏的油画和十六世纪的意大利家具以及橡木雕花老箱子和教堂的圣衣柜等。劳伦斯对其中一个大黑漆盒子进行了详细的介绍:"做工精细,是六七十年前的东西,里面装着五花八门的物件。盒子最上层是些梳妆用品……下面一层是文具用品……再下一层是女工用具……再下边就是药品了……"②通过这一段描绘可以感受到拉格比府的精美。这个盒子设计得非常精致,做工考究,体现了维多利亚时期最精美的技艺,可是查泰莱一家都不喜欢,所以当康妮顺手把它送给伯尔顿太太后,阶级之间的差异就在双方的行为举动中显示了出来:"伯尔顿太太请了几位朋友前来观赏,她们是学校女教师、药铺老板娘和出纳助理的女人威顿太太。"③伯尔顿太太请来观赏

---

① 劳伦斯.劳伦斯文集5:恋爱中的女人[M].毕冰宾,译.北京:人民文学出版社,2014:
94—96.
② 劳伦斯.劳伦斯文集7:查泰莱夫人的情人[M].毕冰宾,译.北京:人民文学出版社,
2014:163—164.
③ 劳伦斯.劳伦斯文集7:查泰莱夫人的情人[M].毕冰宾,译.北京:人民文学出版社,
2014:164.

这个盒子的人几乎都属于中产阶级,大家对这个盒子都赞不绝口。

除了上文提到的三个上层阶级的住房,在《查泰莱夫人的情人》中劳伦斯对被拆除的西伯里庄园也进行了详细的描述。这个庄园是十八世纪中叶建在高处的路边上的房子,其墙壁进行了独特的拉毛泥灰处理,窗格是乔治式的,房后是一座美丽的花园。"比起拉格比来,康妮觉得这里的内部装饰要好得多。它更亮堂,更有生气,讲究并且高雅。墙壁包了奶油色的镶板,天花板涂了金色,每样东西都摆放得井井有条,家具用品精美绝伦,当然是不惜重金的。甚至连走廊都造得宽敞漂亮,略带曲折,营造出活泼的氛围。"①

综上所述,我们可以看到上层阶级与下层阶级的住宅首先在选址上就有着严格的区分,其次在装饰用品上面更是体现了巨大的阶级差距。上层阶级住宅不仅居住环境好,占地面积大,而且里面的装饰富丽堂皇;而矿工家庭的住房要么是租住的,要么是自己买来的,但不管是租住的还是购买的,他们的房子里只能拥有生活必需品,好一点的家庭可能会摆上一架钢琴,"对女人来说它是一件财产,一种家具,是一件足以让她感到优越的东西"②,"矿工有钢琴支撑着自己,高人一等,因此得到了满足"③。住宅的差异自然导致不同阶层之间的隔阂与鸿沟,"拉格比府和特瓦萧村之间没有往来,一点也没有"④就是对此最好的诠释。

二、矿区中的阶级现象

劳伦斯小说中的阶级主要表现为资产阶级和工人阶级,也就是矿主和矿工之间的关系上。在劳伦斯前期的小说中,因为煤矿机械化还没有普及,所以主要是煤矿主"统治"矿工,决定着他们的工作。比如《儿子与情人》中,

---

① 劳伦斯.劳伦斯文集7:查泰莱夫人的情人[M].毕冰宾,译.北京:人民文学出版社,2014:173.
② 劳伦斯.劳伦斯文集9:散文随笔集[M].毕冰宾,译.北京:人民文学出版社,2014:184.
③ 劳伦斯.劳伦斯文集5:恋爱中的女人[M].毕冰宾,译.北京:人民文学出版社,2014:54.
④ 劳伦斯.劳伦斯文集7:查泰莱夫人的情人[M].毕冰宾,译.北京:人民文学出版社,2014:11.

因为莫雷尔多嘴多舌在酒馆里面模仿并嘲弄矿工管事引起对方的反感和讨厌,所以他被分到那些煤层薄、不容易采煤的地方,干活十分踏实的莫雷尔工钱越来越少,工作越来越累。在劳伦斯中后期的小说中,特别是《恋爱中的女人》以及《查泰莱夫人的情人》中,机械化大生产全面铺开,资产阶级以及工人阶级都被机器所主宰,成为异化的人,这种阶级意味主要表现在杰拉德和克里福德对矿工以及其他人的态度上。

《恋爱中的女人》中,作为煤矿家族的儿子,杰拉德本来应该从小就会接受并喜欢上为自己家族挣钱的煤矿。可是孩提时代的杰拉德仇恨煤矿及其矿区环境,反而渴望荷马时代那种原始粗犷的东西,追求野性的自由,所以那时的他从未认真看一看贝多弗和矿谷以及黑魆魆的矿区,他的眼睛只看到威利湖彼岸的乡村和森林。长大后在德国、伯恩、柏林等地兜兜转转后,他"发现自己可以在煤矿上真正冒一次险……然后,他看到了权力"①。在他的眼中,矿工就是他实现权力的工具,一点都不重要,因为"人就跟一把刀子一样,重要的是快不快,别的都无所谓"②。也就是说,他认为衡量矿工的好与不好在于他们是不是完美的工具,是否起到了该起的作用。他要求他的工人必须严格按照他的意志行事,都得听他的指挥,"他本人偶然成为控制别人的中心部分,而大多数人则不同程度地受控制"③。为了实现他的理想,他开始大刀阔斧地对矿工进行控制和剥削。首先他声明民主和平等是愚蠢的,作为矿工,只能接受像机器一样服务于人与物质之间的机制,他认为在这一点上他的意志代表了矿工们的意愿。其次,他认为那些老经理、老职员以及退休工人已经没有工作能力,就像废物一样。他用可怜的退休金解雇了他们,然后寻找一些能干的人代替他们。即使他自己的父亲为他们求情,他也不为所动。再次是压缩开支,父亲那个时代免费送给寡妇的煤现在需要付钱,运煤的车费、工具磨损费、矿灯保养费等都要矿工自己承担。最后

① 劳伦斯.劳伦斯文集5:恋爱中的女人[M].毕冰宾,译.北京:人民文学出版社,2014:236.
② 劳伦斯.劳伦斯文集5:恋爱中的女人[M].毕冰宾,译.北京:人民文学出版社,2014:237.
③ 劳伦斯.劳伦斯文集5:恋爱中的女人[M].毕冰宾,译.北京:人民文学出版社,2014:241.

是矿井内部改革。从此,矿工们彻底地沦为单纯的机器和工具,杰拉德也成为一个高超的控制机。对于杰拉德来说,他们作为矿工存在着,而他则作为矿主存在着。矿工就是矿工,而矿主就是矿主,这是两个阶层的人,这个阶级障碍不能打破。

《查泰莱夫人的情人》中的克里福德是一个有着强烈阶级意识的资产阶级代表。在开篇第一章中,劳伦斯就说他"在他那个狭窄的'大世界'里更游刃有余,那个'大世界'即是有地产的贵族们组成的小社会……他就是有点怕大量中下阶级的人,怕与他不属于同一阶级的外国人"①。从中可以看出,克里福德忠实遵守英国森严的阶层关系。他根本瞧不起本阶级以外的人,从不打算妥协,并且他还特别排斥和看不起那些"向上攀升的下层阶级的人"。这种阶级意识在他心里根深蒂固。比如在穿着方面,即使残疾后他也依然"像以前一样用伦敦裁缝制作的昂贵衣物装扮自己,仍旧系邦德街上买来的领带"②,金黄的头发油光可鉴,总是一副绅士的派头。"矿工们在某种意义上说是他的人,可他只拿他们当物不当人,把他们看作矿井的一部分而不是生命的一部分,视他们为粗鲁的东西而不是像他一样的人。"③在康妮看来,克里福德这类人推崇等级制度,他们的内心都冷硬不堪、冷漠,就像"拉布拉多的土地一般,表层上开着美丽的小花儿,可一英尺下面却是冻土"④,所以热情对他们来说是一种低下的情调。第十三章中克里福德开着他的电动轮椅从山顶上返回,半路上轮椅突然不动了,后来通过麦勒斯推动才回到家。在这个过程中,克里福德觉得麦勒斯为他做所有的事情都是应该的,对麦勒斯没有任何体谅。他始终认为:"有史以来群氓们就是被统治的,直到

---

① 劳伦斯.劳伦斯文集 7:查泰莱夫人的情人[M].毕冰宾,译.北京:人民文学出版社,
　 2014:6.
② 劳伦斯.劳伦斯文集 7:查泰莱夫人的情人[M].毕冰宾,译.北京:人民文学出版社,
　 2014:13.
③ 劳伦斯.劳伦斯文集 7:查泰莱夫人的情人[M].毕冰宾,译.北京:人民文学出版社,
　 2014:13.
④ 劳伦斯.劳伦斯文集 7:查泰莱夫人的情人[M].毕冰宾,译.北京:人民文学出版社,
　 2014:78.

人类的末日位置,他们一直要被统治。""贵族是一种职责,是命运的一部分。群氓们则是另一部分命运在运行……统治阶级和被统治阶级之间有一条鸿沟的。"①康妮对于克里福德空虚、冷漠的状态深恶痛绝,认为克里福德不是在统治而只是仗着自己的钱在恃强凌弱。从这个事件中,康妮彻底看清了克里福德这类人的内在,他们就是"一个干枯的绅士,灵魂是假象牙做的!他们就是靠他们的外在风度和虚假的绅士气欺骗别人的。可他们和假象牙一样没有感情"②。后来当克里福德知道康妮怀的孩子的父亲是他家猎场的看守人麦勒斯的时候,他的脸色突变,眼珠子都要瞪出来一样瞪着康妮,不愿相信这是真的。他不能接受他的妻子与一个下层阶级的人私通并有了孩子,对麦勒斯这种攀高枝的做法充满仇恨,更对康妮纡尊降贵和一个劳动阶级的人相好感到痛恨。"他倒是不会反对她与同一个阶级的男人私通"③,这说明他不能接受康妮和别人私通的唯一原因不是他爱康妮,而是那个与之私通的人不是他们同一阶层的人。他不在意私通,因为他曾在森林里和康妮谈论怎么让她和别的男人生个孩子替他继承拉格比庄园,他真正在乎的是妻子和下层阶层的人私通给他带来的丑闻。

克里福德那种优越的资产阶级姿态自然而然造成他和矿工之间不可逾越的阶级鸿沟,双方都怀有抵触情绪,以至于见了面没人脱帽致敬,也没有人会说句客套话。矿工们的内心深处充满了怨恨,他们是为他干活的,他们之间就是金钱的关系,人与人之间的其他一切情感都已经不复存在了。"矿工们干脆就盯着他们:商人们冲康妮抬抬帽檐儿就像见到个熟人一样,冲克里福德则不自然地点点头,仅此而已。"④就连他家的猎场看守人麦勒斯见了

① 劳伦斯.劳伦斯文集7:查泰莱夫人的情人[M].毕冰宾,译.北京:人民文学出版社,2014:202,203.
② 劳伦斯.劳伦斯文集7:查泰莱夫人的情人[M].毕冰宾,译.北京:人民文学出版社,2014:215.
③ 劳伦斯.劳伦斯文集7:查泰莱夫人的情人[M].毕冰宾,译.北京:人民文学出版社,2014:141.
④ 劳伦斯.劳伦斯文集7:查泰莱夫人的情人[M].毕冰宾,译.北京:人民文学出版社,2014:11.

他也只使用方言,说明两人之间横亘着一条阶级的鸿沟,虽然麦勒斯会说纯正的英语,但是他知道自己跟克里福德不是一类人,他想回到自己的阶级中,用自己阶级的语言。作为统治阶级的资产阶级与工人阶级之间实质上就是剥削与被剥削的关系。为了生存,作为工人阶级的矿工只能出卖自己的劳动力而逐渐被机器化。而矿主们如杰拉德等因为受阶级的束缚,他们同矿工一样失去了生命活力和生活激情。杰拉德成功地更新了企业面貌,完美地实行了他那绝妙、精细的制度后,他感到生活空虚,"自己本身似乎空空如也,而身外的一切又颇具紧张感"①;而克里福德最后则表现得像个孩子,返回童年一般,"他的手就伸到她(伯顿太太)怀里抚摸她的乳房,激动万分地吻她的乳房……"②

三、《儿子与情人》中的阶级表征③

英国是第一个进行工业革命的国家。工业革命的蓬勃发展不仅给英国带来大量的社会财富,而且给社会结构和阶级结构带来了剧烈的变革,各个阶层开始自由地流动,阶级边界更趋模糊。产业结构的调整、社会保障制度的建立和完善以及英国教育的普及都大大促进了中产阶级的发展壮大。中产阶级指的是那些从事非体力劳动、有着稳定的收入和生活体面的社会群体。劳伦斯在《我算哪个阶级》一文中大胆地指出:"今天,全世界只有两个阶级:中产阶级和劳动阶级。"④这话虽然失之偏颇,但不可否认的是,工业革命进程中的英国阶级结构主要就是由中产阶级和劳动阶级组成的。在劳伦斯的主要长篇小说中,都充斥着这两个阶级的冲突和认同危机。

《儿子与情人》被很多学者看成一部保罗的成长小说,里面充满了阶级意识的表征。通过保罗这个人物,读者可以体会到劳伦斯自己的阶级认同

① 劳伦斯.劳伦斯文集5:恋爱中的女人[M].毕冰宾,译.北京:人民文学出版社,2014:247.
② 劳伦斯.劳伦斯文集7:查泰莱夫人的情人[M].毕冰宾,译.北京:人民文学出版社,2014:324.
③ 李春风.《儿子与情人》中的阶级表征[J].齐齐哈尔大学学报,2019(5):124—127.
④ 劳伦斯.劳伦斯文集9:散文随笔集[M].毕冰宾,译.北京:人民文学出版社,2014:51.

危机:"可我现在和过去一样无所归属,简直边缘得没边儿了……我进不到中产阶级的世界里去。我实际上脱离了劳动阶级的圈子,因此我就没有圈子可言了。"①细读文本,我们可以深深感受到小说中的人物威廉和保罗在其母亲莫雷尔太太的影响下都囿于阶级的向往和追求。威廉通过自己的种种努力跻身于中产阶级的行列却英年早逝,而保罗从一开始对中产阶级的向往和追求蜕变成一个无阶级的人,出现了阶级认同危机。

1. 莫雷尔太太的阶级意识

莫雷尔太太是小说中的核心人物,她对儿子们的一言一行都起到了至关重要的作用。她以自己的教养和趣味在家庭中营造了一种中产阶级的生活氛围,鼓励孩子们追求知识和教养。出身于市井家庭并接受了中产阶级教育的莫雷尔太太,即使因为"意外"嫁给了劳动阶级出身且没受过教育的莫雷尔,但她自始至终秉承着中产阶级的价值观。她坚持不懈、力所能及地给儿子们创造了她所渴望的中产阶级的"优雅生活",虽然因为生活拮据,这种生活与真正的中产阶级生活相去甚远,但是这种价值观的影响是根深蒂固的。可以说,她自己给儿子们树立了一个中产阶级者该有的行为风范,她殷切希望儿子们跻身于中产阶级的圈子,她那种中产阶级意识一直伴随着她,直至死亡。"莫雷尔太太出身于一个古老的市民家庭,祖上是有名的独立派,跟着哈钦森上校打过仗,一直都是坚定的公理会教徒。"②"一双漂亮的手一看就知道是葛都德家的人。衣着总是素雅宜人。她穿着藏青色的绸衣,加上一条独特的海扇贝形银链,还有一只沉甸甸的螺旋形金扣花……她跟他说话带着南方口音,而且是一口纯正的英语。"③这里的描写——漂亮的手、绸衣、银链、金扣花以及纯正的英语都明白无误地告诉读者莫雷尔太太结婚前是一个受过教育、未干过重活的中产阶级出身的女孩。在 19 世纪的

---

① 劳伦斯.劳伦斯文集 9:散文随笔集[M].毕冰宾,译.北京:人民文学出版社,2014:55.
② 劳伦斯.劳伦斯文集 3:儿子与情人[M].陈良廷,刘文澜,译.北京:人民文学出版社,2014:10.
③ 劳伦斯.劳伦斯文集 3:儿子与情人[M].陈良廷,刘文澜,译.北京:人民文学出版社,2014:13.

英国,"领结、套装和柔软而干净的手成为比工资更为微妙地表明阶级区别的标志"①。虽然祖父做花边买卖破产,当工程师的父亲穷困潦倒,但是莫雷尔太太遗传了家族"高傲、不屈服"②的性格。正是这种性格使得她能在困境中依然保持那种"优雅"的生活做派,那种小姐气派——虽然"莫雷尔的母亲和姐妹常爱取笑她那种小姐气派"。她如此高傲以至于"跟左邻右舍的那些女人都没什么来往",并且"情愿饿死,也不愿为了挣两个半便士坐在那儿缝24只长袜子"③。

莫雷尔一家生活在矿区的住宅区"洼地区"和"地狱街"。光从小说开头出现的这两个词就可以看出居住条件非常差,这也给小说定下了悲剧的主色调。这两个词也与莫雷尔太太曾经的生活形成了鲜明的对比。接下来我们看看她如何在"洼地区"和"地狱街"彰显自己的阶级优越感。在第一章的前两页里,读者可以了解到"她住的是上面一排的末了一家,因此只有一家邻居;在房子的另一边还比人家多着一块长条形的院子。而且住在末了一家,跟住在那些'中间'房子里的女人相比,她身上仿佛还有了一种贵族气派,因为她每星期要付五先令六便士房租,而她们只付五先令"④。19世纪的中产阶级强调家庭的隐私性,喜欢隔离而舒适的居住条件。莫雷尔太太因为经济条件有限,达不到隔离而舒适的居住条件,但是在有限的资源下,她也争取做到了半隔离,至少比别的家庭多了一块长方形的院子。莫雷尔太太因为受过良好的教育,喜欢"跟一些有学识的人辩论有关宗教、哲学或政

---

① 约翰·巴克勒,贝内特·希尔,约翰·麦凯.西方社会史:第1卷[M].霍文利,等译.桂林:广西师范大学出版社,2005:68.
② 劳伦斯.劳伦斯文集3:儿子与情人[M].陈良廷,刘文澜,译.北京:人民文学出版社,2014:10.
③ 劳伦斯.劳伦斯文集3:儿子与情人[M].陈良廷,刘文澜,译.北京:人民文学出版社,2014:15,35.
④ 劳伦斯.劳伦斯文集3:儿子与情人[M].陈良廷,刘文澜,译.北京:人民文学出版社,2014:5.

治的问题"①,所以当她听够了莫雷尔的情话,也想和他探讨这些高深的问题时,"她看出他是在十分尊重地听着,但是却听不懂"②。内心的崩溃让她转向公理会的牧师希顿先生。希顿先生是"剑桥大学文学士",受教育程度非常高;同时因为"小镇上地位最高的是牧师",莫雷尔太太喜欢他,跟他"一谈就是几个钟头",并让"他做了这孩子的教父"。③除了和牧师讨论布道等方面的问题外,莫雷尔太太也偶尔会邀请牧师到家里喝下午茶,那时,"她就趁早铺上桌布,拿出她最好的细绿边杯子,心里希望莫雷尔别太早回来"④。喝下午茶以及精致的茶具和桌布就是典型的中产阶级女性的一种休闲生活方式。

保罗·福塞尔指出:"生活品味和格调决定了人民所属的社会阶层,而这些品味格调只能从人的日常生活中表现出来。"⑤在日常生活中,莫雷尔太太时时处处都表现出中产阶级的生活品位和格调。即使生活很拮据,莫雷尔太太还是想方设法挤出一点钱来让自己阴郁的生活充满一点情调,去市场买陶器和花的情节充分说明了这一点。陶器和花并不是生活必需品,并且在"正巧这个星期钱不够用"的情况下,她还是花了5便士买了一只小盘子,因为她"被盘子上矢车菊图案所驱使——或者说所吸引"。最后,她还花了4便士买了"几株紫罗兰和深红的雏菊"。当时,莫雷尔太太每星期从她丈夫那儿得到的钱在25到35先令,"用来养家糊口——付房租,买粮食,做衣服,付俱乐部的会费、保险费和医疗费"。从中可以看出,即使费用有限,莫雷尔

---

① 劳伦斯.劳伦斯文集3:儿子与情人[M].陈良廷,刘文澜,译.北京:人民文学出版社,2014:12.
② 劳伦斯.劳伦斯文集3:儿子与情人[M].陈良廷,刘文澜,译.北京:人民文学出版社,2014:15.
③ 劳伦斯.劳伦斯文集3:儿子与情人[M].陈良廷,刘文澜,译.北京:人民文学出版社,2014:39,62,39.
④ 劳伦斯.劳伦斯文集3:儿子与情人[M].陈良廷,刘文澜,译.北京:人民文学出版社,2014:39.
⑤ 保罗·福塞尔.格调:社会等级与生活品味[M].梁丽真,乐涛,石涛,译.北京:中国社会科学出版社,1998:3.

太太享受"优雅生活"的意识也一直存在。同时,"她对卖杂货的态度冷淡","冷冷地付给他5个便士"①更说明了莫雷尔太太的中产阶级意识。在内心里,她始终觉得自己高人一等,有着强烈的阶级优越感。她的阶级优越感更是体现在和莫雷尔的婚姻生活中。莫雷尔出身于工人阶级,没有接受过教育,自然就没有一套中产阶级的价值标准,为人处世会按照自己的阶级价值观进行。他是凭感官行事的,"他的天性完全是要感官上的享受"②。他喜欢酗酒、跳舞,行为粗俗。比如,他经常当着大家的面在火炉边换衣服,也从不在意是否有外人在。当威廉做错事情的时候,莫雷尔简单粗暴要揍孩子,要"揍得他骨头散架"③;而莫雷尔太太却凭着中产阶级的教育希望同孩子讲道理,让他认识到自己的错误。总之,不拘小节恰恰是中产阶级家庭出身的莫雷尔太太所不能容忍的,是不符合她所接受的礼仪规范的。甚至在莫雷尔累得精疲力竭回家喝茶时,莫雷尔太太还要指责他弄脏了桌布。在她的眼中,桌布就是品味的象征,它比莫雷尔更重要。在他们的婚姻生活中,他们一直在争斗,"她斗争是要让他承担起他的责任……硬要他讲道德,信宗教……他受不了——他简直被逼得要发疯了"。改造丈夫的希望破灭后,"她的心不放在做父亲的身上,而是放到孩子身上去了"④。

当她的两个儿子威廉和保罗走上社会并且获得不错的职位时,她感觉自己的生活充满了希望,"总算没有白白奋斗啊"⑤。从此她有两个地方,也就是伦敦和诺丁汉可以想念,并且这两个地方都是大工业中心。她想到自己给两

---

① 劳伦斯.劳伦斯文集3:儿子与情人[M].陈良廷,刘文澜,译.北京:人民文学出版社,2014:85,87.

② 劳伦斯.劳伦斯文集3:儿子与情人[M].陈良廷,刘文澜,译.北京:人民文学出版社,2014:18.

③ 劳伦斯.劳伦斯文集3:儿子与情人[M].陈良廷,刘文澜,译.北京:人民文学出版社,2014:58.

④ 劳伦斯.劳伦斯文集3:儿子与情人[M].陈良廷,刘文澜,译.北京:人民文学出版社,2014:18.

⑤ 劳伦斯.劳伦斯文集3:儿子与情人[M].陈良廷,刘文澜,译.北京:人民文学出版社,2014:216.

大工业中心各添了一个她深爱的男子汉,而这两个男子汉获得了她所期望的成就:威廉成功跻身中产阶级,而保罗的画获得了两个一等奖,这一切都让莫雷尔太太扬扬得意,觉得自己"简直是全诺丁汉最自豪的一位小妇人"①。

2. 威廉对中产阶级的追求

威廉是家里的第一个孩子,"他生下来正是她自己幻想破灭,伤心的日子过不下去的时候,也是她对做人的信念动摇,心灵感到寂寞而凄凉的时候"②。结婚后令人失望至极的现实生活让莫雷尔太太把所有的心思都放到了威廉身上。她寄希望于威廉来改变目前"像是给人活埋了"的境况。③孩子非常漂亮,长着一双深蓝色的眼睛和一头金黄色的卷发。她先从穿着上打造威廉,把他打扮成一个小绅士的模样:"孩子头戴小白帽,帽上摇曳生姿插着根鸵鸟毛,身穿白上衣,馒头卷发。"④孩子的打扮寄予了她自己未能实现的期望:跻身中产阶级。莫雷尔太太参加了妇女协会——一个小型妇女俱乐部。在那里可以讨论一些社会问题,还可以看看报纸。这样一来莫雷尔太太就有很多新闻可以告诉威廉,帮助他了解很多事情。除此之外,她还在威廉13岁的时候帮他在合作社办事处找了个工作。虽然莫雷尔想让威廉下矿挣钱,"叫他跟我下井去,一开头他就可以稳拿10先令一星期……"⑤,但是莫雷尔太太态度非常坚决:"你妈让你12岁就下井,我可不能凭这条理叫我的孩子也跟你一样。""他不下井,这事就别再提啦。"⑥莫雷尔太太的这些

---

① 劳伦斯.劳伦斯文集3:儿子与情人[M].陈良廷,刘文澜,译.北京:人民文学出版社,2014:216.

② 劳伦斯.劳伦斯文集3:儿子与情人[M].陈良廷,刘文澜,译.北京:人民文学出版社,2014:18.

③ 劳伦斯.劳伦斯文集3:儿子与情人[M].陈良廷,刘文澜,译.北京:人民文学出版社,2014:8.

④ 劳伦斯.劳伦斯文集3:儿子与情人[M].陈良廷,刘文澜,译.北京:人民文学出版社,2014:19.

⑤ 劳伦斯.劳伦斯文集3:儿子与情人[M].陈良廷,刘文澜,译.北京:人民文学出版社,2014:61.

⑥ 劳伦斯.劳伦斯文集3:儿子与情人[M].陈良廷,刘文澜,译.北京:人民文学出版社,2014:61.

举动就是有意识地培养威廉,让威廉脱离他父亲的工人阶级。

"大众教育是新兴中产阶层职业兴起的一个主要社会条件,因为这些职业需要教育系统提供的技能。"①对于下层阶层的人来说,要跻身中产阶级,最方便和最主要的途径就是接受教育。个人社会地位的获得,凭借的不是门第等先赋性因素,也不是投机取巧等非法手段,而是个人的勤奋努力、刻苦好学、良好教养及积累的文化资本。

受母亲价值观的影响,威廉也恨工人阶级出身的父亲,觉得他太过粗俗。在母亲帮他在追求中产阶级的道路上走出第一步后,威廉"开始有了抱负"②。他上夜校,学会了速记。在他16岁的时候,他就已经是当地"数一数二的速记员兼簿记员了"。后来他还在夜校当了老师。莫雷尔太太对这个儿子引以为傲:"凡是男子汉做的事——正经事——威廉都会。"③威廉开始参加各种各样的活动:跳舞会,运动会,打弹子。同时他也开始和当地的中产阶级来往。在威廉的成长路上,莫雷尔太太起到了监督作用。当威廉要到下等城镇参加化装舞会时,她极力阻止。有着中产阶级意识的莫雷尔太太认为那些地方是适合下层阶级的人去的。"她怕儿子跟他父亲走上同样的道路。"④在母亲的监督、影响和他自己的努力下,威廉在中产阶级的道路上越走越顺。"他简直像是她的骑士,佩戴着代表她的纹章上战场。"⑤19岁那年他在诺丁汉找了一份工作,从过去的每星期18先令涨到了30个先令,"一时间他似乎快飞黄腾达起来了","他仍然出去参加一些舞会和河滨的游

① Wright Mills. White Collar, the American Middle Classes [M]. London: Oxford University Press,1951:266.
② 劳伦斯.劳伦斯文集3:儿子与情人[M].陈良廷,刘文澜,译.北京:人民文学出版社, 2014:61.
③ 劳伦斯.劳伦斯文集3:儿子与情人[M].陈良廷,刘文澜,译.北京:人民文学出版社, 2014:61.
④ 劳伦斯.劳伦斯文集3:儿子与情人[M].陈良廷,刘文澜,译.北京:人民文学出版社, 2014:63.
⑤ 劳伦斯.劳伦斯文集3:儿子与情人[M].陈良廷,刘文澜,译.北京:人民文学出版社, 2014:91.

宴……他晚上很晚才回来,还要坐着学习到深夜"①。通过自己不懈的努力,他很快就在伦敦找了个工作,年薪达到120英镑。这个数目对于莫雷尔一家来说简直就是笔巨款。对于儿子的发迹,莫雷尔太太"搞不清应该高兴还是伤心了"。儿子的成功固然令人高兴,这么多年来,"她几乎是靠他过日子",但是"她感到他似乎要离开她的心"②,这是最令她悲痛的。

自从心里有了抱负,威廉更是努力在这个道路上探索前行。到了伦敦之后,虽然他对于"自己不费吹灰之力就成了上等人"③而感到意外,但是他并没有停滞不前。相反,他为了在伦敦站稳脚跟,继续提升自己:结交比伊斯特伍德的朋友"地位高得多的人",并且在那些人家里"出入做客";跟一个法国人互教互学,跳舞,看戏,在河上划船;还跟朋友们一起出门去。当时的英国,"丰富多彩的娱乐活动和体育运动等休闲生活成为中产阶级具有代表性的生活方式"④。这里的威廉就如同狄更斯小说《远大前程》里的皮普一样沉浸在伦敦的社交活动之中。与皮普不同的是,威廉在社交过后,会"坐在冰冷的卧室里,苦苦攻读拉丁文,因为他想在办公室里出人头地,还想尽量在法律界出人头地"⑤。除了提高自己的修养外,威廉开始对自己的穿着讲究起来:"服装是品味、理性、财富的证明。"⑥"社会地位最细微的上升都反映

---

① 劳伦斯.劳伦斯文集3:儿子与情人[M].陈良廷,刘文澜,译.北京:人民文学出版社,2014:64.

② 劳伦斯.劳伦斯文集3:儿子与情人[M].陈良廷,刘文澜,译.北京:人民文学出版社,2014:65.

③ 劳伦斯.劳伦斯文集3:儿子与情人[M].陈良廷,刘文澜,译.北京:人民文学出版社,2014:104.

④ 车旭升,何叙.19世纪英国中产阶级女性休闲活动研究[J].成都体育学院学报,2016(4):40.

⑤ 劳伦斯.劳伦斯文集3:儿子与情人[M].陈良廷,刘文澜,译.北京:人民文学出版社,2014:104.

⑥ 让·蒂拉尔.拿破仑时代法国人的生活[M].房一丁,译.上海:上海人民出版社,2007:142.

在服装上。"①他的花销越来越大,"仅有的收入全都用在自己身上了"②,只是在刚去伦敦的时候寄过一两回钱,以缓解极尽拮据的状况。就这样,在伦敦的威廉已经完全融入上等人的生活并且成了其中的一分子。当他回家的时候,大家看到他已经脱胎换骨,"穿着大礼服,戴着大礼帽",都赞叹"乖乖,好一副绅士气派,真是一表人才"。绅士的威廉送给母亲一把伞,"淡色伞柄上镶着金"③。要知道,精巧的太阳伞可是当时中产阶级妇女的必备品之一。这个礼物进一步暗示了威廉在心里也是认为母亲是属于中产阶级的,这也是威廉认为自己成为上等人的一个印证。

费尔南·布罗代尔曾说:"19世纪英国中产阶级在物质生活方面虽不过分追求享受,但他们注重体面。体面是中产阶级生活方式的关键词。"④从修养、穿着上全面包装自己,让自己成为一个"体面"的人之后,威廉和一个"一大帮子男人拼命追求"的漂亮姑娘订了婚。他骄傲地告诉母亲:"她的衣着比得过伦敦任何一个女人。她陪着你儿子走在皮卡迪利的时候,他不会抬不起头来的。"⑤从此,威廉的生活从令父母扬扬得意的状态开始急转直下,他的生活除了上班工作,就是没完没了地"跟未婚妻去参加舞会……或者打扮得像头面人物一样上戏院去"⑥。种种的一切需要财力来支撑。威廉刚刚进入这个"上流"的圈子,收入毕竟有限,以至于"他全部精力和金钱都用来

① 费尔南·布罗代尔.十五至十八世纪的物质文明、经济和资本主义:第一卷(日常生活的结构:可能和不可能)[M].顾良,施康强,译.北京:生活·读书·新知三联书店,1992:367.

② 劳伦斯.劳伦斯文集3:儿子与情人[M].陈良廷,刘文澜,译.北京:人民文学出版社,2014:104.

③ 劳伦斯.劳伦斯文集3:儿子与情人[M].陈良廷,刘文澜,译.北京:人民文学出版社,2014:137,95,95.

④ 费尔南·布罗代尔.十五世纪至十八世纪的物质文明、经济和资本主义:第一卷(日常生活的结构:可能和不可能)[M].顾良,施康强,译.北京:生活·读书·新知三联书店,1992:312.

⑤ 劳伦斯.劳伦斯文集3:儿子与情人[M].陈良廷,刘文澜,译.北京:人民文学出版社,2014:104,105.

⑥ 劳伦斯.劳伦斯文集3:儿子与情人[M].陈良廷,刘文澜,译.北京:人民文学出版社,2014:133.

伺候这个姑娘。回到家来连带母亲上诺丁汉去一次的钱都没有"①。为了满足未婚妻的社交和虚荣,为了维持体面,威廉不得不加班加点干活,最后得了肺炎和丹毒而过早地离开了人世。虽然通过自己的努力和奋斗进入了母亲所企盼的中产阶级,可是由于没有站稳脚跟,由于"被新生活的激流转得晕头转向"而"迷失了方向"②,威廉对中产阶级的向往和追求以死亡告终。

3. 保罗的阶级认同危机

保罗是家里的第二个儿子。他的出生并没有给父母带来惊喜,相反,对莫雷尔来说"算不上什么",对莫雷尔太太来说却是"洪水猛兽"。保罗的长相也并不像威廉那样讨人喜欢,他"奇怪地皱着眉头,眼睛也特别忧郁,仿佛他正在努力领会痛苦的滋味"③。保罗喜欢跟在母亲后面,"就像她的影子一样"④。从小生活在父母不同价值观的冲突下,保罗尤其不喜欢父亲莫雷尔,生病时父亲待在他身边"似乎更加重了他那种病人的烦躁不宁"⑤;他甚至非常痛恨父亲,因为莫雷尔粗俗,爱欺侮母亲,爱喝酒,所以他坚定地站在母亲一边。母亲就是他的偶像。当母亲在妇女协会里写字、看报、查资料时,他"总对她怀着深深的敬意"。在保罗的眼里,"她的任何动作,她做任何事,都挑不出毛病来","看着她干活是一种乐趣"。保罗"断言她跟莫尔顿少校夫人不相上下,而且大大胜过人家"⑥。同样,母亲也是从孩子一出生就暗自想"他会成为什么样的人"。毫无疑问,她对保罗寄予了和对威廉一样的希望:

---

① 劳伦斯.劳伦斯文集3:儿子与情人[M].陈良廷,刘文澜,译.北京:人民文学出版社,2014:140.

② 劳伦斯.劳伦斯文集3:儿子与情人[M].陈良廷,刘文澜,译.北京:人民文学出版社,2014:104.

③ 劳伦斯.劳伦斯文集3:儿子与情人[M].陈良廷,刘文澜,译.北京:人民文学出版社,2014:43.

④ 劳伦斯.劳伦斯文集3:儿子与情人[M].陈良廷,刘文澜,译.北京:人民文学出版社,2014:56.

⑤ 劳伦斯.劳伦斯文集3:儿子与情人[M].陈良廷,刘文澜,译.北京:人民文学出版社,2014:78.

⑥ 劳伦斯.劳伦斯文集3:儿子与情人[M].陈良廷,刘文澜,译.北京:人民文学出版社,2014:60,77,302.

脱离莫雷尔的工人阶级进入中产阶级的行列。孩子的名字——保罗就充分说明了她的心思。圣徒保罗是耶稣的传道主力。传道者是地位比较高的人。莫雷尔太太希望儿子保罗长大后成为高尚的、和圣徒保罗一样地位高的人。接着,莫雷尔太太请当地地位最高的牧师希顿先生做保罗的教父,教保罗法语、德语和算术,同时也可以从这位剑桥文学士身上习得上等人的一些礼仪规范。母亲的一言一行给了保罗行为准则和规范,这和父亲的不一样。比如上文提到的莫雷尔太太买陶瓷和花的场景对保罗来说就是一个有关品味和格调的榜样。工人阶级出身的父亲有钱就去酒馆喝酒,而有着中产阶级意识的母亲则是买花来点缀幽暗的人生。从保罗去领工钱这个小事就可以看出保罗从小接受的是母亲的中产阶级价值观。他对矿工们的粗俗玩笑和高声喧哗极不适应,挤在其中如芒刺在背。好不容易受完"酷刑",回家后对母亲说宁可不要每月的零花钱,也不愿去代领父亲的工资了。"我再也不到办事处去了","我不去领工资了","他们真可恶,又俗气,又可恶,因此我再也不去了。布雷思韦特先生连'赫'的字音都发不出,温特博特姆先生说话语法也不通"①。对于工人阶级不能说标准纯正的英语,保罗竟然如此反感,可见他多么痛恨工人阶级的出身。"孩子们越恨莫雷尔这一套,他就越是坚持自己的一套。""为了维护他的不受旁人左右,才死抱着自己那套肮脏而讨厌的行为方式。他们都痛恨他。"②这里的叙述隐晦地说明了孩子们从小受到母亲那种"处处高人一等"的行为规范的熏陶和影响,对父亲工人阶级的行为方式充满了蔑视和痛恨,连带着痛恨起他们的父亲。对他们来说,莫雷尔"那些习惯简直令人作呕","父亲的行为对他们的心灵是一种丑恶的刺激"③。

---

① 劳伦斯.劳伦斯文集3:儿子与情人[M].陈良廷,刘文澜,译.北京:人民文学出版社,2014:83—84.

② 劳伦斯.劳伦斯文集3:儿子与情人[M].陈良廷,刘文澜,译.北京:人民文学出版社,2014:132.

③ 劳伦斯.劳伦斯文集3:儿子与情人[M].陈良廷,刘文澜,译.北京:人民文学出版社,2014:131.

　　莫雷尔太太对保罗的影响可谓是根深蒂固的。此外,威廉的成功同时也在刺激和激励着他。比如当威廉第一次从伦敦回家,保罗和安妮去车站接他。"保罗巴不得让这人知道,他们是在接从伦敦乘火车来的人。这话听上去多么了不起啊。"①面对威廉从伦敦带回来的那些第一次见到、叫不出名的甜食,他认为,这类东西非常了不起,只有伦敦才有。他禁不住向别人夸耀:"真正的菠萝,切成一片片,再做成蜜饯,美极了。"②固然保罗的行为有虚荣的成分,但是这些就是他所向往的东西和生活。他渴望和威廉一样成功出入上流社会,让莫雷尔太太像以威廉为骄傲一样以自己为傲。

　　保罗不仅受到母亲的行为规范的影响,而且受到工人阶级的行为的影响。尽管他痛恨属于工人阶级的父亲那粗俗的行为习惯,但是莫雷尔那种自然流露出来的勃勃生机和享受自由自在生活的本能或多或少对保罗产生了影响。保罗喜欢看书、画画,尤其擅长画画,内心里觉得自己"也可能成为一个画家,地地道道的画家"③。母亲虽然也赞成、支持保罗画画,但是她并不关心他的艺术,而是关心他能否取得成就。从这个方面来说,母亲的影响促使他下定决心,坚持不懈地朝目标而努力。当莫雷尔太太要求保罗去报上看广告找个工作时,保罗的心沉下去了,感觉"这种自由自在的日子结束了",感觉自己"已经成了工业社会制度的一名俘虏"④。这些叙述从另一个侧面让读者了解到他矛盾的一面:虽然向往中产阶级的生活,但是内心同时渴望无拘无束的像画家那样的生活,无须为了追逐金钱和名利而奔波。"他的野心无非是在离家近点的地方,安安分分地干活,一星期挣上三十到三十五先令,等父亲过世以后,就跟母亲同住一所小屋,高兴时画上几笔,或者出

---

① 劳伦斯.劳伦斯文集3:儿子与情人[M].陈良廷,刘文澜,译.北京:人民文学出版社,
　　2014:93.
② 劳伦斯.劳伦斯文集3:儿子与情人[M].陈良廷,刘文澜,译.北京:人民文学出版社,
　　2014:95.
③ 劳伦斯.劳伦斯文集3:儿子与情人[M].陈良廷,刘文澜,译.北京:人民文学出版社,
　　2014:175.
④ 劳伦斯.劳伦斯文集3:儿子与情人[M].陈良廷,刘文澜,译.北京:人民文学出版社,
　　2014:103.

外走走,快快活活地过日子。"①在米莉安不断的鼓励和母亲的支持下,保罗边在工厂里上班,边学画画,终于在城堡里举行的秋季学生作品展览会上获得了两个一等奖。紧接着保罗参加了诺丁汉城堡冬季画展,他的风景画得了一等奖,"还卖了20个金币"。他的努力回报了他,"如今他可出头了"②。成功后的他被乔丹小姐邀请去家里吃饭,并让他结识一些名流。母亲也真诚地希望他借此机会跻身中产阶级,"娶上个名门淑女"③。可是保罗却对母亲说不想属于富裕的中产阶级,他认为自己属于老百姓。从他自己的阶级出身、他的教育以及举止来看他都还不能和绅士平起平坐。当然,他也认为"人的差别不在阶级,而在于本身。只是从中产阶级那儿你得到思想,而从老百姓那儿——你能得到生活、温暖。你感受到他们的爱和恨"④。这些话进一步印证了保罗矛盾的阶级观,也说明了他前后所交的两个女朋友都是那些"换了思想,变得像中产阶级的人"⑤。保罗的阶级认同危机就是劳伦斯的阶级认同危机。劳伦斯曾在《我属于哪个阶级》一文中谈道:"我自己就永远也不会回到劳动阶级中去了……但我也不能顺应中产阶级……"⑥

　　《儿子与情人》这部小说虽然是有关性爱的主题,但是穿插其中的阶级意识也是非常清晰的。了解小说中阶级的冲突和危机有助于更好地理解小说的主题。在这部小说中,充斥的是充满中产阶级意识的莫雷尔太太和作为工人阶级的莫雷尔之间的冲突。这种价值观的冲突给他们的儿子们带来了潜移默化的影响。受母亲那种"大小姐气派"——中产阶级的价值观的熏

---

① 劳伦斯.劳伦斯文集3:儿子与情人[M].陈良廷,刘文澜,译.北京:人民文学出版社, 2014:103.
② 劳伦斯.劳伦斯文集3:儿子与情人[M].陈良廷,刘文澜,译.北京:人民文学出版社, 2014:298,301.
③ 劳伦斯.劳伦斯文集3:儿子与情人[M].陈良廷,刘文澜,译.北京:人民文学出版社, 2014:302.
④ 劳伦斯.劳伦斯文集3:儿子与情人[M].陈良廷,刘文澜,译.北京:人民文学出版社, 2014:302.
⑤ 劳伦斯.劳伦斯文集3:儿子与情人[M].陈良廷,刘文澜,译.北京:人民文学出版社, 2014:302.
⑥ 劳伦斯.劳伦斯文集9:散文随笔集[M].毕冰宾,译.北京:人民文学出版社,2014:56.

陶和影响,儿子威廉和保罗潜意识里为完成母亲的心愿而朝着这个目标不断努力,他们"所有的事业都是为了她"①。经过自身孜孜不倦、不屈不挠的努力和奋斗,莫雷尔太太的两个儿子不负她的期望,出人头地了。但是,威廉对中产阶级的追求却是以死为代价,保罗的成功却让他成为一个有阶级认同危机的人——一个无阶级的人。正如小说的开头两个词"洼地区"和"地狱街"所暗示的一样,一味追求和向往中产阶级并不会给人带来任何快乐,而是如同生活在地狱中一般。威廉进了地狱,而保罗成了一个无阶级的人——就如同"杰克灯"的杰克一样,既进不了地狱也进不了天堂,他的灵魂只能在凡间飘荡。

四、《恋爱中的女人》中反手打脸和抚摸下巴的阶级意蕴

作为"劳伦斯最伟大的两部作品"②之一的小说《恋爱中的女人》,其魅力并没有随着时间的推移而消减。虽然学界已经对它进行了多角度的研究,但是作品所潜藏的意蕴探无止境,尤其是小说中杰拉德和戈珍这对情侣的爱恨情仇还有很多谜团等待学者去解开。在他们的情感纠葛中,有两处描写令读者很是困惑,那就是在第十四章中戈珍用手背打了杰拉德而后者并没有因此生气反而爱上了她;以及在第二十九章"大陆"的最后,戈珍用自己的手指尖摸着杰拉德的下颌,"在伯金看来,她那一摸等于杀了杰拉德"③。这两个看似极其普通但是又显细微的描写实则意味深长,在揭示他们情感的开始以及最后情感的破裂中起着至关重要的作用。与其说戈珍一开始对杰拉德的掌击表明了她的绝情,不如说是她对他爱慕之情的传达;最后戈珍对杰拉德充满柔情的抚摸,倒是她对其进行了致命的羞辱。读者对这两处的肢体语言不解,是因为不能理解文本中所包含的深层意蕴。因此,若想要

---

① 劳伦斯.劳伦斯文集3:儿子与情人[M].陈良廷,刘文澜,译.北京:人民文学出版社,2014:216.

② F. R. Leavis. D. H. Lawrence:Novelist[M].Harmondsworth:Penguin Books Ltd., 1964:18.

③ 劳伦斯.劳伦斯文集5:恋爱中的女人[M].毕冰宾,译.北京:人民文学出版社,2014:425.

破译这颇为费解的掌击之谜、抚摸之惑,就必须从文本细读以及文化的角度进行梳理和解读。

1. 反手打脸和抚摸下颌的文化共识:羞辱和柔情

文学是世界性的,但同时也具有民族性和地域性。我们在分析和解读文学作品的时候必定要深入了解其所处的历史文化背景,只有这样,才能真正理解文学创作所深藏的意蕴。西方学者 Ross(1974)认为,交际中 35% 的信息是由语言交际传达的,而非语言交际传达的信息高达 65%。[①]"非语言行为,主要是指通过人体的一些肢体语言、手势、面部表情等,来传递自己所要表达的情绪和信息。"[②]正如语言和姿势能够传递人们的情感信息,身体接触在交流中也无时无刻不在传递信息,而这与交流者自身的主观态度密切相关,也就是说,肢体语言其实是由个体想要传达怎样的信息来决定的。

在中国人的观念中,"脸"是很重要的——它不仅是身体的一部分,更代表了一个人的面子和尊严,不能随便去打。俗语"打人不打脸,骂人不揭短"就是对此很好的说明。可见中国人对"打脸"这一行为看得很重,被"打脸"就是丢了尊严。小说中戈珍用手背打杰拉德的脸这件事对于中国读者来说可以称得上侮辱性行为,是难以容忍的,因为这就是对一个人尊严的挑战。在西方,"按照犹太拉比的律法,用手背打人,比用手心打人的侮辱要大两倍。手背打击含有双倍的侮辱与轻视"[③]。由此可见,用手背打人在西方也包含了和中国一样的"侮辱"之意蕴。而且,20 世纪初期的英国依然是维多利亚那个时代所盛行的男尊女卑的制度,女性的地位虽然有所提升,但男性依然占主导地位。难怪戈珍发出感叹"当个男人多好啊","你是一个男人,想做什么就可以做,没有女人那许许多多的障碍"[④]。同时阶级的鸿沟也很深,比如贵族阶级、中产阶级(分为上层、中产和下层)之间等级森严,每个阶

---

① R. S. Ross. Speech Communication: Fundamentals and Practice[M]. N.J.: Prentice Hall, 1974:56.

② 何牧春.跨文化交际中的非语言行为探究[J].海外英语,2019:22.

③ 参考网址 http://www.kyhs.net。

④ 劳伦斯.劳伦斯文集 5:恋爱中的女人[M].毕冰宾,译.北京:人民文学出版社,2014:45.

层都有各自的准则,甚至每个阶层的居住区域都不同。虽然维多利亚时代结束后原有阶层之间的差异变得模糊,但整体来说社会依然是等级森严的。作为煤矿主儿子的杰拉德,他处于上层阶级,戈珍最多属于中层阶级。一个中层阶级的女性用手背打上层阶级的男性按当时的社会背景来说是不可思议的。所以杰拉德的反应"我并没有生你的气呀,我是爱上你了"①让读者有点难以理解。同样小说中的另一个情节——戈珍抚摸杰拉德的下颌后,"在伯金看来,她那一摸等于杀了杰拉德"②——让读者觉得匪夷所思。在中国的文化中,一对恋人,不管是男人抚摸女人的下巴抑或是女人抚摸男人的下巴代表的都是疼爱、怜惜之意。在西方社会中,恋人之间抚摸下巴也有同样的含义。那么为什么戈珍抚摸杰拉德的下颌竟是奇耻大辱? 是致命的一摸呢? 假如不熟悉上下文的语境,不细读文本,就根本领会不到作者在不经意的肢体接触描写中蕴藏的深层含义。

2. 反手打脸的深层意蕴:传递爱意

如上所言,一些非语言信息在不同文化中有一定的共性或普遍性,但许多非语言行为会在很大程度上受到特定区域文化的影响。就小说中戈珍用手背打杰拉德这一肢体语言来说,中西方的文化共性就是指挑战一个人的尊严,是奇耻大辱。但是在实际生活中,非语言行为有时还能够表达与语言信息完全相悖的意思。细读文本,可以发现戈珍对杰拉德的打脸并不是人们普遍共识上的从肉体上击垮对方的那种狠狠的打,相反,"她的黑眼睛睁得大大地盯着他,身体微微前倾,挥动手臂。手背轻轻地打在他脸上"③。"黑眼睛睁得大大地盯着他"表明戈珍当时充满了对杰拉德的不满和怒气,也表明了戈珍作为一个艺术家的高傲和大胆;但是"轻轻地打"几个字显然又说明戈珍的不舍与柔情。小说中这一"打脸"的肢体攻击可以说是男女之间的一种肢体摩擦,是戈珍对杰拉德那种不可抑制的肉体接触,是一种挑逗性的

---

① D. H. Lawrence. Women in Love [M]. Hertfordshire: Wordsworth Editions Limited, 1992:182.
② 劳伦斯.劳伦斯文集5:恋爱中的女人[M].毕冰宾,译.北京:人民文学出版社,2014:425.
③ 劳伦斯.劳伦斯文集5:恋爱中的女人[M].毕冰宾,译.北京:人民文学出版社,2014:181.

非语言行为。通过上下文可以了解到,戈珍从一开始就表现出对杰拉德的着迷与喜欢。

　　戈珍第一次见到杰拉德是在克里奇家孩子的婚礼现场。见到"风采照人,男子气十足"的杰拉德,戈珍"全身的血一时间猛烈激动起来"①,并且确定自己因为见到他才产生了这种如同恋旧一样的奇特感觉,而这种感觉"彻底改变了她的脾性"②。第十章"素描簿"中,当戈珍见到身体健壮挺拔的杰拉德在湖里游泳表现出的那种丝毫不受他人影响的态度以及明显的自负时,"她在渴望的战栗中崩溃了,那是从血管中震颤而过的一股强烈电波,比在贝多弗见到杰拉德时强烈多了"③。在小说中,劳伦斯通过不同的描述把戈珍对杰拉德的渴望展现了出来:戈珍对"挺拔、裸露着的肥厚枝叶着起迷来","去看它们饱满多肉的肌体"④,喜欢晚上一个人到市场附近强盛的矿区世界感受男人的气息。在第十四章中,戈珍与公牛的对抗与抚摸更是把她内心对肉体接触的渴望推到了极致。在碰到公牛前,戈珍那充满宗教仪典般的舞蹈好像"她正尽力扔掉枷锁"——阻止她进入男性世界的枷锁。⑤"她向牛群高高颤抖地挺起胸,喉颈也似乎在某种肉欲中变得兴奋起来……她感到牛的胸膛里放射出一道电流直冲向她的手掌。她抚摸着它们,真正地抚摸,一阵恐惧与喜悦的热流传遍全身。"⑥这里,戈珍把牛比作杰拉德。由此可见,在一次次的接触中,戈珍的内心已经完全被"相貌出众,又收入颇丰"的杰拉德所占据,"她的注意力全让他一个人吸引去了"⑦。

　　杰拉德是一个非常传统的人,不赞成一切自发的无意识的行为,他恪守着严格的阶级等级制度。杰拉德"体现了一种严格的礼仪意识,即在特定场

---

① 劳伦斯.劳伦斯文集5:恋爱中的女人[M].毕冰宾,译.北京:人民文学出版社,2014:10.
② 劳伦斯.劳伦斯文集5:恋爱中的女人[M].毕冰宾,译.北京:人民文学出版社,2014:17.
③ 劳伦斯.劳伦斯文集5:恋爱中的女人[M].毕冰宾,译.北京:人民文学出版社,2014:125.
④ 劳伦斯.劳伦斯文集5:恋爱中的女人[M].毕冰宾,译.北京:人民文学出版社,2014:125.
⑤ Negel Kesley. D. H. Lawrence: Sexual Crisis [M]. London: Mamillan Academic and Professional Ltd., 1991:150.
⑥ 劳伦斯.劳伦斯文集5:恋爱中的女人[M].毕冰宾,译.北京:人民文学出版社,2014:178.
⑦ 劳伦斯.劳伦斯文集5:恋爱中的女人[M].毕冰宾,译.北京:人民文学出版社,2014:174.

合下什么是正确的……他相信传统"①。劳伦斯在小说中不惜笔墨,对此进行了描述,比如他对婚礼现场妹妹妹夫不合常规的跑步比赛感到很生气,他对伯金心血来潮去厄秀拉家求婚感到不可思议,他对自己的穿着很讲究,服饰很精细、昂贵。阶级制度定义了个人的行为和着装规范,并通过确立严格的地位等级来简化生活。"杰拉德的服饰很精细,很昂贵。他穿着丝短袜,纽扣很精美,内衣和背带也是丝绸的。"②他对真丝衣着的偏爱外在地象征了他内心的感受:真丝定义了他,把他放在一个特定的阶层,对他来说,这是正确的阶层。他有着如此强烈的等级观念,以至于当他在布莱德比碰到布兰文姐妹的时候,"他对自己上层阶级地位的认识和坚持非常明显"③。下面这段对话可以清楚表明这点:

> "布朗温家那两个姑娘是做什么的?"杰拉德问。
>
> "在小学里教书。"
>
> "是她们?"杰拉德沉默了一下大叫道,"我觉得在哪里见过她们。"
>
> "你失望了?"
>
> "失望? 不,可是郝麦妮怎么会请她们呢?"
>
> "那她们的父亲是做什么的?"
>
> "本地学校的手工指导。"
>
> "真的?"
>
> "阶级障碍打破了!"
>
> 对于别人的嘲讽杰拉德往往感到不安。④

---

① Barbara Mensch. D. H. Lawrence and The Authoritarian Personality[M]. London: Macmillan Academic and Professional Ltd., 1991:81.

② 劳伦斯.劳伦斯文集5:恋爱中的女人[M].毕冰宾,译.北京:人民文学出版社,2014:290.

③ Barbara Mensch. D. H. Lawrence and The Authoritarian Personality[M]. London: Macmillan Academic and Professional Ltd., 1991:78.

④ 劳伦斯.劳伦斯文集5:恋爱中的女人[M].毕冰宾,译.北京:人民文学出版社,2014:98.

　　从这段对话中可以看出,当伯金告诉杰拉德她们是小学老师的时候,杰拉德有过沉默,他对贵族阶层郝麦妮邀请小学老师的行为感到不可思议。虽然他认为戈珍作为"老师和我是不平等的"①,但是潜意识里,杰拉德也本能地被戈珍深深吸引,"那女人潜藏着的鲁莽劲和调侃的样子让他热血沸腾","倒不是她说的话令他激动,而是她本人令他心动,让他感到一阵小小的刺痛"②。戈珍的出现调动了杰拉德内心冰冻了很久的那种冲动和本能。

　　戈珍与杰拉德通过接触"相互之间建立了某种约定",戈珍确信"不管他们在哪里相遇,他们都会秘密地联系在一起。在他们的关系中他一定会感到无能为力。她的灵魂为此欢呼雀跃"③。再加上戈珍作为艺术家的那种自信以及高傲,使得她敢于蔑视阶级鸿沟,给自己的心上人一记耳光,一记充满复杂情感的轻轻的耳光。这一记耳光代表了戈珍对杰拉德那一声大叫——驱散牛群打断她即将成功的行为的愠怒,以及她所一直渴望和隐忍的肉体接触,隐晦地向杰拉德宣泄了自己的爱慕之情。对于杰拉德来说,突然被一个比他社会地位低并且还是女人的戈珍打了一下脸,他自然是吃惊不已,所以他的反应是"往后一缩,他的脸色变得惨白,一团危险的火焰把他的眼睛照亮了。有几秒钟他说不出话来"④,后来他与伯金谈起这事的时候说他自己当时"差点杀了她"⑤。随后,一股无法言说的情感吞没了他,"他的肺里充满了血,他的心脏几乎要迸出一股无法控制的感情。仿佛他内心爆发出某种黑色的情感,淹没了他"⑥。作者这里所用的那两个词——"火焰"(flame)和"血"(blood)——是劳伦斯一贯主张的"血的意识"。"血的意识和性

---

① 劳伦斯.劳伦斯文集5:恋爱中的女人[M].毕冰宾,译.北京:人民文学出版社,2014:181.
② 劳伦斯.劳伦斯文集5:恋爱中的女人[M].毕冰宾,译.北京:人民文学出版社,2014:96,
　　171.
③ 劳伦斯.劳伦斯文集5:恋爱中的女人[M].毕冰宾,译.北京:人民文学出版社,2014:104.
④ 劳伦斯.劳伦斯文集5:恋爱中的女人[M].毕冰宾,译.北京:人民文学出版社,2014:146.
⑤ 劳伦斯.劳伦斯文集5:恋爱中的女人[M].毕冰宾,译.北京:人民文学出版社,2014:216.
⑥ 劳伦斯.劳伦斯文集5:恋爱中的女人[M].毕冰宾,译.北京:人民文学出版社,2014:146.

有关,与精神意识无关"①,而"人的肉体如同一种火焰"。在劳伦斯看来,一个人体内的血液是联系人的情感和理智这两极的关键,是能显现"生命力的勃然喷发"的永远流动着的神秘火焰。在《恋爱中的女人》中,劳伦斯多次使用"flame"以及"fire"来处理男女之间的情爱关系。就在同一章,当戈珍吻了杰拉德后,杰拉德"站在那里,全身上下都燃烧着完美的火焰"②。这样的例子比比皆是。显然,杰拉德肺里冲腾的血就是肉体那神秘火焰的感召,血性的呼唤,以至于心里迸发出难以控制的感情。这说明戈珍那不同寻常的爱之情的传递唤起了杰拉德的本能和自发性,使之完全能够感觉到并且难以抵制这种爱之诱惑,他被这种"黑色的情感"完全淹没了。

从文化的角度来看,戈珍和杰拉德面对面站着,戈珍用手背打了杰拉德的脸,假如戈珍习惯使用右手的话,那就是打了杰拉德的右脸。当时的英国,大家都被《圣经》潜移默化地影响着。《圣经》教导大家"如果有人打你右脸,连左脸也让他打",意思就是作为一个基督徒,对别人的侮辱和轻蔑不怀恨、不报复,用内心强大的神的生命来回应,是"从被动的忍受转变到积极的得胜"。杰拉德父亲是一个虔诚的基督教徒,一直按照《圣经》里的训诫来管理企业和处世。显然,杰拉德从小就在这样的家庭氛围中耳濡目染,对这种教义自然耳熟能详。当戈珍用手背打了他的脸后,他所受的教育使得他自然而然地说出"你已经打了第一下"③。这句话的潜台词就是我等着你的另外一击(the other blow on the other cheek)。戈珍随后说"我会打最后一下"(I shall strike the last)④。基督徒学者雷·汤姆说:"打人右脸是用手背,这是轻蔑别人的动作,通常是针对奴隶、小孩、当时居弱势的妇女,所以'连另一边也转过来由他打',意味着我们'扯平了'。这是一种维护自尊的方式。"⑤

---

① 劳伦斯.激情的自白——劳伦斯书信选[M].金筑云,应天庆,杨永丽,译.广州:花城出版社,1986:340.
② 劳伦斯.劳伦斯文集5:恋爱中的女人[M].毕冰宾,译.北京:人民文学出版社,2014:151.
③ 劳伦斯.劳伦斯文集5:恋爱中的女人[M].毕冰宾,译.北京:人民文学出版社,2014:146.
④ 劳伦斯.劳伦斯文集5:恋爱中的女人[M].毕冰宾,译.北京:人民文学出版社,2014:146.
⑤ 参考网址 http://www.jnmd.org/xintu/5573.html.

但是假如戈珍用左手打杰拉德的脸,那么相对而立时,只能用左手的手背打左脸。"两千多年前,在耶稣所在的文化里,女人打男人用左手。"假如戈珍是用左手手背打杰拉德的脸,那就说明戈珍承认自己是低人一等的女人,这就成全了杰拉德作为一个男人的优越感。所以不管戈珍是用左手抑或是右手的手背打杰拉德,在心理上或尊严上杰拉德都觉得自己是强者,"我和女人的关系,这里没有社会问题的份儿,这是我自己的事儿"①。

从细读文本和文化的角度来看,戈珍用手背打杰拉德的脸不仅没有激怒高高在上的杰拉德,相反他被她不拘一格的传递爱意的方式所感动并激起了内心那种自发性,让他"失去了控制",让他"无法忍受",以至于"火焰从他身上飞过,他失去了知觉。但他结结巴巴地说:'我没有生你的气,我爱上你了。'"②这一寻常的肢体接触开启了两个人的情爱之旅。

3. 抚摸下颌的阶级意蕴:奇耻大辱

戈珍和杰拉德两人正式交往后,不仅杰拉德那具有阳刚之气的完美身姿令戈珍兴奋、激动和陶醉,而且他建私人发电厂等各种改进机械的干劲儿也让戈珍崇拜。戈珍几乎"每时每刻都惦念着杰拉德,甚至觉得自己跟他肉体上都产生了联系"③。如上所言,杰拉德是处处以上层阶级的规范来约束自己的一个人,在伯金看来,"杰拉德永远也不会真正无所顾忌地快乐地飞离自我"④。但是杰拉德和戈珍在一起后,他平生第一次放松了自己的意志,平生第一次失魂落魄,迷失在周围的世界里,对他来说,"这真像一场纯粹的睡眠,是他生命中第一次伟大的睡眠"⑤。虽然戈珍是个独立、自信的艺术家,同时也不乏高傲,但是在这段关系的最初,她也表现出了柔顺的样子,"在过去的年代里,除了某些阶级的反抗外,女人总是在扮演服从男人的角

---

① 劳伦斯.劳伦斯文集5:恋爱中的女人[M].毕冰宾,译.北京:人民文学出版社,2014:108.
② 劳伦斯.劳伦斯文集5:恋爱中的女人[M].毕冰宾,译.北京:人民文学出版社,2014:182.
③ 劳伦斯.劳伦斯文集5:恋爱中的女人[M].毕冰宾,译.北京:人民文学出版社,2014:225.
④ 劳伦斯.劳伦斯文集5:恋爱中的女人[M].毕冰宾,译.北京:人民文学出版社,2014:221.
⑤ 劳伦斯.劳伦斯文集5:恋爱中的女人[M].毕冰宾,译.北京:人民文学出版社,2014:189.

色"①。对戈珍来说,在杰拉德面前扮演一位依赖他的女人是一件令人开心的事情。当杰拉德的妹妹溺水而亡后,她想方设法用最好听的话去安慰他,"一个劲儿想着该怎么在杰拉德面前表现得恰如其分:扮演自己的角色"②。面对比自己强的男人,面对一个自信的男人,戈珍表现出了服从而不是反抗,"她很愿意这样不平等,像下人一样伺候他"③。

但是对杰拉德来说,他的自信源自健在的父母。父亲活着可以为他遮挡一切来自外界的麻烦和困难,他可以不用对企业以及任何事情负责。当杰拉德的父亲病入膏肓即将离开人世的时候,杰拉德发现自己"在生活的波涛面前束手无策……似乎被弃在一只即将崩溃的船上"④。受到妹妹的死亡、父亲的行将离去和与伯金交谈的影响,以及在戈珍那与他不一样的富有生命力的冲击下,杰拉德失去了一直引以为傲的自信心。在其散文集中,劳伦斯写道:"男人一旦失去了对自己的信心,女人就会开始与他斗争。他先是对自己失去了信心,继而用爱来支撑自己,这本身就是虚弱与失败的征兆。一旦女人与自己的男人斗来斗去,表面上她是在为自由而斗,其实连自由她都不想要。她与男人斗,要摆脱他,是因为这男人并不真正自信了。"⑤克里奥帕特拉与安东尼之间就是因为安东尼对自己失去了信心,才使得克里奥帕特拉开始与他斗争,最后导致安东尼自杀。在《恋爱中的女人》中,杰拉德也和安东尼一样。

劳伦斯描绘了一个表面上强大、极具权威、精力充沛且足智多谋的人物——杰拉德,他是世界上"成功的人",但这个人物被巧妙地、反复地表现出心理真空。当他对自己失去信心的时候,他想通过大刀阔斧地对企业推行改革来获取满足感,他要让地下无生命的物质以及矿工从属于他的意志:压缩各方面开支,配备有经验的工程师,建立巨大的发电厂,购买大挖掘机

---

① 劳伦斯.劳伦斯文集9:散文随笔集[M].毕冰宾,译.北京:人民文学出版社,2014:203.
② 劳伦斯.劳伦斯文集5:恋爱中的女人[M].毕冰宾,译.北京:人民文学出版社,2014:202.
③ 劳伦斯.劳伦斯文集5:恋爱中的女人[M].毕冰宾,译.北京:人民文学出版社,2014:359.
④ 劳伦斯.劳伦斯文集5:恋爱中的女人[M].毕冰宾,译.北京:人民文学出版社,2014:235.
⑤ 劳伦斯.劳伦斯文集9:散文随笔集[M].毕冰宾,译.北京:人民文学出版社,2014:204.

等稀有设备,把矿工一步步机械化。通过从外部环境中获得权力,他实现了自我价值,获得了意义感和成就感,但是在成功后,他陷入了沮丧及混乱中:只有困惑、空虚和恐惧占据着内心。"他的感情中心已经枯竭(drying up)","他的内在是真空(vacuum)","他不自信,时时感到害怕"。他"感到了致命的恐惧"。①劳伦斯通过"drying up""vacuum""void""unconfident""fear"等词来描述杰拉德,旨在说明杰拉德内心那不可抑制的孤独。杰拉德在强迫性的、机械化的意志活动与令人崩溃的无聊、空虚和无意义的心理氛围之间摇摆不定,他想要达到的是对他所背负的灵魂或精神上的内在空虚的补偿,"他不再相信自己的力量了……他必须寻求支持。他不再相信自己单人的力量了"②。他只能求助于戈珍,想在同她的感情当中找到依靠来支撑自己。对杰拉德来说,戈珍"似乎是一股无尽的热流,像一副麻醉剂注入了他的血管……而他就像一只结实的杯子,收取她的生命之酒"。"她是全部生命的母体和实体。而他则是孩子,是男人,被她收容,从而变得完善。而他纯粹的自身几乎早死了。"③按照劳伦斯的说法,杰拉德已经呈现出虚弱与失败的征兆。"他的感情没有自由地释放,只被戈珍勉强地接受……那毁了杰拉德的情感寄托和依赖只得到戈珍那戏剧的表情。"④

戈珍当初喜欢杰拉德除了他长得挺拔迷人,"浑身蕴藏着未释放出来的巨大能量"之外,更重要的是杰拉德那充满自豪感和优越感的自信,"像一个尼伯龙根家的人"⑤。如今的杰拉德却只会给戈珍增加重负,只会索取,一个堂堂的男子汉"纠缠她要从她那里得到的,就像个嗷嗷待哺的婴儿需要乳

① 劳伦斯.劳伦斯文集5:恋爱中的女人[M].毕冰宾,译.北京:人民文学出版社,2014:
  202,209,284,246.
② 劳伦斯.劳伦斯文集5:恋爱中的女人[M].毕冰宾,译.北京:人民文学出版社,2014:360.
③ 劳伦斯.劳伦斯文集5:恋爱中的女人[M].毕冰宾,译.北京:人民文学出版社,2014:
  353,367.
④ Joyce Carol Oates. Lawrence's Gotterdammerung: The Apocalyptic Vision of Women in
  Love[G]//Dennis Jackson, Fleda Brown Jackson. O. Boston: G. K. Hall & Co.,1988:
  230.
⑤ 劳伦斯.劳伦斯文集5:恋爱中的女人[M].毕冰宾,译.北京:人民文学出版社,2014:44.

房"①。对于杰拉德来说,戈珍"就是他丰沃、可爱的生命"②。她已经认识到
他那压抑和空虚的本质,看破了他的空洞和无力,所以,"戈珍尽管还对杰拉
德很迷恋,但是已经对他充满了恶心之感"③。她想要摆脱杰拉德,她已经不
需要这么一个不自信的男人了。在第二十九章最后,当戈珍手指尖摸着杰
拉德的下颌并狡狯地问他"那是些什么呢"时,伯金认为"这一摸杀了杰拉
德"。④通过上面的分析我们可以知道,杰拉德已经不再自信了,他"不知道
作为一个人他到底是什么"⑤,所以他回答戈珍说:"我没有思想。"⑥因为他生
命的意义已经崩塌。不自信的男人不再高女人一等,不再是那个传统意义
上的强者,相反,杰拉德在气势上、心理上和尊严上都处于弱势的地位。在
那个年代,女人刚从"家庭天使"的身份中解脱出来,社会地位依然不高,以
男人为中心的传统思想依然存在。在公共场合、旅馆、餐厅里面,女人公然
地用手摸男人的下巴问问题,那就是一种挑衅与蔑视,因为戈珍已经从心里
"看不起他,看不上他,心肠变硬了"⑦。对于崇尚阶级等级及传统的杰拉德
来说,这一摸简直就是奇耻大辱,是对他的公然侮辱。

　　劳伦斯的一生从幼年开始一直受到阶级的困扰,正是在阶级问题上的
困惑,促使劳伦斯写了很多充满阶级意识的小说。这些阶级问题在他的小
说中以各种方式反映了出来,集中于描述不同阶级价值观念的矛盾,《白孔
雀》《儿子与情人》《恋爱中的女人》以及《查泰莱夫人》中都展现了这类矛盾,
其中也有同一阶级成员之间的心理冲突,比如伯金和杰拉德就是最典型的
例子。除了展示阶级间的冲突,劳伦斯也在很多小说中对此进行了美化,就

---

① 劳伦斯.劳伦斯文集5:恋爱中的女人[M].毕冰宾,译.北京:人民文学出版社,2014:498.
② 劳伦斯.劳伦斯文集5:恋爱中的女人[M].毕冰宾,译.北京:人民文学出版社,2014:351.
③ Joyce Carol Oates. Lawrence's Gotterdammerung: The Apocalyptic Vision of Women in Love
　[G]//Dennis Jackson, Fleda Brown Jackson. O. Boston: G. K. Hall & Co., 1988:94.
④ 劳伦斯.劳伦斯文集5:恋爱中的女人[M].毕冰宾,译.北京:人民文学出版社,2014:346.
⑤ Negel Kesley. D. H. Lawrence: Sexual Crisis [M]. London: Mamillan Academic and
　Professional Ltd., 1991:163.
⑥ 劳伦斯.劳伦斯文集5:恋爱中的女人[M].毕冰宾,译.北京:人民文学出版社,2014:346.
⑦ 劳伦斯.劳伦斯文集5:恋爱中的女人[M].毕冰宾,译.北京:人民文学出版社,2014:498.

是不同阶级最后调和了。比如在《牧师的女儿》中,处于上一阶层的牧师女儿与工人阶级的矿工阿尔弗雷德两人在性爱的作用下摒弃了各自的阶级偏见结成了夫妻;在《查泰莱夫人的情人》中,同样在性爱的作用下,康妮和猎场看守人私通怀了他的孩子,并决定和克里福德离婚,与看守人一起生活。劳伦斯夸大了性爱的作用,认为性爱可以打破阶级隔阂,这本身就过于理想化了。不管怎么样,劳伦斯因为自己的经历,赋予了小说一种创造性的张力,提高了他的艺术成就。

第五章　结语

文学创作过程中,作家的成长与其作品的产生,往往与作家所处地的地理环境存在必然的联系。作家的自然观察、成长阅历决定了其作品极具地理性。劳伦斯是一个充满争议的作家,他的创作主要以接地气的矿区以及"心灵的故乡"为背景,并以其敏锐的观察力、细腻的感受力如实展现了英国中部地区的矿工生活及中原地区的山水特色。因此,他在英国文坛崭露头角,虽然贬多于褒,但还是受到了如福特、福斯特等一些精英作家的认可。"在劳伦斯身上,我们发现了一个最令人关注的新作家……处处闪烁着一个天才的光辉。"[①]福斯特在《小说面面观》中称赞劳伦斯是当今作家中"唯一具有先知先觉见识的……其作品激荡着悠扬的歌声,洋溢着诗歌的气息"[②]。

劳伦斯生活的时代,工业文明达到了鼎盛时期,人类日益失去与自然、社会以及他人的有机联系,生命陷入机械化而日渐枯萎。劳伦斯见证了工业文明给人类和自然所带来的巨大冲击。虽然他的大部分时间是在世界各地度过的,足迹遍布德国、意大利、法国、奥地利、瑞士、西班牙、斯里兰卡、澳大利亚、新西兰、美国、墨西哥等国,但是在他的心灵深处,他时刻记挂着"心中的故乡",因为"那里比世界上任何地方都美好"[③]。那块养育了他的充满魅力的土地给了劳伦斯独特的想象和无尽的灵感,让他为读者呈现了城乡

① 亨利·莫尔.劳伦斯传:爱情的牧师[M].郭群英,方清涛,译.石家庄:花山文艺出版社,
　　1993:156.
② 中国社会科学院外国文学研究所,外国文学研究资料丛书编辑委员会.劳伦斯评论集
　　[G].蒋炳贤,编选.上海:上海文艺出版社,1995:34.
③ 劳伦斯.劳伦斯文集9:散文随笔集[M].毕冰宾,译.北京:人民文学出版社,2014:181.

交界的矿区空间以及个体自然奔放的自我空间。由于从英国到欧洲其他国家的迁徙以及在欧洲之外的国家如澳大利亚等地的漂泊,劳伦斯摆脱了其成长的地理空间的封闭性。其后来的作品《袋鼠》《大海与撒丁岛》《墨西哥早晨》《迷途的少女》等给读者绘制了一幅幅原始的异域景象,传达了他"拉那尼姆"乌托邦的建构设想。

本文从劳伦斯的实际情况出发,全面考察其出生地、成长经历和人生经历,以时间为经,以地理空间为纬,科学地分析了形成劳伦斯文学独特性的地理情怀。劳伦斯小说的叙事从故乡的出生地,诺丁汉的求学地、成长地,伦敦的发展到最后抵达异域大都市悉尼、墨西哥等城市,地理景观逐步走出英国本土,走向异国他乡,人们对空间的文化想象也随着空间的变迁发生着改变。劳伦斯小说的卓越之处在于有效地建构了人与空间的关系,使得小说中的地理景观、人类心理以及社会问题通过空间形式有效地展示出来。本书借鉴空间研究的方法,根据劳伦斯小说中出现的空间特点将它们划分为地理空间、心理空间和社会空间,旨在对其小说做全景式考察,扭转国内外劳伦斯空间研究单一片面的现状,梳理其中反映出来的性爱观和生态观。

通过对一百多年前劳伦斯创作的研究,古英格兰农业社会遭到工业化的挤压、侵凌和戕害,以及煤矿工业的快速发展对乡村田野的破坏,造成了人的异化及人与人之间关系的异化,人与自然关系的紧张、人与社会关系的扭曲等问题都一一呈现在我们面前。这不仅有助于我们正确把握和深入了解劳伦斯的创作思想和文化价值,而且能为考察当时英国社会转型与演变提供一个视角。这对二十一世纪的中国显然有着很强的警示意义。中国的发展日新月异,在快速发展工业的同时,我们同样也面临着乡村发展以及环境保护问题。劳伦斯作品中一百多年前那真实而又形象的文字记录就是供我们借鉴的弥足珍贵的资料。

通过空间批评的方法,本书有针对性地辨析劳伦斯在这三种不同的空间维度中所传递出来的对工业文明的抨击以及对人的生存状态的思考,重点考察他作品中的地理空间决定和影响心理空间和社会空间的方式。小说人物的心理空间既是一种表征的空间,又是地理景观被赋予了个体特征的空间；而社会空间从经济、阶级以及宗教的角度立体地、动态地呈现出劳伦斯试图建构理想英国社会的种种努力与诉求。

文学作品中各种空间蕴含的丰富的社会文化意义，文学大师们借鉴空间所传递出的文学观点，无疑是一个值得深入探究的命题。就劳伦斯而言，对自然生态、精神生态和谐的探索是其小说的核心命题。学者们可以通过审视文学作品中各种空间所蕴含的社会文化意义，进一步探究这些空间在文学作品主题阐释中的作用，关注空间内的精神世界。从劳伦斯小说的空间书写出发阐释其敢于突破的叙事方法，从而发掘蕴含其中的伦理价值，无论对当前中国的外国文学研究，还是对人类命运共同体的建设，都具有一定的借鉴意义。这些研究不仅可以丰富中外学者对所关注作家所处地理空间的分析，也可以启发中国作家的创作。文学创作离不开生养他的这块大地，离不开人与自然的和谐共存以及关注发展中存在的问题。英国的工业化进程所带来的社会问题可以为我们国家的社会发展与建设提供借鉴，起到警示作用。

参考文献

作品部分

[1]劳伦斯.劳伦斯文集3:儿子与情人[M].陈良廷,刘文澜,译.北京:人民文学出版社,2014.

[2]劳伦斯.劳伦斯文集4:虹[M].毕冰宾,石磊,译.北京:人民文学出版社,2014.

[3]劳伦斯.劳伦斯文集5:恋爱中的女人[M].毕冰宾,译.北京:人民文学出版社,2014.

[4]劳伦斯.劳伦斯文集7:查泰莱夫人的情人[M].毕冰宾,译.北京:人民文学出版社,2014.

[5]劳伦斯.劳伦斯文集6:袋鼠[M].毕冰宾,译.北京:人民文学出版社,2014.

[6]劳伦斯.劳伦斯文集9:散文随笔集[M].毕冰宾,译.北京:人民文学出版社,2014.

[7]劳伦斯.劳伦斯文集8:文论集[M].毕冰宾,译.北京:人民文学出版社,2014.

[8]劳伦斯.劳伦斯文集10:绘画与画论集[M].毕冰宾,译.北京:人民文学出版社,2014.

[9]劳伦斯.劳伦斯文集1:中短篇小说选(上)[M].毕冰宾,译.北京:人民文学出版社,2014.

[10]劳伦斯.劳伦斯文集2:中短篇小说选(下)[M].毕冰宾,译.北京:人民文学出版社,2014.

[11]劳伦斯.白孔雀[M].敖莉,译.济南:山东文艺出版社,2010.

[12]劳伦斯.羽蛇[M].郑复生,译.济南:山东文艺出版社,2010.

[13]劳伦斯.意大利的黄昏[M].文朴,译.北京:中国文联出版社,1997.

[14]劳伦斯.大海与撒丁岛[M].袁洪庚,苗正民,译.北京:中国文联出版社,1997.

[15]劳伦斯.激情的自白——劳伦斯书信选[M].金筑云,应天庆,杨永丽,译.广州:花城出版社,1995.

[16]劳伦斯,萨加.世俗的肉身——劳伦斯的绘画世界[M].黑马,译.北京:金城出版社,2011.

[17]劳伦斯.误入歧途的女人[M].李建,译.成都:四川文艺出版社,2002.

[18]劳伦斯.逾矩的罪人[M].程爱民,等译.南京:译林出版社,1994.

[19]劳伦斯.阿伦的杖杆[M].徐明,译.济南:山东文艺出版社,2010.

[20]劳伦斯.英格兰,我的英格兰:劳伦斯中短篇小说选[M].黑马,译.上海:上海三联书店,2011.

[21]LAWRENCE D H. The white peacock[M]. Shanghai:Yilin Press,1996.

[22]LAWRENCE D H. Kangaroo[M]. Shanghai:Yilin Press,1996.

[23]LAWRENCE D H. Sons and lovers[M]. Shanghai:Yilin Press,1996.

[24]LAWRENCE D H. The virgin and the Gipsy[M]. London:Peguin Books Ltd.,1997.

[25]LAWRENCE D H. The rainbow[M]. London:Peguin Books Ltd.,1996.

[26]LAWRENCE D H. Women in love[M]. London:Peguin Books Ltd.,1994.

[27]LAWRENCE D H. Lady Chatterley's lover[M]. London:Peguin Books Ltd.,1996.

[28]LAWRENCE D H. The complete poems of D. H. Lawrence [M]. Hertfordshire:Wordsworth Editions Ltd.,2002.

[29]LAWRENCE D H. The letters of D. H. Lawrence:vol. 1 [M]. Cambridge:

Cambridge University Press,1979.

[30] LAWRENCE D H. The selected letters of D. H. Lawrence [M]. New York: the Viking press,1962.

专著部分

[1]蒋家国.重建人类的伊甸园——劳伦斯长篇小说研究[M].长沙:湖南大学出版社,2003.

[2]廖杰锋.审美现代视野下的劳伦斯[M].北京:群言出版社,2006.

[3]马军红.工业时代的城市与乡村——三位英国作家的生态视角研究[M].北京:华夏出版社,2010.

[4]罗婷.劳伦斯研究——劳伦斯的生平、著作和思想[M].长沙:湖南文艺出版社,1996.

[5]伍厚恺.寻找彩虹的人[M].成都:四川人民出版社,2000.

[6]刘洪涛.荒原与拯救——现代主义语境中的劳伦斯小说[M].北京:中国社会科学出版社,2007.

[7]苗福光.生态批评视角下的劳伦斯[M].上海:上海大学出版社,2007.

[8]黑马.心灵的故乡:游走在劳伦斯生命的风景线上[M].北京:中国社会科学出版社,2002.

[9]毛信德.劳伦斯[M].成都:四川人民出版社,2000.

[10]王立新.潘神之舞——劳伦斯和他的《查泰莱夫人的情人》[M].北京:中国人民大学出版社,1998.

[11]冯季庆.劳伦斯评传[M].上海:上海文艺出版社,1996.

[12]中国社会科学院外国文学研究所,外国文学研究资料丛书编辑委员会.劳伦斯评论集[G].上海:上海文艺出版社,1995.

[13]汪民安.文化研究关键词[M].南京:江苏人民出版社,2007.

[14]赵一凡.西方文论关键词[M].北京:外语教学与研究出版社,2006.

[15]申丹,韩加明,王亚丽.英美小说叙事理论研究[M].北京:北京大学出版社,2005.

[16]龙迪勇.空间叙事学[M].北京:生活·读书·新知三联书店,2015.

[17]庄文泉.文学地理学批评视野下的劳伦斯长篇小说研究[M].北京:中国社会科学出版社,2017.

[18]殷企平.推敲"进步"话语——新型小说在19世纪的英国[M].北京:商务印书馆,2009.

[19]曾繁仁.生态存在论美学论稿[M].长春:吉林人民出版社,2003.

[20]刘宪之,饭田武郎,德拉尼,等.劳伦斯研究[M].济南:山东友谊出版社,1991.

[21]王诺.欧美生态文学[M].北京:北京大学出版社,2003.

[22]侯维瑞.英国文学通史[M].上海:上海外语教育出版社,1999.

[23]李维屏,张定铨.英国文学思想史[M].上海:上海外语教育出版社,2011.

[24]马克思.1844年经济学哲学手稿[M].刘丕坤,译.北京:人民出版社,1977.

[25]汤一介.世纪之交看中国哲学中的和谐观念[G]//季羡林.大国方略——著名学者访谈录.北京:红旗出版社,1996.

[26]聂珍钊.文学伦理学批评及其他[M].武汉:华中师范大学出版社,2012.

[27]黄伟合.欧洲传统伦理思想史[M].上海:华东师范大学出版社,1991.

[28]聂珍钊.英国文学的伦理学批评[M].武汉:华中师范大学出版社,2007.

[29]李安斌.清教主义对17—19世纪美国文学的影响[D].成都:四川大学,2006.

[30]聂珍钊.文学伦理学批评导论[M].北京:北京大学出版社,2014.

[31]吴庆军.英国现代主义小说空间书写研究[M].天津:南开大学出版社,2016.

[32]胡明刚.北欧神话(插图本)[Z].北京:中国林业出版社,2007.

[33]叶舒宪.探索非理性的世界[M].成都:四川人民出版社,1988.

[34]马新国.西方文论史[M].北京:高等教育出版社,2002.

[35]柴惠庭.英国清教[M].上海:上海社会科学院出版社,1994.

[36]黄伟合.欧洲传统伦理思想史[M].上海:华东师范大学出版社,1991.

［37］李静.尼采幸福语录［M］.合肥:黄山书社,2012.

［38］中国大百科全书出版社《简明不列颠百科全书》编辑部.简明不列颠百科全书［G］.上海:中国大百科全书出版社,1986.

［39］翟宗祝.蓝色画廊［M］.南京:江苏美术出版社,1999.

［40］宗白华.美学文学译文选［M］.北京:北京大学出版社,1982.

［41］张海榕.辛克莱·刘易斯小说的叙事空间研究［M］.北京:外语教学与研究出版社,2012.

［42］塞法斯.尼伯龙根之歌［M］.曹乃云,译.上海:华东师范大学出版社,2005.

［43］尼采.狄奥尼索斯颂歌［M］.孙周兴,译.北京:商务印书馆,2016.

［44］尼采.权力的意志:下卷［M］.孙周兴,译.北京:商务印书馆,2007.

［45］梅列金斯基.神话的诗学［M］.魏庆征,译.北京:商务印书馆,2009.

［46］艾略特.尤利西斯:秩序与神话［M］//王立新.外国散文鉴赏辞典1:现当代卷.上海:上海辞书出版社,2010.

［47］韦伯.新教伦理与资本主义精神［M］.苏国勋,覃方明,赵立玮,等译.北京:社会科学文献出版社,2010.

［48］马多克斯.劳伦斯:有妇之夫［M］.邹海仑,李家传,蔡曙光,译.北京:中央编译出版社,1999.

［49］卡莱尔.文明的忧思［M］.宁小银,译.北京:中国档案出版社,1999.

［50］伯克维奇.剑桥美国文学史:第5卷［M］.马睿,陈贻彦,刘莉,译.北京:中央编译出版社,2009.

［51］奥尔丁顿.劳伦斯传［M］.黄勇民,俞宝发,译.上海:东方出版中心,1999.

［52］萨嘉.被禁止的作家——D. H. 劳伦斯传［M］.王增澄,译.沈阳:辽宁教育出版社,1998.

［53］穆尔.血肉之躯——劳伦斯传［M］.张健,舍之,张微,等译.长沙:湖南文艺出版社,1993.

［54］钱伯斯,劳伦斯.一份私人档案:劳伦斯与两个女人［M］.叶兴国,张健,译.北京:知识出版社,1991.

［55］萨格.劳伦斯的生活［M］.高万隆,王建琦,译.济南:山东友谊出版社,

1989.

[56]克默德.劳伦斯[M].胡缨,译.北京:生活·读书·新知三联书店,1986.

[57]尼采.查拉图斯特拉如是说[M].钱春绮,译.北京:生活·读书·新知三联书店,2007.

[58]尼采.查拉斯图拉卷[M].周国平,等译.西宁:青海人民出版社,1995.

[59]尼采.权力意志[M].贺骥,译.桂林:漓江出版社,2000.

[60]勃朗特.呼啸山庄[M].宋兆霖,译.北京:北京燕山出版社,2010.

[61]帕别尔内.契诃夫怎样创作[M].朱逸森,译.上海:上海译文出版社,1991.

[62]黑格尔.法哲学原理[M].范扬,张企泰,译.北京:商务印书馆,1982.

[63]巴克勒,希尔,麦凯.西方社会史[M].霍文利,等译.桂林:广西师范大学出版社,2005.

[64]福塞尔.格调:社会等级与生活品味[M].梁丽真,译.北京:中国社会科学出版社,1998.

[65]布罗代尔.十五世纪至十八世纪的物质文明、经济和资本主义:第1卷(日常生活的结构:可能与不可能)[M].顾良,施康强,译.北京:生活·读书·新知三联书店,1992.

[66]蒂拉尔.拿破仑时代法国人的生活[M].房一丁,译.上海:上海人民出版社,2007.

[67]列斐伏尔.空间:社会产物与使用价值[M]//包亚明.现代性与空间的生产.上海:上海教育出版社,2003.

[68]苏贾.后现代地理学——重申批评社会理论中的空间[M].王文斌,译.北京:商务出版社,2004.

[69]克朗.文化地理学[M].杨淑华,宋慧敏,译.南京:南京大学出版社,2005.

[70]莫尔.劳伦斯传:爱情的牧师[M].郭群英,方清涛,译.石家庄:花山文艺出版社,1993.

[71]弗雷泽.金枝[M].徐育新,汪培基,张泽石,译.北京:中国民间文艺出版社,1987.

[72]别林斯基.别林斯基选集:第3卷[M].满涛,辛未艾,译.上海:上海译文

出版社,1982.

[73]ALTICK R D. Victorian people & ideas[M]. New York & London: W. W. Norton & Company, 1973.

[74]BALBERT P. D. H. Lawrence and the phallic imagination-essays on sexual identity and feminist misreading [M]. New York: Macmillan Press, 1989.

[75]TRALL H D. Critical and miscellaneous essays: vol.2[M]. London: The Centenary Edition. 1901.

[76] CARLYLE T. Sartor resartus [M]. Oxford and New York: Oxford University Press, 1987.

[77]COWAN J. D. H. Lawrence's American journey: a study in literature and myth[M]. Ohio: The Press of Case Western Reserve University, 1970.

[78]DRABBLE M. The Oxford companion to English literature[M]. London: Oxford University Press, 2005.

[79]HOUGHTON W E. The Victorian frame of mind: 1830-1870[M]. New Haven & London: Yale University Press, 1957.

[80]JAMESON F. Postmodernism, or the cultural logic of late capitalism[M]. Durham: Duke University Press, 1999.

[81]KELLY K C. Performing virginity and testing chastity in the middle ages [M]. London: Routledge, 2000.

[82] KESLEY N. D. H. Lawrence: sexual crisis [M]. London: Macmillan Academic and Professional Ltd.,1991.

[83]LEAVIS F R. D. H. Lawrence: novelist[M]. Harmondsworth: Penguin, 1964.

[84]LEFEBVRE H. The survival of capitalism[M]. London: Allison &Busby, 1976.

[85]LEFEBVRE H. The production of space[M]. Nicholson-smith D, trans. Oxford, Cambridge, Massachusetts: Blackwell, 1991.

[86]LESSING D M. Time bites: views & reviews[M]. London: Fourth Estate, 2004.

[87]LEWIS E. Willa Cather living: a personal record[M]. New York: Alfred A. Knopf, 1953.

[88] LEWIS S. The man from main street: a Sinclair Lewis reader [M]// MAULE H E, CANE M H. Selected essays and other writings: 1904 – 1950. New York: Random House, 1953.

[89]MARSHALL P. Nature's web: an exploration of ecological thinking[M]. Simon & Schuster Ltd., 1992.

[90] MENSCH B. D. H. Lawrence and the authoritarian personality [M]. London: Macmillan Academic and Professional Ltd.,1991.

[91] MILLER P, JOHNSON T H. The Puritans, a sourcebook of their writings: vol. 1 [M]. New York: Henry Holt and Company, 1963.

[92] MILLS W. White collar, the American middle classes [M]. London: Oxford University Press, 1951.

[93]NELSON T. The death of King Arthur: the immortal legend[M]. London: Penguin Books Ltd., 2010.

[94] OATES J C. Lawrence's Gotterdammerung: The apocalyptic vision of Women in Love[C]// JACKSON D, JACKSON F B. Critical essays on D. H. Lawrence. Boston: G. K. Hall & Co., 1988.

[95]POWELL-JONES M. Impressionism[M]. London: PHAIDON, 1994.

[96]RELPH E. Place and placelessness[M].London: Pion Limited,1976.

[97]ROSS R S. Speech communication: fundamentals and practice[M]. N.J.: Prentice Hall, 1974.

[98]SAMOVAR L A. Communication between cultures[M]. Beijing: Foreign Language Teaching and Research Press, 2000.

[99]SIMPSON H. D. H. Lawrence and feminist[M]. Dekalb: Northern Illinois UP, 1982.

［100］SMITH P. Impressionism：beneath the surface［M］. New York：A Times New Mirror Company，1995.

［101］SPILKA M. The love ethic of D. H. Lawrence［M］. Bloomington：Indiana University Press，1955.

［102］STEINHAUER H. Eros and psyche：a Nietzschean motif in Anglo-American literature［M］. Modern Language Notes，1949.

［103］WARF B. Encyclopedia of geography：vol. 3［M］. London：Sage Publications，2006.

［104］WOLFREYS J. Introducing criticism at the 21st century［M］. Edinburgh：Edinburgh University Press，2002.

［105］WHELAN P T. D. H. Lawrence：myth & metaphysic in the Rainbow and Women in Love［M］.UMI Research Press，1988.

［106］VIVOS E. D. H. Lawrence：the failure and the triumph of art［M］. Evanston：Northwestern University Press，1960.

论 文 部 分

［1］车旭升.19世纪英国中产阶级女性休闲活动研究［J］.成都体育学院学报，2016(4)：40-45.

［2］陈建.D. H. 劳伦斯小说中"鸟"的意象解读［J］.电影文学，2009(3)：142-143.

［3］董俊峰，赵春华.国内劳伦斯研究述评［J］.外国文学研究，1999(2)：115-118.

［4］傅星寰.陀思妥耶夫斯基小说的视觉艺术形态［J］.外国文学研究，2000(2)：10,23-29.

［5］耿潇.追寻血性生命回归和谐自然——论劳伦斯道德理想实现之路［J］.四川师范大学学报，2011(5)：148-152.

[6]郭瑞芝,邓鹏.时代的牺牲品——《儿子与情人》的悲剧人物瓦尔特·莫雷尔[J].西安外国语大学学报,2001(1):56-58.

[7]何庆机.劳伦斯《恋爱中的女人》中动物形象的多重结构关系[J].外国文学研究,2007(3):69-75.

[8]黄宝菊.论劳伦斯小说中马和月亮的象征意义[J].外国文学研究,2000(3),85-88.

[9]蒋明明.劳伦斯婚姻观探微[J].杭州大学学报,1999(2),97-103.

[10]蒋家国."死亡意识"的载体——论工业巨头杰拉尔德的悲剧性[J].湘南学院学报,2004(1):46-49.

[11]李春风.异化与回归——《儿子与情人》的空间书写[J].台州学院学报,2018(1):32-36.

[12]李春风.劳伦斯小说中的"速度"与"激情"[J].井冈山大学学报,2018(2):113-117.

[13]李春风,刘艳锋.《儿子与情人》中的两性伦理解读[J].榆林学院学报,2018(5):78-81.

[14]李春风.《儿子与情人》中动物情境意蕴探析[J].韶关学院学报,2018(6):15-19.

[15]李春风.论《儿子与情人》中的壁炉意象[J].齐齐哈尔大学学报,2018(12):94-97.

[16]李春风.台州和合文化与劳伦斯作品中的和合意蕴比较[J].台州学院学报,2019(1):31-34.

[17]李春风.《儿子与情人》中的阶级表征[J].齐齐哈尔大学学报,2019(9):124-127.

[18]李春风,刘艳锋.杰拉德:权力意志的完美实践者[J].榆林学院学报,2020(5):69-73.

[19]李钥.论《尼伯龙根之歌》中骑士精神的独特性[J].湘潭大学学报,2011(5):134-137.

[20]李鑫.凡·高绘画艺术中色彩的表现性[J].艺术百家,2009(1):136-

137,140.

[21]梁园园."劳伦斯式"的救赎:论《马贩子的女儿》对童话原型的模仿与颠覆[J].外语教学,2013(1):86-89.

[22]廖杰锋,曾兰兰.绘画美学风格的追求——论《恋爱中的女人》的叙事穿越[J].衡阳师范学院学报,2017(5):80-84.

[23]刘玉环,周桂君.多丽丝·莱辛笔下的狗与她眼中的西方文明[J].当代外国文学,2016(2):98-104.

[24]刘靖宇.卡勒德·胡赛尼新作《群山回唱》的家庭伦理解读[J].郑州大学学报(哲学社会科学版),2014(7):132-136.

[25]聂珍钊.文学伦理学批评:基本理论与术语[J].外国文学研究,2010(1):12-22.

[26]聂珍钊.关于文学伦理学批评[J].外国文学研究,2005(1):8-11.

[27]秦烨.劳伦斯的绘画创作与小说叙事[J].中国比较文学,2014(14):134-142.

[28]覃艳容."莫瑞尔太太"与劳伦斯的清教伦理观[J].北京大学学报(哲学社会科学版),2002(A1):136-139.

[29]孙淼.拉那尼姆之梦:论劳伦斯小说《袋鼠》的主题[D].武汉:华中师范大学,2011.

[30]谭敏.一个尼采式英雄的悲剧——《干扰》的悲剧英雄形象分析[J].北京第二外国语学院学报,2016(3):110-121,142

[31]田鹰.《两只蓝鸟》的伦理解读[J].山东师范大学学报,2011(3):59-62.

[32]王媛.拜厄特《占有》中的视觉元素及其对古今问题的思考[J].外国文学动态研究,2016(3):39-45.

[33]向恒.劳伦斯小说"矿乡"书写中的性别与阶级[D].重庆:西南大学,2018.

[34]谢敏.尼采的权力意志[J].南京理工大学学报(社会科学版),2007(2):20-22.

[35]邢菲.异域的救赎与幻灭——劳伦斯长篇小说《袋鼠》《羽蛇》研究[D].福州:福建师范大学,2008.

[36]熊沐清.变形的耶稣——《儿子与情人》中的宗教蕴涵[J].外国文学研究,2007(1):72-78.

[37]宣璐.论母亲家庭伦理角色——以传统母训文化为考察中心[J].中州学刊,2016(4):101-107

[38]徐崇亮.彩虹的艺术魅力——论D.H.劳伦斯的《虹》[J].外国文学研究,1990(4),68-73.

[39]薛皎.中西文化差异浅谈[J].考试(高考英语版),2008(4):78-79.

[40]徐敬珍.《恋爱中的女人》中肢体语言的深层文化意蕴[J].甘肃社会科学,2013(2):43-45.

[41]晏辉.守望家园——家庭伦理的当代境遇[J].北京师范大学学报,2006(2):107-113

[42]易舫,段成.压抑空间中的生存困境——从空间理论解读卡罗尔·欧茨《鬼父》[J].外国语文,2017(40):41-46.

[43]易立君.论《宠儿》的伦理诉求与建构[J].外国文学研究,2013(3):131-137.

[44]袁小华.从《儿子与情人》看劳伦斯的爱情观[J].南京理工大学学报,2003(6):55-58.

[45]曾幼冰.英国电影《赎罪》的人文关怀[J].电影文学,2017(23):182-184.

[46]张建佳,蒋家国.论劳伦斯小说的性伦理[J].外国文学研究,2006(1):90-96.

[47]张隆溪.诸神的复活——神话与原型批评[J].读书,1983(6):100-110.

[48]张琼.D. H. 劳伦斯长篇小说矿乡空间研究[D].武汉:华中师范大学,2014.

[49]赵晓丽,屈长江.生命的洪流——论劳伦斯的《儿子与情人》[J].外国文学研究,1989(1):16-21.

[50]郑达华.《儿子与情人》并非是对俄狄浦斯情结的解释[J].浙江大学学报(人文社会科学版),2000(2):143-148.

[51]郑佰青.空间[J].外国文学,2016(1):89-97.

后 记

　　2017年在上海外国语大学访学时,导师在课上曾介绍过毛姆,并着重介绍了《月亮和六便士》,当时便对文中那句"在满地都是六便士的街上,他抬起头看到了月光"印象深刻,甚是喜欢,于是仔细读了几遍。

　　毛姆是位极善于讲述故事的作家,无论是《面纱》《情迷佛罗伦萨》,还是《月亮和六便士》这部小说,都带着独属于他的讽刺风格。小说环环相扣,跌宕起伏,又富含哲理,引人深思。《月亮和六便士》不是他第一次以一个事件的相关人物而非主人公的视角来讲述,也不是他第一次写反映逃离工业文明的小说。相比而言,这部短篇小说更加充满力量,给人以冲击,给人以感想。

　　文中主人公斯特里克兰是以法国印象派画家高更为原型的。他原本是一个平凡的伦敦证券经纪人,突然对艺术着了魔,抛妻弃子,放弃了旁人看来优渥美满的生活,奔赴南太平洋的塔希提岛,忍受着贫穷的纠缠以及病痛的折磨,用自己的生命和热情去创作。我不赞同斯特里克兰这种不负责任的行为,却又佩服他追求梦想的勇气和从不放弃的韧劲。

　　我不是一个很爱看书的人,女儿上大学之前,除了教科书,我几乎没有看过其他的书,也不想去做研究、写论文。总觉得这些是极其困难而又痛苦的事情,是超乎我自身能力的。我一直都在自我否定与自我逃避中生活,认为只要把女儿照顾好,把家打理好就可以了;也认为每个人的追求不应该一样,安逸的生活也挺好。直到女儿上了大学,我去访学,才发现自己的阅读量是多么的有限,自己的文字又是多么的幼稚;才发现自己就像一个纸片人,除了柴米油盐,没有诗和远方,没有岁月的积淀。我这才惶惶,觉得自己虚度了太多的时光,将自己的岁月混淆成一片,"每个日子都丧失了自己的名字"——仅仅是将一日,活了个三百六十五遍。也是在那时,我才懂得,生活与追求并不相同,生活是日子的基础和温度,而追求才是人生的灵魂。

斯特里克兰便是在逃避现实的社会环境里觉醒的人,他不愿没有灵魂地生活下去,不愿重复相同的事情和日子,他被自己的梦想与追求吸引,并通过极端的方式,逃离自己原本的生活,向社会那种空洞的安逸反抗。"除了没用的肉体自杀和精神逃避,第三种自杀的态度是坚持奋斗对抗人生的荒谬。"加缪的这句话,用在斯特里克兰身上真真是合适极了。或许在小说里的社会环境中,斯特里克兰也只有用这种离经叛道的形式,才能从生活那虚无的枷锁之中挣脱出来,去追求比庸常的物质生活更为迷人的精神世界。

而我们,而我,虽无须像斯特里克兰一般,但也需要去坚持、去尝试、去直面。从前的我知道要写出一篇优秀的论文很难,却仅仅停留在很难这个概念上。直到2017年,我开始看书,开始尝试写论文、报课题,才发现原来一切都那么陌生,那么难。论文,不知道从哪里入手;课题,不知道该如何立题;格式,不知道该怎样规范……有时我在想,这么麻烦,干脆就算了,不要苛求自己,反正大家都知道我这个人就是这样。可同时也想着,自己选择访学,即使做不出什么成果,至少也应该让自己丰富起来,给自己增加点阅历,给生活增添点色彩,留一些积淀。磕磕碰碰地尝试了一年,虽没有很大的成果,但拥有了挺多不一样的经历与收获。直面困难且不喜欢的事,才能增加一个人灵魂的厚度。我想毛姆在书中写的"为了使灵魂宁静,每天要做两件不喜欢的事"大概便是这个道理吧。

只有在隆冬,人才会发现,自己身上有着不可战胜的夏天。我想,我应该对自己多一些要求,对自己多一点信心,在柴米油盐这琐碎生活的温度里,多读书、多思考,调制出属于自己灵魂的味道,使自己未来的日子与昨天有所区别。元代高明在《琵琶记》中曾说"我本将心向明月,奈何明月照沟渠",我希望我心中的明月不要那么无情,我希望我的努力、我对自己的改变我对生活不再苟且的态度,可以给我希望、回报——明月可以入我怀。

本书作为2018年10月立项的浙江省教育厅项目的结题成果,引用了本人这三年来发表的论文:《异化与回归——〈儿子与情人〉的空间书写》《劳伦斯小说中的"速度"与"激情"》《〈儿子与情人〉中的两性伦理解读》《〈儿子与情人〉中动物情境意蕴探析》《论〈儿子与情人〉中的壁炉意象》《台州和合文化与劳伦斯作品中的和合意蕴比较》《〈儿子与情人〉中的阶级表征》《杰拉德:权力意志的完美实践者》。

很幸运2017年能在上海外国语大学度过为期一年的访学时光,那是我记忆里最美好也是最难忘的时光。在此期间,我遇到很多良师益友,他们是我人生中的指路明灯和启航者。我将会铭记他们给我的鼓励和支持。

衷心感谢我的硕导李正栓教授、刘宏照院长长期以来的帮助和支持。要不是他们强烈建议我出去访学,我可能至今还"窝在"学校里。也感谢刘富丽教授和李涛教授在学术方面对我的悉心指导。

感谢上海外国语大学的导师李维屏教授、张和龙教授、孙胜忠教授、周敏教授、查明建教授、张曼教授,感谢他们对我的教导和指引!

感谢出版社的编辑及其他工作人员为本书的出版所做的工作!

李春风

2020 年 8 月 30 日